카운트 제로

...

환상문학전집 ● 32

카운트 제로
Count Zero

윌리엄 깁슨

고호관 옮김

COUNT ZERO
by William Gibson

Copyright © 1987 by William Gibson
All rights reserved.

Korean Translation Copyright © 2012 by Minumin

This Korean edition is published by arrangement with
William Gibson Ent. Ltd. c/o Martha Millard Literary Agency through Duran Kim Agency.

이 책의 한국어판 저작권은 듀란킴 에이전시를 통해
Martha Millard Literary Agency와 독점 계약한 ㈜민음인에 있습니다.
저작권법에 의해 한국 내에서 보호를 받는 저작물이므로 무단 전재와 무단 복제를 금합니다.

차례

1. 부드럽게 돌아가는 총 — 7
2. 말리 — 21
3. 바비가 윌슨이 되다 — 32
4. 착수 — 36
5. 일 — 47
6. 배리타운 — 51
7. 쇼핑센터 — 71
8. 파리 — 84
9. 프로젝트로 — 89
10. 알랭 — 102
11. 현장 — 108
12. 카페 블랑 — 124
13. 두 손으로 — 129
14. 야간 비행 — 147
15. 상자 — 167
16. 레그바 — 182
17. 다람쥐 숲 — 210
18. 사자의 명부 — 230
19. 하이퍼마트 — 242
20. 오를리 공항 — 249
21. 하이웨이 타임 — 254
22. 재머의 클럽 — 270
23. 종결자 — 284
24. 곧바로 달려라 — 296
25. 캐주얼/고딕 — 304
26. 위그 — 315
27. 숨 쉬는 정거장 — 327
28. 제이린 슬라이드 — 341
29. 박스메이커 — 353
30. 용병 — 361
31. 목소리 — 368
32. 카운트 제로 — 374
33. 난파선과 소용돌이 — 385
34. 구 마일짜리 쇠사슬 — 389
35. 탈리 이샴 — 396
36. 다람쥐 숲 — 399

용어 설명 — 401

● ● ●

● 작품 속 전문 용어는 본문 뒤에 해설이 있습니다.
● 이 책에 쓰인 본문 종이 E-light는 국내 기술로 개발된 최신 종이로, 기존에 쓰이던 모조지나 서적지보다
  더욱 가볍고 안전하며 눈의 피로를 덜게끔 한 단계 품질을 높인 고급지입니다.

1. 부드럽게 돌아가는 총

그자들은 뉴델리에서 터너의 페로몬과 머리카락 색을 입력한 슬램하운드를 풀어 터너의 뒤를 쫓았다. 슬램하운드는 챤드니쵸크라는 거리에서 터너를 따라잡았다. 그러고는 터너가 빌린 BMW를 쫓아 갈색의 맨다리와 자전거 택시 바퀴 사이를 헤치며 다가갔다. 슬램하운드 중심부에는 재결정화된 헥소젠(hexogene, 고성능 폭탄 — 옮긴이)과 TNT박편 1킬로그램이 들어 있었다.

터너는 그게 다가오는 걸 눈치채지 못했다. 인도에서 마지막으로 본 건 분홍색으로 흙을 발라 놓은 쿠시오일 호텔의 벽이었다.

터너는 실력이 좋은 에이전트를 둔 덕분에 계약 조건도 좋았다. 덕분에 폭발 한 시간 뒤 터너는 싱가포르에서 치료받을 수 있었다. 전부는 아니었지만. 외과의사인 더치맨은 얼마나 남아 있는지도 모르는 터너의 몸이 첫 비행기로 팔람 국제공항을 빠져나오지 못하고 의료

차량에 실린 채 차고에서 하룻밤을 보내야 했던 일을 갖고 농담을 하길 즐겼다.

더치맨이 이끄는 팀이 터너를 다시 한 몸으로 붙여 놓는 데는 석 달이 걸렸다. 피부는 1제곱미터를 복제해 콜라겐과 상어 연골로 만든 판 위에서 배양했다. 눈과 생식기는 오픈마켓에서 샀다. 녹색 눈이었다. 터너는 그 석 달을 지난 세기 뉴잉글랜드의 소년 시절을 이상적으로 꾸며 담고 있는 롬(ROM) 심스팀(사람의 감각을 기록했다가 다른 사람의 두뇌와 감각 기관을 통해 재생할 수 있도록 하는 장치 — 옮긴이) 안에서 거의 다 보냈다. 더치맨이 찾아오는 일은 2층에 있는 병실 창문 밖으로 하늘이 밝아지면서 점차 흐려지는 회색빛의 희미한 꿈, 악몽과 같았다. 밤이 깊어지면 라일락 향기가 났다. 터너는 범선 그림이 있는 양피지 그늘 속에서 60와트짜리 전구에 의지해 코난 도일의 소설을 읽었다. 깨끗한 면 시트 냄새를 맡으면서 치어리더를 생각하며 자위도 했다. 더치맨은 터너의 뇌 뒤쪽에 문을 열고 들어와 질문을 해 댔다. 하지만 아침이면 아래층에서 어머니가 휘티즈 시리얼과 달걀, 베이컨, 우유와 설탕을 넣은 커피를 먹으라고 불렀다.

어느 날 아침 터너는 처음 보는 침대에서 깨어났다. 열대 지방의 녹색과 눈이 부신 햇빛이 흘러들어 오는 창가에 더치맨이 서 있었다.

"집에 가도 됩니다, 터너 씨. 치료는 끝났어요. 당신은 이제 새 거나 마찬가지예요."

새 거나 마찬가지라니. 그게 얼마나 좋다는 거지? 알 길이 없었다. 터너는 더치맨이 내 주는 물건을 챙겨 싱가포르를 떠나는 비행기를 탔다. 터너에게 집이란 다음에 도착할 공항 옆에 있는 하얏트 호텔을 말했다.

그다음도 그랬다. 언제나 그랬다.

터너는 계속 비행했다. 그가 가진 크레디트 칩은 네모난 검은 거울 모양이었다. 가장자리는 금이었다. 계산대 뒤에 선 사람들은 그걸 보면 미소를 짓고 고개를 끄덕였다. 문이 열렸고, 등 뒤로 닫혔다. 바퀴가 철근 콘크리트 활주로에서 떠올랐고, 음료수가 나왔고, 식사가 준비됐다.

히스로 공항의 빈 사발 같은 하늘에서 커다란 기억이 한 덩어리 떨어져 내려와 터너를 덮쳤다. 터너는 발걸음을 멈추지 않은 채 파란색 플라스틱 통에 토했다. 복도 끝에 있는 발권대에 도착했을 때 터너는 마음을 바꿔먹었다.

그는 멕시코로 날아갔다.

양동이가 타일에 부딪치는 소리에 잠이 깼다. 젖은 빗자루로 바닥을 쓰는 소리가 났다. 따뜻한 여인의 몸이 바싹 붙어 있었다.

방은 높다란 동굴 모양이었다. 고스란히 드러난 회반죽 벽은 소리를 너무 명료하게 반사했다. 아침부터 하녀들이 마당에서 덜그렁거리는 소리 너머로 어디선가 파도가 부서지는 소리가 들렸다. 손가락 사이에서 구겨진 시트는 하도 빨아서 거친 올이 다 부드러워진 샴브레이 천이었다.

넓은 채색 유리를 뚫고 들어오는 햇살이 떠올랐다. 푸에르토 바야르타 공항의 바였다. 비행기에서 내려 20미터를 걸어야 했다. 햇빛 때문에 눈이 감겼다. 마른 잎처럼 콘크리트 활주로 위에 납작하게 눌어붙은 박쥐 시체가 떠올랐다.

버스를 타던 일, 산길, 내연 기관에서 나오는 연기, 파란색과 분홍색으로 그린 성인들이 담긴 홀로그램 엽서가 앞 유리창에 덕지덕지 붙어 있던 것도 기억났다. 터너는 둥그런 분홍색 합성수지와 그 가운데에서 요동치는 수은을 쳐다보느라 깎아지른 듯한 풍경도 무시했다. 수동변속기에 달린 손잡이는 야구공보다 약간 컸다. 웅크리고 있는 거미를 수은이 반쯤 차 있는 투명한 유리로 덮어씌워 주조한 물건이었다. 버스가 구불구불한 길을 덜컹거리면서 가거나 곧은 길을 가면서도 흔들거리며 진동하면 수은이 튀어 오르거나 미끄러지며 움직였다. 엉뚱하고 사악한 수공예품 손잡이는 그렇게 거기서 멕시코에 온 터너를 환영했다.

더치맨이 제공한 십수 개의 괴상한 마이크로소프트 중에는 제한적이지만 어느 정도 능숙한 스페인어를 구사할 수 있도록 하는 것이 있었다. 하지만 바야르타에 도착한 터너는 귀 뒤에 소프트 대신 먼지 마개를 꽂아서, 피부색과 비슷한 사각형의 미세 구멍 아래 있는 소켓과 플러그를 감췄다. 뒤쪽에 앉아 있는 승객 하나는 라디오를 틀어 놓고 있었다. 시끄러운 가요 사이로 간간이 목소리가 끼어들어 열 자리의 숫자, 그날의 복권 당첨 번호를 장황하게 읊어 댔다.

터너 옆에 앉은 여자는 자면서 몸을 부르르 떨었다.

터너는 한쪽 팔꿈치에 기대 몸을 일으키면서 그 여자의 얼굴을 들여다봤다. 처음 보는 얼굴이었다. 하지만, 호텔에서 살아 온 인생을 바탕으로 예상했던 얼굴과는 달랐다. 터너가 생각했던 건 싸구려 선택형 성형 수술과 가차 없는 패션의 진화론에서 탄생한 뻔한 미녀, 지난 5년간 주요 미디어에 등장한 얼굴처럼 틀에서 뽑아낸 듯한 전형적인 얼굴이었다.

턱뼈에는 어딘가 고풍스러운 미국 중서부 분위기가 있었다. 엉덩이 위로는 파란색 시트가 구겨져 있었고, 천장의 나무창을 통해 들어오는 햇빛이 허벅지 위에 비스듬한 황금빛 줄무늬를 그렸다. 세계 곳곳의 호텔에서 잠을 깰 때마다 마주하는 얼굴은 꼭 신의 장식품 같았다. 언제나 똑같고, 홀로 벌거벗은 모습. 잠든 여자들의 얼굴은 공허함을 향해 뻗어 나갔다. 하지만 이번에는 달랐다. 왠지 모르겠지만 벌써 의미가 느껴졌다. 의미, 그리고 이름이.

터너는 일어나 침대 가장자리에 걸터앉았다. 서늘한 타일 위에 있는 모래가 발바닥에 닿았다. 터너는 벌거벗은 채로 일어섰다. 머리가 지끈거렸다. 억지로 다리를 움직였다. 걸으면서 나오는 대로 문을 두 개 지나치자 하얀 타일이 나왔다. 더 하얀 회반죽과 둥근 크롬 샤워기가 녹이 점점이 박혀 있는 쇠파이프에 매달려 있었다. 수도꼭지에서는 하나같이 미지근한 물만 뚝뚝 떨어졌다. 플라스틱 텀블러 옆에 고풍스러운 손목시계가 놓여 있었다. 옅은 가죽끈이 달린 기계식 롤렉스 제품이었다.

덧문이 달린 욕실 창문은 유약을 바르지 않아 거칠었고, 촘촘한 녹색 플라스틱망이 달려 있었다. 터너는 나무판 사이로 밖을 내다보다가 뜨겁고 청명한 햇빛에 움츠러들었다. 꽃무늬 타일을 바른 마른 분수와 녹슨 폴크스바겐 래빗의 차체가 보였다.

앨리슨. 그게 그녀의 이름이었다.

앨리슨은 다 해진 카키색 반바지와 터너의 흰 티셔츠를 입었다. 다리는 완전히 갈색이었다. 왼손 손목에는 돼지가죽 끈이 달린, 스테인리스 덮개가 투박하게 생긴 롤렉스 태엽 시계를 차고 있었다. 그들은 구부러진 바닷가를 따라 '바레 데 나비다드'를 향해 산책을 나갔다. 파도가 적셔 단단해진 모래밭만 골라서 걸었다.

둘은 벌써 꽤 진전돼 있었다. 터너는 그날 아침 작은 마을의 시장에서 양철 지붕 아래 서 있던 앨리슨을 기억했다. 뜨거운 커피가 담긴 커다란 머그잔을 두 손으로 들고 있던 모습도. 터너는 금이 간 하얀 접시에 남은 달걀과 살사를 토르티야로 싹싹 훑어 먹었다. 야자수 이파리와 주름진 판자벽 사이를 뚫고 들어온 햇빛 사이로 파리가 날아다니는 광경이 보였다. 앨리슨이 LA의 한 법률 회사에서 일한다는 이야기도, 레돈도 해변에 있는 쓰러질 듯한 수상 가옥에서 어떻게 혼자 살아가는지에 대한 이야기도 떠올랐다. 터너는 자기가 인사과에서 근무한다고 말했었다. 아니, 근무했었다고 했던가? 아무튼.

"어쩌면 새로운 일을 찾고 있는지도 모르지······."

그러나 둘 사이에 대화는 별로 중요하지 않아 보였다. 군함새 한 마리가 머리 위에서 미풍을 맞아 옆으로 미끄러지듯 날더니 돌아서서, 사라졌다. 그들은 새가 누리는 자유, 무심하게 활공하는 모습에 전율을 느꼈다. 앨리슨이 터너의 손을 꼭 잡았다.

앞쪽에서 파란색의 사람 형체가 다가왔다. 마을로 가는 헌병이었다. 부드럽고 밝은 해변 위의 반짝이는 검은 군화는 비현실적으로 보였다. 옆을 스쳐 지나가는 헌병의 거울 같은 안경 아래로 짙은 색 피부와 미동도 않는 얼굴이 보였다. 파브리크 나시오날 사의 조준기가 달린 스타이너 옵틱 사의 레이저 소총이 눈에 띄었다. 파란 작업복은 얼룩 하나 없었고, 칼 같이 주름이 잡혀 있었다.

터너는 성인이 된 이후 거의 군인으로 세월을 보냈다. 용병이라 군복을 입어 본 적은 없지만. 터너의 고용주는 세계 경제의 지배권을 놓고 암암리에 싸우는 거대 기업이었다. 최고위 임원이나 연구 인력을 빼 오는 게 주특기였다. 터너를 고용했던 다국적 기업은 절대로 그의 존재를 인정하지 않을 터였다…….

"당신 어젯밤에 혼자서 에라두라 한 병을 거의 다 마셨어."

앨리슨이 말했다.

터너는 고개를 끄덕였다. 쥐고 있는 여인의 손은 따뜻하고 건조했다. 그는 걸음을 디딜 때마다 앨리슨의 발가락을 바라보았다. 발톱에 칠한 분홍색 매니큐어가 여기저기 벗겨져 있었다.

파도가 밀려 들어왔다. 가장자리가 녹색 유리잔처럼 투명했다. 햇볕에 탄 앨리슨의 피부 위로 물방울이 구슬처럼 맺혔다.

첫날을 함께 보낸 뒤 삶은 단순해졌다. 아침이면 닳고 닳아 마치 대리석처럼 변한 콘크리트 카운터가 있는 시장 노점에서 식사를 했다. 오전은 수영을 하며 보냈고, 해가 뜨거워지면 창문을 가려 시원하게 해 놓은 호텔로 돌아가 천장에서 천천히 돌아가는 나무 선풍기 아래서 사랑을 나누다가 잠이 들었다. 오후에는 아베니다 뒷골목의 좁은 미로를 탐험하거나, 언덕으로 하이킹을 갔다. 저녁은 바닷가 식당에서 들었고, 하얀색 호텔의 파티오에서 술을 마셨다. 달빛이 파도 끝에서 일렁였다.

그리고 앨리슨은 서서히, 아무 말 없이 그에게 새로운 방식의 열정을 보여 주었다. 지금까지 터너는 숙련된 전문가에게 서비스를 받는데 익숙해져 있었다. 그런 터너가 동굴 모양의 하얀 방에서 타일 바닥에 무릎을 꿇었다. 그러고는 고개를 숙이고 앨리슨을 핥았다. 태평양의 물과 땀이 섞여 짰다. 앨리슨의 허벅지 안쪽에 차가운 뺨이 닿았다. 손으로 그녀의 엉덩이를 잡고 성스러운 잔처럼 들어 올렸다. 입술은 밀착해 있었고, 혀는 여인을 바로 그곳으로 데려가 줄 지점, 진동수를 찾아 헤맸다. 그러고 난 뒤 터너는 빙긋 웃으며 올라탔고, 들어가 자기도 절정을 향해 갔다.

가끔은 이야기도 했다. 바다 소리에 따라 저절로 맥락 없이 흘러나오는 장황한 이야기였다. 앨리슨은 거의 입을 열지 않았다. 하지만 터너는 앨리슨의 과묵함을 가치 있게 여기는 법을 익혔다. 그녀는 언제나 터너를 안아 주었다. 그리고 귀를 기울였다.

일주일, 그리고 또 일주일이 지났다. 함께 지낸 마지막 날도 그 시원한 방에서 나란히 잠에서 깨어났다. 아침을 먹던 터너는 앨리슨에게 변화가 일어났다는 느낌을 받은 것 같았다. 어떤 긴장감이.

그들은 일광욕과 수영을 했고, 익숙한 침대 속에서 터너의 희미한 불안감은 사라졌다.

오후가 되자 앨리슨은 해변을 걷자고 했다. 바레 쪽으로. 처음 만났던 날 아침에 갔던 방향이었다. 귀 뒤의 소켓에서 먼지 마개를 빼고 마이크로소프트를 한 개 삽입했다. 스페인어 구조가 터너의 머릿속에 유리탑처럼 자리 잡았다. 보이지 않는 문이 현재시제, 미래시제, 조건

문, 과거완료에 달려 있었다. 터너는 앨리슨을 방에 두고 혼자서 아베니다를 가로질러 시장으로 갔다. 짚으로 만든 바구니와 차가운 캔 맥주, 샌드위치, 과일을 샀다. 돌아오는 길에는 아베니다에서 선글라스도 하나 샀다.

볕에 탄 피부는 짙고 고른 색이었다. 더치맨이 이식 피부를 조각조각 붙여 놓은 흔적은 없어졌다. 앨리슨 덕분에 몸을 한 덩어리로 느낄 수 있었다. 아침마다 화장실 거울에 보이는 눈은 온전히 자기 것이었다. 더치맨이 썰렁한 농담과 마른기침으로 괴롭히는 꿈도 더는 꾸지 않았다. 그래도 가끔은 꿈에 인도가 단편적으로 등장했다. 잘 모르는 시골, 밝게 빛나는 파편, 챤드니쵸크, 먼지와 튀긴 빵 냄새…….

굽은 만까지 내려가는 길의 4분의 1 정도 지점에 폐허가 된 호텔 벽이 서 있었다. 그곳에서는 파도가 더 셌다. 하나하나가 폭발처럼 작렬했다.

앨리슨이 터너를 잡아당기고 있었다. 눈가에 새로운 느낌이 감돌았다. 딱딱함. 손을 잡고 해변으로 걸어 나오자 갈매기 떼가 흩어졌다. 그들은 텅 빈 문간 너머에 드리워진 그림자를 바라보았다. 모래가 푹 꺼져 벽이 없어진 호텔 옆면이 동굴처럼 보였다. 3개 층 바닥이 녹슬고 구부러진 손가락 굵기의 강철 힘줄에 매달려 있었고, 각각에는 서로 다른 색과 패턴의 타일이 붙어 있었다.

콘크리트 아치 위에 '호텔 플라야 델 ㅁ'이라는, 조개껍데기로 만든 귀여운 글자가 붙어 있었다.

"마."

마이크로소프트를 이미 제거한 뒤였지만, 터너는 빠진 글자를 덧붙여 말해 보았다.('델 마Del Mar'는 스페인어로 '바닷가'라는 뜻—옮긴이)
"끝났어."
앨리슨이 아치 아래의 그림자 속으로 걸어 들어가며 말했다.
"뭐가 끝이야?"
터너가 따라갔다. 밀짚 바구니가 엉덩이를 간질였다. 발가락 사이로 비집고 들어오는 모래는 차갑고 건조했다.
"끝. 더 할 게 없어. 이 장소 말이야. 시간도 없고, 미래도 없어."
터너는 앨리슨을 바라보았다. 그 뒤로 무너져가는 벽이 교차하는 곳에 녹슨 침대 스프링이 엉켜 있는 게 보였다.
"오줌 냄새 나. 수영이나 하러 가자." 터너가 말했다.

바다가 한기를 몰아냈다. 하지만, 둘 사이의 거리감만은 어쩔 수 없었다. 그들은 터너의 방에서 가져온 담요 위에 앉아 조용히 음식을 먹었다. 폐허가 드리우는 그림자가 길어졌다. 햇빛이 반짝이는 앨리슨의 머리가 바람에 날렸다.
"당신을 보면 말에 대해 생각하게 돼." 터너가 마침내 입을 열었다.
"음. 걔네들은 멸종된 지 30년밖에 안 됐잖아."
극도로 피곤한 목소리였다.
"아니, 털 말이야. 말들이 뛸 때 목에 난 털 말이야."
"갈기겠지." 앨리슨의 눈에 눈물이 고여 있었다. "됐어." 그녀의 어깨가 들썩였다. 앨리슨은 깊이 숨을 들이마시고, 빈 카르타 블랑카 캔을 모래밭에 던져 버렸다. "저거? 나? 뭐가 중요해?" 앨리슨은 터너를 안았다. "오, 터너, 이리 와."

 그녀는 터너를 끌어당기며 누웠다. 수평선 근처, 멀어서 하얀 선처럼 보이는 배 한 척이 터너의 눈에 띄었다.

 잘라서 반바지로 만든 청바지를 일어나 앉아서 입고 있을 무렵 요트의 모습이 눈에 들어왔다. 아까보다 훨씬 가까운 곳에서 우아하게 하얀 파도를 타고 있었다. 파도의 세기로 보아 바닷가가 거의 수직으로 꺼지는 듯한 느낌일 게 분명했다. 해변에 늘어선 호텔의 행렬이 왜 거기서 끝나는지를 알려 주는 파도였다. 호텔이 폐허가 된 이유도. 건물의 기초가 파도에 쓸려갔기 때문이었다.

 "바구니 줘."

 앨리슨은 블라우스의 단추를 잠그고 있었다. 터너가 아베니다에 있는 작은 가게에서 사 준 옷이었다. 품질이 조악한 멕시코산 면으로 짙은 파란색이었다. 그런 가게에서 산 옷은 하루이틀 가는 게 고작이었다.

 "바구니 달라니까."

 앨리슨이 바구니를 건네자 터너는 바구니를 뒤졌다. 카이엔 고춧가루를 뿌려 라임즙에 재운 파인애플 조각이 담긴 비닐봉지 아래서 쌍안경을 끄집어냈다. 6×30 군용 소형 쌍안경이었다. 대물렌즈와 접안렌즈 마개를 벗기고 눈을 대자 호사카 사의 유선형 로고가 보였다. 선미에서 노란색 고무보트가 부풀어 오르더니 해변을 향해 다가오기 시작했다.

 "터너, 난……."

"일어나." 담요와 수건을 챙겨 바구니에 담으면서 말했다.

하나 남은 미지근한 카르타 블랑카 캔을 따서 마시고는 쌍안경 옆에 내려놓았다. 터너는 일어서서 앨리슨을 재빨리 일으켜 세운 뒤 바구니를 안겼다.

"내 생각이 틀릴지도 몰라. 그러면 여기서 떠나. 저기 있는 야자수 쪽으로 가." 터너가 손가락으로 가리키며 말했다. "호텔로는 가지 마. 버스를 타고 만사니요나 바야르타로 가. 집으로 가."

벌써 보트가 다가오는 소리가 들렸다.

눈물은 흘렸지만, 앨리슨은 아무 말 없이 바구니를 낀 채 몸을 돌려 모래밭 위를 비틀거리며 폐허를 지나쳐 달렸다. 뒤를 돌아보지는 않았다.

터너는 다시 요트로 시선을 돌렸다. 고무보트는 파도에 출렁이며 다가왔다. 요트의 이름은 쓰시마였고, 터너가 그 보트를 마지막으로 본 건 히로시마 만에서였다. 터너는 저 요트 갑판에서 이쓰쿠시마 섬에 있는 신사의 붉은 문을 바라본 적이 있었다.

저 고무보트에 탄 게 호사카 닌자들의 우두머리인 콘로이라는 건 굳이 망원경으로 보지 않아도 알 수 있었다. 터너는 시원한 모래 위에 양반다리를 하고 앉아서 마지막 하나 남은 멕시코 맥주 캔을 땄다.

                        ಬಾಡಿ

뒤쪽에 늘어선 하얀 호텔을 돌아보았다. 쓰시마 호의 나무 난간에 올려놓은 손에 힘이 없었다. 마을에서 띄워 놓은 홀로그램 세 개가 호텔 뒤로 보였다. 바나멕스, 아에로나브, 그리고 성당의 6미터짜리 성모 마리아.

콘로이가 옆에 서 있었다.

"긴급 작업이야. 어떤 식인지 알잖아." 콘로이가 말했다.

싸구려 음성칩을 따라 하기라도 하듯 단조롭고 굴곡 없는 말투였다. 콘로이는 얼굴이 넓적하고 하얬다. 시체처럼 하얬다. 표백한 머리카락을 빗어 넘겨 드러난 넓은 이마 아래에 있는 눈은 둘레가 진했다. 검정 폴로셔츠에 편해 보이는 검정 바지 차림이었다.

"들어가서 얘기하지." 콘로이가 몸을 돌리며 말했다.

터너도 뒤따라 몸을 숙여 선실로 통하는 문을 통과했다. 하얀 칸막이와 흠짐 없는 연한 색의 소나무 문. 꾸밈없는 모양새가 도쿄의 기업다웠다.

콘로이는 낮고 네모난, 파란기가 도는 회색 스웨이드 쿠션에 앉았다. 터너는 편한 자세로 섰다. 콘로이가 둘 사이에 놓인 광택이 도는 낮은 탁자에서 손잡이가 달린 은색 흡입기를 집어 들었다.

"콜린(비타민B 복합체 — 옮긴이) 강화제 할래?"

"아니."

콘로이는 흡입기를 한쪽 콧구멍에 대고 빨아들였다.

"초밥은 어때? 한 시간 전에 붉은 도미 몇 마리를 잡았지."

그가 흡입기를 내려놓고 말했다.

터너는 그 자리에 서서 콘로이를 바라보기만 했다.

콘로이가 말했다.

"크리스토퍼 미첼. 그는 마스 바이오랩 사의 하이브리도마(암세포와 정상세포의 융합해 만든 세포 — 옮긴이) 책임자야. 그자가 호사카로 올 거야."

"들어본 적 없어."

"뻥 치시네. 뭐 한잔 마실래?"

터너는 고개를 저었다.

"반도체는 끝물이야. 터너. 미첼은 바이오칩을 가능하게 만드는 자고. 마스 사가 웬만한 특허는 다 갖고 있어. 너도 알고 있을 텐데. 미첼은 단일클론 세포 담당인데, 거기서 나오고 싶어 해. 나랑 네가 가서 미첼을 빼 오는 거야."

"난 은퇴했다고 생각했는데 말이야, 콘로이. 지금까지 잘 지내고 있었다고."

"도쿄에 있는 심리 팀도 그러더군. 어쨌든 관에서 되살아나온 게 이번이 처음은 아니잖아? 그 여자는 호사카가 고용한 현장 정신과 의사야."

터너의 허벅지 근육이 움찔했다.

"그 사람들 말로는 자네가 준비됐다던데, 터너. 뉴델리 일로 조금 걱정이 돼서 점검하고 싶었나 봐. 덤으로 간단한 심리치료도 좀 하고 말이야. 나쁠 거 없잖아. 안 그래?"

2. 말리

말리는 면접에 가려고 가장 좋은 옷을 챙겨 입었다. 하지만 브뤼셀에는 비가 왔고, 말리는 택시 탈 돈이 없었다. 유로트랜스 역에서 걸어가는 수밖에 없었다.

거의 1년 됐지만 아직은 괜찮은 샐리 스탠리 재킷 주머니에 넣은 손은 구겨진 텔레팩스 한 장을 주먹이 하얘질 정도로 꼭 쥐고 있었다. 주소는 이미 외워서 없어도 되지만, 그랬다가는 지금 이렇게 값비싼 남성복을 파는 가게 유리창을 들여다보고 있는 황홀감이 깨져 버릴 것 같았다. 수수한 플란넬 셔츠에 맞춘 초점이 점차 유리창에 비친 말리 자신의 검은 눈으로 이동했다.

이 눈만으로도 면접에서 떨어질 게 뻔했다. 안드레아한테 자를 걸하고 후회하고 있는 젖은 머리까지 갈 것도 없었다. 말리의 눈에 담긴 고통과 무기력함은 누구에게나 보였다. 무엇보다도 헤르 조세프 비렉이 못 볼 리가 없었다. 그가 말리의 새 고용주가 될 가능성은 거의 없어 보였다.

처음 텔레팩스가 왔을 때 말리는 으레 오곤 하는 짜증나는 전화, 일종의 잔인한 장난 따위로 치부했다. 언론 덕분에 그런 건 넘치게 받았다. 하도 많아서 아파트 전화의 경우, 안드레아가 그녀의 주소록에 영구 등록되지 않은 번호로 오는 전화를 모두 걸러 주는 부가 서비스까지 신청했다. 하지만 텔레팩스에는 존재 이유가 있지 않겠느냐는 게 안드레아의 주장이었다. 아니면 어떻게 다른 사람이 말리에게 연락을 하겠는가?

그러나 말리는 고개를 젓고 안드레아의 낡은 겉옷 속으로 더 깊이 파고들었다. 비렉처럼 엄청나게 돈이 많은 수집가이자 후원자가 불명예를 뒤집어쓴 파리의 조그만 갤러리 전 운영자를 고용할 이유가 어디 있겠어?

이번에는 치욕을 당한 뒤 사람이 변한 말리 크루시코바에 넌덜머리가 난 안드레아가 고개를 저을 순서였다. 가끔 말리는 온종일 조그만 아파트에 처박힌 채 어떨 때는 옷조차 입기 귀찮아했다. 말리의 생각으론 '파리에서 위조품 하나를 팔려 했다는 게 상상하는 만큼 아주 보기 드문 일'은 아니었다. 언론이 그 역겨운 그나스란 인간이 멍청이라는(그건 분명했다.) 사실을 강조하려고 그렇게 안달복달하지만 않았어도 그다지 화제가 되지 않았을 터였다. 그나스는 주말용 스캔들거리로는 손색없을 만큼 충분히 돈도 많았고 추잡하기도 했다. 안드레아가 미소를 지으며 말했다.

"네가 그렇게 예쁘지 않았다면 주목을 덜 받았을 텐데."

말리는 고개를 저었다.

"게다가 위조한 사람이 알랭이었잖아. 말리 너한텐 죄 없어. 잊었어?"

말리는 다 낡아빠진 겉옷을 부여잡고 말없이 화장실로 들어갔다.

그녀는 자신을 위로하고 도와주려는 친구의 마음속에서 아주 좁은 공간을 우울하고 돈도 안 내는 손님과 함께 써야만 하는 사람의 조급한 심정도 눈치 챘다.

게다가 안드레아는 유로트랜스 요금까지 빌려 줬다.

말리는 양심과 고통스러운 의지력으로 생각을 떨쳐내고, 진지하게 쇼핑하고 있는 벨기에 인들의 빽빽하지만 조용한 물결 속에 녹아들었다.

밝은 색의 꼭 끼는 바지를 입은 여자와 그 남자 친구의 펑퍼짐한 재킷이 옆을 스치고 지나갔다. 그들은 웃고 있었다. 다음 교차로에서 말리는 학생 시절에 좋아하던 종류의 옷을 파는 상점을 발견했다. 지금 보니 말도 안 되게 어려 보이는 스타일이었다.

비밀스레 꼭 쥐고 있는 주먹 속의 텔레팩스에는 주소가 쓰여 있었다.

뒤프리 갤러리, 14 뤼 오 뷔르, 브뤼셀
조세프 비렉.

뒤프리 갤러리의 연한 회색빛 대기실에 있던 안내원은 광택이 나는 키보드가 박힌 매끄러운 대리석 뒤에 뿌리내린 채 그대로 자라난, 아름답고 어쩌면 독도 있을 식물 같았다. 말리가 다가가자 안내원이 반짝이는 눈으로 올려다보았다. 사진을 찍듯 찰칵 소리와 함께 자기의 후줄근한 모습이 조세프 비렉 제국의 아주 먼 구석으로 쫓겨나는 상상이 떠올랐다.

"말리 크루시코바예요." 말리는 구차하게 구겨진 텔레팩스를 꺼내 차갑고 매끄러운 대리석 위에 펼쳐 놓고 싶은 충동을 참으며 말했다. "비렉 씨를 찾아왔습니다."

"크루시코바 양이시군요. 비렉 씨는 오늘 브뤼셀에 안 계십니다."

말리는 완벽한 모양의 입술을 쳐다보았다. 동시에 그 말이 불러일으킨 고통, 그리고 실망을 받아들이는 법을 배우면서 느끼는 예리한 쾌감을 의식했다.

"알겠습니다."

"하지만 감각 링크를 통해서 면접을 진행하겠다고 하셨습니다. 왼쪽 세 번째 문으로 들어가시면……."

단출한 하얀색 방이었다. 벽 두 개에는 빗물에 얼룩진 판지처럼 보이는, 종이에 다양한 도구를 박아 놓은 작품이 테두리도 없이 걸려 있었다. 「카타토넨쿤스트」. 보수적이었다. 네덜란드 은행의 임원진들이 위원회에 돌릴 법한 종류의 작품이었다.

말리는 낮은 가죽 소파에 앉아 마침내 텔레팩스를 쥔 손에서 힘을 뺐다. 혼자였지만, 누군가가 지켜보고 있으리라 추측했다.

"크루시코바 양." 말리가 들어온 문의 맞은편 문에 기술자 스타일의 녹색 작업복을 입은 젊은 남자가 서 있었다. "잠시 후에 이쪽으로 와서 이 문 안으로 들어가세요. 손바닥이 손잡이에 최대한 밀착하도록 천천히 꼭 잡으세요. 조심해서 들어오시고요. 방향 감각이 살짝 혼란스러워질 겁니다."

말리는 남자를 보며 눈을 깜빡였다.

"뭐라……"

"감각 링크예요."

남자가 말하더니 문을 닫고 나갔다.

말리는 일어서서 젖은 옷깃을 단정하게 하고 머리를 매만지다가 포기하고, 숨을 깊게 들이마신 뒤 문으로 갔다. 말리는 안내원의 말에 자기가 아는 유일한 링크를 예상했다. 벨 유로파를 통한 심스팀 신호. 그녀는 그저 자신이 전극이 달린 헬멧을 쓰고, 비렉이 수동적인 관찰자인 그녀를 인간 카메라로 이용할 줄로만 알았다.

하지만, 비렉의 재력은 차원이 완전히 달랐다.

말리의 손가락이 차가운 구리 손잡이를 붙잡는 순간 손잡이가 꿈틀거리는 듯하더니 손에 닿는 질감과 온도가 미끄러지듯 변했다.

그러더니 다시 녹색 페인트로 칠한 금속으로 변했다. 경이감에 휩싸여 꼭 붙든 낡은 난간이 원근감이 변하면서 넓게 펼쳐졌다.

비 몇 방울이 얼굴에 부딪쳤다.

비와 젖은 흙냄새가 났다.

사소한 혼란이 일어났다. 미술 학교 시절 술에 취했던 소풍에 대한 기억이 비렉이 만든 완벽한 환영과 싸우고 있었다.

아래쪽에는 틀림없는 바르셀로나의 넓은 전경이 놓여 있었다. 사그라다 파밀리아 대성당의 기묘하게 생긴 첨탑에서 연기가 아른거렸다. 말리는 현기증과 싸우며 두 손으로 난간을 붙잡았다. 이곳이 어딘지 깨달았다. 구엘 공원이었다.

안토니오 가우디가 중심가 뒤에 있는 황량한 언덕 위에 세운 요란한 동화의 나라. 말리 왼쪽의 거친 돌로 된 경사로 중간에는 타일을 난잡하게 붙여서 만든 커다란 도마뱀 상이 붙어 있었다. 도마뱀 입에서 흘러나오는 물이 지친 꽃을 적셨다.
"방향 감각을 잃었군요. 미안합니다."
조세프 비렉이 아래쪽에 있는 뱀 모양의 벤치에 앉아 있었다. 부드러운 외투를 입은 채 넓은 어깨를 웅크리고 있었다. 말리는 예전부터 비렉의 모습이 어딘가 익숙하다고 생각했었다. 지금 보니 왠지 모르게 비렉과 영국 국왕이 함께 찍은 사진이 떠올랐다. 비렉이 말리에게 미소를 지어 보였다. 커다란 머리는 아름답게 생겼고, 억센 머리털은 짙은 회색이었다. 예술과 거래라는 투명한 바람으로 숨쉬기라도 하듯 콧구멍이 항상 벌어져 있었다. 그의 트레이드마크인 둥근 무테안경 뒤에 있는 아주 큰 두 눈은 옅은 푸른색이었고 기이할 정도로 부드러웠다.
"앉아요." 비렉이 타일 조각이 무질서하게 붙어 있는 벤치를 가는 손으로 두드리며 말했다. "내가 기술에 의존하는 걸 이해해 줘요. 생명 유지 장치 속에 갇혀서 살아온 지가 10년이 넘는지라. 스톡홀름 교외의 끔찍한 공업지대 어딘가에 갇혀 있죠. 아니 지옥이라고 해도 되려나. 난 건강이 좋지 않아요. 말리, 내 옆에 앉아요."
말리는 숨을 들이켜고 돌계단을 내려가 자갈이 깔린 바닥을 걸었다.
"비렉 씨, 2년 전에 뮌헨에서 강의하시는 걸 봤는데요. 파에슬러랑 자폐증 걸린 것 같은 그 사람의 극장에 대한 비평이었어요. 그때는 괜찮으셨는데……"

"파에슬러?" 검게 탄 비렉의 이마에 주름이 졌다. "대역을 봤군. 아마 홀로그램이었겠죠. 내 이름을 걸고 하는 일은 많아요, 말리. 돈이 많아지니까 점점 여러 부분이 제각기 알아서 움직이더군요. 가끔은 자기들끼리 싸우기도 합디다. 말단 회계 부서에서 반란을 일으킨다거나. 어쨌든 너무 복잡해서 완전히 비밀스러운 이유 때문에 내가 병에 걸렸다는 건 공개하지 않았어요."

말리는 옆에 앉아서 다 닳아빠진 검정 패리스 구두코 사이로 보이는 더러운 바닥을 내려보았다. 옅은 색 자갈, 녹슨 클립, 벌인지 말벌인지 모를 더러운 벌레 시체가 보였다.

"묘사가 굉장히 세세한데요……."

"그래요. 신형 마스 바이오칩이니까요. 아마 알고 있겠지만 내가 아는 말리 씨 사생활도 이 정도로 세세해요. 어떤 면에서는 내가 더 잘 아는 부분도 있을 테죠."

"그런가요?"

눈에 보이는 도시 풍경 속에서 학창 시절 쉬는 날에 이곳을 대여섯 차례나 방문하면서 봤던 랜드마크를 찾아내는 건 아주 쉬웠다. 바로 앞에 람블라스 거리가 보였다. 앵무새와 꽃, 흑맥주와 오징어를 파는 술집들.

"그래요. 말리 씨가 진짜 코넬 작품을 찾았다고 믿게 한 게 바로 애인이었다는 것도……."

말리는 눈을 감았다.

"그 사람이 솜씨 좋은 학생 둘을 고용해서 위조품을 만들게 했고, 개인적으로 어려운 상황에 처한 역사학자도 하나 찾았죠……. 미리 말리 씨 갤러리에서 가져간 돈으로 지불했고. 그 정도는 추측했겠지만. 당신 우는군요…….."

말리는 고개를 끄덕였다. 손목에 서늘한 손가락이 와서 닿았다.

"내가 그나스를 매수했어요. 경찰 역시 사건에서 손을 떼도록 매수했죠. 언론은 매수할 가치도 없어요. 거의 그렇죠. 이제 당신의 사소한 악명은 일하는 데 오히려 도움이 될지도 몰라요."

"비렉 씨, 전……."

"잠시만. 파코! 애야, 이리 오렴."

말리가 눈을 뜨자 여섯 살쯤 돼 보이는 아이가 보였다. 짙은 정장 코트로 몸을 단단히 감싼 채 무릎 아래까지 내려오는 짧은 바지와 옅은 색 스타킹, 단추가 줄줄이 달린 검은 가죽 부츠 차림이었다. 이마에 드리운 갈색 머리카락은 부드러운 곡선을 그렸다. 두 손에는 상자 같은 걸 들고 있었다.

"가우디가 공원을 만들기 시작한 게 1900년이지요. 파코는 그 당시 옷을 입고 있는 거예요. 이리 와, 애야. 그 멋진 걸 좀 보여 주렴."

"네, 선생님."

파코는 어색한 발음으로 말하며 허리를 굽히고 앞으로 다가와 손에 든 물건을 내밀었다.

말리는 물건을 바라보았다. 단순한 나무 상자에 앞은 유리로 돼 있었다. 오브제…….

"코넬." 말리가 말했다. 눈물은 어디론가 사라졌다. "코넬 작품인 건가요?"

말리는 비렉을 바라보았다.

"당연히 아니죠. 저만한 길이의 뼈에 박혀 있는 오브제라면 브라운 바이오 모니터예요. 이건 현재 살아 있는 작가의 작품이에요."

"상자가 더 있나요?"

"일곱 개를 찾았어요. 3년에 걸쳐. 알다시피 비렉 컬렉션은 일종의 블랙홀이라. 비정상적으로 큰 내 재력은 인간의 정신을 표현한 아주 희귀한 작품을 수집하지 않고는 못 배기더군요. 자동적이라고나 할까……. 그리고 보통은 내가 거의 관심을 안 갖는……."

그러나 말리는 푹 빠져 있었다. 상자에, 불가능한 거리감이 불러일으키는 감각에, 상실과 동경에. 어둡고, 부드러웠고, 어딘가 어린아이다운 면이 있었다. 오브제는 모두 7가지였다.

가느다란 뼈로 만든 플루트. 커다란 날짐승의 날개에서 나온 게 분명했다. 미로 같은 금박 회로가 전면에 드러난 오래된 회로판 세 개. 점토를 구워 만든 부드러운 표면의 구체. 오래돼서 가장자리가 까매진 레이스 조각. 손가락 길이의 조각도 있었는데, 회백색에다가 피부가 있을 법한 위치에 딱 맞게 실리콘 테두리가 있는 게 사람 손목에서 나온 뼈 같았다. 하지만 표면은 시커멓게 타 있었다.

상자는 인류 경험의 경계에 얼어붙은 우주이자 시였다.

"고맙다, 파코."

상자와 소년이 사라졌다.

말리는 멍하니 입을 벌렸다.

"아, 미안해요. 이런 변화가 너무 갑작스럽겠군요. 어쨌거나 이제 말리 씨 임무에 대해……."

"비렉 씨. 파코는 뭐죠?"

"서브프로그램이에요."

"아, 그렇군요."

"말리 씨가 해 줬으면 하는 일은 상자를 만든 자를 찾는 거예요."

"하지만, 비렉 씨가 가진 자원이라면……."

"물론 이제 말리 씨도 내 자원이지요. 일하기 싫어요? 그나스의 사업이 코넬 위조품 때문에 문제가 생긴 걸 봤을 때 당신이 이 일에 쓸모가 있을지도 모른다고 생각했는데." 비렉은 어깨를 으쓱했다. "난 원하는 결과를 얻는 데 있어 어느 정도 능력이 있어요."

"당연하죠, 비렉 씨! 저, 일하겠어요. 일하고 싶어요!"

"좋아요. 급여는 몇몇 예금에 권한을 주는 방식으로 지불할 겁니다. 그래도 뭔가 사야 할 일이 생기면, 예를 들어, 꽤 큰 부동산이라거나……."

"부동산이요?"

"아니면 기업이든, 우주선이든 뭐든지요. 그런 경우에는 내 간접 승인이 필요할 텐데, 승인이 안 나는 일은 없을 거예요. 그거 말고는 알아서 하도록 해요. 아무래도 편한 환경에서 일하는 게 좋을 겁니다. 아니면 직감을 잃을 수도 있으니까. 이런 일을 할 때는 직감이 아주 중요하잖아요."

잘 알려진 그의 미소가 다시 말리를 향했다.

말리는 숨을 깊이 들이마셨다.

"비렉 씨, 만약 제가 실패하면요? 그 작가를 찾는 데 시간이 얼마나 있죠?"

"남은 인생 동안."

"죄송하지만, 아까 새, 생명 유지 장치 속에 계시다고 한 것 같은데요?"

"그래요. 그렇게 불치병을 앓는 입장에서 보자면 난 말리 씨한테 몸이 건강할 때 시간 낭비하지 말고 열심히 살라고 충고해야겠죠. 아마 이해했겠지만, 과거 속에서가 아니라요. 난 더는 그런 단순한 상태를 견디기 어려워하는 사람으로서 말하는 거예요. 이런 일이 있을 수 있나 싶지만, 내 몸의 세포는 각자 제멋대로 살아가기로 했답니다. 난 더 부유한 사람이든, 더 가난한 사람이든 종국에는 죽거나 아니면 어느 하드웨어 안의 코드로 남는 모습을 상상해요. 하지만 난 복잡하기 그지없는 환경에 얽매여 있지요. 듣자하니 내 1년 수입의 10분의 1 정도가 든다던가? 난 세계에서 가장 비싸고 쓸모없는 존재가 된 셈이죠. 말리 씨, 난 당신의 마음과 접촉했죠. 그런 마음을 펼쳐 놓을 수 있는 정돈된 육체가 부러워요."

그 순간 말리는 부드러운 파란 눈을 똑바로 바라보았다. 그러자 동물적인 본능으로 이 엄청난 부자가 인간과 가깝지도 않은 존재가 됐다는 확신이 들었다.

밤의 날개가 아주 큰 셔터를 천천히 끌어 내리듯이 바르셀로나의 하늘을 쓸고 지나갔다. 비렉과 구엘 공원은 사라졌다. 말리는 다시 낮은 가죽 의자에 앉아 얼룩지고 군데군데 찢긴 카드보드를 바라보고 있었다.

3. 바비가 윌슨이 되다

 죽음이란 참 쉬웠다. 이제 바비는 알 것 같았다. 그냥 일어나는 일이란 걸. 잠깐만 실수를 해도 배리타운에 있는 엄마 집 거실의 바보 같은 네 귀퉁이에서 차갑고 냄새 없는 뭔가가 차올랐다.
 '젠장.' 바비는 생각했다. '투어데이(Two-a-Day, 하루에 두 번)가 열라 웃어젖히겠군. 첫 방에 윌슨이 되다니.'
 방 안에서 들리는 건 바비의 이빨이 떨리면서 나는 희미한 소리와 피드백이 바비의 신경계를 먹어 들어가면서 마비된 몸에서 나는 초음파 같은 소리가 전부였다. 지금 바비를 죽이고 있는 연결을 차단할 빨간 플라스틱 버튼에서 몇 센티미터 떨어진 곳에 미세하게 떨리는 손이 얼어붙은 듯이 멈춰 있는 게 보였다.
 젠장.
 바비는 집에 오자마자 바로 앉아서 투어데이에게 받아온 아이스브레이커(아이스는 ICE, Intrusion Countermeasure Electronics로 침입에 대항하는 전자 시스템을 말한다. 아이스브레이커는 아이스를 깨뜨리는 시스템이다. ― 옮긴이)를 넣고, 첫 번째 목표물로 고른 곳에 접속했다. 왠지 그래야 할 것 같았다. 하고 싶으면 하는 거다. 조그만 오노 센다이 덱(사이버스페이스 덱. 일종의 컴퓨터로 사이버스페이스와 사람을 이어 주는 장치 ― 옮긴이)을 구한 지 한 달밖에 안 됐지만, 벌써 흔해 빠진 배리타운의 핫도거(일류 '카우보이(전문 해커)'로 성공하기를 열망하는 초보 해커 ― 옮긴이) 이상의 인물이 되고 싶었다. 바비 뉴마크. 일명 '카운트 제로'. 하지만 벌써 끝이었다. 쇼는 이런 식으로 시작부터 끝나지 않는다. 쇼에서는 카우보이 영웅의 여자 친구나 동료가 뛰어들어 와 전극을 잡아채 떼어내고 빨간 버튼을 눌러 준다. 그렇게, 바로 그렇게 살아나는 법이었다.

그러나 지금 바비는 혼자였다. 자율 신경계는 배리타운에서 3000킬로미터 떨어진 곳에 있는 데이터베이스의 방어 시스템이 장악했다. 바비도 알았다. 임박한 어둠 속에는 마법과 같은 힘이 있었다. 그 힘은 바비로 하여금 그 방의 무한한 매력을 희미하게 보게 만들었다. 카펫 색깔의 카펫과 커튼 색깔의 커튼, 더러운 소파, 6년 된 히타치 엔터테인먼트 모듈의 부품을 받치고 있는 네모난 크롬 프레임.

바비는 작업을 준비하면서 그 커튼을 신중하게 골랐다. 하지만 이제는 왠지 배리타운의 아파트가 콘크리트 물결을 이루다 프로젝트(스스로 지속가능한 배리타운의 마천루 ― 옮긴이)의 더 어두운 탑에서 끊어지는, 커튼 뒤의 풍경이 보이는 것 같았다. 아파트의 물결에는 안테나와 철망으로 만든 접시 안테나, 줄줄이 늘어놓은 빨래가 마치 곤

층에 난 털처럼 붙어 있었다. 바비의 엄마는 툭하면 그걸 갖고 불평했다. 엄마는 건조기가 있었으니까. 가짜 청동으로 만든 발코니 난간을 손가락 관절이 하얗게 될 정도로 세게 움켜쥐고 있던 모습, 손목이 접힌 곳에 잡힌 주름이 떠올랐다. 죽은 소년이 경찰차와 똑같은 색깔의 비닐봉지에 싸인 채 환자 수송 침대를 타고 빅 플레이그라운드를 떠나던 모습도 떠올랐다.

'떨어져서 머리를 부딪쳤었지. 윌슨이 된 거야.'

바비의 심장이 멈췄다. 심장이 옆으로 떨어져 만화에 나오는 동물처럼 발에 채인 기분이었다.

바비 뉴마크가 죽은 지 16초. 핫도거의 죽음.

그런데 뭔가 밀고 들어왔다. 말로 표현할 수 없을 정도의 광대함이 과거에 전혀 알지도 상상하지도 못했던 뭔가의 가장 먼 가장자리 너머에서 다가와 바비를 건드렸다.

>>>뭐 하는 거야? 너한테 왜 그러는 거야?

여자 목소리, 갈색 머리, 검은 눈…….

>날 죽이고 있어 날 죽이고 있어 떼어 내 떼어 내.

검은 눈, 데저트스타 꽃, 연한 갈색 셔츠, 여자 머리…….

>>>하지만 이건 속임수야, 보여? 넌 잡혔다고 생각하지만, 봐. 지금 난

여기 있잖아, 넌 그 고리에 잡힌 게 아냐.

그러자 바비의 심장이 다시 뛰었다. 등을 대고 만화에 나오는 빨간 다리로 점심을 걷어찼다. 갈바니의 개구리 실험처럼 경련이 일어나 의자에서 내던져지자 이마의 전극이 떨어졌다. 머리를 히타치 모듈에 찧으면서 방광에 힘이 빠졌다. 누군가가 먼지 냄새 나는 카펫을 향해 젠장, 젠장, 젠장이라고 말하고 있었다. 여자 목소리도, 데저트스타도 사라졌다. 차가운 바람과 비를 맞아 닳은 돌의 느낌이 순간적으로······.

그리고 머리가 폭발했다. 바비는 어딘가 먼 곳에 있는 그것을 아주 선명하게 보았다. 마치 백린탄 같았다.

하얀 섬광.

빛.

4. 착수

 검은색 혼다가 폐기된 석유 굴착 기지의 팔각형 갑판 20미터 상공에 떠 있었다. 새벽을 앞둔 시각이었다. 터너는 헬리콥터 착륙장 위에 희미하게 남아 있는 바이오해저드 마크를 볼 수 있었다.
 "여기 바이오해저드가 있었나, 콘로이?"
 "네게 익숙하지 않은 종류는 아니야."
 빨간 비행복을 입은 사람이 기운 넘치는 동작으로 혼다의 조종사에게 신호를 보냈다. 착륙할 때 프로펠러가 일으킨 바람이 쓰레기봉투 몇 개를 바다로 날려 버렸다. 콘로이는 멜빵의 해제 버튼을 누르고 터너에게 몸을 기댄 채 해치를 열었다. 해치가 미끄러져 열리자 엔진 소리가 귀를 때렸다. 콘로이는 터너의 어깨를 툭 치고는 손바닥을 위로 향한 채 들어 올리는 동작을 취했다. 콘로이가 파일럿을 가리켰다.
 터너는 가까스로 기듯이 헬리콥터에서 뛰어내렸다. 프로펠러 소리가 희미한 천둥소리 같았다. 콘로이는 그 옆으로 몸을 웅크리며 내렸다. 그들은 헬리콥터 착륙장에서 으레 그렇듯 다리를 게처럼 구부리고 희미한 마크 위를 벗어났다. 바람 때문에 바지가 발목에 찰싹 달라붙었다. 터너는 방탄 플라스틱으로 만든 무늬 없는 회색 가방을 들고 있었다. 짐이라곤 그것 하나뿐이었다. 누군가가 그를 위해 호텔에서 가방을 쌌고, 가방은 쓰시마 호에서 쭉 기다리고 있었다. 갑자기 소리가 바뀌는 게 혼다가 이륙하는 모양이었다. 헬리콥터는 가느다란 소리를 내며 아무 불빛도 켜지 않은 채 해안으로 멀어졌다. 소리가 사그라지자 갈매기 우는 소리와 태평양이 움직이며 파도치는 소리가 들렸다.

"누가 예전에 여기다 데이터 보관소를 만들려고 했어. 공해에 말이야. 그때는 궤도에 아무도 안 살았으니까 몇 년 동안은 말이 되는 소리였지……." 콘로이는 굴착 기지를 지지하는 녹슨 기둥들을 향해 갔다. "호사카가 시나리오를 하나 주더군. 우리가 미첼을 여기로 데려와서 깔끔하게 처리한 다음에 쓰시마 호에 처박는 거야. 그리고 전속력으로 옛 일본을 향해 가는 거지. 내가 그랬어. 말 같지 않은 계획 갖다 버리라고. 마스가 계획을 알아차리고 원하는 뭘로든 이 일을 걸고 넘어질 거라고. 그리고 말했지. 연방구에다 만들어 놓은 그 시설, 그게 딱 안성맞춤이라고, 안 그래? 마스라도 거기서는 별 수 없을 거라고, 거긴 망할 멕시코시티 한가운데니까……."

그늘 속에서 사람 한 명이 걸어 나왔다. 불룩 튀어나온 영상 확대용 고글을 끼고 있어 머리 비율이 이상해 보였다. 랜싱 사에서 나온 바늘총의 무딘 총구를 휘두르며 인사했다.

"바이오해저드니까." 옆으로 지나가면서 콘로이가 말했다. "머리를 숙여. 그리고 조심해. 계단이 미끄러우니까."

오래 방치된 곳에서 나는 녹, 소금물 냄새가 섞여 있었다. 창문은 없었다. 탈색된 크림색 벽은 녹으로 얼룩져 있었다. 머리 위를 지나가는 기둥에는 전지로 작동하는 형광 랜턴이 몇 미터 간격으로 걸려 옅은 초록색이 섞인 으스스한 빛을 던지고 있었다. 빛은 강렬했고 밝기가 제멋대로라 거슬렸다. 중앙 관리실 안에 대강 봐도 열댓 명 정도가 일을 하고 있었다. 훌륭한 기술자답게 여유 있으면서도 정확하게 움직였다. '프로들이군.' 터너는 생각했다. 그들은 서로 눈을 별로 마주치지 않았고 말도 거의 안 했다. 안은 아주 아주 추웠다. 콘로이는 진즉에 터너에게 끝과 지퍼로 뒤덮인 거대한 파카를 줬다.

양가죽 항공 재킷을 입은 턱수염 난 사내 하나가 광섬유 뭉치를 벽의 움푹 들어간 곳에 은색 테이프로 고정시키는 중이었다. 콘로이는 터너와 같은 파카를 입은 흑인 여자와 속삭이는 목소리로 이야기하는 데 열중해 있었다. 턱수염 기술자가 고개를 들어 터너를 보았다.

"제에에엔장." 턱수염이 무릎을 꿇은 채 말했다. "큰 건일 줄은 알았는데, 빡센 일인가 보군요." 그는 반사적으로 손을 청바지에 문질러 닦으며 일어섰다. 다른 기술자와 마찬가지로 그도 미세다공성 수술용 장갑을 끼고 있었다. "당신이 터너군요." 턱수염이 씩 웃더니 콘로이가 있는 방향을 흘깃 바라보고는 재킷 주머니에서 검정 플라스틱 병을 꺼냈다. "마셔요. 추위 좀 날아가게. 저 기억하겠죠. 마라켁에서 그 일 같이 했었잖아요. 미쓰비시제넨테크로 간 IBM 녀석요. 당신하고 그 프랑스인하고 호텔 로비로 몰고 간 버스에 폭탄을 설치했죠."

터너는 병을 받아들고 뚜껑을 열어 마셨다. 버번. 깊고 신맛이 목을 찌르면서 따뜻한 기운이 뱃속에 퍼졌다.

"고맙군."

터너가 병을 돌려주자, 턱수염이 다시 받아 주머니에 넣고 말했다.

"오키. 이름이 오키라고요. 기억해요?"

"그럼." 터너는 거짓말했다. "마라켁에서 일했지."

"와일드 터키(버번 브랜드―옮긴이)예요. 스키폴 공항 면세점에서 샀죠." 오키는 콘로이 쪽을 다시 흘깃 살폈다. "저기 당신 파트너는 너무 긴장했는데요, 안 그래요? 그러니까 마라켁 때랑은 다르다고요, 그죠?"

터너는 고개를 끄덕였다.

"뭐 필요하면 말해요."

"어떤 거?"

"술 같은 거요. 아니면 페루비안 플레이크(고순도의 코카인―옮긴이)도 좀 있어요. 진짜 노란 종류로요."

오키는 또 씩 웃었다.

"고마워."

콘로이가 흑인 여자와 이야기를 마치고 다가오는 게 보였다. 오키는 그 모습을 보고는 재빨리 무릎을 꿇고 은색 테이프를 새로 끊어냈다.

"누구야?"

콘로이가 검은 패킹으로 가장자리를 댄 좁은 문으로 터너를 데리고 가다가 물었다. 콘로이가 바퀴를 돌려 문고리를 풀었다. 누군가 최근에 기름칠을 해 둔 모양이었다.

"이름이 오키래." 터너가 방 안으로 들어가며 말했다.

방은 더 작았다. 랜턴 두 개, 접이식 탁자, 의자, 모두 새것이었다. 탁자 위에 검은 비닐 덮개 아래에 모종의 장비가 있었다.

"친구야?"

"아니. 예전에 내 밑에서 일했다던데." 터너는 가까운 탁자로 다가가 덮개를 들쳤다. "이게 뭐지?"

겉모습을 보니 공장에서 만든 단조로운 미완성 시제품 같았다.

"마스 네오텍 사이버스페이스 덱."

터너의 눈썹이 올라갔다.

"네 거야?"

"두 개 있어. 하나는 현장에 있지. 호사카에서 가져온 거야. 매트릭스에서 가장 빠른 놈이야. 분명히. 호사카는 심지어 칩을 복사하기 위한 역공학 분석조차 못하고 있어. 완전히 다른 기술이지."

"호사카는 이걸 미첼에게서 얻은 건가?"

"말은 안 해 주더라고. 우리 자키(해커를 이르는 말―옮긴이)들이 우위를 점할 수 있게 이걸 내줬다는 걸 보면 호사카가 그자를 얼마나 원하는지 대강 알 수 있어."

"콘솔엔 누가 붙어 있는데, 콘로이?"

"제이린 슬라이드. 방금 그 여자랑 이야기하고 있었어." 콘로이는 문쪽을 머리로 가리켰다. "현장 자키는 LA에서 오고 있어. 라미레즈라는 친구야."

"실력은 좋아?" 터너는 덮개를 다시 돌려놓았다.

"그래야지. 받는 돈이 얼만데. 제이린은 최근 2년 사이에 이름을 날린 친구야. 라미레즈는 제이린 대역이고. 젠장." 콘로이가 어깨를 으쓱했다. "너도 카우보이들 알잖아. 더럽게 미친 새끼들……."

"그런 애들 어디서 구한 거야? 오키 같은 애는 또 어디서 구했고?"

콘로이가 웃었다.

"네 에이전트한테서."

터너는 콘로이를 바라보다 고개를 끄덕였다. 몸을 돌려 옆에 있는 덮개를 들췄다. 상자였다. 플라스틱과 스티로폼 상자가 차가운 금속 탁자 위에 가지런히 쌓여 있었다. 터너는 S&W의 은색 로고가 찍힌 파란 플라스틱 상자를 건드렸다.

"에이전트가 말해 줬어." 터너가 상자를 열자 콘로이가 말했다.

권총이 그 모양 그대로 움푹 패인 받침 위에 놓여 있었다. 땅딸막한 총열 아래로 못생기게 튀어나온 약실이 달린 거대한 리볼버였다.

"스미스 앤드 웨슨 택티컬 시리즈. 0.408구경에 크세논 투사기가 달린 거야. 네가 찾을 거라고 했어."

콘로이가 설명했다.

터너는 권총을 손에 들고 엄지로 투사기 배터리 테스트 버튼을 눌렀다. 손잡이에 있는 빨간 LED가 두 번 깜빡였다. 그는 권총을 돌려 탄창을 꺼냈다.

"탄약은?"

"탁자에 있어. 손으로 장전해. 폭발성 탄두야."

터너는 호박색 플라스틱으로 만든 투명한 정육면체를 찾아 왼손으로 열고 탄약을 하나 꺼냈다.

"그자들이 왜 이 일에 날 고른 거지, 콘로이?"

터너는 탄약을 자세히 들여다보더니 조심스럽게 여섯 개 약실 중 하나에 넣었다.

"나도 몰라. 미첼이 언제든 연락해 오면 착수할 수 있게 그냥 배치했다고만 생각했지……."

터너는 약실을 빠르게 돌리다 다시 끼워 넣었다.

"'왜 이 일에 나를 골랐냐'라고 물었어, 콘로이." 터너는 권총을 두 손으로 잡고 팔을 뻗어 콘로이의 얼굴을 똑바로 겨눴다. "이런 권총은 어느 정도 조명만 받쳐주면 총구를 통해 총알이 들었는지 아닌지 볼 수도 있지."

콘로이는 아주 살짝 고개를 저었다.

"아니면 다른 약실에 들었는지 볼 수도 있고……."

"안 돼." 콘로이가 매우 부드럽게 말했다. "그러지 마."

"어쩌면 정신과 의사들이 잘못 생각했을 수도 있어, 콘로이. 어떻게 생각해?"

"그렇지 않아." 콘로이가 무표정한 얼굴로 말했다. "그 사람들은 잘못 생각하지 않았어. 넌 안 쏠 거야."

터너는 방아쇠를 당겼다. 공이가 텅 빈 약실을 때렸다. 콘로이는 눈을 깜빡이더니 입을 벌렸다 다시 다물고 터너가 권총을 내리는 모습을 바라보았다. 이마에서 땀이 한 방울 흘러내리다 눈썹에 막혀 사라졌다.

"그래?" 터너가 권총을 옆구리에 둔 채 말했다.

콘로이는 어깨를 으쓱했다.

"다시는 그러지 마."

"그렇게 날 원한대?"

콘로이는 고개를 끄덕였다.

"네 무대야, 터너."

"미첼은 어디 있는데?"

터너는 다시 약실을 꺼내 나머지 구멍 다섯 개에 탄약을 넣었다.

"애리조나. 소노라 라인에서 50킬로미터 정도 떨어진 언덕 꼭대기에 있는 연구용 아콜로지(이탈리아의 건축가 파올로 솔레리가 창안한 개념으로, 전기나 식량 등의 자원을 자급자족할 수 있는 거대 고층 건물을 지칭함 — 옮긴이)야. 마스 바이오랩 북미 지사야. 주 경계까지, 그 주변에 있는 건 전부 놈들 거야. 게다가 언덕은 정찰 위성 4개가 지나다니는 한가운데 있어. 더럽게 삼엄하지."

"그런데 어떻게 들어간다는 거야?"

"안 들어가. 미첼이 나올 거야. 제 발로. 우리는 기다렸다가 만나서 호사카까지 무사히 데려가면 돼." 콘로이는 입고 있는 검정 셔츠의 옷깃 뒤로 손가락을 가져가 나일론 끈 한 가닥과 벨크로로 고정된 작고 검은 나일론 봉투를 꺼냈다. 콘로이는 조심스럽게 봉투에서 물건을 하나 꺼내 손바닥 위에 놓고 터너에게 내밀었다. "여기. 그자가 보낸 거야."

터너는 권총을 옆에 있는 탁자에 올려놓고 그 물건을 받아들었다. 물건은 마치 부풀어 오른 회색 마이크로소프트 같았다. 한쪽 끝에는 평범한 뉴로잭(neurojack)이 있었고, 다른 쪽은 터너가 아는 어떤 것

착수 43

과도 다른 희한한 모양의 둥근 형태였다.

"이게 뭐야?"

"그게 바이오소프트야. 제이린이 접속해 봤는데, 어떤 AI에서 나온 것 같대. 미첼에 대한 일종의 보고서라나. 끝에는 호사카에 보내는 메시지가 붙어 있고. 일 돌아가는 걸 빨리 파악하고 싶으면 직접 접속해 봐……."

터너는 그 회색 물건에서 시선을 뗐다.

"제이린은 느낌이 어땠대?"

"누워서 접속하는 게 나을 거라던데. 별로 좋아하는 것 같진 않더라고."

기계로 꿈을 꾸면 특별한 현기증이 생긴다. 터너는 임시로 만든 숙소에 있는 깨끗한 녹색 템퍼폼(메모리폼의 일종으로 완충 역할을 하는 소재 — 옮긴이) 위에 누워 미첼에 대한 문건에 접속했다. 반응이 느렸다. 눈을 감을 여유가 있었다.

10초 뒤 눈이 떠졌다. 터너는 녹색 쿠션을 움켜쥐고 메스꺼운 느낌을 참았다. 다시 눈을 감자…… 다시 반응이 왔다. 서서히 정보와 감각 데이터가 순서와 상관없이 깜빡이며 다가왔다. 이리저리 건너뛰다가 동시에 펼쳐지기도 하는 초현실적인 이야기 같았다. 어렴풋이 말도 안 되게 빠르고 무작위한 간격으로 존재와 비존재 사이를 오가는 롤러코스터를 타는 느낌도 들었다. 한 번씩 존재가 사라질 때마다 높이와 과격한 움직임, 방향이 바뀌었지만, 그런 변화는 실제 물리적인 방위보다는 패러다임과 기호 체계의 전광석화 같은 변화에 가까웠다.

그 자료는 애초에 인간용이 아니었다.

눈이 떠졌다. 터너는 그 물건을 소켓에서 빼내 손에 쥐었다. 손바닥이 땀으로 미끄러웠다. 악몽에서 깨어난 기분이었다. 꽉 찬 공포가 단순하고 끔찍한 형태를 취해 비명을 지르게 되는 종류가 아니라, 비교할 수 없을 정도로 그보다 더 불안한 꿈이었다. 모든 게 무서울 정도로 정상적이면서 동시에 모든 게 완전히 잘못된…….

그 물건이 지닌 친밀감에 소름이 끼쳤다. 터너는 가공되지 않은 정보의 파도를 억눌렀다. 의지력을 있는 대로 발휘하며 오랫동안 감시해 온 대상을 향해 느끼는 강박적인 다정함, 사랑에 가까운 감정을 부숴 버리려고 애썼다. 터너는 며칠, 혹은 몇 시간 뒤면 미첼의 학교 성적이나 숨겨둔 애인의 이름, 햇살을 받은 그 여자의 풍성한 붉은 머리에서 나는 향기 같은 아주 세세한 정보가 의식의 표면으로 떠오르리라는 걸 알았다.

터너는 빠른 동작으로 일어섰다. 신발의 플라스틱 깔창이 녹슨 바닥을 때렸다. 터너는 아직 파카를 입고 있었다. 옆주머니에 든 스미스 앤드 웨슨 권총이 흔들리다가 옆구리를 때렸다.

이 일 역시 지나갈 터였다. 사전 속에 있는 스페인어 문법이 한 번 쓴 뒤에 사라진 것처럼 미첼의 정신적인 냄새도 희미해질 터였다. 그가 경험한 건 의식 있는 컴퓨터가 만든 마스의 보안 서류였다. 그게 다였다. 터너는 바이오소프트를 다시 콘로이의 작은 검정 지갑에 넣고 손가락으로 벨크로로 봉인한 뒤 끈을 목에 둘렀다.

그러자 갑자기 굴착 기지 옆구리를 때리는 파도 소리가 귀에 들어왔다.

"헤이, 보스." 숙소 입구를 가려 놓은 갈색 군용 담요 너머에서 누군가 말했다. "콘로이가 부대를 점검할 시간이래요. 그리고 두 분이 다른 데로 가신다고요." 담요 옆으로 오키의 얼굴이 삐져나왔다. "아니면 안 깨웠을 거예요. 아시죠?"

"안 자고 있었어."

터너가 일어서며 말했다. 손가락은 반사적으로 소켓을 이식한 피부 부근을 문질렀다.

오키가 말했다.

"안됐네요. 저한테 완전히 푹 자게 해 주는 약이 있는데. 딱 한 시간 동안요. 그리고 딱 맞는 각성제 좀 넣어 주면, 일어나서 일하는 거죠. 뻥 안 치고……."

터너는 고개를 저었다.

"콘로이에게 안내나 해."

5. 일

말리는 닳은 대리석 체스판 같은 복도에 녹색 식물이 있는 묵직한 놋쇠 화분이 늘어선 작은 호텔에 방을 잡았다. 엘리베이터는 금박 입힌 울타리가 말린 듯한 형태로, 자단나무로 만든 판에서는 레몬 오일과 소형 엽궐련 냄새가 났다.

방은 5층에 있었다. 높다란 창문 하나 밖으로 거리가 내려다보였다. 실제로 열 수 있는 창문이었다. 얼굴에 미소를 머금은 종업원이 사라지자, 말리는 발소리 안 나는 벨기에산 카펫과 무난하게 대조되는 천으로 만들어진 안락의자 위로 무너졌다. 오래된 패리스 부츠의 지퍼를 마지막으로 풀어서 벗고 발로 차 버렸다. 그리고 종업원이 침대 위에 가지런히 놓아 둔 광택 나는 쇼핑가방 열댓 개를 바라보며 생각했다. '내일은 짐가방을 사야겠다. 칫솔도.'

"지금 쇼크 상태인 거야. 조심해야겠어. 이제 아무것도 현실 같지 않아."

말리가 침대 위의 쇼핑가방을 향해 말했다.

아래를 내려다보자 스타킹 발가락 부분에 구멍이 난 게 보였다. 말리는 고개를 흔들었다. 새로 산 가방이 침대 옆 하얀 대리석 탁자 위에 놓여 있었다. 소가죽으로 만든 검정 가방은 플레미시 버터만큼이나 두텁고 부드러웠다. 그 가방을 사는 데 안드레아에게 빚진 방세보다 더 많은 돈이 들었지만, 그건 이 호텔에서 하룻밤 자는 비용도 마찬가지였다. 가방에는 여권과 뒤프리 갤러리에서 받은 크레디트 칩이 들어 있었다. 네덜란드 알헤메인 은행의 궤도지점에서 말리의 이름으로 개설된 계좌로 돈이 나왔다.

말리는 욕실로 들어가 커다란 하얀 욕조에 달린 부드러운 놋쇠 손잡이를 돌렸다. 정수된 뜨거운 물이 쉭 소리를 내며 일본산 필터를 통해 흘러나왔다. 호텔은 목욕 소금, 크림, 향기 오일이 든 목욕용품을 제공했다. 말리는 오일을 욕조에 모두 붓고 옷을 벗기 시작했다. 샐리 스탠리 재킷을 등 뒤로 던질 때는 격심한 상실감을 느꼈다. 한 시간 전만 해도 그 1년 된 재킷은 가장 좋아하는 옷이자 여태까지 가진 것 중에서 가장 비싼 옷이었다. 그런 게 이제는 청소부가 치워 버려야 할 대상이 된 것이다. 어쩌면 시내에서 열리는 벼룩시장으로 향할지도 몰랐다. 말리 자신이 학생 시절 싼 물건을 노리고 가던 바로 그런 곳으로…….

욕실이 향기 나는 증기로 가득 찼다. 이내 거울에 수증기가 맺히더니 물방울이 돼 흘렀다. 거울에 반사된 말리의 알몸이 흐릿해졌다. 원래 이렇게 쉬운 건가? 비렉이 준 얇은 금색 크레디트 칩 하나로 불행에서 빠져나와 하얗고 두툼하고 보슬보슬한 수건이 있는 호텔로 올 수 있다니. 말리는 마치 절벽 가장자리에서 비틀거리고 있는 것처럼 정신적인 현기증을 느꼈다. 돈이 많다면, 정말 많다면 돈이란 게 얼마나 강력해질 수 있는지 궁금해졌다. 아마 이 세상에서 그걸 알 만한 사람은 비렉 가의 사람들밖에 없다고, 그리고 그들은 선천적으로 그걸 깨닫지 못할 거라고 생각했다. 비렉에게 그런 질문을 한다는 건 물에 대해 더 알아보겠다고 물고기에게 묻는 거나 마찬가지였다. 맞아, 얘야, 물이란 축축하단다. 맞아, 얘야, 그 수건은 확실히 따뜻하고 향기도 나고 보슬보슬하지. 말리는 욕조에 들어가 누웠다.

내일은 머리를 할 생각이었다. 파리에서.

ಬಿ ಅ

안드레아네 집 전화가 16번이나 울리고서야 말리는 부가 서비스를 떠올렸다. 아마도 그대로일 테고, 이 비싸고 조그만 브뤼셀의 호텔은 수신 허용 목록에 올라 있지 않을 터였다. 말리가 몸을 뻗어 수화기를 대리석 탁자에 올려놓자 마침 부드럽게 벨소리가 한 번 울렸다.

"손님께 배달 온 물품이 있습니다. 뒤프리 갤러리에서 온 겁니다."

아까보다 더 젊고 피부가 검은, 아마도 스페인 사람일 듯한 호텔 종업원이 떠난 뒤 말리는 꾸러미를 들고 창가로 가 뒤집어 보았다. 수공예로 만든 짙은 회색의 종이로 포장돼 있었는데, 풀이나 끈이 필요 없는 신기한 일본식 방식으로 접혀 있었다. 일단 열면 다시는 도로 접지 못할 게 분명했다. 한쪽 구석에는 갤러리의 이름과 주소가 도드라져 있었고, 말리의 이름과 호텔 이름은 가운데에 이탤릭체 손 글씨로 쓰여 있었다.

종이를 풀자 브라운 홀로그램 투영기 신품과 평평하고 투명한 비닐 봉투가 나왔다. 봉투 안에는 7까지 번호가 붙은 홀로피셰(홀로그램을 투영하는 필름 — 옮긴이)가 들어 있었다. 작은 금속 발코니 너머로 해가 지면서 올드 타운이 금빛으로 물들고 있었다. 자동차 경적 소리와 아이들이 우는 소리가 들렸다. 말리는 창문을 닫고 책상으로 걸어갔다. 투영기는 부드러운 검정 사각형 모양으로, 태양 전지로 작동했다. 말리는 배터리를 확인하고 봉투에서 첫 번째 홀로피셰를 꺼내 넣었다.

구엘 공원을 모사한 비렉의 시뮬레이션에서 본 상자가 투영기 위에 가장 훌륭한 박물관에서나 볼 법한 깨끗한 고해상도로 펼쳐졌다. 뼈와 금색 회로, 낡은 레이스와 점토에서 굴러나온 칙칙한 하얀 색깔의 대리석. 말리는 고개를 저었다. '어떻게 이런 쓰레기 조각을 배치해서 영혼을 낚싯바늘로 낚아채듯 마음을 사로잡을 수 있지?' 그러나 말리는 곧 고개를 끄덕였다. 그럴 수 있었다. 알 수 있었다. 이미 오래전에 역시 상자를 만들었던 코넬이라는 남자가 해낸 일이었다.

말리는 우아한 회색 종이가 놓인 책상을 향해 시선을 흘긋 돌렸다. 이곳은 쇼핑이 지겨워지고 나서 아무렇게나 고른 호텔이었다. 아무에게도 여기 있다고 말하지 않았다. 특히 뒤프리 갤러리에 있는 사람에게는.

6. 배리타운

　엄마의 히타치 엔터테인먼트 모듈에 따르면 바비는 여덟 시간 동안 정신을 잃고 있었다. 먼지가 낀 표면을 들여다보고 있자 뭔가 딱딱한 게 허벅지에 배겼다. 오노 센다이 덱이었다. 바비는 옆으로 굴렀다. 썩은 토사물 냄새가 났다.
　잠시 후 바비는 샤워기 아래 서 있었다. 어떻게 거기까지 갔는지 기억이 안 났다. 옷을 입은 채로 손잡이를 돌렸다. 손톱을 세우고 얼굴을 눌렀다 뗐다. 고무 마스크를 쓴 것 같았다.
　"뭔가 일어났어."
　뭔가 나쁜 일. 큰일이 생겼다. 바비는 그게 뭔지 정확히 알 수 없었다.
　샤워실 타일 바닥에 젖은 옷이 하나씩 쌓였다. 마침내 바비는 샤워실을 나와 세면대 앞에 서서 거울 속 자기 얼굴을 뚫어져라 들여다보던 눈을 돌리고 젖은 머리를 털었다. 바비 뉴마크. 문제 없었다.

"문제 없기는. 생겼지. 문제가 생겼어……."

바비는 수건을 어깨에 두르고 물을 뚝뚝 떨어뜨리며 좁은 복도를 따라 자기 방으로 갔다. 방은 아파트 가장 뒤쪽에 쐐기 모양으로 생긴 작은 공간이었다. 방 안에 들어서자 홀로그램 포르노가 켜지면서 여자 대여섯 명이 나와 즐거운 기색이 넘치는 눈을 하며 웃었다. 여자들이 벽 너머의, 흐릿한 담청색 공간에 서 있는 느낌이었다. 하얀 미소와 팽팽한 몸이 네온사인처럼 빛났다. 여자 둘이 앞으로 나오더니 서로 몸을 더듬기 시작했다.

"그만."

명령이 떨어지자 홀로그램이 꺼졌다. 꿈의 여자들도 사라졌다. 그건 원래 링 워런의 형 물건이었다. 여자들 머리나 옷도 옛날 스타일인데다 살짝 우스꽝스러웠다. 대화도 나눌 수 있고 자기들끼리 여러 가지 행위를 하게 만들 수도 있었다. 바비는 열세 살 때 짝 달라붙은 파란 바지를 입은 브랜디와 사랑에 빠졌던 게 떠올랐다. 지금은 임시로 만든 침실이 더 넓어 보인다고 착각하게 해 주는 용도로 주로 사용했다.

"제기랄, 무슨 일이 터지긴 터졌는데." 바비가 검정 청바지와 거의 깨끗한 셔츠를 입으면서 말하고는 고개를 흔들었다. "뭐지? 제기랄, 뭐야?"

갑자기 전선에 전기가 많이 흘렀던 걸까? 원자력 기구에서 바보짓을 했을까? 아니면 바비가 침투하려던 기지가 이상하게 다운됐다거나, 다른 데서 공격을 받은 걸까……. 그러나 바비는 누군가 사람을 만났던 것 같은 느낌이 들었다. 무의식중에 뭔가 애원하듯 오른팔을 뻗으며 손가락을 벌렸다.

"젠장."

손으로 주먹을 쥐었다. 그러자 기억이 떠올랐다. 뭔가, 진짜 커다란 뭔가 사이버스페이스를 가로질러 다가오는 느낌이 먼저 들었고, 뒤이어 여자를 본 것 같은 인상을 받았다. 갈색 피부에 마른 체형, 별과 바람으로 가득 차 있는 기이하게 밝으면서 어두운 공간 어딘가에 웅크리고 있는 여자. 하지만 그 느낌은 붙잡으려고 하자 어디론가 빠져나갔다.

배가 고팠다. 바비는 샌들을 신고 젖은 수건으로 머리를 문지르며 부엌으로 갔다. 거실을 지나가는데 카펫 위에 놓인 오노 센다이 덱에 ON 표시가 떠 있는 게 보였다.

"아, 망할."

바비는 그 자리에 서서 혀를 찼다. 기계가 아직 접속 중이었다. 침입하려던 기지와 아직 연결돼 있을 가능성이 있을까? 그가 아직 죽지 않았다는 걸 알고 있을까? 바비는 알 수 없었다. 한 가지 확실한 건 놈들이 자기 번호를 손에 넣었다는 점이었다. 바비는 역추적을 막는 안전장치를 귀찮아서 생략했었다.

주소도 드러났을 터였다.

배고픔도 잊었다. 바비는 욕실로 들어가 축축한 옷을 뒤져 크레디트 칩을 찾았다.

날 교환식 드라이버 손잡이 속 빈 공간에 숨겨둔 210신(新)엔이 있었다. 드라이버와 크레디트 칩을 청바지 주머니에 단단히 넣은 채 바비는 가장 낡고 무거운 부츠를 신고, 침대 밑에 있던 빨지 않은 옷가지를 끌어냈다. 바비가 고른 건 주머니가 열댓 개나 달린 검정색 캔버스 재킷이었다. 등허리 쪽에는 커다란 주머니 하나가 통으로 달려 있어 일체형 배낭 역할을 했다. 베게 아래에는 오렌지색 손잡이가 달린 일본제 접이식 칼이 있었다. 그건 재킷 왼쪽 소맷부리 근처의 작은 주머니로 집어넣었다.

방을 나서자 홀로그램 여인이 나타났다.

"바비, 바비이. 와서 같이 놀아요……."

거실에서 바비는 히타치에 꽂혀 있던 오노 센다이 잭을 잡아당겨 뺀 뒤 광섬유를 돌돌 말아 주머니에 넣었다. 전극도 그렇게 한 뒤, 오노 센다이 덱을 재킷 주머니에 넣었다.

커튼은 여전히 창을 가리고 있었다. 조금 전과 달리 갑자기 기분이 들떴다. 떠나야만 했다. 죽음과 스쳐 지나간 경험에 대한 애처로운 호감은 벌써 잊었다. 바비는 조심스럽게 커튼에 엄지손가락만 한 틈을 내고 밖을 내다보았다.

늦은 오후였다. 몇 시간만 있으면 프로젝트의 어두운 부분들에서 불빛이 깜빡이기 시작할 것이다. 빅 플레이그라운드는 콘크리트 바다처럼 펼쳐져 있었다. 프로젝트는 반대쪽 해안 위로 불쑥 솟아 있었다. 여기저기 멋대로 튀어나온 개조 온실 발코니, 메기 수족관, 태양열 장치와 전체 표면에 산재해 있는 와이어 위성 안테나가 거대한 직선 구조물이 부드럽게 보이게 만들었다.

투어데이는 바로 저 위, 바비가 한 번도 보지 못한 세상에서 잠들어 있을 터였다. 완벽한 자체 유지 환경 계획 도시, 아콜로지. 투어데이는 핫도거들과 사업을 벌이려 배리타운에 내려왔다가 끝나면 다시 올라갔다. 바비는 저 위가 항상 좋아 보였다. 밤이면 발코니에서는 갖가지 일들이 벌어졌다. 숯불 같은 빨간 불빛 사이로 어린아이들이 속옷만 입고 원숭이처럼 뛰어다니는 게 보였다. 아주 작아서 간신히 보일 정도였다. 가끔 바람의 방향이 바뀌면 음식 냄새가 빅 플레이그라운드 위에 내려앉았다. 아주 높은 꼭대기 쪽의 비밀 지역에서는 초경량 비행기가 활공하는 모습도 보였다. 그리고 언제나 수많은 사람 목소리와 음악 소리가 뒤섞인 채 바람에 따라 물결치다가 희미해지곤 했다.

투어데이는 개인적인 이야기를 절대 하지 않았다. 어디 사는지도 몰랐다. 사업 얘기를 하거나, 좀 사교적이고 싶을 때면 여자 얘기를 했다. 투어데이가 해 준 이야기를 들은 바비는 그 어느 때보다 더 배리타운을 벗어나고 싶었다. 그리고 바비가 빠져나갈 방법이란 사업밖에 없다는 것도 알고 있었다. 하지만 지금 바비가 딜러를 만나려 하는 이유는 조금 달랐다. 지금 그는 어쩔 수 없는 지경에 빠져 있었다.

어쩌면 투어데이가 이게 어떻게 된 일인지 알려 줄지도 몰랐다. 분명히 그 기지 주변에는 치명적인 게 없다고 했다. 투어데이가 골라 준 목표였고, 들어가는 데 필요한 소프트웨어도 빌려 줬다. 게다가 뭐가 됐든 바비가 거기서 가지고 나올 물건도 투어데이가 팔아 줄 예정이었다. 그러니까 투어데이는 알아야 했다. 뭐가 됐든 간에.

"이봐, 난 당신 번호도 없다고." 바비는 프로젝트를 향해 말하고는 커튼을 닫았다. 엄마에게 뭔가 남겨야 할까? 쪽지라도? "쪽지는 무슨 얼어죽을." 바비는 방을 나서기 전 등 뒤를 향해 말했다. "난 간다." 그리고 문을 열고 나와 복도를 지나 계단으로 향했다. "영원히."

바비는 한 마디 더 내뱉고는 출구를 발로 차 열고 나갔다.

빅 플레이그라운드는 그럭저럭 안전해 보였다. 웃통을 벗은 채 분노에 찬 목소리로 신을 향해 떠들고 있는 청소부 하나를 빼고는. 바비는 청소부 곁을 멀리 돌아갔다. 그자는 하늘을 향해 소리치며 뛰어오르다가 가라데 춉을 날렸다. 맨발에는 피가 말라붙어 있었고, 흔적만 남은 머리는 한때 로브 식으로 잘랐던 듯했다.

빅 플레이그라운드는 중립 지대였다. 적어도 이론상으론 그랬다. '로브'는 '고딕'과 느슨한 동맹을 맺고 있었다. 바비는 나름대로 고딕들하고 꽤 사이가 좋았지만, 독립 상태는 유지했다. 배리타운은 독립 상태로 있기에 좀 위험한 곳이었다. 적어도 갱단이 뒷배경은 좀 되지. 등 뒤로 헛소리를 지껄이는 청소부의 성난 목소리가 작아지는 걸 들으며 바비가 생각했다. 만약 고딕에 속해 있다면 '캐주얼'에게 썰리고 말았다. 그건 당연했다. 궁극적인 이유는 어처구니없을지 몰라도 규칙이란 게 있었다. 그러나 독립 상태인 사람은 뇌간의 지배를 받는 청소부나 뉴욕처럼 먼 곳에서 와서 홀로 방황하는 떠돌이 약탈자에게 썰렸다. 지난여름에 있었던 성기 수집가 같은 녀석에게. 그자는 수집품을 비닐에 담아서 주머니에 넣고 다녔지…….

바비는 태어난 이래, 혹은 그래야겠다고 처음 생각한 이래 항상 이 지역에서 벗어나는 길을 머리에 담으려고 노력했다. 그리고 지금, 그런 바비의 등을 주머니에 담긴 사이버스페이스 덱이 계속 때렸다. 마치 빨리 벗어나기를 재촉하듯이. 바비는 희미하게 밝아오는 프로젝트를 향해 말했다.

"투어데이 이 양반아, 얼른 내려와서 내가 도착할 때쯤엔 레온네

가게에 가 있으라고, 알았어?"

투어데이는 레온의 가게에 없었다.

구부린 클립으로 월스크린 컨버터 내부의 수수께끼를 탐색하고 있던 레온 말고는 아무도 없었다.

"그냥 망치 갖다가 될 때까지 때려 버리지 그래요?" 바비가 말했다. "똑같아요."

레온이 고개를 들어 바라보았다. 40대로 보이지만 나이를 분간하기 힘든 외모였다. 어떤 인종으로도 보이지 않았고, 특정 조명 아래서는 아무도 본 적이 없는 인종처럼 보였다. 얼굴 뼈가 이상 발달한 곳이 많았고, 광택 없는 검은 곱슬머리는 마치 갈기 같았다. 그가 운영하는 지하 해적 클럽은 지난 2년 동안 바비가 죽치고 있던 곳이었다.

레온은 멍한 시선으로 바비를 바라보았다. 반투명한 올리브가 옅게 비치는 듯한 번들거리는 회색 동공은 바비의 기운을 꺾어 버렸다. 레온의 눈을 보자 굴과 손톱 광택제가 떠올랐다. 둘 다 사람과 눈을 마주칠 때 별로 생각하고 싶지 않은 것이었다. 예전에 바의 의자를 꾸밀 때 쓰던 색깔과 비슷했다.

"그냥 그렇게 쑤셔 갖고는 못 고친다는 말이에요."

바비는 불편한 기색으로 덧붙였다.

레온은 천천히 고개를 흔들더니 다시 일하기 시작했다. 사람들이 돈을 내고 여기에 오는 건 레온이 케이블을 연결하지 않고도 키노(영화 — 옮긴이)와 심스팀을 해킹해 줬으며 그가 아니었으면 배리타운에서는 만져 볼 수도 없는 물건을 많이 취급했기 때문이었다. 뒷방에서 거래한 뒤 음료에 대한 대가로 '기부'하는 식이었다. 음료란 대게 레온이 대량으로 들여오는 순수 오하이오 위스키를 합성 오렌지 음료수로 희석시킨 술이었다.

"저기요, 레온." 바비가 입을 열었다. "최근에 투어데이가 여기 온 적 있나요?"

다시 그 끔찍한 눈이 너무 오래다 싶을 정도로 바비를 훑었다.

"아니."

"지난 밤에는요?"

"아니."

"그 전날에는요?"

"아니."

"아. 네. 고마워요."

레온을 괴롭혀 봤자 소용없었다. 사실 그건 별로 좋은 생각이 아니었다. 바비는 어두침침하고 널찍한 실내와 심스팀 유닛, 불 꺼진 키노 스크린을 둘러보았다. 클럽 지하실에는 1인용 침구와 간단한 공구를 갖춘 거의 똑같은 모양의 방이 여럿 있었다. 방음이 정말 좋아서 밖에서는 음악 소리가 거의 들리지 않았다. 바비가 소음과 약으로 가득한 머리를 이끌고 클럽에서 나와 마법에 걸린 것처럼 조용한 거리로 나섰던 밤은 수도 없이 많았다. 빅 플레이그라운드를 가로질러 집으로 가는 내내 귀가 울렸다.

고딕들이 나타나려면 한 시간 가량 남아 있었다. 프로젝트에서 오는 흑인, 도시나 다른 근교에서 오는 백인이 대부분인 딜러들은 작업 대상인 고딕들이 오기 전까지는 나타나지 않았다. 가만히 앉아서 기다리는 것처럼 딜러가 얼굴 빠지는 일도 없었다. 그러면 그 딜러에게서 아무것도 얻을 게 없다는 거나 다름없었다. 진짜 제대로 된 딜러는 재미로 레온의 클럽에서 죽치고 있지 않았다. 주말이면 클럽에서 싸구려 덱을 가지고 일본의 아이스브레이커 키노나 쳐다보는 건 핫도그나 하는 짓이었다…….

"하지만 투어데이는 달라." 바비는 중얼거렸다. "튼튼한 계단을 오르는 중이라고."

투어데이는 자기 갈 길을 가고 있었다. 프로젝트를, 배리타운을, 레온의 클럽을 벗어나 도시로, 파리나, 어쩌면 지바로. 오노 센다이가 등뼈에 부딪쳤다. 투어데이가 준 아이스브레이커 카세트가 아직 안에 들어 있다는 게 생각났다. 아무한테도 그것에 대해 설명하고 싶지 않았다. 바비는 뉴스 가판대를 지나쳤다. 노란 팩스 용지에 찍힌 《아사히 신문》 뉴욕판이 옆구리가 거울로 된 플라스틱 창문 안에서 돌아가고 있었다. 아프리카 어디선가 정부가 전복되고, 화성에서 러시아인들이…….

하루 중 사물이 가장 잘 보이는 시간이었다. 아직 어두웠지만, 거리를 따라 아주 멀리 떨어져 있는 작은 것 하나하나가, 콘크리트 바닥 사이에서 자라는 나무의 검은색 가지에 막 돋아나는 선명한 초록빛 싹과 한 블록 떨어진 곳에서 걷는 여자가 신은 부츠에 달린 금속에서 반짝이는 빛까지, 마치 잘 보이게 해 주는 특별한 물을 통과해 보는 것처럼 선명하게 보였다. 바비는 몸을 돌려 프로젝트를 바라보았다. 아무도 살지 않거나, 창문을 검게 칠한 것처럼 항상 모든 층이 어두웠다. '저 안에서 뭘 하는 걸까?' 바비는 언제 투어데이에게 물어봐야겠다고 생각했다.

바비는 가판대에 있는 코카콜라 시계를 보고 시간을 확인했다. 엄마가 보스턴에서 돌아왔을 시간이었다. 아니면 가장 좋아하는 드라마를 놓칠 테니까. 머리에는 새 구멍이 생겼을 터였다. 바비의 엄마는 미쳐 있었다. 바비가 태어나기 전에 설치한 소켓도 멀쩡했지만, 엄마는 몇 년 동안이나 잡음과 해상도, 감각 누출에 대해 불평하다가 결국 웬 싸구려 대체품을 사러 크레디트를 들고 보스턴으로 갔다. 수술 예약도 필요하지 않은 곳이었다. 그냥 바로 가서 머리에 박아 넣는……. 바비는 엄마를 잘 알았다. 종이에 싼 병을 팔에 끼고, 문을 들어서자마자 코트도 안 벗고 바로 히타치에 접속해, 6시간 동안 내내 뇌를 드라마로 적시던 모습이 떠올랐다. 초점 잃은 눈에, 가끔 재미있는 에피소드를 볼 때면 침도 조금 흘렸다. 그 와중에 잊지도 않고 대략 20분에 한 번씩 병을 들고 고상하게 한 모습씩 마셨다.

바비가 기억하는 한 엄마는 항상 그렇게 살았다. 대여섯 개나 되는 가짜 인생 속으로 서서히 침잠돼 들어갔다. 바비는 평생 계속해서 그런 심스팀 판타지 이야기를 들을 수밖에 없었다. 바비는 아직 엄마가 말한 캐릭터 중 몇몇이 실제로 그의 친척이며, 자신이 이렇게 시시한 녀석만 아니었다면 부유하고 아름다운 숙모와 삼촌이 언젠가 찾아왔을 거라는 소름끼치는 생각을 품고 있었다. 지금 생각해 보니 어떤 면에서는 사실일 수도 있었다. 엄마가 이야기해 준 대로라면 엄마는 임신 중에도 그 망할 것에 접속해 있었다. 그러니까 바비, 태아 상태의 뉴마크도 뱃속에서 웅크린 채 한 1000시간 동안은 「귀인과 애틀랜타」의 영향을 받았다는 뜻이었다. 그러나 바비는 마샤 뉴마크의 뱃속에 웅크리고 있었다는 생각 자체를 하기 싫었다. 그런 생각만 하면 땀이 나고 욕지기가 올라왔다.

　마샤 엄마. 지금 생각해 보면, 엄마가 도대체 어떻게 그 안에서 삶을, 이제는 변방으로 밀려난 그런 삶을 술병과 소켓 속 귀신과 함께 살아갈 수 있었는지 궁금해 할 정도로 바비가 세상을 충분히 이해하게 된 건 고작해야 1년쯤 전이었다. 때때로 딱 정당한 정도만 마셔서 기분이 내킬 때 엄마는 아버지 이야기를 들려주려고 했다. 바비는 4살 때부터 그게 헛소리라는 걸 알고 있었다. 얘기할 때마다 세부 내용이 바뀌었기 때문이었다. 하지만 몇 년 동안 그런 이야기를 즐겨온 것도 사실이었다.

　바비는 레온의 가게 서쪽으로 몇 블록 떨어진 곳에서 적재장을 발견했다. 파란색으로 갓 칠한 대형 쓰레기통에 가려 거리에서는 보이지 않았다. 새 페인트로 빛나는 금속 여기저기가 움푹 들어가 있었다. 적재장 위에는 할로겐전구 하나가 매달려 있었다. 콘크리트가 튀어나온 부분이 편해 보이기에 그 위에 앉았다. 오노 센다이 덱이 부딪치지 않게 조심했다. 가끔은 기다려야 할 때도 있는 법이었다. 투어데이가 가르쳐 준 것 중 하나였다.

　쓰레기통은 갖가지 산업 폐기물로 넘쳐날 지경이었다. 배리타운에도 제 나름의 몫에 해당하는 애매모호하게 합법적인 생산 공장이 있었다. 뉴스에서 떠들기 좋아하는 '지하 경제'의 일부였다. 하지만 바비는 뉴스에 별로 신경 쓰지 않았다. 사업. 모든 게 사업이었다.

　나방이 깜빡거리듯 할로겐전구 주위를 구부정한 궤도로 돌았다. 바비는 기껏해야 열 살 정도로 보이는 꼬마 세 명이 더러운 하얀 나일론 밧줄과 옷걸이에서 빼낸 조각으로 만든 듯한 갈고리를 가지고 파란 쓰레기통 위로 기어오르는 모습을 멍하니 보았다. 마지막 꼬마가 플라스틱 쓰레기로 가득한 꼭대기로 사라지자 밧줄이 빠르게 끌려 올라갔다. 쓰레기가 이리저리 부딪치고 쓸리는 소리가 났다.

'나도 한때는 저러고 놀았었지.' 바비는 생각했다. '어디서 주워온 이상한 쓰레기로 방 안을 채우고 말이야.' 한번은 링 워런의 여동생이 녹색 비닐봉지에 넣어 고무줄로 묶어 놓았던 누군가의 꽤 온전한 팔을 찾은 적도 있었다.

마샤 엄마는 가끔씩 두 시간 정도씩 종교적으로 고양되면 바비의 방에 와서 가장 좋은 쓰레기를 치워 버린 다음에 바비의 침대 위에 아주 끔찍한 자체고정식 홀로그램을 붙여 놓곤 했다. 예수나 허버드 (SF작가로 사이언톨로지교의 창시자 — 옮긴이), 성모 마리아 따위였는데, 기분 내키는 대로 붙였기 때문에 종류는 아무 상관없었다. 바비는 그럴 때마다 제대로 열 받았다. 어느 정도 컸을 무렵 바비는 망치를 들고 거실로 가서 히타치를 내리치려는 시늉을 하고 외쳤다. "한 번만 더 내 물건 건드려 봐요. 엄마 친구들 싹 다 죽여 버릴 테니까." 엄마는 두 번 다시 그러지 않았다. 하지만 침대 위의 홀로그램이 바비에게 영향을 끼치긴 했다. 바비 스스로 종교를 한 번쯤은 고려했다가 옆으로 치워놓은 것처럼 느꼈기 때문이었다. 바비가 이해하기로는, 기본적으로 세상에는 그런 게 필요한 사람이 있었고, 그건 언제나 그랬다. 하지만 바비는 아니었다. 종교 따윈 필요 없었다.

쓰레기 더미로 올라간 꼬마 하나가 다시 나타나 실눈을 뜨고 주위를 살피다가 다시 사라졌다. 뭔가 부딪치는 소리가 났다. 조그만 하얀 손이 우그러진 금속 통을 가장자리로 밀어넘기더니 나일론 끈에 묶어 내려보냈다. '잘 건졌네.' 바비는 생각했다. '금속상에게 가져가면 돈푼깨나 받을 수 있겠네.' 통이 바닥에 닿았다. 바비의 발에서 1미터 정도 떨어진 위치였다. 땅에 닿으면서 방향이 바뀌자 바이오해저드를 뜻하는 기호가 보였다.

"이런, 제기랄." 바비는 반사적으로 발을 치우면서 말했다.

꼬마 하나가 밧줄을 타고 내려와 통을 고정시켰다. 다른 둘도 따라 내려왔다. 이제 보니 꼬마들이 생각보다 더 어렸다.

"야." 바비가 말했다. "그거 열나 위험하다는 거 알아? 암이나 병에 걸린다고."

"가서 개똥구멍이나 피 날 때까지 핥으셔."

첫 번째로 내려온 꼬마가 그렇게 내뱉고는 밧줄을 튕겨 갈고리를 내리고 밧줄을 감더니 통을 끌고 쓰레기통을 돌아 사라졌다.

ಬಂಡ

바비는 한 시간 반을 기다렸다. 충분했다. 레온은 막 요리를 시작한 참이었다.

클럽에는 스무 명쯤 되는 고딕이 염색한 머리를 이리저리 까딱거리는 볏 달린 새끼 공룡 떼처럼 서 있었다. 그중 대부분은 고딕의 이상향에 가까웠다. 키가 크고, 말랐으며, 근육질이지만 수척하고 안절부절못하고 있는, 막 소모되기 시작한 젊은 운동선수 같은 분위기. 곧 무덤에라도 들어갈 것 같은 창백한 피부는 필수적이었다. 머리색은 당연히 검정이었다. 이 하위문화의 표본에 일치하게 몸을 만들지 못한 소수는 피하는 게 상책이었다. 키가 작은 고딕은 골칫거리였고, 뚱뚱한 고딕에게 접근하는 건 자살행위였다.

마치 합성인간처럼 클럽 안에서 흐느적거리며 빛을 받아 번쩍이는 고딕들을 보니 시커먼 가죽과 스테인리스 징을 표면에 덕지덕지 붙여 놓은 끈끈이 생물 같았다. 그들은 대부분 얼굴이나 체형이 거의 똑같았다. 키노 저장소에서 끌어다 모은 고대의 원형에 맞게끔 자신들을 맞춘 탓이었다. 바비는 특별히 예술적으로 꾸민 사제를 골랐다. 야행성 도마뱀이 짝짓기를 위해 드러내는 장식처럼 머리를 흔들고 있는 자였다.

"어이."

바비는 전에 이 사내를 만난 적이 있는지 궁금해하며 말을 걸었다.

"여, 친구." 사제가 맥빠진 목소리로 대답했다. 송진을 씹느라 왼쪽 뺨이 부풀어 있었다. "그 카운트 녀석이야. 카운트 제로 인터럽트(프로그램이 작동을 멈추고 다시 시작하는 현상. 여기서는 카운트 제로가 끼어들었다는 뜻의 중의적으로 쓰임 ― 옮긴이)." 옆의 여자에게 속삭이는 말이었다. 얼마 안 된 딱지가 앉은 길고 창백한 손은 등을 지나 가죽 스커트 위로 여자의 엉덩이를 움켜쥐고 있었다. "카운트, 여긴 내 깔치야."

그 고딕 여자애는 다소 흥미로운 표정으로 바비를 바라보았지만 정말로 보고 있다는 느낌은 없었다. 마치 들어는 봤지만 사지 않을 물건 광고를 보는 듯했다.

바비는 모인 사람들을 훑어보았다. 멍한 얼굴 몇몇이 보였지만, 아는 사람은 없었다. 투어데이도 없었다.

"저기." 바비는 입을 열었다. "그런데 말이지 내가 가까운 친구를 찾고 있거든. 사업상의 친군데." 그 대목에서 그 고딕은 점잔을 빼듯 볏을 흔들었다. "투어데이라고 하는데……." 바비는 조용히 기다렸다. 고딕은 멍한 표정으로 송진만 씹고 있었다. 여자애는 지루한 표정으로 안절부절못했다. "물건 취급하는 사람 말이야." 바비가 눈썹을 올리며 덧붙였다. "흑인이고."

"투어데이. 투어데이 알아. 맞지, 자기야?"

고딕의 말에 여자애는 고개를 획 돌려 다른 곳을 쳐다보았다.

"그 사람 알아?"

"당연하지."

"오늘 여기 있어?"

"아니." 고딕이 대답하며 의미 없는 미소를 지었다.

바비는 입을 열었다가 아무 말 없이 다물고 고개를 끄덕였다.

"고마워, 친구."

"친구를 위해서라면 당연하지." 고딕이 말했다.

또 그렇게 한 시간을 기다렸다. 분필을 칠해 놓은 듯 하얀 얼굴, 단조롭게 반짝이는 여자들의 눈동자, 시꺼먼 바늘 같은 검은 구두 굽은 진력이 나게 보았다. 바비는 레온이 온갖 종류의 동물이 나오고 나무 위에서는 짐승들의 미친 행위가 벌어지는 웬 괴상한 정글 섹스 테이프를 틀어 놓는 심스팀실에는 가지 않으려 했다. 그런 걸 보면 정신이 혼란스러웠다. 배가 고파서 그런지 정신이 몽롱했다. 아니면 아까 일어난 일 때문에 생긴 후유증일지도 몰랐다. 집중하기가 어려워지기 시작했고, 생각은 이상한 쪽으로 떠돌았다. 예를 들자면, 심스팀에 쓰려고 뱀으로 가득한 나무를 올라가서 쥐에다 전선을 연결한 사람 같다고 할까?

고딕은 전부 거기에 빠져 있었다. 대게 뭔가를 두드리고 발을 굴러가며 나무쥐를 확인하는 일에 푹 빠져 있었다.

'레온의 새 히트작이로군.' 바비는 생각했다.

바비 왼쪽으로, 하지만 심스팀의 영향에서 벗어난 곳에 프로젝트에서 온 여자 둘이 서 있었다. 그들의 화려한 장신구는 단조로운 고딕과 확연히 달랐다. 무늬가 있는 빨간 비단 조끼를 몸에 꼭 끼게 입은 채 그 위에 검은색 긴 프록코트를 걸쳤다. 커다란 흰 셔츠는 뒷부분이 발목에 올 정도로 길게 늘어져 있었다. 검은 얼굴은 핀이나 장식물, 치아, 기계식 시계 같은 고풍스러운 금장식이 꽂혀 있거나 매달려 있는 중절모에 가려 안 보였다. 바비는 은밀하게 그들을 지켜보았다. 옷을 보니 돈은 있어 보였다. 하지만 돈을 노리고 달려들려면 목숨을 걸어야 할 터였다. 예전에 투어데이가 마치 옷 갈아입을 시간이 없었다는 듯이, 연한 청색의 보풀이 빳빳한 벨루어 천으로 만들었고 무릎에는 다이아몬드 버클이 달린 옷을 입고 프로젝트에서 내려온 적이 있었다. 하지만 바비는 그가 평소대로 가죽옷을 입은 것처럼 행동했다. 그런 국제적인 태도가 사업에 아주 중요하다고 판단했기 때문이었다.

바비는 그 여자들에게 자연스럽게 다가가 말을 거는 장면을 상상해 보려 했다. '헤이, 아가씨들은 내 친구인 투어데이 씨를 알고 계시겠죠?' 하지만 그들은 바비보다 더 나이 들고 키도 커 보였던 데다 동작에도 범접하기 어려운 위엄이 있었다. 아마도 그냥 웃을 터였다. 바비는 그런 걸 원하지 않았다.

바비가 원하는 건, 그것도 아주 간절히 원하는 건 음식이었다. 바비는 청바지를 더듬어 크레디트 칩을 만져보았다. 길가에 나가서 샌드위치를 사 먹을까……. 그러자 여기 온 이유가 떠올랐다. 갑자기 칩을 쓰는 건 별로 똑똑한 생각이 아닌 것 같았다. 만약 쫓기고 있다면 크레디트 칩 번호가 이미 놈들 손에 들어가 있을 터였다. 쓰기만 하면 사이버스페이스에서 바비를 쫓는 자에게 바로 위치가 드러나게 된다. 깜깜한 축구장에서 밝게 빛나는 빛처럼 배리타운 어디에 있는지 알아낼 게 분명했다. 현금도 있었지만, 그걸로는 먹을 걸 살 수가 없었다. 현금을 갖고 있는 게 불법은 아니었지만, 아무도 현금을 가지고 합법적인 일을 하지 않는다는 게 문제였다. 칩이 있는 고딕이 있다면 신엔을 주고 크레디트를 살 수도 있었다. 무지막지하게 할인을 해야겠지만, 그러면 고딕이 대신 지불하게 할 수 있었다. 그런데 거스름돈은 도대체 뭘로 받아야 하지?

어쩌면 괜히 놀란 걸 수도 있어. 바비는 생각했다. 바비는 자기가 추적당하고 있는지 확실히 알지 못했다. 게다가 해킹하려던 기지는 합법적이었다. 합법적이어야 했다. 그래서 투어데이가 블랙 아이스에 대해서는 걱정할 필요가 없다고 했던 것이다. 별로 심하지 않은 키노 포르노를 빌려 주는 곳에 누가 치명적인 피드백을 주는 프로그램을 설치하겠어? 아직 해적팜 시장에 나오지 않은 신작 키노의 디지털 신호를 몇 시간 동안 받은 게 아닌가 하는 생각도 했었다. 그건 누구를 죽일 만한 이유가 아니었다…….

하지만 죽이려고 한 건 사실이었다. 게다가 다른 일도 있었다. 완전히 다른 일이. 바비는 터덜터덜 계단을 올라 클럽을 나섰다. 매트릭스에 대해 모르는 게 많다는 건 알았지만, 이렇게 이상한 건 들어본 적도 없었다……. 귀신 이야기도 들었다. 사이버스페이스에서 그런 걸 봤다고 맹세하고 나선 핫도거들도 있었다. 하지만 바비는 그자들이 약에 취한 채 접속해 윌슨이 된 거라고 치부했다. 매트릭스 안에서도 똑같이 환각을 볼 수 있었다…….

어쩌면 그런 걸지도 몰라. 바비는 생각했다. 그 목소리는 그저 죽어 가는 과정의 일부, 뇌파가 점점 평평해지고 있는 뇌가 고통을 줄이기 위해 만들어 냈던 괴상한 헛것에 불과했고, 근원지에서 일부 망에서 전압 저하가 일어났다거나 해서 아이스가 바비의 신경 시스템을 놓쳐버린 걸지도 몰랐다.

어쩌면. 바비로서는 알 길이 없었다. 자기 분야도 잘 몰랐다. 해야 할 일을 제때 못하다 보니, 최근 들어 자기가 뭣도 모른다는 게 점차 크게 다가오기 시작했다. 이전에는 그런 생각을 별로 하지 않았다. 하지만 무엇에 대해서든 제대로 알았던 게 없었다. 사실 바비가 해킹을 시작하기 전에는 알아야 할 만큼은 알고 있다고 느꼈다. 고딕들과 비슷했다. 고딕들이 이곳에 죽치고 앉아 마약에 몸을 불사르거나 캐주얼에게 썰리는 이유였다. 그런 소모 과정에서 여차여차해서 일부는 아이를 갖고 배리타운에 아파트를 사서 다음 세대의 물결을 이뤘다. 그렇게 모든 일은 돌고 돌았다.

바비는 바닷가에 살면서 바다를 하늘만큼이나 당연하게 여기지만 해류나 항로, 날씨의 변화에 대해서는 전혀 모르는 소년과도 같았다. 바비도 학교 다닐 때부터 덱을 사용했고, 공간이 아닌 공간의 무한한 영역, 사람이 상상하기 어려울 정도로 복잡하게 교감하는 환각인 매트릭스와 사이버스페이스로 데려다 주는 장난감을 많이 썼다. 그곳에서는 대기업의 뜨거운 정수가 신성처럼 빛났고, 데이터는 너무도 농밀해 가장 단순한 윤곽 이상을 이해하려고 하면 감각에 과부하가 걸려 괴로울 정도였다.

그러나 해킹을 시작한 뒤로 바비는 사물이 어떻게 작동하는지 정말 모른다는 사실을 깨달았다. 단지 매트릭스 안의 일뿐만이 아니었다. 그런 일이 넘쳐났다. 바비는 궁금해하고 생각하기 시작했다. 배리타운이 어떻게 돌아가는지, 엄마가 어떻게 그렇게 사는지, 왜 고딕과 캐주얼이 에너지를 있는 대로 쏟아가며 서로 죽여 없애려고 하는지. 그리고 왜 투어데이는 흑인이고 프로젝트 위에 사는지. 뭐가 그런 차이를 만드는지.

바비는 걸으면서도 계속 딜러를 찾았다. 하얀 얼굴, 하얀 얼굴만 더 보였다. 배에서 소리가 나기 시작했다. 바비는 집 냉장고에 있는 신선한 동그랑땡을 떠올렸다. 기름에 지진 다음에 간장을 꺼내고 크릴새우 과자 통을 열고…….

가판대를 지나면서 코카콜라 시계를 확인했다. 엄마는 집에 도착해서 거의 20년 동안 소켓을 통해 공유해 온 여자주인공의 삶인 「귀인과 애틀랜타」 속의 복잡한 미로에 푹 빠져 있을 게 분명했다. 《아사히신문》 팩스가 아직도 작은 유리 뒤에서 돌아가고 있었다. 바비가 가까이 다가가자 마침 폭발 사고에 대한 첫 보도가 보였다. 뉴저지, 배리타운, 코비나 콘코스 코트, 3층 A블록…….

뉴스는 곧 지나갔다. 그리고 곧 클리블랜드 야쿠자 두목의 공식 장레식 소식이 나왔다. 아주 전통적이었다. 모두 검은 우산을 들고 있었다.

바비는 A블록 503호에서 평생을 살았다. 그곳을 밀고 들어온 거대한 폭발은 자기 대신 마샤 뉴마크와 히타치 엔터테인먼트 모듈을 납작하게 짓밟아 버렸다. 그건 당연히 바비를 노린 일이었다.

"이거 장난이 아니었어." 바비는 자기도 모르게 중얼거렸다.

"어이! 친구! 카운트! 너 약 빨았어? 어이! 어디 가는 거야!"

사제 두 명의 눈이 공황 상태에 빠진 바비를 쫓아 움직였다.

7. 쇼핑센터

 파란색 포커 호버크래프트를 몰던 콘로이가 전쟁 전에 만든 망가진 고속도로를 벗어나 속도를 줄였다. 니들스에서부터 수탉 꼬리처럼 달고 온 먼지가 가라앉았다. 제자리에 멈추자 호버크래프트가 부풀어 있는 기낭 위로 가라앉았다.
 "다 왔어, 터너."
 "여기 뭐에 맞았나?"
 사각형의 널찍한 콘크리트 바닥이 세월에 풍화된 콘크리트 벽돌로 된 들쑥날쑥한 벽까지 펼쳐져 있었다.
 "경제란 게 다 그렇지 뭐." 콘로이가 말했다. "전쟁 전 일이야. 아예 완성을 못 했어. 여기서 서쪽으로 10킬로미터가 죄다 분양한 땅이야. 구획 나눠 놓은 게 다지. 집도 없고, 아무것도 없어."
 "현장 팀은 몇 명이야?"

"아홉. 너 빼고. 그리고 의료팀도."

"무슨 의료팀?"

"호사카 의료팀. 마스는 생물 쪽이잖아. 안 그래? 우리 친구한테 무슨 짓을 했을지 모른단 말이야. 그래서 호사카가 평상시의 소형 신경외과 모듈에 능력자 세 명을 배치했어. 둘은 회사 소속이고, 나머지 하나는 어둠의 의술을 꿰고 있는 한국인이야. 의료용 구획은 저기 저 긴 건물 안에 있어." 콘로이가 손으로 방향을 가리켰다. "약간이지만 지붕도 있어."

"저건 어떻게 가져온 거야?"

"투손에서부터 유조차 탱크에 넣어서 가져왔지. 고장 난 것처럼 가장해서. 꺼내서 설치하고 끝. 전부 달라붙어서 끝냈어. 3분쯤 걸렸나."

"마스 거로군." 터너가 말했다.

"당연하지." 콘로이가 엔진을 끄고 조용해지자 말했다. "위험을 감수해야지. 잘하면 놈들이 놓쳤을지 몰라. 유조차에 탄 놈은 거기 앉아서 투손에 있는 배차원에게 통신으로 계속 똥 같은 열교환기가 망가졌는데 언제 고쳐 줄 거냐고 투덜거렸어. 아마 놈들이 통신을 들었을 거야. 더 나은 방법 있어?"

"아니. 고객이 그걸 현장에 갖다놓기를 원한다면야. 하지만 우린 지금 놈들의 정찰 위성 범위 한가운데 있는 거라고······."

"귀여운 친구야." 콘로이가 코웃음을 쳤다. "여자가 그리워서 잠깐 섰을 수도 있어. 투손까지 가는 길에 쉬어가는 거라고. 안 그래? 여긴 그런 데야. 오줌 싸고 가려고 멈추는 데라고, 알아?" 콘로이는 검정 포르쉐 손목시계를 확인했다. "난 한 시간 안에 거기 가야 해. 해안으로 헬기를 타고 갈 거야."

"굴착 기지?"

"아니. 네 옛 같은 비행기. 내가 직접 처리해야겠어."

"좋아."

"도니에르 시스템을 갖춘 지면 효과 비행기(지면에서 가깝게 비행할 때 양력이 증가하는 효과를 이용한 비행기 — 옮긴이)로 하려고. 미첼이 올 때까지 도로에 대기시켜야지. 의료팀이 미첼을 깨끗하게 만들어 놓을 때쯤이면 도착할 거야. 그러면 미첼을 넘겨받아서 비행기에 태워 소노라 국경으로……."

"아음속으로 날아가겠지?" 터너가 말했다. "안 돼. 넌 캘리포니아로 가서 수직이착륙기를 사 와. 우리 친구는 쓸모없는 것과는 거리가 먼 다용도 전투기를 타고 여기서 떠나야 해."

"아는 조종사는 있어?"

"나." 터너가 귀 뒤의 소켓을 두드리며 말했다. "완전 통합 인터랙티브 시스템이 있어. 인터페이스 소프트웨어를 팔 거야. 그대로 나한테 꽂으면 돼."

"네가 비행기도 조종하는 줄은 몰랐는걸."

"못 해. 멕시코시티까지 튀는 데 직접 할 필요는 없지."

"여전히 거칠구먼, 터너. 그거 알아? 뉴델리에서 누가 네 거시기를 날려 버렸다는 소문이 돌았던 거?"

콘로이가 터너를 향해 얼굴을 돌리며 말했다. 얼굴에 떠오른 웃음은 차갑고 순수했다.

터너는 뒷좌석에서 파카를 들어 권총과 단알 한 상자를 꺼냈다. 파카를 다시 돌려놓는데 콘로이가 말했다.

"갖고 있어. 밤에는 더럽게 추워져."

터너는 캐노피 손잡이를 잡았고, 콘로이는 다시 엔진을 돌렸다. 호버크래프트가 몇 센티미터 정도 떠오르며 살짝 흔들렸다. 터너는 캐노피를 열고 밖으로 나왔다. 태양빛과 공기가 뜨거운 벨벳 천처럼 사방에 펼쳐졌다. 멕시코에서 산 선글라스를 파란 작업복 셔츠에서 꺼내 썼다. 터너는 하얀 갑판용 신발과 열대 지방용 전투 작업복을 입고 있었다. 폭발성 탄약 상자는 작업복 주머니에 넣었다. 터너는 오른손에 권총을 들고 왼쪽 팔 아래 파카를 끼웠다.

"길쭉한 건물로 가." 엔진 소리를 배경으로 콘로이가 말했다. "다들 널 기다리고 있어."

터너는 용광로처럼 달아오른 한낮의 사막 위로 뛰어내렸다. 콘로이는 포커 호버크래프트를 몰고 다시 고속도로로 들어갔다. 터너는 호버크래프트가 속도를 내서 동쪽으로 움직이며 땅에서 솟아오르는 열기에 아른거리는 모습을 지켜보았다.

콘로이가 사라지자 아무 소리도, 아무 움직임도 없었다. 터너는 몸을 돌려 폐허를 향했다. 바위 사이에서 작은 회색빛 무언가가 잽싸게 움직였다.

고속도로에서 대략 80미터쯤 되는 곳에서 벽이 시작되는 듯했다. 넓은 공간은 예전에 주차장이었다.

터너는 다섯 발자국을 걸은 뒤 멈췄다. 바다 소리가 들렸다. 파도가 쳤다가 부서지면서 나는 부드러운 소음. 손에 쥔 권총은 너무 컸고, 너무 현실적이었다. 햇빛에 달아오른 금속이 따뜻했다.

"바다는 없어. 바다는 없어." 터너는 중얼거렸다. "소리가 들릴 리 없어."

계속 걸었다. 갑판용 신발이 갈색과 초록색 병 파편이 섞인 오래된 유리창 위에서 미끄러졌다. 납작하게 눌린 오래된 병뚜껑과 알루미늄 캔도 있었다. 바싹 마른 낮은 수풀에서 벌레가 날아올랐다.

'끝. 끝이야. 이런 곳은. 곧.'

터너는 다시 멈췄다가 억지로 앞으로 갔다. 내면에서 솟구쳐 나오는 감정을 정의할 수 있게 해 줄 무엇을 찾기라도 하는 것 같았다. 뭔가 공허한…….

쇼핑센터는 두 번이나 죽었다. 멕시코 해변의 호텔은 한 번, 최소한 한 계절은 살아 있었다…….

주차장 너머에서 영혼 없는 싸구려 콘크리트 벽돌이 햇빛을 받으며 기다렸다.

터너는 회색 벽이 드리운 좁은 그늘에 웅크리고 있는 팀원들을 만났다. 세 명이었다. 눈에 띄기 전에 커피 냄새부터 났다. 검게 그을린 에나멜 그릇이 프리머스 버너 위에 불안정하게 놓여 있었다. 냄새는 의도적이었다. 그들은 터너를 기다리고 있었다. 아니었다면, 터너는 텅 빈 폐허만 발견했을 테고, 아주 조용하고 자연스럽게 죽었을 터였다.

남자 둘에 여자 하나. 텍사스에서 온 듯 갈라지고 먼지가 잔뜩 묻은 부츠를 신었고, 작업복은 반짝일 정도로 기름을 먹인 걸로 볼 때 아마 방수도 될 것 같았다. 남자 둘은 턱수염을 길렀고, 가죽끈으로 위로 묶어 올린 긴 머리는 햇빛을 받아 하얗게 빛났다. 여자는 가운데 가르마를 타서 바람에 타고 갈라진 얼굴 뒤쪽으로 꽉 잡아당겨 묶었다. 오래된 BMW 모터사이클이 벽에 기대 있었다. 크롬 도금에는 군데군데 녹이 슬어 있었고, 오래된 페인트는 사막에 맞게 위장하려고 황갈색과 회색으로 뿌린 에어브러시 자국으로 얼룩져 있었다.

터너는 스미스 앤드 웨슨 권총을 손에서 느슨하게 한 뒤 검지에 끼고 총구가 돌아가게 돌렸다.

"터너 씨죠." 남자 하나가 일어서며 말했다. 싸구려 금속이 이빨 사이에서 빛났다. "수트클리프입니다."

호주 쪽인 듯한 억양이 남아 있었다.

"선봉대인가?" 터너는 다른 둘을 바라보았다.

"맞습니다." 수트클리프가 말하며 검게 탄 엄지와 검지를 입 안에 넣더니 노랗게 바랜 금속 보철을 꺼냈다. 원래 치아는 하얗고 가지런했다. "IBM에서 쇼비를 꺼내 미쓰에 데려다 준 분이죠. 그리고 톰스크에서 세메노프도 꺼내줬고요."

"질문인가?"

"터너 씨가 호텔을 날려 버렸을 때 전 IBM 마라켁의 보안 요원이었어요."

터너는 남자의 눈을 마주봤다. 푸른 눈은 차분하고 아주 밝았다.

"그래서 문제가 되나?"

"걱정하지 마세요. 그냥 당신 작업을 봤다는 소리예요." 수트클리프는 보철을 다시 입에 집어넣으며 다른 남자와 여자를 향해 고갯짓했다. "여긴 린치고. 저긴 웨버예요."

"상황 보고해."

터너가 권총을 쥔 채 엉덩이를 땅에 대고 그늘에 앉으며 말했다.

"3일 전에 도착했어요." 웨버가 말했다. "바이크 두 대에 타고서요. 여기서 캠핑하는 구실을 만들려고 하나는 크랭크축이 부러지게끔 조작을 했죠. 드물지만 사람이 왔다 갔다 하니까요. 바이크 탄 집시나 이상한 종교인이나. 린치가 광섬유를 6킬로미터 동쪽까지 깔아서 전화에 연결……."

"사설?"

"유료요." 린치가 말했다.

"시험용 고속신호를 보냈어요." 여자가 말을 이었다. "제대로 안 됐다면 알았을 거예요."

터너는 고개를 끄덕였다.

"들어오는 신호는?"

"없어요. 이번 큰일에만 쓸 수 있어요. 무슨 일인지는 모르겠지만."

웨버는 눈썹을 치켜떴다.

"소속을 바꾸는 거야."

"그럴 줄 알았어요." 수트클리프가 벽에 등을 기댄 채 웨버 옆에 앉으며 말했다. "대강 분위기를 보아하니 우리 같은 고용인들은 누구를 빼 오는지도 몰라야 하는 것 같더라고요. 맞아요, 터너 씨? 아니면 팩스 읽어 봐도 돼요?"

터너는 무시했다.

"웨버, 계속 해."

"선을 깔고 난 뒤에 나머지 팀원들이 은밀히 들어왔어요. 마지막 팀원은 일본 놈들이 들어 있는 탱크를 가져왔어요."

"그건 무식한 짓이었어요." 수트클리프가 말했다. "좀 너무 뻔히 보였어요."

"그것 때문에 우리가 노출됐다고 보나?" 터너가 물었다.

수트클리프는 어깨를 으쓱했다.

"그럴 수도 있고, 아닐 수도 있죠. 꽤 빨리 움직이긴 했어요. 지붕이 있어서 가릴 수 있는 게 천만 다행이죠."

"안에 탄 사람들은?"

"그 사람들은 밤에만 밖에 나와요." 웨버가 말했다. "그리고 거기서 5미터 이상 떨어지면 우리가 쏴 죽여 버릴 거라는 건 알고 있죠."

터너는 수트클리프를 흘깃 보았다.

"콘로이의 명령이에요." 그가 말했다.

"콘로이의 명령은 이제 상관없어. 하지만 그건 그대로 두도록 하지. 그자들은 어떤 사람들인가?"

"의사들이요. 뭔가 구린 의사들이죠." 린치가 말했다.

"맞아." 터너가 말했다. "다른 팀원들은?"

"합성 방수포로 그늘을 좀 만들었어요. 거기서 교대로 자지요. 물이 충분하지 않아서 요리는 거의 못하고요." 수트클리프는 커피포트로 손을 뻗었다. "보초도 세워 놓았고, 주기적으로 선이 온전한지 확인하고 있어요." 그는 개가 씹다 만 듯한 플라스틱 컵에 블랙커피를 따랐다. "우리가 춤을 추는 건 언제죠, 터너 씨?"

"먼저 우리가 아끼는 의료팀을 보고 싶군. 사령실도. 사령실에 대해서는 한 마디도 안 했잖나."

"다 준비됐어요." 린치가 말했다.

"좋아. 이거 받게." 터너는 웨버에게 권총을 건넸다. "이거 넣을 권총집이 있는지 찾아봐 줘. 린치는 날 의료팀에게 안내하고."

"웨버 말이 당신이 올 줄 알았다더군요." 린치가 말했다. 그는 잡석이 깔린 경사로를 수월하게 올라갔다. 터너는 그 뒤를 따랐다. "명성이 대단하시더라고요."

그 젊은 남자는 햇빛에 물든 더러운 머리 아래로 시선을 흘깃 돌려 터너를 바라보았다.

"과장이야." 터너가 말했다. "부질없는 거지. 그 친구랑 일한 적 있나? 마라켁에서?"

린치는 벽에 나 있는 틈을 통해 옆으로 건너갔다. 터너도 뒤를 바짝 따랐다. 타르 냄새가 나는 사막 식물은 스치면 찌르거나 달라붙었다. 창문을 만들려고 뚫어 놓은 사각형 구멍을 통해 분홍색 산꼭대기가 보였다. 린치는 자갈이 깔린 경사로를 따라 아래로 내려갔다.

"물론이죠. 전에 같이 일한 적 있어요." 린치가 경사로 끝에서 잠시 걸음을 멈추며 말했다. 고대 유물 같아 보이는 가죽 혁대가 그의 허리춤에 걸려 있었다. 묵직한 버클에는 피라미드 모양의 둔탁한 볏이 있는 빛바랜 사신 문양이 있었다. "마라켁은 저보다 이전 시대 일이지만요."

"코니랑도 일했나, 린치?"

"누구요?"

"콘로이 말이야. 전에 그 친구 밑에서 일한 적 있나? 좀 더 정확히 말하자면, 지금 그 친구 밑에서 일하는 건가?"

터너는 천천히, 하지만 의도적으로 자갈밭을 밟으며 말했다. 자갈이 신발 아래서 짓밟히고 미끄러지는 소리가 들렸다. 발밑이 편하지는 않았다. 터너는 린치의 작업복 조끼 속으로 케이스에 들어 있는 작고 섬세한 화살총을 보았다.

린치는 제자리에 서서 마른 입술을 축였다.

"수트클리프가 연락해요. 전 만난 적 없어요."

"린치, 콘로이에게는 문제가 있어. 의무를 다른 사람에게 위임하지는 못하거든. 항상 처음부터 자기 사람을 심어 놓는 걸 좋아하지. 감시하는 자를 감시하는 거야. 항상. 그게 자넨가, 린치?"

린치는 그렇지 않다는 뜻을 겨우 알아챌 수 있는 정도로만 고개를 저었다. 터너는 사막 식물에서 나는 타르 향기 속에서 땀 냄새를 맡을 수 있을 정도로 가까이 서 있었다.

"난 콘로이가 그런 식으로 추출 작업 두 개를 날리는 걸 봤어. 이곳의 도마뱀하고 깨진 유리가 좋나, 린치? 여기서 죽고 싶어?" 터너는 주먹을 린치의 얼굴에 가져간 뒤 천천히 검지를 펴 하늘을 가리켰다. "우린 놈들 감시망 안에 있어. 콘로이의 끄나풀이 하늘에 망할 신호를 한 번만 쏘면 놈들이 쳐들어온다고."

"벌써 오고 있을지도 모르죠."

"맞아."

"수트클리프는 당신 사람이에요. 난 아니고요. 웨버는 잘 모르겠네요." 린치는 때가 까맣게 낀 손톱으로 멍하니 턱수염을 긁었다. "이 얘기 하려고 절 부른 건가요? 아니면 쪽바리 깡통 보러 갈 거예요?"

"가자고."

린치. 린치였다.

몇 년 전, 터너는 태양열을 동력으로 삼는 프랑스제 이동용 휴가 모듈을 전세 내 멕시코에서 지낸 적이 있었다. 광택 나는 금속으로 조각한 날개 없는 파리처럼 생긴 7미터짜리 몸체에 감광성 플라스틱으로 만든 반구형 눈이 달린 모습이었다. 프로펠러가 두 개 달린 오래된 러시아 화물선이 왕관 모양의 야자수 위로 간신히 모듈을 나르는 동안 터너는 두 눈 뒤에 앉아 있었다. 모래가 검은 외딴 해변에 내려앉은 터너는 티크나무로 장식한 그 좁은 방 안에서 3일 동안 고독을 원 없이 즐겼다. 냉장 음식을 전자레인지에 데워 먹고, 간단하지만 시원한 물에 꼬박꼬박 샤워도 했다. 직사각형 모양의 방은 태양을 쫓아 회전해서 터너는 위치만 보고도 시간을 알 수 있었다.

호사카의 이동용 신경외과 모듈은 그 프랑스제 휴가 모듈에서 눈을 뺀 것과 같았다. 2미터쯤 더 길었고, 색은 칙칙한 갈색이었다. 아래쪽을 따라 일정한 간격으로 갓 땜질한 L자형 철재가 육중한 무게에 눌린 빨간 자전거 타이어 열 개에 달린 간단한 구조의 용수철 현가 장치를 받치고 있었다.

"다들 자나 봐요." 린치가 말했다. "움직이면 들썩여서 알 수 있어요. 때가 되면 바퀴를 뗄 거지만, 당장은 움직일 수 있는 게 좋거든요."

터너는 갈색 모듈 주위를 천천히 걸었다. 반짝이는 검은색 하수 튜브가 근처에 있는 작은 직사각형 탱크로 이어졌다.

"어젯밤에 저걸 비웠잖아요. 망할." 린치는 고개를 저었다. "식량하고 물도 좀 갖고 있더라고요."

터너는 겉면에 귀를 갖다 댔다.

"방음이에요." 린치가 말했다.

터너는 위에 있는 철제 지붕을 올려보았다. 신경외과 모듈은 10미터는 족히 되는 녹슨 지붕에 가려 있었다. 철판이고, 달걀을 익힐 수 있을 정도로 뜨거웠다. 터너는 고개를 끄덕였다. 저 뜨거운 사각형은 마스의 적외선 스캔에 항상 같은 모습으로 나타날 터였다.

"박쥐예요." 웨버가 어깨에 메는 검정 나일론 총집에 넣은 스미스 앤드 웨슨을 건네며 말했다. 황혼의 사막은 깊은 우주에서 나오는 것 같은 소리로 가득했다. 찍찍거리는 금속성 소음과 벌레 우는 소리, 보이지도 않는 새가 지저귀는 소리. 터너는 파카 안에 총을 집어넣었다.

"오줌이 마려우면 저 수풀로 가면 돼요. 가시에 찔리지 않게 조심하고요."

"어디 출신이지?"

"뉴멕시코요." 웨버가 말했다.

아직 완전히 사라지지 않은 빛을 받은 얼굴은 조각해 놓은 나무 같았다. 웨버는 몸을 돌려 방수포를 가리고 있는 벽을 향해 걸었다. 터너는 그곳에서 수트클리프와 젊은 흑인을 알아보았다. 그들은 알루미늄 포일에 음식을 올려놓고 먹고 있었다. 현장 콘솔 자키인 라미레즈였다. LA에서 왔다는 제이린 슬라이드의 파트너.

터너는 둥근 하늘을 올려보았다. 별이 가득한 하늘은 무한했다. '이렇게 보면 더 커 보이다니 이상도 하지.' 터너는 생각했다. 궤도에서 보면 그저 형체도 없는 심연으로 크기란 게 전혀 의미 없었다. 터너는 오늘 밤 잠을 못 이루리라는 사실을 알았다. 북두칠성은 꼬리를 끌며 돌다가 지평선 아래로 사라질 터였다.

메스꺼운 기분과 잘못된 곳에 와 있다는 생각이 바이오소프트 문서에서 나온 이미지처럼 마음속으로 마구 파고들어왔다.

8. 파리

안드레아는 카르티에 데 테른에서 살았다. 그 거리에 있는 다른 건물과 마찬가지로 안드레아가 사는 오래된 건물도 황폐해진 채 인정머리 없는 재개발업자들을 기다리고 있는 처지였다. 캄캄한 입구 너머로 죽 늘어서 있는 망가진 작은 나무 상자 위에 걸린 후지 전자의 바이오 형광띠 하나가 빛나는 게 보였다. 몇몇 상자의 문은 갈라져 틈이 있었지만, 아직은 멀쩡했다. 말리는 과거 우체부가 그런 틈 속으로 우편물을 넣어 놓았다고 알고 있었다. 왠지 로맨틱했다. 하지만 장식장에 붙은 노랗게 바랜 카드는 세입자가 오래전에 사라졌다는 뜻이라 말리는 항상 우울해지곤 했다. 복도 벽에는 온갖 케이블과 광섬유를 불룩하게 붙여 놓았다. 한 가닥 한 가닥이 불행한 수리공의 악몽이 될 수도 있었다. 복도 끝에 있는 먼지 낀 조약돌 무늬의 유리가 달린 문이 열려 있어서 아무도 쓰지 않는 마당이 보였다. 마당에 깔린 조약돌이 습기를 머금어 빛났다.

말리가 건물에 들어갔을 때 관리인은 정원에서 한때 에비앙 생수병을 놓아두던 하얀 플라스틱 상자에 앉아 있었다. 오래된 자전거의 시커먼 체인을 하나하나 참을성 있게 기름칠하던 중이었다. 말리가 계단을 오르기 시작하자 시선을 들어 올렸지만 특별히 관심을 갖지는 않았다.

계단은 대리석으로, 닳아서 색이 흐릿했고 오랜 세월 동안 세입자에게 시달려 여기저기 파여 있었다. 안드레아의 아파트는 4층이었다. 방 두 개, 부엌, 그리고 욕실이 있었다. 말리는 마지막으로 갤러리를 닫고 알랭과 함께 침실로 쓰던 창고 뒤의 작은 방에 머무를 수 없게 되자 여기로 왔다. 여기 오니 다시 우울함이 돌아왔지만, 새 옷과 부츠 굽이 대리석 바닥에 닿는 경쾌한 소리 덕분에 잊을 수 있었다. 말리는 핸드백보다 색이 좀 연하고 다소 큰 가죽 코트와 울 스커트, 파리의 이세탄 백화점에서 산 실크 블라우스를 입고 있었다. 머리는 그날 아침 포보어 상트 오노레에서 독일산 레이저 펜슬로 작업하는 버마 여자에게서 했다. 값이 비쌌는데, 너무 수수하게 하지 않으면서도 솜씨가 좋았다.

말리가 문 가운데 박혀 있는 동그란 판에 손을 대자 삑 소리가 부드럽게 한 번 나면서 지문의 굴곡을 인식했다.

"안드레아, 나야."

말리는 작은 마이크에 대고 말했다. 철컥거리는 소리가 몇 번 들리더니 안드레아가 문을 열었다.

안드레아는 오래된 가운을 두른 채 물을 뚝뚝 떨어뜨리며 서 있었다. 말리의 바뀐 외양을 살펴보더니 미소를 띠었다.

"취직한 거야, 아니면 은행을 턴 거야?"

말리는 친구의 젖은 볼에 입을 맞추며 안으로 들어갔다.

"둘 다 한 기분이야." 말리가 말하고는 웃었다.

"커피 좀 타 봐. 크림을 듬뿍 넣어서. 난 머리 좀 헹궈야겠어. 참, 네 머리 예쁘다……."

안드레아는 욕실로 들어갔고, 안에서 물 나오는 소리가 들렸다.

"선물 사 왔어."

말리가 말했지만, 안드레아는 듣지 못했다. 말리는 부엌으로 가 주전자에 물을 채우고 구식 점화기로 불을 붙였다. 그리고 복잡한 선반에서 커피를 찾기 시작했다.

༚ ༛

"그러네. 보인다." 안드레아가 말했다. 그녀는 비렉의 가상 가우디 공원에서 말리가 처음 본 상자의 홀로그램을 보는 중이었다. "네가 취급하던 거잖아." 안드레아가 튀어나온 부분을 건드리자 영상이 꺼졌다. 하나밖에 없는 창문 밖으로 새털구름이 점점이 박힌 하늘이 보였다. "내가 보기엔 너무 엄숙한 것 같아. 너무 심각해. 네가 갤러리에서 보여 줬던 작품처럼. 하지만 그건 비렉 씨가 잘 골랐다는 뜻이 되겠지. 넌 이 수수께끼를 풀 수 있을 거야. 내가 너라면, 받는 돈을 생각해서 아주 여유 있게 처리하겠다."

안드레아는 말리가 선물해 준 옷을 입고 있었다. 회색 플레미시 플란넬 천으로 만든, 비싸고 세세한 장식이 아름다운 남성용 드레스 셔츠로, 안드레아가 가장 좋아하는 종류였다. 안드레아는 무척이나 기뻐했다. 그건 안드레아의 옅은 머리를 돋보이게 했으며, 눈동자 색과 거의 비슷했다.

"그 사람 좀 오싹했어. 비록 말이야, 난……"

말리가 주저하며 말했다.

안드레아가 커피를 마시며 대꾸했다.

"그렇겠지. 그렇게 부자인 사람이 친절하거나 정상일 거라고 생각했어?"

"어떨 때는 사람이 아닌 것 같았어. 그 느낌이 아주 강해."

"사람이 아니잖아. 말리, 넌 그 사람 영상, 그러니까 특수 효과하고 얘기를 한……"

"그래도……"

말리는 어쩔 수 없다는 동작을 해 보였다. 그러자 바로 불쾌함이 밀려왔다.

"그래도 그 사람은 아주 아주 부자잖아. 그리고 너만이 딱 적격일 수도 있는 일을 시키고 돈을 주잖아." 안드레아는 웃으며 살짝 돌아간 짙은 회색빛 소맷부리를 조정했다. "어차피 선택의 여지도 별로 없었잖아. 안 그래?"

"알아. 그래서 마음이 불편한 것 같아."

"음. 나중에 얘기할까도 했었는데, 널 불편하게 만들 얘기가 또 있어. 불편하다는 게 맞는 표현이라면 말이야."

"뭔데?"

"아예 말하지 말까 생각도 했었어. 하지만 어차피 그놈이 결국 널 찾아갈 게 뻔했으니까. 그 남자 돈 냄새 잘 맡잖아."

말리는 빈 컵을 등나무 줄기로 짜 만든 어수선한 탁자 위에 조심스럽게 내려놓았다.

"그 사람 유난히 그런 쪽으로 예민하잖아, 말리."

"언제?"

"어제. 네가 비렉하고 면접 보기 시작하고 한 시간 정도 뒤부터였을 거야. 나 일하는 데로 전화가 왔었어. 여기에는 관리인 아저씨한테 메시지를 남겼고. 만약에 내가 부가 서비스를 해지했었더라면······." 안드레아는 전화기를 가리켰다. "30분 안에 전화할걸."

관리인의 눈과 자전거 체인이 딸깍거리는 소리가 떠올랐다.

"얘기 좀 하고 싶대. 얘기만. 그 사람하고 얘기하고 싶어, 말리?"

"아니."

어린 소녀처럼 높고 우스꽝스러운 목소리였다.

잠시 후 말리가 말했다.

"번호 남겼어?"

안드레아는 한숨을 쉬며 천천히 고개를 저었다.

"그래. 당연히 남겼지."

9. 프로젝트로

 어둠은 벌집 모양의 핏빛 패턴으로 가득했다. 모든 게 따뜻했다. 그리고 부드러웠다. 대개 너무 부드러웠다.
 "엉망이야." 천사 하나가 말했다.
 거리감이 있었지만, 낮고 풍부하고 아주 명료한 목소리였다.
 "우리가 레온네 클럽에서 빼내 왔어야 했는데." 다른 천사가 말했다. "여기선 별로 안 좋아할 거야."
 "여기 큰 주머니에 뭔가 있었을 거야, 보여? 여기를 뗐어. 꺼내 갔네."
 "전부 다 베진 못했어, 시스터. 맙소사. 여기."
 뭔가 머리를 움직인 것처럼 패턴이 흔들리며 빙빙 돌았다. 차가운 손바닥에 뺨에 와서 닿았다.
 "셔츠에 묻지 않게 해." 첫 번째 천사가 말했다.
 "투어데이가 안 좋아할 텐데. 이 녀석은 왜 그렇게 놀라서 도망갔던 걸까?"

짜증이 났다. 자고 싶었기 때문이었다. 그는 자고 있었다. 그런데 어떻게 해선지 엄마의 가상 꿈이 머리로 뚫고 들어와 그는 「귀인과 애틀랜타」의 여러 장면 사이를 뒹구는 꼴이 되었다. 드라마는 바비가 태어나기 전부터 끊임없이 이어지고 있었다. 플롯은 몇 달에 한 번씩 머리 여러 개 달린 촌충처럼 똬리를 틀어 자기 자신을 먹어치운 뒤, 긴장과 추력에 고파 새로운 머리를 내밀었다. 바비는 이 모두가 하나의 전체로 몸부림치는 모습을 볼 수 있었다. 엄마가 보던 것과는 다른 방식이었다. 센스/네트(소프트웨어로 존재하는 인격체를 대량으로 보유하고 있는 거대 미디어그룹—옮긴이) DNA의 늘어진 나선, 값싸고 약한 외형질이 무수히 많은 배고픈 몽상가를 향해 장황하게 펼쳐졌다. 지금 엄마는 여자 주인공이자 매그넘AG이라는 기업을 물려받은 미셸 모건 매그넘 회장의 시점에서 보고 있었다. 그러나 오늘의 에피소드는 이상하게 자꾸 미셸의 미칠 듯이 복잡한 애정 관계에서 벗어나 솔레리(이탈리아의 건축가—옮긴이) 스타일의 최소 수입 아콜로지의 사회 구조를 상세하게 묘사하는 데 치중하고 있었다. 어차피 바비는 그 애정 관계를 따라가 보려고 한 적도 없었다. 사회 구조 묘사는 바비에게조차 수상쩍은 면이 있었다. 예를 들어, 한 층 전체에서 연한 청색의 보풀이 빳빳한 벨루어 천으로 만들었고, 무릎에는 다이아몬드 버클이 달린 신사복만 파는 곳이 있을 리가 없었다. 영원히 어두운 데다가 배고픈 아기들만 사는 층도 마찬가지였다. 기억해 보자니 이건 엄마의 신조였다. 마치 언젠가 올라가야 할 수직의 지옥이 눈앞에 나타나기라도 하는 듯 엄마는 프로젝트를 미신적인 공포를 갖고 바라보았다. 가상 꿈의 다른 파편은 센스/네트가 심스팀 구독자에게 공짜로 뿌려 주던 지식 채널을 떠올리게 했다. 프로젝트의 내부 구조를 정교하게 다이어그램으로 표현한 애니메이션과 거주민의 다양한 생활양식에 대해 해설해 주는 강연이 있었다. 집중해서 들으면 연한 청색 벨루어 천과 어둠 속을 소리 없이 걷는 야생의 아기보다도 설득력이 없어 보였다. 바비는 한 젊은 엄마가 깨끗한 원룸의 부엌에서 신이 나서 거대한 산업용 워터나이프로 피자를 자르는 모습을 보았다. 벽 전체가 열리면 얕은 발코니와 만화 같은 네모난 파란 하늘이 나왔다. 그 여자는 검지 않으면서 흑인이었다. 바비가 보기에는 자기 방에 있던 홀로그램 포르노 배우의 아주 아주 검고 젊음이 넘치는 모성 버전 같았다. 게다가 작지만 만화에서나 나올 법한 완벽한 가슴도 똑같아 보였다. (여기서 놀라울 정도로 크고 아주 '네트(Net)'스럽지 않은 목소리가 흘러나와 혼란스러움을 더했다. "내가 보기에 이건 분명한 생명의 징후야, 재키. 아직 예후가 좋아지지 않았다면, 적어도 다른 뭔가가 좋아지고 있겠지.") 그리고 다시 미셸 모건 매그넘의 눈부신 우주로 돌아갔다. 미셸은 매그넘AG가 시코쿠를 기반으로 하는 사악한 나카무라 산업 일족의 손에 넘어가지 않게 하려고 고군분투하고 있었다. 여기에는 미셸의 이번 시즌 남자 친구인 (플롯이 복잡하기도 하지.) 신소비에트의 부유한 (하지만 어째서인지 수십 억이 더 필요한) 청년 정치가인 바실리 수슬로프가 등장했다. 이 사람은 바비가 레온의 클럽에서 본 고딕과 생김새와 옷차림이 대단히 비슷했다.

이 에피소드가 일종의 클라이맥스에 다다른 듯했다. 연료 전지로 대체한 골동품 BMW가 막 코비나 콘코스 코트 길가에서 독일산 소형 자동조종 헬기의 기총 소사를 받았다. 미셸 모건 매그넘은 니켈판을 덧댄 남부 권총으로 자기를 배신한 비서를 때리고 있었다. 바비가 갈수록 동화되어 가고 있는 수슬로프는 홀로 포르노에 나오는 꿈의 여인과 아주 닮은 멋진 일본인 여성 보디가드와 함께 마을을 벗어나려고 조심스럽게 준비하는 중이었다. 그때 누군가가 비명을 질렀다.

바비는 누가 그렇게 비명을 지르는 걸 들어본 적이 없었다. 그리고 그 목소리는 끔찍한 기분이 들 정도로 익숙했다. 하지만 바비가 미처 걱정하기도 전에 핏빛의 벌집 패턴이 다시 빙글빙글 돌더니 「귀인과 애틀랜타」의 마지막을 놓치게 했다. 피처럼 붉은색이 검게 변하는 가운데 바비의 일부는 생각했다. 어떻게 끝났는지 엄마에게 물어보면 된다고.

∞ ☾

"야, 눈 떠. 옳지. 빛이 너무 밝아?"

너무 밝았다. 하지만 바뀌진 않았다. 하얀 빛. 하얀 빛. 시원한 바람이 부는 어두운 사막에서 순백의 수류탄이 터졌던 것처럼 머리가 터졌던 게 몇 년 전 일 같았다. 눈을 떴지만, 앞이 보이지 않았다. 그저 사방이 하앴다.

"이제 누워 있게 해 줄게. 평소처럼 말이야. 그대로 있어. 근데 나한테 이러라고 돈 주는 사람들이 미리 대비하라고 하더라고. 그래서 끝나기 전에 널 깨우려고 그래. 왜 앞이 젠장맞게 안 보이는지 궁금하지? 그냥 빛밖에 안 보일 거야. 그렇지. 신경 차단제를 썼거든. 우리끼리만 있으니까 말해 주는 건데, 이거 섹스숍에서 가져온 거야. 하지만 쓰고 싶으면 병원에서도 쓸 수 있는 거지 뭐. 우린 쓰고 싶거든. 왜냐면 넌 아직 아프니까. 그리고 내가 일하는 동안 네가 안 움직이게 하기도 하고 말이야."

목소리는 차분하고 조리가 있었다.

"자, 네 큰 문제는 등이야. 하지만 내가 스테이플러랑 집게로 처치했어. 여기서 성형은 못 받아. 알지? 하지만 여자애들은 그 흉터에 관심이 일을 거야. 지금은 네 가슴을 손질하고 있어. 그리고 작은 집게로 달으면 끝나는 거야. 네가 며칠 만에 격하게 움직이거나 스테이플을 뽑지만 않으면 말이야. 붙이는 약도 몇 개 붙여 놓았어. 몇 개 더 붙일 거야. 그동안 네 시각과 청각을 완전히 올려놓으면 너도 여기 존재할 수 있게 되겠지. 피는 신경 쓰지 마. 다 네 거지만, 더 나오지는 않을 거야."

순백색 배경이 뭉치더니 회색의 구름이 됐고, 서서히 티끌처럼 보이며 형체를 이뤘다. 바비는 패드를 댄 천장에 붙어 있었고, 정면에는 머리는 없고 어깨에 청록색 수술용 조명만 튀어나와 있는 피투성이의 하얀 인형이 있었다. 얼룩진 녹색 작업복을 입은 흑인 하나가 그 인형의 골반부터 왼쪽 젖꼭지 아래까지 대각선으로 나 있는 상처에 뭔가 노란 것을 분사하고 있었다. 그자가 깔끔히 면도한 매끄럽고 땀에 젖은 머리에 아무것도 안 쓰고 있어서 흑인임을 알 수 있었다. 두 손에는 팽팽한 녹색 장갑을 꼈다. 바비에게 보이는 거라곤 빛나는 머리 윗부분뿐이었다. 인형의 목 양쪽 피부에는 각각 분홍색과 파란색인 피부디스크가 붙어 있었다. 상처 가장자리는 초콜릿 시럽처럼 보이는 것으로 칠한 것 같았고, 작은 은색 튜브에서 나오는 노란 분사물은 쉭 하는 소리를 냈다.

대강 그림이 눈에 들어오자, 우주가 뒤집히면서 구역질이 났다. 조명은 천장에 달려 있었고, 천장은 거울이었다. 그리고 그 인형은 바비였다. 바비는 기다란 고무 코드를 타고 빨간 벌집 패턴을 지나 흑인 여자가 자기 아이들을 위해 피자를 자르는 꿈속의 방으로 다시 급속히 움직이는 느낌을 받았다. 워터나이프에서는 아무 소리도 안 났다. 초고속으로 흐르는 바늘처럼 가느다란 물줄기 안에는 미세한 돌가루가 들어 있었다. 전자레인지에 돌린 피자가 아니라 유리나 금속을 자르는 용도라는 건 바비도 알았다. 그 여자가 느끼지도 못한 채 자기 엄지손가락을 자르자 겁에 질린 바비는 소리를 지르고 싶었다.

하지만 그럴 수 없었다. 움직이거나 소리를 낼 수 없었다. 그 여자는 아름다운 모습으로 마지막 조각을 자른 뒤, 발판을 밟아 워터나이프를 끄고 발코니 너머로 보이는 네모난 푸른 하늘을 향해 돌아섰다. 그곳에는 그녀의 아이들이…… '아니야.' 바비가 마음속 깊은 곳에서 말했다. '그럴 리 없어.' 그를 향해 몸을 빙글 돌려 달려드는 게 행글라이딩하는 꼬마애들일 리 없었다. 하지만 마샤의 꿈에 나오는 괴물 아기들. 그리고 분홍색 뼈와, 금속, 못 쓰는 플라스틱을 엮어 막을 만든 넝마 같은 날개는……. 바비는 그들의 이빨을 봤다.

"후아." 흑인이 말했다. "널 잠깐 놓쳤었어. 오래는 아니니까 이해해. 아주 잠깐이야, 잠깐……."

머리 위 거울 속에 비친 그의 손이 바비의 옆구리에 있는 피 묻은 옷에서 투명하고 파란 납작한 플라스틱을 꺼냈다. 그는 엄지와 검지로 구슬이 박힌 갈색의 기다란 플라스틱을 꺼냈다. 가장자리를 따라 미세한 광점이 빛났다. 그 빛은 떨리거나 움직이는 것 같았다.

"집게야." 그가 말했다.

다른 손으로는 밀봉된 파란 틀에 박힌 일종의 일체형 절단기를 꺼냈다. 곧 구슬 박힌 플라스틱이 자유롭게 흔들리더니 꿈틀거리기 시작했다.

"좋은 거야." 그가 그 물건을 바비의 눈앞에 들이대며 말했다. "신품이지. 요새 지바 시에서 쓰는 거야."

그건 갈색이었고, 딱히 앞부분이랄 게 없었으며, 구슬 하나가 마디 하나였고, 한 마디의 가장자리는 옅게 빛나는 다리가 달려 있었다. 녹색 장갑을 낀 손으로 마법을 걸듯 툭 쳐준 뒤에, 그 지네같이 생긴 물건을 열린 상처에 올리고, 바비의 얼굴 쪽에 있는 맨 끝 마디를 살짝 집었다. 그 마디가 떨어져 나오면서 그 물건의 신경 역할을 하던 반짝이는 검은 실이 따라 나왔다. 동시에 각 마디의 다리가 순서대로 오므라들면서 벌어진 상처를 새로 산 가죽 재킷처럼 잠갔다.

"잘 봐." 흑인이 하얀 젖은 패드로 갈색 시럽을 닦아내며 말했다. "나쁘지 않았지. 안 그래?"

투어데이의 아파트로 들어가는 모양새는 예전에 종종 상상했던 것과 많이 달랐다. 일단 성 마리아 산부인과에서 누군가 빼돌린 휠체어에 앉은 채로 들어가리라고는 상상조차 못했다. 휠체어 왼쪽 팔의 빛바랜 크롬 위에는 병원 이름과 일련번호가 레이저로 깔끔하게 새겨져 있었다. 휠체어를 밀어주고 있는 여자는 바비가 꿈꿔 오던 판타지에 꼭 맞아떨어졌다. 이름은 재키로, 레온의 클럽에서 본 여자 둘 중 한 명이었다. 그리고 바비는 재키가 두 천사 중 하나였다는 것도 알게 됐다. 휠체어는 아파트의 좁은 입구에 깔린 거친 회색 바닥을 소리 없이 미끄러지듯 굴러갔다. 하지만 휠체어를 미는 재키의 중절모에 달린 금빛 장식물이 딸랑거리며 기분 좋은 소리를 냈다.

또한 바비는 투어데이가 이렇게 넓은 데서, 게다가 나무로 가득한 곳에서 산다고는 상상도 못 했다. 파이(바비를 치료한 의사였는데, 본인은 단지 '가끔씩 도와주는 사람'일 뿐이라고 강조했다.)는 임시 수술실의 찢어진 의자에 앉아서 피 묻은 녹색 장갑을 벗고 맨솔 담배에 불을 붙였다. 그리고 바비에게 앞으로 몇 주 동안은 정말 편안하게 있어야 한다고 당부했다. 몇 분 뒤, 재키와 다른 천사인 레아가 바비를 싸구려 넌자 키노에서 나온 듯한 주름진 검정 잠옷에 힘겹게 집어넣고, 휠체어에 앉혀서 아콜로지 중심부에 있는 중앙 엘리베이터로 데려갔다. 파이가 추가로 붙여 준 약 세 개 중 하나가 엔도르핀 유사물질 2000마이크로그램을 주입해 준 덕분에 바비는 정신이 맑았고 통증도 느끼지 않았다.

"내 물건은 어디 있죠?" 그들이 수십 년 동안 쌓인 환기구와 배관 때문에 위험할 정도로 좁아진 복도를 따라 그를 밀고 가는 사이 바비가 항의했다. "내 옷하고 덱, 다른 건 다 어디 있죠?"

"자기 옷 같은 건 비닐 봉투에 담아서 테이프로 묶어 뒀어. 파이가 버릴 거야. 수술 전에 잘라 버려야 했거든. 어차피 넝마였잖아. 네 덱이 재킷 등쪽에 있었으면, 널 썰어 버린 놈들이 가져갔을 거야. 너도 거의 갈 뻔했어. 그리고 넌 내 샐리 스탠리 셔츠를 망쳐 버렸고, 이 멍청한 놈아."

레아 천사는 그다지 우호적이지 않은 듯했다.

"아." 모퉁이를 돌며 바비가 말했다. "좋아요. 그러면 혹시 거기서 드라이버 하나 못 찾았어요? 아니면 크레디트 칩은요?"

"칩은 없었어, 애기야. 손잡이에 210신엔이 들어 있던 드라이버라면, 그건 내 셔츠 값이야······."

투어데이는 바비를 만난 게 그다지 즐겁지는 않은 모양이었다. 사실 바비를 쳐다보지도 않는 것 같았다. 시선은 바비를 지나쳐 재키와 레아에게 향했고, 이를 드러낸 웃음에는 신경과민에다가 잠도 못 잔 분위기가 풍겼다. 휠체어가 가까워지자 천장에 아무렇게나 매달린 연보라색 식물생장용 불빛을 받아 노랗다 못해 거의 오렌지색이 된 투어데이의 눈동자를 볼 수 있었다.

"뭣 땜에 오래 걸린 거야?" 투어데이가 물었다.

화가 난 목소리는 아니었고, 그저 피로와 단번에 정체를 알아채기 어려운 뭔가가 담겨 있을 뿐이었다.

"파이 때문에." 재키가 말하며 휠체어를 지나 투어데이의 커피테이블 역할을 하는 커다란 나무판 위에 놓인 중국산 담배를 집었다. "완벽주의잖아, 그 파이 아저씨."

"수의학과에서 배웠댔나." 레아가 바비 들으라는 듯 덧붙였다. "보통 아주 취해 있을 때를 빼면 아무도 개를 안 맡기지······."

"그러니까 넌 괜찮을 거란 말이지."

프로젝트 로 **97**

투어데이가 마침내 바비를 쳐다보며 말했다. 그 눈빛은 너무 차갑고 너무 피곤하고 너무 냉철해서 바비가 당연하게 여기고 있던 성급한 미치광이 같은 성격과 많이 멀어 보였다. 바비는 얼굴이 달아올라 눈을 아래로 깔고 테이블을 쳐다볼 수밖에 없었다.

길이 3미터에 폭이 1미터 조금 넘는 테이블의 나무판이 바비의 허벅지보다 굵은 통나무에 끈으로 묶여 있었다. 바비는 그게 예전에 물속에 들어 있던 게 분명하다고 생각했다. 단면에 부목 특유의 은백색 외관이 아직 남아 있었다. 오래전 아틀란틱 시티에서 그런 통나무 옆에서 놀던 기억이 떠올랐다. 하지만 물에서 나온 지 오래된 모양이었다. 윗부분은 촛농과 와인, 이상한 모양으로 뿌려 놓은 검은색 무광 에나멜 스프레이 자국이 모자이크처럼 빽빽하게 덮고 있었다. 음식, 쓰레기, 각종 장비로 가득해서 마치 길거리 상인이 물건을 내놓고 팔다가 저녁을 먹기로 한 것 같았다. 무너질 듯한 소프트웨어 더미 옆에 반쯤 먹다 남은 피자가 있었다. 레드 소스에 담긴 크릴새우볼을 보자 바비의 위장이 요동치기 시작했다. 남은 와인에 담배를 비벼 끈 유리잔과 상한 것 같은 카나페가 질서정연하게 놓여 있는 분홍색 스티로폼 접시, 일부는 땄고 일부는 따지 않은 맥주캔들. 광택 있는 대리석 블록 위에는 날이 밖으로 나와 있는 거버 전투 단검도 있었고, 권총은 적어도 세 개, 비밀스러워 보이는 콘솔 장비도 있었다. 평소 같았으면 바비가 군침을 흘릴 카우보이 장비였다.

지금 바비가 침을 흘리는 이유는 차가운 크릴새우 피자 한 조각이었다. 하지만 투어데이가 관심도 보이지 않는다는 돌연한 수치스러움 앞에서 배고픔은 아무것도 아니었다. 사실 투어데이를 친구로 여긴 건 아니었지만, 그래도 그가 바비를 진취적이고 재능 있는, 배리타운을 벗어날 수 있는 사람으로 여길 줄로 알고 있었다. 하지만 지금 투어데이의 눈빛은 바비가 아무것도 아니라는, 그저 윌슨에 불과하다는 사실을 드러내고 있었다…….

"어이, 여기 좀 봐." 누군가 말했다.

투어데이는 아니었다. 바비가 고개를 들었다. 크롬과 가죽으로 만든 두툼한 의자에 앉아 있는 투어데이 옆에 남자 둘이 서 있었다. 둘 다 흑인이었다. 말을 건 사람은 회색 로브 비슷한 걸 입고 고풍스러운 플라스틱 테 안경을 썼다. 네모난 안경테는 크기가 과하게 컸고, 렌즈는 없어 보였다. 다른 남자는 어깨가 투어데이의 두 배는 될 정도로 넓었다. 하지만 키노에서 볼 수 있는 일본인 비즈니스맨이 입을 법한 평범한 검은색 정장을 입었다. 얼룩 하나 없는 프렌치 커프스(소매 단을 접은 뒤 화려한 단추로 장식하는 스타일 — 옮긴이)는 네모난 밝은 금빛 초소형 회로로 장식한 단추로 잠갔다.

"몸 좀 추스를 시간을 안 줘서 유감인데, 심각한 문제가 좀 생겨서 말이야." 첫 번째 남자가 말을 꺼낸 뒤 잠시 안경을 벗고 콧잔등을 문질렀다. "네가 도와줘야겠어."

"제기랄."

투어데이가 말하며 몸을 앞으로 기울여 테이블에 놓인 중국산 담배를 집었다. 그는 색이 흐려진 백랍으로 만든 큰 레몬만 한 해골로 불을 붙인 뒤 와인 잔에 손을 뻗었다. 안경을 쓴 남자가 가느다란 갈색 검지를 뻗어 투어데이의 손목을 건드렸다. 투어데이는 잔을 놓고 뒤로 기대앉았다. 의식적으로 표정도 지웠다. 그 남자가 바비에게 미소 지었다.

"카운트 제로. 그게 별명이라면서."

"맞아요." 바비의 의도와 달리 쉰 목소리가 흘러나왔다.

"우린 성모에 대해 알고 싶어, 카운트."

그 남자는 대답을 기다렸다.

바비는 눈만 깜빡였다.

"비예즈 미락." 안녕 쓴 남자가 계속 말했다. "성모, 기적의 성녀 말이야. 우리는 그분을⋯⋯." 남자는 왼손으로 성호를 그었다. "에질리 프레다로 알고 있지."

바비는 자기가 입을 벌리고 있다는 사실을 깨닫고 입을 다물었다. 검은 얼굴 셋이 기다리고 있었다. 재키와 레아는 진즉에 사라졌지만, 바비는 떠나는 모습도 보지 못했다. 일종의 공황 상태가 바비를 사로잡았다. 그는 미친 듯이 그들을 둘러싸고 있는 발육이 억제된 나무숲을 둘러보았다. 어느 방향을 봐도 식물 생장용 전등이 온갖 각도로 기울어져 있었다. 나뭇잎 사이의 녹색 공간에는 짚으로 만든 분홍빛 도는 보라색 인형이 걸려 있었다. 벽은 없었다. 벽을 아예 볼 수가 없었다. 소파와 찌그러진 테이블은 콘크리트 바닥으로 된 일종의 공터에 있었다.

"그분이 너에게 갔다는 거 알아." 덩치 큰 남자가 조심스럽게 다리를 꼬며 말했다. 완벽하게 잡아 놓은 바지 주름을 매만지자, 금빛 커프스단추가 바비를 향해 깜빡거렸다. "안다고. 이해해?"

"투어데이가 말하길 네 첫 번째 실행이었다던데." 다른 남자가 말했다. "진짜야?"

바비는 고개를 끄덕였다.

"그러면 '레그바'가 널 골랐군." 그 남자가 또 렌즈 없는 테를 벗으며 말했다. "비예즈 미락을 만나게 말이야."

그는 미소 지었다.

바비의 입이 다시 벌어졌다.

"레그바 말이야." 남자가 말했다. "길과 경로의 주인, 통신의 로아(loa, 부두교의 정령 — 옮긴이)······."

투어데이는 탄 자국이 있는 나무에 담배를 비벼 껐다. 그리고 바비는 투어데이의 손이 떨리는 것을 보았다.

10. 알랭

그들은 루브르 박물관의 유리 피라미드 아래에 있는 나폴레옹 궁전 단지 지하 5층에 있는 카페 겸 식당에서 만나기로 했다. 특별한 의미는 없었지만, 둘 다 알고 있는 장소였다. 알랭의 제안이었다. 말리는 그가 신중하게 그곳을 골랐을 거라고 짐작했다. 익숙하지만, 추억으로부터 자유로운 곳. 감정적으로 중립적인 장소였다. 식당 장식은 지난 세기 스타일이었다. 화강암 카운터와 바닥부터 지붕까지 연결된 까만 보, 전면 유리에 검은 철을 용접해 만든 이탈리안 레스토랑 식 가구는 지난 몇 백 년 사이의 어느 시대에서 왔다고 해도 그럴 듯했다. 테이블은 가느다란 검은 줄무늬가 있는 회색 리넨 천으로 덮여 있었다. 메뉴 표지나 종이성냥, 웨이터의 앞치마에도 같은 무늬가 있었다.

말리는 브뤼셀에서 산 가죽코트와 빨간 린넨 블라우스, 새로 산 검정 면바지를 입었다. 안드레아는 몰리가 입을 옷에 아주 신경 쓰는 것을 모른 체해 주면서, 빨간 블라우스와 아주 잘 어울리는 수수한 진주 목걸이를 빌려주었다.

　알랭은 일찍 와 있었다. 말리가 도착했을 때 테이블은 이미 어질러져 있었다. 알랭은 가장 좋아하는 스카프를 매고 있었다. 작년에 벼룩시장에서 함께 산 것이었다. 그리고 언제나 그렇듯이 단정하지는 않았지만 아주 편안해 보였다. 가죽으로 만든 너덜너덜한 서류가방은 반짝이는 작은 화강암 테이블 위에 내용물을 쏟아낸 뒤였다. 스프링 노트, 아직 읽지 않은 최신 문제작 소설 한 권, 필터 없는 골루와즈 담배, 성냥 한 상자, 말리가 브라운에서 사 준 가죽장정 메모장 따위였다.

"안 올 줄 알았어." 알랭이 웃으며 말했다.

"왜 그렇게 생각했는데?" 말리가 물었다.

<u>스스로 느끼도록 허용한 두려움을 가리기 위한 무작위적인 반응</u>이었다. 그 두려움이란 자기 자신과 의지와 방향을 잃어버리는 것에 대한 두려움, 여전히 느끼는 사랑에 대한 두려움이었다. '처량하기도 해라.' 말리는 생각했다. 말리가 반대쪽 의자를 빼서 앉자 웨이터가 다가왔다. 줄무늬 앞치마를 입은 스페인 청년이 주문을 받았다. 말리는 비쉬 생수를 주문했다.

"더 안 먹어?"

알랭의 질문에 웨이터가 떠나지 않고 주저했다.

"아니. 됐어."

"몇 주나 연락하려고 했어."

말리는 그게 거짓말임을 알고 있었다. 예전에도 그랬지만, 아직도 그가 일부러 거짓말을 하고 있는지 궁금했다. 안드레아는 항상 알랭

같은 사람은 거짓말을 하도 많이, 그리고 열정적으로 해서 구분 자체가 없어졌을 거라고 말했다. '그런 사람들은 일종의 예술가야.' 안드레아는 그렇게 말했다. '현실을 재구성하는 데 열중하는 거야.' 신 예루살렘은 초과 인출된 통장과 으르렁거리는 집주인, 그리고 계산을 대신 해 줄 사람을 찾을 필요가 없는 아주 훌륭한 곳이었다.

"그나스가 경찰을 데리고 왔을 때는 나를 찾는 줄도 몰랐었어."

말리는 알랭이 최소한 눈이라도 깜빡이리라고 기대하며 말했다. 하지만 습관적으로 손으로 빗어 넘기는 갈색 머리를 깔끔하게 다듬은 알랭의 소년 같은 얼굴은 여전히 차분했다.

"미안해." 그가 골루와즈 담배를 비벼 끄며 말했다. 말리는 그 짙은 색 프랑스 담배 냄새를 알랭과 하나로 엮어서 기억하고 있었다. 그래서 파리는 그의 냄새, 그의 환영, 그의 흔적으로 가득했다. "난 그 사람이 그 작품의, 에, 성격을 못 알아낼 거라고 확신했었어. 너도 이해해야 돼. 정말로 돈이 필요하다고 인정하고 나니까 행동을 해야겠더라고. 넌 너무 이상적이야. 난 알아. 갤러리는 어차피 접었어야 했을 거라고. 그나스 일이 계획대로만 됐으면 우린 아직 갤러리에 있었을 거야. 너도 행복했겠지. 행복했을 거야."

알랭은 행복이라는 말을 반복하더니 담뱃갑에서 또 한 개비를 꺼냈다.

말리는 일종의 궁금증과 그를 믿고 싶은 역겨운 감정을 동시에 느끼며 그저 바라볼 수밖에 없었다.

"알잖아." 빨강과 노랑이 섞인 상자에서 성냥을 꺼내며 알랭이 말했다. "난 전에도 경찰이랑 문제가 있었어. 학생일 때 말이야. 물론,

정치 때문이었어."

그는 성냥을 켜고 상자를 던진 뒤 담배에 불을 붙였다.

"정치라고?" 말리는 갑자기 웃고 싶었다. "너 같은 사람을 위한 당이 있는 줄은 몰랐네. 이름을 뭐라고 불러야 할지 상상도 안 돼."

"말리." 알랭이 목소리를 낮추며 말했다. 감정을 강조하고 싶을 때마다 하는 습관이었다. "너도 알다시피, 아니 너도 알아야 해. 난 너를 위해 한 거라고. 원한다면, 우리를 위해서지. 하지만 너도 알 거야. 느낄 수 있잖아, 말리. 내가 일부러 너에게 상처 주거나 위험에 빠뜨리는 일은 절대로 안 한다는 걸."

테이블은 꽉 차서 가방을 놓을 자리도 없었다. 말리는 가방을 들고 무릎에 올리고 있었다. 알랭의 말을 듣자 손톱이 부드럽고 두툼한 가죽 속으로 깊게 파고드는 걸 느낄 수 있었다.

"절대 나한테 상처를······." 말리 자신의 목소리였다.

황망하고 아연한 어린아이의 목소리. 순간 말리는 자유로워졌다. 필요와 욕구로부터, 두려움으로부터. 테이블 맞은편에 있는 잘생긴 얼굴에 느꼈던 모든 감정이 단순한 역겨움으로 변했다. 말리는 그저 그를 바라볼 수밖에 없었다. 이 낯선 사람과 뤼 모콩세이에 있는 아주 작은 갤러리의 좁은 방에서 1년 동안이나 같이 잤다니. 웨이터가 생수 잔을 앞에 내려놓았다.

알랭은 말리가 조용하자 자기 말을 받아들이기 시작했다고, 아무 표현도 없는 것을 마음이 열린 징후라고 여긴 게 틀림없었다.

"넌 이해를 못하고 있어." 말리는 이게 그가 즐겨 말을 꺼내던 방식이라는 것을 기억하고 있었다. "그나스 같은 사람도 어떻게 보면 예술을 지원하고 있는 거야. 우리를 지원하는 거라고, 말리." 그러고 알랭은 웃었다. 마치 스스로 비웃는 것 같았다. 뭔가 꾸미는 듯한 의기양양한 웃음을 보자 말리는 한기가 들었다. "그래도 적어도 그자가 따로 코넬 전문가를 구할 생각을 했다는 데서는 점수를 줘야겠어. 당연히 내 코넬 전문가가 훨씬 더 잘 알았지만······."

'어떻게 도망가야 할까?' 말리는 자신에게 말했다. '일어서. 몸을 돌려. 차분하게 입구로 걸어가. 문을 나서. 나폴레옹 궁전의 차분한 빛 속으로 걸어 나가. 그러면 반짝이는 대리석이 깔린 뤼 뒤 샹 플루히가 나와. 14세기엔 주로 창녀들이 차지했다던 거리. 어디면 어때. 그냥 가. 지금 떠나라고. 저놈에게서 멀어지고 봐.' 일단 말리가 처음 여기 왔을 때 익힌 여행 안내서 속의 파리로 무작정 사라져 버려야 했다.

"이제 일이 잘 풀렸다는 걸 알잖아." 알랭은 계속 이야기하는 중이었다. "이렇게 될 때도 있는 거야. 안 그래?" 또 그 웃음이었다. 이번 웃음은 소년 같고 약간 생각에 잠긴 듯했지만, 왠지 끔찍하고 더 위협적이었다. "갤러리는 날렸지만, 네가 취직했잖아. 말리. 할 일이 생겼다고. 재밌는 일이지. 난 네게 필요한 연줄이 있어, 말리. 그 예술가를 찾으려면 네가 만나야 할 사람들을 내가 알아."

"예술가?"

말리는 급작스럽게 당황한 것을 숨기려고 생수를 한 모금 마셨다.

알랭은 흠집이 많은 서류가방을 열고 납작한 반사형 홀로그램 하나를 꺼냈다. 말리는 마침내 손으로 뭔가 할 일이 생겼다는 데 감사하며 받아들었다. 비렉의 가상 바르셀로나에서 본 상자를 찍은 사진이었다. 누군가가 상자를 들고 앞으로 내밀고 있었다. 남자 손이었다. 알랭은 아니었다. 한 손에는 인장이 새겨진 어두운 금속 재질 반지를 꼈다. 배경은 안 보였다. 상자와 손뿐이었다.

"알랭, 이거 어디서 났어?"

마주한 갈색 눈은 끔찍하게도 어린애 같은 승리감으로 가득했다.

"알아내려면 누군가에게 두둑하게 찔러줘야 할 거야." 알랭은 담배를 비벼 끄고 일어섰다. "잠시만."

그는 화장실 쪽으로 걸어갔다. 그가 거울과 철제빔 사이로 사라지자, 말리는 홀로그램을 두고 테이블 건너편으로 손을 뻗어 서류가방을 열었다. 안에는 파란 고무 밴드와 담배 부스러기 말고는 아무것도 없었다.

"더 필요한 것 있으신가요? 비쉬 생수라도 더 드릴까요?"

웨이터가 옆에 서서 물었다.

말리는 웨이터를 올려보다 갑자기 익숙함을 느꼈다. 마르고 피부가 검은 얼굴은…….

"그자는 중계용 장치를 차고 있어요." 웨이터가 말했다. "무장도 했고요. 브뤼셀에서 전 호텔 종업원이었죠. 저 사람이 원하는 대로 해주세요. 돈은 전혀 중요하지 않다는 걸 기억해요." 그는 잔을 받아들어 조심스럽게 쟁반 위에 올렸다. "그리고 아마 저자는 돈 때문에 파멸할 겁니다."

알랭이 돌아와 미소를 지었다. 그가 담배에 손을 뻗으며 말했다.

"자, 이제 함께 사업을 해 보자고."

말리는 마주 웃어 주며 고개를 끄덕였다.

11. 현장

 터너는 결국 선봉대가 사령실을 차려 놓은 창문 없는 벙커에서 3시간을 잤다. 나머지 팀원들은 그 전에 만났다. 라미레즈는 몸이 말랐고, 성격은 신경질적이었으며, 콘솔 자키로서의 자기 실력에 항상 취해 있었다. 아이스가 두텁게 깔린 마스 바이오랩이 있는 격자 구역 주위의 사이버스페이스를 감시하는 일은 바다 위 석유 굴착 기지에 있는 제이린 슬라이드와 라미레즈가 책임졌다. 만약 마스가 결국 눈치를 챈다면, 라미레즈가 미리 경고를 해 줄 수 있을지도 몰랐다. 그는 또한 신경외과 모듈에서 나오는 의료 정보를 굴착 기지에 중계하는 역할도 맡았다. 마스 모르게 하려면 꽤 복잡한 작업이었다. 통신선은 벌판에 서 있는 전화박스에 연결돼 있었다. 일단 거기만 통과하면 라미레즈와 제이린은 매트릭스 안에서 알아서 해야 했다. 만약 그들이 실패하면, 마스가 역추적해 위치를 확인할 수 있었다. 그럴 경우에 대비해 수리공 네이선이 있었다. 그의 진짜 임무 중에는 벙커 안에서 장비를 지키는 일도 있었다. 시스템의 일부가 다운되면 그가 고칠 가능성이 있었다. 네이선은 오키나 터너가 몇 년 동안 함께 일했던 무수한 동료를 만들어 온 사람이었다. 바로 홀로 일하는 기술자로, 위험한 돈을 좋아하며 침묵할 수 있다는 사실을 입증한 부류였다. 그 외 콤튼과 테디, 코스타, 데이비스는 이런 일에 으레 고용하는 값비싼 근육이었다. 터너는 혹시 몰라 철수 계획에 대해 수트클리프에게 꼼꼼하게 확인했다. 수트클리프는 헬기가 어디로 태우러 오는지, 정확히 언제 어떻게 보수가 지급되는지를 설명했다.

그러고 난 뒤, 터너는 벙커에 혼자 있겠다고 하고는 웨버에게 3시간 뒤에 깨우라고 명령했다.

벙커는 과거에 펌프장이나 전선을 모아 놓았던 곳 같았다. 벽에 살짝 튀어나와 있는 플라스틱 튜브는 도관이나 하수구였던 듯했다. 실내를 봐서는 어디에 연결되기라도 했던 건지 알 도리가 없었다. 콘크리트를 부어 만든 판 하나로 된 천장은 너무 낮아서 일어서 있을 수도 없었다. 건조한 먼지 냄새가 났지만 그렇게 불쾌하지는 않았다. 탁자와 장비를 들여놓기 전에 팀원들이 미리 한 번 청소했지만, 바닥에는 여전히 부스러진 노란 신문지 조각이 좀 있었다. 터너가 만지자 그대로 부스러졌다. 신문지에 찍힌 글자도 보였다. 심지어는 단어가 온전히 남은 것도 있었다.

야외용 접이식 금속 탁자가 벽을 따라 L자로 꺾이며 늘어서 있었다. 그 위에는 보통 이상으로 정교한 통신 장치가 정렬해 있었다. '호사카가 구할 수 있는 최고의 장비로군.' 터너는 생각했다.

그는 몸을 숙인 채 조심스럽게 탁자를 따라 걸었다. 가면서 콘솔과 블랙박스를 하나씩 가볍게 건드리며 지나갔다. 신호를 고속으로 전송할 때를 대비해 군사용 측파대 무선 통신기를 대폭 개조한 장비도 있었다. 라미레즈와 제이린이 데이터 전송에 실패할 경우를 위한 연결 방법이었다. 고속 신호는 미리 저장해 뒀다. 호사카의 암호 전문가가 만든 정교한 기술적 사기였다. 고속 신호의 내용물은 아무 의미가 없었다. 단지 나오는 신호의 순서가 단순한 메시지를 전달했다. B/C/A 순서는 미첼이 도착했음을 호사카에 알리는 신호였다. F/D는 미첼이 현장에서 떠났다는 뜻이었고, F/G는 미첼이 죽어서 그와 함께 작전을 종료한다는 뜻이었다. 터너는 측파대 장비를 다시 한 번 두드렸다. 만약 추출이 실패로 돌아가면, 무사히는 고사하고 빠져나오는 것조차 힘들 터였다. 웨버는 문제가 생기면 모듈과 의료팀에 휴대용 대전차 로켓을 발사하라는 명령을 받았다고 조용히 귀띔했다.

"그들도 알아요." 웨버가 말했다. "그에 대한 대가도 받는 게 분명한데요, 뭐."

나머지는 투손에 있는 기지에서 오는 헬리콥터에 의지했다. 터너는 마스가 일단 상황을 알기만 하면 오는 길에 모두 쉽게 격추할 수 있을 거라고 예상했다. 수트클리프에게 그 계획을 반대하자, 그 호주인은 그저 어깨만 으쓱했다.

"최상의 환경에서 준비한 건 아니라고요. 우린 전부 급하게 연락받고 온 거잖아요."

무선통신기 옆에는 정교한 소니 바이오모니터가 있었다. 신경외과 모듈과 직접 연결돼 있었고, 그 안에는 미첼의 문건에 들어 있던 의료 기록이 담겨 있었다. 때가 되면 의료팀이 이 망명자의 기록에 접근하고, 동시에 모듈 안에서 처리하는 일은 다시 소니로 전송돼 대조 작업을 거친다. 그러면 라미레즈가 여기에 아이스를 씌워 굴착 기지에서 동행하는 제이린 슬라이드와 함께 사이버스페이스로 옮긴다. 모든 일이 매끄럽게 이뤄진다면 터너가 제트기에 미첼을 태워 데리고 왔을 때 업데이트된 의료 기록은 멕시코시티에 있는 호사카 단지에서 기다리고 있을 터였다. 터너는 그 소니 바이오모니터 같은 물건을 처음 봤다. 하지만 싱가포르 병원에 있던 더치맨에게도 이와 아주 비슷한 장비가 있었을 거라고 추측했다. 거기에 생각이 미치자 무의식적으로 손이 가슴으로 올라가 이미 사라진 접합 수술 흉터를 더듬었다.

두 번째 테이블에는 사이버스페이스 장비가 있었다. 덱은 굴착 기지에서 본 것과 똑같은 마스 네오텍 시제품이었다. 덱 구성은 표준이었지만, 콘로이는 그게 새 바이오칩으로 만든 거라고 말했다. 주먹만 한 연분홍색 플라스틱 폭탄이 콘솔 위에 짓눌려 있었다. 누군가, 아마도 라미레즈가 손가락으로 우울해 보이는 눈과 멍청하게 웃는 듯한 입을 조악한 곡선으로 그려 놓았다. 하나는 파랗고 하나는 노란 전선 두 개가 이마 부분에서 튀어나와 콘솔 뒤 벽에 튀어나와 있는 검정 튜브 중 하나의 속으로 이어졌다. 웨버가 해 놓은 일이었다. 만약 현장이 점령당할 위험에 처할 때를 대비해서였다. 터너는 이마를 찡그린 채 전선을 응시했다. 이렇게 작고 밀폐된 공간에서 저 정도 크기의 폭탄이 터지면 벙커 안의 누구도 살아남을 수 없었다.

어깨가 뻐근했다. 뒤통수가 콘크리트 천장에 스쳤다. 터너는 점검을 계속했다. 나머지 테이블에는 덱의 주변 장치가 있었다. 강박적일 정도로 정확한 위치에 검은 상자들이 자리 잡고 있었다. 터너는 상자 사이의 거리가 정확히 똑같을 거라고 추측했다. 정렬 상태도 완벽했다. 라미레즈가 직접 한 모양이었다. 터너는 자기가 상자 하나를 아주 조금만 건드려도 녀석이 알아챌 게 분명하다고 생각했다. 그렇게 신경과민인 자키를 전에도 본 적이 있었다. 그렇다고 해서 라미레즈에 대해 더 잘 알 수 있는 건 아니었다. 다른 자키 중에는 정반대인 사람도 있었다. 단정한 것을 무서워해서 장비에 주사위와 비명 지르는 해골 그림을 잔뜩 칠해 놓고, 일부러 전선과 케이블에 뒤엉키게 해 놓는 자키도 본 적이 있었다. '사람 속을 알 방법은 없지.' 터너는 생각했다. 라미레즈가 유능하거나, 그렇지 않다면 다 같이 죽거나 둘 중 하나였다.

　테이블 끝에는 텔레푼켄(독일의 전자 회사―옮긴이)의 귀에 꽂는 무선통신기와 목에 붙이는 마이크가 각각 다섯 개 있었다. 아직 개별 포장을 뜯지 않은 상태였다. 터너는 망명 과정에서 가장 결정적인 순간이 미첼이 도착하는 시간 앞뒤로 20분 정도라고 판단했다. 그동안 그와 라미레즈, 수트클리프, 린치는 연결돼 있어야 했다. 물론 무선통신은 최소한으로만 써야 했다.

　그 뒤에는 아무 표시가 안 된 플라스틱 통이 있었다. 그 안에는 매끄러운 스테인리스로 만든 납작하고 네모난 물건이 들어 있었는데, 스웨덴산 손난로 20개였다. 각각은 끈으로 입구를 묶은 작은 자루에 들어 있었고, 자루를 만든 플란넬 천은 크리스마스를 상징하는 붉은색이었다.

　"이 영리한 녀석 같으니라고." 터너가 말했다. "내가 생각해 냈어야 하는 건데……."

터너는 사령실 바닥에 쭈글쭈글한 야영용 패드 위에서 담요 대신 파카를 덮고 잤다. 콘로이 말대로 사막의 밤은 추웠다. 하지만 콘크리트가 낮의 열기를 담아두고 있는 듯했다. 작업복과 신발은 신은 채였다. 웨버는 벗었던 신발과 옷은 항상 잘 털어야 한다고 충고했다.
"전갈이 있어요." 웨버는 이렇게 말했다. "땀 정도의 습기만 있어도 좋아하거든요."
스미스 앤드 웨슨을 넣은 권총집은 눕기 전에 벗어서 패드 옆에 조심스럽게 놓았다. 터너는 전지를 이용하는 랜턴 두 개를 켜 놓고 눈을 감았다.
곧 얕은 잠의 바다로 빠져들었다. 영상이 스쳐지나가며, 미첼의 문건에서 본 단편적인 내용이 터너의 삶과 뒤섞였다. 그와 미첼은 버스를 운전해 폭포처럼 떨어지는 판유리를 뚫고 마라켁 호텔 로비로 돌진했다. 버스 옆구리에 테이프로 붙여 놓은 20여 개의 질산셀룰로오스 통을 점화시키는 버튼을 누르자 과학자가 큰 소리를 질렀다. 오키도 있었다. 위스키병과 앨리슨의 지갑에서 마지막으로 본 플라스틱 테두리가 있는 둥근 거울 위에 노란 페루비안 코카인을 얹어 내밀며 먹으라고 권했다. 버스 창문 바깥 어딘가에서 앨리슨이 연기 속에서 기침하는 모습을 본 것 같았다. 터너는 오키에게 말하려고, 앨리슨을 손으로 가리키려고 했다. 하지만 유리창은 멕시코에서 만든 성자들의 홀로그램, 성모가 담긴 엽서로 뒤덮여 있었다. 오키는 뭔가 부드럽고 둥그런 것, 연한 분홍색 구를 들고 있었다. 그 가운데에 수은으로 만든 거미가 웅크리고 있는 게 보였다. 하지만 미첼은 웃고 있었다. 드러난 치아는 피범벅이었고, 터너에게 내미는 손바닥에는 회색 바이오소프트가 있었다. 터너는 그게 회색빛이 도는 분홍색 뇌로 보였다. 축축하고 투명한 막에 싸인 채 살아 있는 뇌, 그것은 미첼의 손 안에서 천천히 맥동했다. 곧이어 터너는 서서히 높아지는 꿈의 지형에 걸려 넘어졌고, 별 하나 없는 밤 속으로 서서히 침잠해 들어갔다.

웨버가 깨웠다. 웨버의 단단한 몸이 네모난 문틀 안에 서 있었다. 문가에 테이프로 붙여 놓은 천을 어깨에 걸친 채였다.
"3시간 됐어요. 의료팀도 일어났어요. 혹시 그 사람들하고 얘기하고 싶을까봐서요."
그러고는 부츠가 자갈에 부딪치는 소리를 내며 떠났다.
호사카 의료팀은 자체 유지가 가능한 신경외과 모듈 옆에서 기다리고 있었다. 긴자 스타일의 구겨진 평상복을 나름 멋지게 차려입은 모양새가, 사막의 새벽빛 속에서 마치 물질 전송기에서 걸어 나온 것처럼 보였다. 남자 하나는 손으로 짠 커다란 옷을 걸치고 있었다. 일종의 띠가 달린 카디건으로, 터너도 멕시코시티에서 관광객들이 많이 입고 다니는 것을 본 적이 있었다. 다른 둘은 사막의 추위를 막기 위해 비싸 보이는 단열 스키 재킷을 입었다. 날씬하고 고풍스러운 생김새에 마치 새의 목깃처럼 보이게 머리를 연한 빨강으로 물들여 마치 랩터를 연상하게 하는 여자가 한국인이었다. 다른 남자 둘보다 키가 머리 하나는 더 컸다. 콘로이가 말하길 두 명이 회사 사람이라고 했는데, 터너는 쉽게 구분할 수 있었다. 여자 혼자만 터너의 세계에 속한 사람의 자세, 태도를 지녔다. 여자는 무법자, 어둠의 의사였다. 더치맨과 딱 맞는 부류라고 터너는 생각했다.

"내가 터너요. 여기 책임자지."

"우리 이름은 알 필요 없어요."

호사카 직원 둘이 자동적으로 허리를 굽혀 인사하는데, 여자가 말했다. 남자 둘이 시선을 교환하더니 터너를 보다가 다시 한국인을 바라보았다.

"상관없지." 터너가 말했다. "알아야 할 필요는 없으니까."

"왜 우리가 아직 환자의 의료 자료에 접근을 거부당하고 있죠?"

"보안 때문에." 터너가 한국인에게 답했다.

거의 자동적인 대답이었다. 사실 터너는 굳이 미첼의 기록을 보지 못하게 할 이유가 없다고 생각했다.

여자가 어깨를 으쓱하더니 몸을 돌렸다. 바짝 세운 단열 재킷의 깃이 얼굴을 가려 보이지 않았다.

"모듈을 점검하실 겁니까?"

커다란 카디건으로 몸을 감싼 남자가 정중하고 기민한 표정을 하고 물었다. 완벽한 회사원 가면이었다.

"아니." 터너가 말했다. "도착 20분 전에 우리는 당신들을 장소로 이동시킨다. 바퀴를 떼어내고 잭으로 평평하게 균형을 맞춰 줄 예정이다. 하수관도 끊어진다. 우리가 준비를 마친 뒤 5분 안에 완전하게 기능할 수 있게 준비하도록."

"문제없습니다." 다른 남자가 웃으며 말했다.

"그럼 이제 그 안에서 뭘 하는지 말해 줘. 그자에게 무슨 일을 하고,

어떤 영향을 주는지."

"그걸 몰라요?"

여자가 다시 몸을 돌리며 날카로운 목소리로 말했다.

"지금 말해 달라고 했을 텐데." 터너가 말했다.

"가장 먼저 치명적인 이식물이 있는지 스캔할 겁니다."

카디건을 입은 남자가 말했다.

"대뇌 피질 폭탄 같은 거 말인가?"

"그렇게 조잡한 걸 했으리라고는 생각하지 않습니다." 다른 남자가 말했다. "하지만 맞아요. 혹시 치명적인 장비가 있는지 샅샅이 훑을 겁니다. 동시에 종합 혈액 검사를 하고요. 그 사람의 현재 고용인이 아주 정교한 바이오화학 시스템을 다룬다고 들었습니다. 가장 큰 위험도 그 분야에 있을 가능성이⋯⋯."

"직원에게 개조한 피하 인슐린 펌프를 넣는 게 요즘 유행입니다." 다른 남자가 끼어들었다. "인공적으로 대상의 몸이 특정한 합성 효소 유사체에 의존하도록 만들 수 있는 거죠. 피하 이식물을 정기적으로 충전해 주지 않으면, 그러니까 원래 이식한 곳, 즉 고용인에게서 벗어나면 트라우마에 빠집니다."

"우린 그 문제에도 대처할 준비를 해 뒀습니다." 다른 남자가 말했다.

"당신 둘 다 우리가 만날지도 모르는 문제에 대처할 준비가 전혀 안 돼 있어."

어둠의 의사가 말했다. 막 동쪽에서 불어오는 바람만큼이나 차가운 목소리였다. 터너는 머리 위로 모래가 녹슨 철판을 스치고 지나가는 소리를 들었다.

"당신." 터너가 여자에게 말했다. "나를 좀 따라와."

그리고 뒤도 돌아보지 않고 몸을 돌려 걸어갔다. 여자가 명령에 따르지 않을 가능성도 있었다. 그러면 터너는 다른 두 남자에게 체면을 잃게 된다. 하지만 그래야만 할 것 같았다. 신경외과 모듈에서 10미터쯤 떨어진 곳에서 터너는 멈췄다. 여자 발소리가 들렸다.

"얼마나 알고 있지?" 터너는 몸도 안 돌리고 말했다.

"어쩌면 당신만큼 알 수도 있지요." 여자가 말했다. "어쩌면 더 많이 알지도요."

"당신 동료보다 많이 아는 건 분명하군."

"그 사람들은 아주 유능해요. 그리고 동시에……, 하인들이죠."

"당신은 아니고?"

"당신도 아니잖아요, 용병 양반. 난 지바에 있는 최상급 무허가 병원에 있다가 이 건으로 고용됐어요. 이 유명한 환자를 만나기 위해 미리 연구해야 할 자료를 잔뜩 받았죠. 지바에 있는 어둠의 클리닉은 의료의 최첨단을 달리고 있어요. 호사카조차도 어둠의 의료 세계에서의 내 위치 정도면 당신네 망명자 나리의 머리 속에 들어 있는 게 뭔지 추측할 수 있다는 걸 몰라요. 그 거리에선 어떻게든 물건의 용도를 찾으려고 애를 쓰죠, 터너 씨. 벌써 몇 번이나 나는 이런 새로운 이식물을 제거하는 일에 고용된 적이 있어요. 성능 좋은 마스 바이오회로도 어떻게든 시장으로 흘러들어 와요. 이런 것들을 이식해 보려는 건 논리적으로 당연한 시도죠. 난 마스가 일부러 유출시켰을 수도 있다고 생각해요."

"그러면 설명해 봐."

"안 돼요." 여자가 말했다. 다소 체념한 듯한 기색이 엿보이는 목소리였다. "난 봤다고 했죠. 이해했다고 하진 않았어요." 터너 머리의 플러그 구멍 옆 피부에 갑자기 손가락이 와서 닿았다. "바이오칩 이식물과 이걸 비교하면, 근전도 의족과 나무 지팡이 차이 정도예요."

"하지만 이번 경우엔 생명을 위협할 수 있다는 말인가?"

"아, 아니에요." 여자가 손을 거둬들이며 말했다. "그 사람 입장에선 아닐 거예요……."

그리고 여자가 다시 모듈로 돌아가는 발소리가 들렸다.

콘로이는 심부름꾼을 통해 터너가 미첼을 태우고 멕시코시티의 호사카 단지로 날아갈 제트기를 조종할 수 있게 해 주는 소프트웨어 패키지를 보냈다. 심부름꾼은 눈이 거칠고 피부는 볕에 타 까만 남자로, 린치는 그를 해리라고 불렀다. 팽팽한 근육질 남자로 투손 방향에서 모래에 마모된 자전거를 타고 불쑥 나타났다. 타이어는 닳아서 벗겨진 러그형 타이어(진행 방향으로 홈이 파여 있는 타이어 — 옮긴이)였고, 핸들 주위에는 짙은 피부색의 생가죽 장식이 달려 있었다. 린치는 해리를 데리고 주차장을 가로질렀다. 해리는 혼자 노래를 부르고 있었다. 소음을 억누른 현장에서는 이상하게 들렸다. 게다가 그 노래라는 건 마치 누군가가 한밤중에 고장 난 라디오 다이얼을 끝도 없이 위아래로 돌려대는 것 같았다. 찬송가서부터 20년 동안 유행했던 전 세계의 대중음악이 단편적으로 섞인 느낌이었다. 해리는 검게 탄, 새처럼 얇은 어깨에 자전거를 걸쳤다.

"해리가 투손에서 당신에게 드릴 물건을 가져왔다는데요."

린치가 말했다.

"자네들 서로 아나?" 터너가 린치를 보며 물었다. "둘 다 아는 친구라도 있나?"

"그게 무슨 뜻이죠?"

터너는 린치에게서 시선을 거두지 않았다.

"저 친구 이름을 알잖아."

"망할 이름을 말해 줬으니까 알죠, 터너 씨."

"해리예요." 검게 탄 남자가 말했다.

해리는 자전거를 수풀에 던졌다. 그가 웃자 들쭉날쭉한 데다가 썩기까지 한 이가 보였다. 드러난 가슴은 땀과 먼지로 젖어 있었고, 가느다란 쇠사슬과 생가죽, 동물의 뿔과 가죽, 놋쇠로 만든 탄약집, 오래 써서 표면이 닳아 없어진 구리 동전, 부드러운 갈색 가죽으로 만든 작은 주머니를 띠처럼 엮어 두르고 있었다.

터너는 바싹 마른 가슴을 가로지르는 잡동사니를 쳐다보다가 손을 뻗어 실을 땋아서 만든 끈에 매달려 있는 구부러진 연골뼈 조각을 뒤집었다.

"이게 도대체 뭐지, 해리?"

"너구리 페니스요. 너구리는 페니스에 마디 있는 뼈가 있거든요. 아는 사람은 별로 없지만요."

"자네는 여기 이 린치라는 친구를 만난 적이 있나, 해리?"

해리는 눈을 깜빡였다.

"이 사람은 암호를 알고 있었어요." 린치가 말했다. "단계가 있는데, 최상위 암호를 알고 있었다고요. 자기 이름도 말해 줬고요. 나 여기 있어야 해요? 아니면 일하러 돌아갈까요?"

"가." 터너가 말했다.

린치가 말소리를 들을 수 없는 곳까지 가자 해리는 가죽 주머니를 묶은 끈을 풀기 시작했다.

"저 애한테 너무 모질게 굴지 마세요. 저 친구 실력 진짜 좋아요. 난 보지도 못하고 있는 사이에 저 친구 화살총이 목에 들어오더만요."

그는 주머니를 열고 섬세한 손길로 안을 뒤졌다.

"콘로이에게 내가 저 친구를 찍었다고 전해."

"죄송." 해리가 주머니에서 노란 종이 접어놓은 것을 꺼내며 말했다. "누구를 찍었다고요?" 그는 종이를 터너에게 건넸다. 그 안에 뭔가 들어 있었다.

"린치. 그 친구는 콘로이가 현장에 심어 놓은 자야. 그렇게 전해."

터너는 종이를 펴고 불룩한 군용 마이크로소프트를 꺼냈다. 파란색 대문자 글자로 씌어 있었다.

성공을 빈다, 새끼야. 멕시코시티에서 보자.

"진짜 그렇게 말하라고요?"

"말해."

"시키는 대로 합죠."

"그러는 게 좋을 거야."

터너가 종이를 구겨 해리의 왼쪽 겨드랑이 쪽으로 던지며 말했다. 해리는 싹싹하고 공허한 웃음을 지어 보였다. 언뜻 비친 지성의 빛도 다시 가라앉았다. 마치 바다에 사는 짐승이 햇빛이 아른거리는 무미건조함의 부드러운 바다 속으로 손쉽게 빠져 들어가는 듯했다. 터너는 금이 간 노란색 오팔 같은 그의 눈을 가만히 들여다보았다. 하지만 태양과 망가진 고속도로 외에는 아무것도 안 보였다. 관절이 없어 보이는 손이 올라와 일주일은 기른 수염을 멍하니 긁었다.

"그럼." 터너가 말했다.

몸을 돌린 해리는 끙 소리를 내며 수풀에 엉킨 자전거를 집어 들어 어깨에 맨 뒤, 황폐한 주차장을 가로질러 돌아가기 시작했다. 몸에 비해 큰 누더기 같은 카키 반바지가 걸어갈 때마다 펄럭였고, 쇠사슬에 달린 수집품은 부드럽게 달그락거렸다.

수트클리프가 20미터 떨어진 언덕에서 휘파람을 불며 오렌지색 측량 테이프를 들어 보였다. 미첼이 착륙할 활주로를 놓을 시간이었다. 해가 너무 높이 뜨기 전에 재빨리 일해야 했다. 그런다고 해도 더울 터였다.

"그러니까 공중으로 오는군요." 웨버가 말했다.

웨버는 노랗게 시든 선인장 위에 갈색 침을 뱉었다. 볼 한 가득 코펜하겐 입담배를 물고 있었다.

"맞아." 터너가 말했다.

그는 누리끼리한 바위 위의 웨버 옆자리에 앉아 있었다. 둘은 린치와 네이선이 활주로를 정리하는 모습을 지켜보았다. 수트클리프가 이미 오렌지색 테이프로 폭 4미터에 길이 20미터 정도인 사각형을 표시해 두었다. 린치가 녹슨 I빔을 테이프 쪽으로 가져와 힘겹게 들어서 넘겼다. 빔이 콘크리트에 부딪쳐 울리자 수풀 속에서 뭔가 황급히 달아났다.

"저 테이프 보여요. 보려고만 하면요." 웨버가 손등으로 입을 닦으며 말했다. "보려고만 하면 당신이 아침에 받는 팩스도 읽을 수 있을 걸요."

"알아. 하지만 지금 놈들이 우리가 여기 있는 걸 모른다면, 앞으로도 그럴 거야. 그리고 고속도로에서는 안 보이잖아." 터너는 라미레즈가 준 검정 나일론 모자의 챙이 선글라스에 닿을 때까지 잡아당겼다. "어쨌든 우린 지금 그냥 무거운 걸 옮기고 있을 뿐이지. 위성에서 봐도 특별할 게 없어."

"그렇죠."

웨버도 동의했다. 선글라스 아래의 피부가 거친 얼굴은 무표정했다. 터너는 옆에 앉아 있는 그녀의 강렬하고 야성적인 땀 냄새를 맡을 수 있었다.

"웨버, 자네는 이런 일을 하지 않을 때는 도대체 뭘 하나?"

터너는 웨버를 바라보았다.

"당신보다는 할 일이 훨씬 많을 걸요. 개도 키우지요." 그녀는 부츠에서 칼을 꺼내 밑창에 신중하게 날을 갈기 시작했다. 마치 멕시코인 이발사가 면도기를 갈듯 한 번 문지를 때마다 부드럽게 칼날을 뒤집었다. "낚시도 하고요. 송어 낚시."

"뉴멕시코에 누가 있나?"

"아마 당신보단 많겠죠." 웨버는 담담하게 말했다. "당신이나 수트클리프 같은 사람은 딱히 집이라고 할 데가 없겠지요. 그냥 이런 데서 사는 거죠, 안 그래요? 현장에서, 오늘도, 자기 아들이 태어날 때도. 그렇죠?"

웨버는 칼날을 엄지손가락에 대고 확인하더니 다시 칼집에 넣었다.

"하지만 자네는 누가 있나? 돌아갈 남자가 있어?"

"굳이 알고 싶다면, 여자요. 개 키우는 거에 대해 좀 알아요?"

"아니."

"그럴 것 같았어요." 웨버는 곁눈질로 터너를 보았다. "우린 아이도 있어요. 우리 아이죠. 여자 친구가 낳았어요."

"DNA 접합인가?" 웨버는 고개를 끄덕였다. "그거 비싼데."

"잘 아네요. 그 돈 낼 필요가 없었으면 내가 여기 있지도 않죠. 그래도 예뻐요."

"여자 친구?"

"우리 아이요."

12. 카페 블랑

루브르에서 걸어 나오는 내내 말리는 분명히 뭔가 모종의 구조가 움직이며 도시를 가로지르는 자기를 돌봐 주고 있다는 느낌이 들었다. 웨이터는 단지 그 구조의 일부로, 팔 하나, 정교한 촉수 같은 것일 수도 있었다. 전체는 그보다 훨씬 더 클 터였다. 과연 비렉의 부가 일으키는 비정상적인 장(場) 속에서 왜곡에 괴로워하지 않고서 살거나 움직이는 게 가능하리라고 상상할 수 있을까? 비렉은 고통에 빠져 있는 말리를 받아들였고, 자기가 가진 돈의 보이지 않는 무지막지한 힘 속에서 말리를 회전시켰다. 그리고 말리는 이제 변했다. '물론이야.' 말리는 생각했다. '당연하지. 미묘하게 작동하는 비렉의 광대한 감시망은 보이지 않으면서도 세심하게 항상 내 주위에서 움직이고 있어.'

문득 정신을 차려 보니 말리는 카페 블랑의 테라스 아래쪽 도보에 서 있었다. 괜찮은 곳 같았다. 한 달 전이었으면 아마 피했을 장소였다. 그곳에서 알랭과 너무 많은 저녁을 보냈다. 이제 자유로워졌다는 느낌이 들자 말리는 블랑에 한 자리 차지하고 앉는 것을 시작으로 자기만의 파리를 재발견하겠다고 결심했다. 칸막이 천 근처에 자리를 잡고 앉았다. 코냑을 한 잔 주문하고, 파리의 자동차가 지나가는 모습을 보며 몸을 떨었다. 철과 유리로 된 강이 끊임없이 흘렀다. 그동안 말리 주위의 낯선 사람들은 먹고, 마시고, 논쟁하고, 씁쓸한 이별을 나누거나 오후에 느끼는 개인적인 감정에 충실했다.

그러나 말리는 미소를 지었다. 그녀는 이 모든 것의 일부였다. 알랭의 사악함과 그래도 계속 그를 사랑해야만 하는 절실한 이유에 완전히 눈을 뜬 순간 내면의 뭔가가 오랫동안 짓눌려 온 잠에서 깨어나 빛을 보았다. 하지만 사랑해야 하는 이유는 지금 앉아 있는 순간에도 점차 희미해지고 있었다. 알랭의 초라한 거짓말이 어떻게 해서인지 절망의 고리를 끊어 놓은 것이다. 그 안에서 논리를 찾을 수는 없었다. 말리는 적어도 어느 정도는 그나스와 거래를 하기 훨씬 전부터 알랭이 어떤 일을 했는지 알고 있었고, 그건 사랑하는 감정에 전혀 영향을 끼치지 않았다. 그럼에도 말리는 지금 느끼는 이 새로운 감정에서도 논리를 찾을 생각이 없었다. 살아서 이곳에 앉아 있는 것으로, 그리고 이제 알게 됐듯이 비렉이 배치해 놓은 복잡한 기계가 주위에 있다고 상상하는 것으로 충분했다.

'사람 일이란.'

나폴레옹 궁전에서 본 젊은 웨이터가 테라스로 올라오는 모습이 보였다. 일할 때 입었던 어두운 바지를 그대로 입었지만, 앞치마 대신 파란색 바람막이를 둘렀다. 이마에 드리운 검은 머리는 부드러운 곡선을 그렸다. 그가 말리 쪽으로 다가왔다. 말리가 도망가지 않으리라는 사실을 확신하며 미소를 짓고 있었다. 마음속에서 왠지 도망가고 싶은 생각이 강하게 들었지만, 말리는 자기가 그러지 않으리라는 걸 알았다.

'사람 일이란. 내가 특별히 슬픔을 빨아들이는 스펀지가 아니라 도시라는 돌로 만든 미로 속에서 길을 잃기 쉬운 동물에 불과하다는 사실을 깨닫고 즐기고 있는데, 동시에 모호한 욕망으로 움직이는 거대한 장치의 주목을 받고 있다는 사실을 알게 되다니.'

"제 이름은 파코예요."

그가 말하며, 테이블 반대편의 하얀 철제 의자를 끌어당겼다.

"당신은 공원에 있던 그 아이, 소년이군요……."

"오래 전 일이죠. 맞아요." 파코가 앉았다. "선생님께서는 제 어린 시절 모습을 보존하셨어요."

"당신의 그 선생님에 대해 생각하고 있었어요." 말리는 그가 아니라 바깥에 지나가는 자동차들을 보며 폴리카본과 페인트칠한 강철의 색채가 만드는 흐름에 눈을 식혔다. "비렉 씨 같은 분은 자기 재산에서 벗어날 수 없어요. 돈은 생명이 있죠. 어쩌면 자기 나름의 의지도요. 저번에 만났을 때 그런 얘기를 하더군요."

"철학자시군요."

"난 도구예요, 파코. 아주 나이 든 남자 손에 있는 아주 오래된 기계의 가장 최근 정보원이죠. 당신 고용주는 1000개도 넘는 도구를 만지작거리다가 어떤 이유에선지 나를 골랐……."

"시인이시기도 하군요!"

말리는 자동차의 흐름에서 눈을 떼며 웃었다. 파코도 입을 크게 벌린 채 웃고 있었다.

"여기로 걸어오는 동안 어떤 구조를 상상했어요. 너무 커서 볼 수도 없는 기계 말이죠. 그 기계가 날 둘러싸고, 내 발걸음 하나하나를 예측하는 거예요."

"본인이 세상의 중심이라고 생각하시나 보죠?"

"정말인가요?"

"아마 아닐 거예요. 물론 관찰 대상인 건 확실해요. 우리가 감시하고 있어요. 그건 바람직한 일이죠. 카페에 있던 당신 친구도 감시하고 있어요. 안타깝게도 우리는 그 사람이 당신에게 보여준 홀로그램을 어디서 얻었는지 알아내지 못했어요. 당신 친구 번호로 전화를 걸어 대기 시작했을 때 이미 갖고 있었을 가능성이 커요. 누군가 그 사람에게 접근한 거예요. 이해하겠죠? 누군가 그 사람을 당신 앞길에 집어 넣은 거예요. 이게 가장 재미있지 않아요? 당신 안에 있는 철학자를 자극하지 않나요?"

"그런 것 같아요. 난 카페에서 당신이 한 충고를 받아들였어요. 그 사람이 말한 가격에 동의했죠."

"두 배로 올려 달라고 할 거예요."

"당신 말대로라면 그런 건 중요하지 않잖아요. 내일 나한테 연락하기로 했어요. 당신이 돈을 가져다줄 수 있겠죠. 알랭이 현금으로 달라더군요."

"현금이라." 파코는 눈을 굴렸다. "위험하기 짝이 없군. 그래도 뭐, 구할 수 있어요. 자세한 내용도 알고 있어요. 대화를 도청하고 있었거든요. 어려운 일은 아니에요. 편리하게도 그 사람이 소형 마이크로 중계하고 있었으니까. 누구 들으라고 중계했는지 알아내려고 애쓰고 있어요. 하지만 알랭도 알고 있을 것 같진 않아요."

"요구 사항을 말하기도 전에 그 자리를 떠난 건 참 그 사람답지 않았어요." 말리가 이마를 찡그리며 말했다. "알랭은 극적인 순간을 잘 포착한다고 자부하거든요."

"선택의 여지가 없었어요. 마이크의 전원이 고장 났다고 생각했겠지만, 그건 우리가 조작한 거였어요. 그러면 그 사람들에게 가는 수밖에 없거든요. 화장실 칸막이 안에서 당신에 대해 아주 더러운 말을 하더군요."

웨이터가 지나가자 말리는 빈 잔을 향해 손짓했다.

"아직도 난 이 일에서 내 역할을 잘 모르겠어요. 내 가치요. 내 말은, 비렉 씨에게 말이에요."

"저한테 묻지 마세요. 당신이 철학자잖아요. 전 단순히 능력이 닿는 대로 선생님의 명령을 수행할 뿐이에요."

"브랜디 한 잔 할래요, 파코? 아니면 커피?"

"프랑스 사람들은 말이죠." 파코가 강한 어조로 말했다. "커피에 대해 아무것도 몰라요."

13. 두 손으로

"그거 다시 한 번만 설명해 줘 봐요. 아까 종교는 아니라고 했던 것 같은데요."

바비가 입 안 가득 쌀과 달걀을 넣은 채 말했다.

보부아르는 안경테를 벗고 한쪽 다리를 들여다보았다.

"내가 말한 건 그게 아니잖아. 그게 종교건 아니건 네가 신경 쓸 필요가 없다고 한 게 다지. 그건 그냥 구조야. 우리 지금 일어나고 있는 일에 대해서나 얘기해 보자고. 안 그러면 그걸 뭐라고 불러야 할지, 개념이……."

"그런데 당신들은 그 뭐더라, 로우들이란 게……."

"로아야." 보부아르가 안경을 테이블에 던지며 정정했다. 그는 한숨을 쉬고 투어데이의 중국산 담배를 한 개비 꺼내 해골 라이터로 불을 붙였다. "'들'은 없어. 그냥 단수형이야." 그는 한숨을 깊이 들이쉬더니 아치 모양의 코에서 두 줄기 연기를 뿜으냈다. "종교를 생각하면 정확하게 뭐가 먼저 떠오르냐?"

"음. 이모가 있는데요. 완전 정통 사이언톨로지교 신자였어요. 그거 뭔지 알죠? 그리고 건너편에 사는 여자도 있었는데요, 가톨릭이었어요. 우리 엄마는……." 바비는 잠시 말을 멈췄다. 음식에서 아무 맛도 안 느껴졌다. "엄마는 가끔씩 내 방에 홀로그램을 붙여 놓곤 했어요. 예수나 허버드나 뭐 그런 거지 같은 것들요. 그런 게 생각난다고 해야겠죠."

"부두는 그런 거와 달라. 구원이나 초월 같은 개념하곤 상관없다고. 부두는 무슨 일이 이뤄지게끔 하는 거야. 이해해? 우리 시스템에서는 신, 정령이 많아. 모든 덕목과 모든 악덕을 지니고 있는 거대한 한 가문의 일부라고. 신 내림에 대한 전통 의식은 지역별로 있어. 알아들어? 부두교에 따르면 신도 있어. 당연하지. 그란 메트라고. 하지만 그분은 위대해. 너무 위대하고 너무 멀리 있어서 네가 가난하든 여자랑 떡을 못 치든 신경 쓰지 않아. 너도 알거 아냐. 이건 길거리 종교라고. 100만 년 전에 더럽고 가난한 곳에서 생긴 거야. 부두교는 길거리하고 똑같아. 웬 뽕쟁이가 네 여동생을 찔러 죽였다고 해 봐. 그렇다고 야쿠자 문 앞에 가서 진 치고 있을 거야? 아니잖아. 대신에 일을 해결해 줄 수 있는 사람을 찾아가는 거지. 안 그래?"

바비는 천천히 음식을 씹으며 고개를 끄덕였다. 약을 하나 더 붙이고 레드와인 두 잔을 마신 게 도움이 많이 됐다. 덩치 큰 사람은 투어데이를 데리고 나무와 형광빛 나는 짚인형 사이로 산책을 갔다. 바비와 보부아르만 남자 재키가 즐거운 기색으로 나타나 달걀과 쌀로 만든 음식이 담긴 커다란 그릇을 줬다. 맛은 나쁘지 않았다. 재키는 그릇을 테이블에 내려놓을 때 한쪽 가슴으로 바비의 어깨를 지그시 눌렀다.

"그러니까 우리는 일을 해결하는 데 신경을 쓴다고. 시스템에 신경을 쓴다고 해도 좋고. 그리고 너도 마찬가지야. 적어도 그러고 싶어 하겠지. 아니면 카우보이가 되지도 않았을 테고, 그런 별명을 갖고 있지도 않았겠지. 맞지?" 그는 담배꽁초를 레드와인이 반쯤 남은 잔에 던져 넣었다. "투어데이가 끝내주는 파티를 열려던 참이었나 본데, 마침 선풍기가 똥에 맞아 사방이 더러워졌지."

"그 똥이 뭔데요?" 바비가 손등으로 입을 닦으며 물었다.

"너." 보부아르가 이마를 찡그리며 말했다. "네 잘못이라는 건 아니야. 그만큼 투어데이는 네 잘못인 걸로 해 버리고 싶어 하고."

"정말요? 그 사람 꽤 긴장한 것처럼 보이던데요. 아주 심통 나 있기도 하고요."

"정확해. 잘 봤네. 긴장. 더럽게 무서워하고 있다는 거에 더 가깝겠지."

"그런데 왜요?"

"음. 알다시피, 투어데이가 하는 일은 겉보기와는 좀 달라. 내 말이 뭐냐면, 음, 너희들이 알고 있는 그런 일을 투어데이가 하긴 하지. 따끈한 소프트웨어를 배리타운에 있는 귀신처럼 햇빛도 못 받은 흰둥이들에게 떠넘기는 거 말이야." 그는 흰둥이라고 하면서 씩 웃었다. "하지만 진짜 목적, 그러니까 그 녀석의 진짜 야망은 너도 알겠지만 다른 데 있다고." 보부아르는 맛이 간 듯 보이는 카나페를 집어들고 의심의 눈초리로 바라보다가 테이블 너머 숲으로 던져 버렸다. "알다

두 손으로 131

시피 녀석이 하는 일이란 잘 나가는 스프롤(보스턴과 아틀란타를 잇는 거대 도시군 — 옮긴이)의 옹간(부두교에서 남자 사제를 일컫는 호웅간 (houngan)에서 유래 — 옮긴이) 몇 명 주위에서 어슬렁거리는 거야."

바비는 멍한 표정으로 고개를 끄덕였다.

"두 손으로 일하는 사람들."

"뭔 소린지 모르겠어요."

"전문 사제들을 말하는 거야. 사제라고 해도 되고, 아니면 그런 사람들을 떠올려 봐. 다른 사람들 일을 해결해 주는 사업으로 잘 나가는 콘솔 카우보이 같은 친구들 말이야. '두 손으로 일한다'라는 건 여기서 쓰는 표현이야. 양쪽에서 일한다 뭐 그런 뜻이지. 밝은 세계와 어둠의 세계에서. 알아듣겠어?"

바비는 음식을 삼키고, 고개를 저었다.

보부아르가 말했다.

"마법사……. 됐어. 나쁜 놈들이고, 걸린 돈은 커. 그것만 알고 있으면 돼. 투어데이는 그런 사람들하고 연결된 초보 해커처럼 활동해. 가끔 그 사람들이 관심 있어 할 만한 걸 찾으면 다운받아 주고 호의를 쌓는 거야. 어쩌다 호의가 너무 많이 쌓이면 이번엔 그 사람들이 뭔가를 다운받아 줘. 똑같은 걸 주지는 않지. 내 말 이해하고 있지? 그 사람들이 뭔가 잠재성이 있는 걸 얻었다고 치자. 그런데 그게 좀 무서운 거야. 그런 사람들 성향은 어느 정도 보수적이야. 알아? 모른다고? 뭐, 알게 될 거야."

바비는 고개를 끄덕였다.

"너 같은 녀석이 투어데이에게 빌리는 소프트웨어는 아무것도 아니야. 뭐, 작동은 할 거야. 하지만 능력 좀 되는 사람이라면 아무도 신경 쓰지 않을 거야. 카우보이 키노 많이 봤지? 거기 나오는 거 진짜 거물 오퍼레이터가 마주치는 거랑 비교하면 별거 아니야. 아이스브레이커는 특히 그렇지. 강력한 아이스브레이커는 거물들이라고 해도 다루기 까다로워. 왜 그런지 알아? 왜냐하면 매트릭스에 있는 중요한 데이터 저장소를 두르고 있는 벽이 아이스인데, 그중에서도 진짜 단단한 것들은 모조리 AI, 인공 지능이 만든 거야. 그거 말고 뭐가 그 정도로 빨리 좋은 아이스를 만들고 꾸준히 변형하고 업그레이드를 할 수 있겠어. 그래서 블랙마켓에 진짜 강력한 아이스브레이커가 나타나면 거기엔 이미 아주 위험한 요소가 끼어 있어. 예를 들자면, 어디서 시작해 볼까? 그런 물건이 어디서 나올까? 십중팔구는 AI에서 나와. AI는 항상 부분적으로 막혀 있어. 거의 튜링(인공 지능의 수준을 감시하는 조직. 영국의 수학자 알란 튜링에서 따옴—옮긴이) 놈들에 의해서지. AI가 너무 똑똑해지지 않게 하는 거야. 따라서 튜링 머신이 네 뒤꽁무니를 쫓을 수도 있어. 왜냐하면 어딘가에 있는 AI가 자기 현금 흐름을 늘리고 싶어 할지도 모르거든. 어떤 AI는 시민권도 있다고. 안 그래? 네가 조심해야 할 게 하나 더 있는데, 그건 군용 아이스브레이커일 수도 있고. 그것도 무섭지. 아니면 자이바쓰('재벌'의 일본어 발음—옮긴이)의 산업스파이 조직에서 나온 걸 수도 있어. 그것도 피하고 싶을 거야. 여기까지 잘 따라오고 있어, 바비?"

　바비는 고개를 끄덕였다. 예전에는 존재 자체를 추측만 하던 세상이 어떻게 돌아가는지 설명해 주는 보부아르의 말을 듣기 위해 평생을 기다려온 것 같은 느낌이었다.

"그래도 진짜 잘 통하는 아이스브레이커는 100만 단위 가치가 있어. 아주 크다는 소리야. 그러니까 네가 시장에서 큰손이라고 쳐. 누가 너한테 물건을 하나 내밀어. 넌 그냥 돌려보내기 싫어서 일단 산단 말이야. 샀어. 아주 조용하게. 그런데 직접 껴 보긴 싫어. 어떡할 거야? 집에 가져가서 네 기술자들을 시켜가지고 아주 평범하게 보이게 고치는 거야. 이런 포맷으로 새로 만드는 거지." 그는 앞쪽에 쌓아 놓은 소프트웨어를 툭 쳤다. "그리고 너한테 빚진 게 있는 초보 해커한테 가져가. 그러면 평소처럼……."

"잠깐만요. 그 부분은 별로……."

"좋아. 네가 똑똑해지고 있거나, 어쨌든 그보단 더 똑똑하다는 뜻이니까. 왜냐하면 그게 그 사람들 일이야. 그 사람들 그걸 네 친구인 창고맨, 투어데이한테 가져가. 그리고 뭐가 문제인지 말하는 거야. '어이 친구, 우리가 이걸 좀 확인하고 싶거든. 시험 좀 해 보게. 그런데 우리가 직접 하긴 싫어. 너희가 한번 해 보라고, 친구.' 그러면 일이 그렇게 돌아가는데, 투어데이가 어떻게 하겠어? 직접 껴 볼까? 미치지 않고서야. 투어데이도 큰손들이 한 짓 그대로 따라 하는 거야. 대신 그 일을 시키는 녀석한테 제대로 얘기를 안 해 주지. 어떻게 하냐 하면, 중서부에서 캔자스시티에 있는 웬 창녀촌의 세금 회피 프로그램하고 엔화 돈세탁 순서도로 꽉 찬 기지를 하나 골라. 나무에서 떨어져 본 사람 빼고는 다 그 엿 같은 게 아이스, 그것도 완전 치명적인 피드백을 먹이는 블랙아이스 속에 깊숙이 박혀 있다는 걸 알아. 그런 기지를 건드리려는 카우보이는 스프롤 안에도 밖에도 전혀 없다고. 첫째, 방어물이 넘쳐나. 둘째, 안에 있는 정보는 국세청 빼고는 아무에게도 쓸모가 없어. 그리고 아마 국세청도 이미 그 주인한테 뇌물 받고 있을 거야."

"잠깐만요. 정리해 보면……."

"내가 다 정리해서 얘기해 주고 있잖아, 흰둥이 새끼야! 투어데이가 그 기지를 골랐어. 그리고 자기가 가진 핫도거 목록을 죽 훑어. 배리타운에 있는 야심 넘치는 펑크 새끼들 말이야. 윌슨처럼 멍청해서 투어데이 같은 사기꾼이 쉬운 데라고 손가락으로 찍어서 골라 주는 기지를 상대로 본 적도 없는 프로그램을 돌리려고 하는 새끼들. 그러면 누굴 고를까? 이런 일 처음 하는 놈을 고른다고. 당연하지. 투어데이가 어디 사는지, 번호가 뭔지도 모르는 녀석 말이야. 그리고 이렇게 말하는 거야. 여, 우리 친구 이걸 갖고 가서 돈 좀 벌어 봐. 괜찮은 게 나오면 내가 대신 팔아 줄게!" 보부아르는 눈을 크게 떴다. 웃고 있지는 않았다. "어디서 많이 들어 본 것 같지? 아니, 혹시 넌 그런 루저들 중 하나가 아니라는 건가?"

"당신 말대로라면 투어데이는 내가 그 기지에 접속하면 죽는다는 걸 알고 있었다는 건가요?"

"아니야, 바비. 하지만 그 소프트웨어 패키지가 효과가 없으면 그럴 가능성도 있다는 건 알았지. 투어데이가 주로 원하는 건 그저 네 시도를 지켜보는 거야. 자기가 직접 하기는 싫은 일에 카우보이 몇 명 붙여 놓고 말이야. 결과는 여러 가지가 될 수 있어. 한 예로 그 아이스브레이커가 블랙아이스를 상대로 제 할 일을 했다고 하자고. 너는 들어가서 너한테는 좆도 아닌 숫자만 한 무더기 찾아내는 거야. 그걸 들고 나와. 잘하면 흔적도 안 남기고 말이야. 자, 이제 그걸 갖고 레온네 가게로 가서 투어데이한테 잘못된 데이터를 찍어 줬다고 말하겠지. 이런, 분명히 투어데이가 정말 미안한 표정을 지을 거야. 너는 새 목표와 새 아이스브레이커를 받고. 그러면 투어데이는 아까 그 아이스브레이커를 갖고 스프롤에 가서 괜찮아 보인다고 얘기해. 그동안 눈은 너한테 박혀 있어. 네 건강이 어떤지, 네가 쓴 아이스브레이커에 대한 소문을 들은 다른 사람이 쫓지는 않는지 지켜보는 거지. 다른 결과가 나올 수도 있어. 이번에도 거의 그럴 뻔했지. 그 아이스브레이커가 수상쩍은 놈이면, 아이스가 널 튀겨 죽이는 거야. 그리고 누가 네 시체를 발견하기 전에 다른 카우보이 하나가 네 엄마 집에 몰래 들어가서 소프트웨어를 찾아오겠지."

"모르겠어요, 보부아르. 그건 좀 이해하기 어려······"

"어렵긴 개뿔! 사는 게 어려운 거야. 내 말인즉슨, 우리는 사업 얘기를 하는 거라고. 알아?" 보부아르는 엄격한 눈빛으로 바비를 바라보았다. 플라스틱 안경테는 날씬한 코 아래쪽에 걸쳐 있었다. 보부아르는 투어데이나 덩치 큰 남자보다 가벼웠고, 피부는 우유를 살짝 탄 커피색이었다. 바싹 자른 검정 고수머리 아래에 있는 이마는 높고 부드러웠다. 회색 상어 가죽 로브 아래 가려진 몸은 날씬했다. 바비는 그가 전혀 위협적으로 느껴지지 않았다. "하지만 문제가 있어. 우리가 여기 있는 이유, 네가 여기 있는 이유는 무슨 일이 일어났는지를 알아내기 위해서야. 그건 좀 다른 얘기지."

"어쨌든 투어데이가 날 함정에 빠뜨려서 죽게 했다는 뜻이에요?" 바비는 아직 성 마리아 산부인과 휠체어에 앉아 있었지만, 더는 필요 없을 것 같은 기분이었다. "그리고 투어데이가 그런 사람들하고 졸라

엮여 있다고요? 스프롤의 거물들하고요?"

"이제 이해하네."

"그래서 투어데이가 그렇게 행동하는 거예요? 아무 관심 없는 것처럼? 내 배짱도 싫어하고? 투어데이가 정말 무서워한다고요?"

보부아르는 고개를 끄덕였다.

바비는 갑자기 투어데이가 뭐에 화가 났는지, 왜 겁에 질렸는지 깨달았다.

"빅 플레이그라운드에서 내가 공격받은 것 때문에 그렇군요. 그 로브 개새끼들이 내 덱을 훔쳐갔어요! 그 소프트웨어가 아직 덱 안에 있는데!" 마침내 깨닫게 돼 흥분한 바비가 몸을 앞으로 숙였다. "그리고 만약 투어데이가 그걸 다시 못 찾아오면, 그 사람들이 투어데이를 죽이거나 어떻게 하는 거죠? 맞죠?"

"카우보이 키노를 많이 봤구나. 하지만 대강 비슷해. 분명히."

"그렇군요." 바비는 휠체어에 등을 기대며 맨발을 테이블 가장자리에 올려놓으며 말했다. "음, 보부아르, 그 사람들은 누구예요? 뭐라더라, 옹간? 마법사라고 했던가요? 그게 무슨 뜻이에요?"

"음, 바비. 그 사람이 바로 나야. 그리고 덩치 큰 친구는 루카스라고 하는데, 그 친구도 마찬가지고."

"전에 본 적이 있을 거야." 보부아르가 말했다.

그가 루카스라고 부른 남자가 테이블 위를 가지런히 정리한 뒤 영상투사용 수조를 올려놓았다.

"학교에서요." 바비가 말했다.

"오, 학교도 다녔어?" 투어데이가 끼어들었다. "근데 망할, 왜 계속 안 다녔어?"

투어데이는 루카스와 돌아온 뒤 줄담배를 피워 댔다. 아까보다도 상태가 더 안 좋아 보였다.

"닥쳐." 보부아르가 말했다. "교육 좀 받으면 좋지 뭘 그래."

"이걸로 매트릭스에서 돌아다니는 법을 배웠어요. 출판물 도서관에 있는 자료에 접속하는 방법이나……."

"그럼 됐어." 루카스가 말했다. 그는 몸을 펴며 커다란 분홍색 손바닥에 있지도 않은 먼지를 털었다. "이걸로 출판 도서에 접속한 적이 있나?"

루카스는 순검정색 정장 코트를 벗었다. 얼룩 하나 없는 하얀 셔츠 위로 밤색 멜빵을 메고 있었다. 루카스는 무늬 없는 검은 넥타이를 느슨하게 했다.

"전 글을 잘 못 읽어요." 바비가 말했다. "읽을 수는 있는데요, 힘이 좀 들어요. 그래도 뭐, 접속한 적 있어요. 매트릭스에서 아주 옛날 책을 몇 권 보긴 했어요."

"그럴 것 같았어." 루카스가 수조 아래에 있는 콘솔에 작은 덱을 끼워 넣으며 말했다. "카운트 제로. 카운트 제로 인터럽트. 옛날 프로그래머들 용어지."

루카스가 덱을 보부아르에게 건네자, 그가 명령을 입력하기 시작했다.

거의 보이지 않는 3차원 격자에 맞게 정렬된 복잡한 기하학적 구조물이 수조 안에 모습을 드러내기 시작했다. 바비는 보부아르가 사이버스페이스 안에서 배리타운의 좌표를 그리고 있다는 것을 알 수 있었다.

"이 파란 피라미드가 너야, 바비. 넌 여기 있어." 파란 피라미드 하나가 수조 한가운데서 부드럽게 맥동하기 시작했다. "이제 너한테 투어데이의 카우보이들이 본 걸 보여 줄 거야. 널 감시하던 녀석들 말이야. 지금부터 네가 보는 건 기록이야."

피라미드에서 파랗게 빛나는 점선이 튀어나와 격자선을 따라갔다. 바비는 엄마 집 거실에서 홀로 오노 센다이를 무릎에 올려놓고, 커튼은 닫은 채 덱 위에서 손가락을 움직이고 있는 자기 자신의 모습이 떠올랐다.

"아이스브레이커가 온다." 보부아르가 말했다.

파란 점선이 수조의 벽에 닿았다. 보부아르가 덱을 건드리자 좌표가 바뀌었다. 새로운 기하학적 구조물이 원래 것을 대체했다. 격자 가운데 오렌지색 사각형이 군집을 이루고 있었다.

"저기야." 보부아르가 말했다.

파란 점선이 수조 가장자리에서 나와 오렌지색 기지를 향해 전진했다. 기지에 다가가자 희미해서 보일 듯 말 듯한 오렌지색 평면이 나타나더니 움직이며 빠르게 깜빡였다.

루카스가 말했다.

"저기 뭔가 이상한 게 보이지? 저게 저놈들 아이스야. 벌써 널 해치울 준비가 돼 있었지. 네가 목표를 고정하기도 전에 널 알아챘어."

파란 점선이 움직이는 오렌지색 평면에 닿자, 그보다 지름이 약간 큰 반투명한 오렌지색 튜브가 둘러쌌다. 튜브는 점점 길어지면서 파란 점선의 경로를 거꾸로 따라오다가 마침내 수조의 벽에 닿았다…….

"그동안 배리타운은 어땠을까……." 보부아르가 말하며 다시 덱을 건드렸다. 바비를 나타내는 파란 피라미드가 다시 중앙에 왔다. 바비는 아직 파란 점선을 따라오고 있는 오렌지색 튜브가 벽에서 나타나 피라미드를 향해 부드럽게 접근하는 모습을 볼 수 있었다. "이 시점에서 넌 곧 제대로 죽을 참이었던 거야, 카우보이."

튜브가 피라미드에 닿았다. 삼각형 오렌지색 평면이 튀어나오더니 피라미드를 안에 가두기 시작했다. 보부아르는 영사를 중지시켰다.

루카스가 말했다.

"투어데이는 조력자로 실력 좋고 경험 많은 콘솔 자키들을 고용해서 모두 둘씩 짝지어 배치해 뒀어. 이제 네가 볼 장면을 본 그자들은 자기 덱을 높은 데 가져가서 철저하게 점검해야 한다고 생각했지. 프로답게 비상용 덱도 갖고 있었어. 그런데 그걸 연결해도 똑같은 거야. 그래서 녀석들은 자기 고용주에게 전화하기로 결정했지. 여기 투어데이 씨에게 말이야. 지금 이 꼴을 봐도 알 수 있겠지만, 파티나 열려고 하고 있던……."

"어이." 투어데이가 말했다. 흥분해서 목소리가 팽팽했다. "말했잖아. 좀 놀고 싶어 하는 고객이 찾아왔다고. 난 걔들에게 지켜보고 있으라고 돈을 줬고, 걔들은 지켜보고 있었고, 나한테 전화를 했잖아. 난 당신에게 전화를 했고. 뭘 더 원하는 거야?"

"우리 재산." 보부아르가 부드럽게 말했다. "자 이걸 봐. 아주 자세히 보라고. 이 엿 같은 것이 우리가 이상 현상이라고 부르는 거라고, 장난 아니야……."

보부아르는 덱을 다시 건드려 기록을 재생했다.

수조 바닥에서 우유 빛깔의 액체 꽃이 피어올랐다. 바비는 고개를 앞으로 내밀었다. 꽃은 작은 구체 또는 거품 수천 개로 이뤄진 것 같았다. 그것들은 3차원 격자에 완벽하게 정렬한 채 서로 뭉쳐서 위쪽이 큰 비대칭인 구조를 이뤘다. 마치 직선으로 그린 버섯 같았다. 표면과 깎인 면은 하얗고 완벽하게 텅 비어 있었다. 수조 안에 보이는 영상은 바비의 펼친 손 정도 크기였지만, 덱에 접속한 사람에게는 어마어마하게 보일 터였다. 거기서 한 쌍의 돌출부가 솟아올랐다. 점점 길어지던 돌출부가 구부러지면서 집게가 돼 피라미드를 붙잡았다. 돌출부 끄트머리가 상대방 아이스의 깜빡이는 오렌지 평면을 뚫고 부드럽게 가라앉는 모습이 보였다.

"그 여자가 말했어요. '뭐 하는 거야?'라고." 바비는 자기도 모르게 이렇게 말했다. "그러더니 왜 그러는 거냐고, 왜 나한테 그러는 거냐고, 왜 날 죽이는 거냐고……."

"아하." 보부아르가 조용히 말했다. "이제 좀 얘기가 되겠군."

바비는 잘 이해가 되지 않았다. 하지만 휠체어에서 벗어난다는 게 기뻤다. 보부아르는 구불구불한 전선에 비딱하게 달려 있는 식물 생장용 전등을 피하려 몸을 숙였다. 바비는 녹색 막으로 덮인 물웅덩이에 미끄러지듯 하면서 뒤를 따랐다. 투어데이의 공터에서 멀어지자 공기가 더 두꺼워지는 것 같았다. 축축한 온실 냄새가 났고, 여기저기서 식물이 자랐다.

"일이 그렇게 된 거야." 보부아르가 말했다. "투어데이가 친구 몇 명을 코비나 콘코스 코트로 보냈는데, 넌 이미 없었지. 덱도 마찬가지로 없어졌고."

"음. 그렇다고 하면 꼭 그 사람 잘못인 것 같지는 않네요. 내가 레온네로 가지 않았으면 어쨌든 투어데이가 날 찾아내지 않았을까요? 나도 투어데이를 찾고 있었지만요. 여기 올라올 방법까지 찾아보고 있었는데."

보부아르는 걸음을 멈추고 꽃을 피우고 있는 삼의 잎이 우거진 줄기를 감상했다. 가느다란 갈색 검지로 색이 흐릿한 꽃을 가볍게 쓰다듬었다.

"맞아. 하지만 이건 일이야. 투어데이는 네가 작업하고 있는 동안 너희 집을 감시할 사람을 정해 뒀어야 했어. 너나 소프트웨어가 불시에 사라지는 일이 없도록."

"어, 투어데이가 레아와 재키를 레온네로 보냈잖아요. 내가 거기서 그들을 봤어요."

바비는 검정 잠옷 속으로 손을 넣어 가슴과 배를 가로지르는 상처 봉합 부위를 긁었다. 그러자 파이가 봉합사로 쓴 지네 같은 물건이 떠올라 재빨리 손을 뺐다. 봉합 부위를 따라 일직선으로 가려움이 느껴졌지만, 만지고 싶지는 않았다.

"아니. 재키와 레아는 우리 사람이야. 재키는 맘보지. 여사제. 단발라의 말(馬)."

보부아르는 계속 길을 찾아 걸음을 옮겼다. 바비가 보기에는 특정 방향으로 가는 것 같지 않았지만, 수경재배 중인 무성한 숲 사이로 나 있는 길이나 통로가 따로 있는 모양이었다. 큰 축에 속하는 관목 일부는 시커먼 부식토로 가득 차 불룩한 녹색 비닐봉지에 뿌리가 박혀 있었다. 봉지는 대부분 터져 있었고, 연한 색 뿌리는 식물 생장용 불빛 사이의 그림자 속에서 오랜 시간 동안 떨어진 잎이 만들어 놓은 얇은 퇴비층을 파고들며 신선한 양분을 찾았다. 바비는 재키가 가져다 준 검정 나일론 슬리퍼를 신고 있었는데, 발가락 사이에는 이미 축축한 흙이 껴 있었다.

"말이라고요?"

바비가 속이 뒤집혀 튀어나온 팜나무인 듯한 뾰족한 물체를 피하며 보부아르에게 물었다.

"단발라가 재키를 타지. 단발라 웨도, 뱀이야. 그렇지 않을 때는 그의 아내인 아이다 웨도의 말이기도 해."

바비는 더 캐묻지 않기로 했다. 대신 주제를 바꿔 보았다.

"투어데이는 어떻게 이렇게 큰 곳에서 살아요? 이 많은 나무들은 다 뭔가요?"

바비는 재키와 레아가 성 마리아 병원의 휠체어에 앉은 자기를 밀고 올 때 문을 통과했다는 걸 기억했다. 하지만 그 뒤로 문을 본 적이 없었다. 아콜로지의 면적이 헥타르 단위라 투어데이가 있던 것처럼 넓은 공간도 있을 수 있다는 건 알았지만, 아무리 영리한 사람이라고 해도 창고맨 하나에게 그런 여유가 있을 것 같지는 않았다. 그 정도 공간을 가질 수 있는 사람은 없었다. 게다가 그렇게 수경 재배하는 나무가 가득한 숲 속에서 살고 싶은 사람이 있을까?

마지막으로 피부에 붙인 약 기운이 사라져가고 있었다. 등과 가슴이 불타오르는 듯 아프기 시작했다.

"피커스 나무, 마포우 나무……. 이 층 전체는 리우 상트, 신성한 곳이야." 보부아르는 바비의 어깨를 두드리며 근처 나뭇가지에 두 가지 색 끈으로 꼬아 만든 장식이 매달려 있는 것을 가리켰다. "이 나무들은 제각기 서로 다른 로아에게 바친 거야. 이건 오우고우에게 바쳤지. 오우고우 페라이, 전쟁의 신. 여기에는 다른 식물도 많아. 식물치료사가 쓰는 허브도 있고, 그냥 재미로 키우는 것도 있지. 그런데 여긴 투어데이 소유가 아니야. 지역 사회 것이지."

"프로젝트 전체가 이쪽에 빠져 있다고요? 부두 같은 거에요?"

엄마의 암울한 환상보다 더 나빴다.

"아니." 보부아르가 웃었다. "꼭대기에는 모스크가 있어. 침례교 광신도들 교회는 수천 개에서 만 개나 여기저기 흩어져 있지. 사이언톨로지 교회도……. 다 알 만한 것들이야." 보부아르는 씩 웃었다. "그래도 일을 해결하는 전통이 있는 건 우리라고……. 하지만 이 층이 어떻게 시작됐는지는 오래전으로 거슬러 올라가지. 여길 설계한 게 80년 전이었나, 100년 전이었나, 그 사람들은 가능한 한 자급자족이 가능하게 하려고 했어. 식량도 재배하고, 스스로 난방도 하고, 발전도 하고, 뭐 그런 거. 그런데 이건 말이야, 깊게 파 들어가면 엄청 많은 지하 열수가 나와. 아주 뜨겁긴 하지만, 엔진을 돌릴 정도는 아니야. 그걸로 발전은 못 해. 그래서 옥상에서 다리우스 타입 풍력 발전기를 백 개 넘게 설치했어. 거품기라고 불렀지. 바람 농장을 만든 거야. 알지? 요즘에는 다른 데처럼 전력 대부분을 원자력 기구에서 받아. 지하 열수는 뽑아내서 열교환기로 보내. 너무 짜서 마실 수는 없으니까 교환기에서 너희들 쓰는 평범한 뉴저지 수돗물을 데워. 그래 봤자 똑같이 사람들이 안 마시긴 하지만…….."

 마침내 벽처럼 보이는 곳이 가까워지고 있었다. 바비는 뒤를 돌아보았다. 진흙이 깔린 콘크리트 바닥에 생긴 얕은 웅덩이에 키가 작은 나무가 반사돼 비쳤다. 겉으로 드러난 뿌리는 임시로 놓은 수경 재배용 액체 통 쪽으로 뻗어나가고 있었다.

 "그러면 데운 물은 새우 수조에 넣어. 새우를 많이 기르거든. 새우는 따뜻한 물에서 아주 빨리 자라. 그 다음에는 벽 속에 있는 파이프로 보내서 여기를 난방하지. 이 층은 그래서 있는 거야. 아마란스 꽃이나 양상추 같은 걸 기르지. 그리고 나서 다시 메기 수조로 보내. 조류가 새우 똥을 먹고, 메기는 조류를 먹어. 그렇게 순환하는 거야. 어쨌거나 그런 생각이었어. 누가 옥상에 올라가서 다리우스 풍력 발전기를 걷어차 버리고 거기다 모스크를 지을 줄은 몰랐겠지. 다른 여러 가지 변화도 마찬가지야. 여차여차해서 우린 여기에 자리 잡은 거고. 하지만 아직 프로젝트에 있으면 아주 맛있는 새우를 먹을 수 있어. 메기도 물론이고."

 그들은 벽에 다다랐다. 벽은 유리로 돼 있었고, 습기가 뭉쳐 커다랗게 물방울이 맺혀 있었다. 유리벽 너머에는 몇 센티미터 간격으로 녹슨 철판 같아 보이는 다른 벽이 있었다. 보부아르는 상어 가죽 로브 주머니에서 열쇠 같은 걸 꺼내 유리를 양쪽으로 가르고 있는 합금 기둥의 구멍에 끼워 넣었다. 근처 어디에서 엔진이 돌아가는 소리가 들렸다. 넓은 강철 셔터가 경련하듯 돌아가며 열리더니 바비가 가끔 꿈꾸던 광경이 펼쳐졌다.

 빅 플레이그라운드가 두 손바닥으로 가릴 만하게 보이는 것으로 봐서 프로젝트의 꼭대기 근처에 있는 게 분명했다. 배리타운의 아파트 단지는 지평선까지 뻗어 있는 회백색 곰팡이 같았다. 밖은 거의 어두워졌고, 바비는 아파트 단지가 끝나는 곳 너머가 분홍색 빛으로 빛나는 모습을 볼 수 있었다.

"저기가 스프롤이겠네요. 그렇죠? 저 분홍색 부분이요."

"맞아. 그런데 가까이 가 보면 보기만큼 예쁘지는 않아. 저기 가 보는 게 어때, 바비? 카운트 제로는 스프롤에 갈 준비가 됐나?"

"아, 물론이죠." 바비가 물방울이 맺힌 유리에 손바닥을 붙인 채 말했다. "이걸 얼마나 바랐는지 모를 거예요……."

붙이는 약의 기운은 완전히 사라지고 없었다. 등과 가슴이 끔찍하게 아팠다.

14. 야간 비행

밤이 오자 터너는 다시 날카로움을 찾았다.

참으로 오랜만에 그런 상태가 된 것 같았다. 하지만 일단 그렇게 되자 한 번도 거기서 벗어난 적이 없는 듯한 기분이 들었다. 각성제로만 흉내 낼 수 있는 초인간 상태였다. 터너는 중요한 작업 현장에서만 그런 상태가 될 수 있었다. 자기가 지휘를 맡은 상태에서, 그것도 실제 이동 직전 몇 시간뿐이었다.

하지만 너무 오래 전이었다. 뉴델리에서 터너는 그저 자기가 원하는 게 장소를 옮기는 건지 아직 확신하지 못하고 있던 한 중역이 탈출할 가능성이 있는 경로를 조사하고 있었을 뿐이었다. 만약 그날 밤, 챤드니쵸크에서 날카로움을 유지한 채 일했더라면 폭탄을 피할 수 있었을지도 몰랐다. 그렇지 않았다고 해도, 그 날카로움은 최소한 시도라도 하게끔 했을 터였다.

이제 그 날카로움은 지금까지 현장에서 다뤘던 요소를 가지런히 정리하며 수많은 작은 문제와 커다란 문제 하나 사이의 균형을 맞추게 해 주고 있었다. 아직까지 작은 문제는 무수히 많았지만, 판을 깰 만한 큰 문제는 없었다. 린치와 웨버가 서로 신경전을 벌이기 시작하자, 터너는 그들을 떼어 놓았다. 처음부터 직감했지만, 린치가 콘로이의 끄나풀이라는 확신은 더 강해졌다. 때가 가까워지자 본능은 더 날카로워졌고, 일들은 기괴해졌다. 네이선은 기술도 별로 안 들어간 스웨덴산 손난로를 다루는 데 애를 먹고 있었다. 전자회로가 안 들어가 있는 물건은 항상 그를 당황하게 했다. 터너는 린치를 시켰다. 린치가 기름까지 넣어서 손난로를 대신 준비해 주면 네이선이 한 번에 두 개씩 날라서 오렌지색 테이프로 만든 선 두 개를 따라 1미터 간격으로 얕게 묻게 했다.

콘로이가 보낸 마이크로소프트는 끊임없이 변화하는 요소로 가득 찬 또 다른 우주를 터너의 머릿속에 넣어 주었다. 바람의 속도, 고도, 자세, 공격 각도, 관성력, 진로 등등. 무기 발사 정보는 목표 설정, 폭탄 투하 경로, 원형 탐색, 사거리 신호, 발사 신호, 잔여 무기수가 등장하는 잠재의식 속의 끝없는 이야기였다. 콘로이는 비행기의 도착 시간과 승객 한 명을 태울 공간을 준비했다고 확인하는 내용을 간단히 요약해서 마이크로소프트에 표식을 달아 두었다.

터너는 미첼이 뭘 하고 있을지, 무슨 느낌일지 궁금했다. 마스 바이오랩 북미 지부 시설은 사막에 우뚝 솟은 평평한 암석의 심장부를 파낸 곳에 있었다. 바이오소프트 문건에서 터너는 그 시설의 사진을 봤다. 어스름한 저녁에 밝게 빛나는 창문이 나 있는 시설의 앞면과 사구

아로 선인장의 바다로 덮인 융기한 지맥 위에 올라서 있는 거대한 배의 조타실 같은 모습. 9년 동안 미첼에게 그곳은 감옥이자 요새였고, 집이었다. 그 거대한 암석의 중심 근처에서 미첼은 다른 연구자들을 거의 한 세기 동안 곤란하게 만들었던 하이브리도마 기술을 완성했다. 사람의 암세포와 무시당하다 못해 거의 잊혔던 DNA 합성모델을 가지고 불멸의 하이브리드 세포를 만들었던 것이다. 그 세포가 새로운 기술의 기본적인 생산 도구였다. 정교한 생화학 공장에서 끊임없이 복제돼 나오는 이 조작된 분자를 연결해서 바이오칩을 만들었다. 미첼은 마스 아콜로지 어딘가에서 스타 연구자로서의 마지막 시간을 보내고 있을 터였다.

터너는 호사카로 망명해서 아주 다른 종류의 삶을 사는 미첼을 상상해 보려고 했지만, 어려웠다. 애리조나 아콜로지에 있는 연구자와 혼슈에 있는 연구자가 그렇게 다를까?

긴 하루가 지나는 동안 부호화된 미첼의 기억이 불현듯 떠오르며 목전에 둔 작전과는 무관한 기이한 공포로 머릿속을 가득 채울 때가 몇 번 있었다.

터너를 혼란스럽게 하는 건 친밀감이었다. 어쩌면 두려움이라는 감정도 거기서 나오는 것일지도 몰랐다. 어떤 기억의 단편은 내용물과 전혀 비례하지 않게 감정에 커다란 영향을 끼치는 듯했다. 왜 음울한 케임브리지 대학원 기숙사의 평범한 복도에 대한 기억이 터너를 죄책감과 혐오감으로 채우는 걸까? 반면, 논리적으로는 감정을 불러일으켰어야 할 법한 다른 기억은 이상할 정도로 영향이 없었다. 미첼이

제네바에 있는 임대한 집의 넓은 양탄자 위에서 어린 딸과 노는 기억, 아이가 웃으며 그의 손을 잡아당기는 기억은 아무 느낌이 없었다. 터너가 지켜본 이 남자의 삶은 필연적이라는 말로 특징지을 수 있었다. 미첼은 영리했다. 어린 시절부터 영리함이 눈에 띄었고, 높은 수준의 동기 부여를 받았으며, 최고급 과학자를 열망하는 사람이 기업에서 일하면서 갖춰야 할 냉철하고 가차 없는 수완까지 타고났다. 터너는 만약 연구 기업의 위계에서 높은 자리까지 올라갈 운명을 타고난 사람이 있다면, 그건 미첼일 거라고 생각했다.

터너 자신은 자이바쓰에 매인 사람들이 살아가는 아주 부족적인 세상에 어울릴 수 없었다. 그는 아웃사이더, 기업 간 정치라는 비밀스러운 바다 위를 떠다니는 위험 요소였다. 회사원이라면 터너가 추출 과정에서 알아서 해야만 하는 선(先)조치들을 할 수 없었다. 회사원은 터너가 그러듯 그때그때 바뀌는 고용인을 향해 충성심을 재조정하는, 프로로서는 당연한 능력도 갖출 수 없었다. 아니면, 일단 계약을 맺고 난 뒤에는 굽히지 않는 책임감이라고 할까. 터너는 10대 후반에 보안 관련업으로 흘러들어 왔다. 새로운 기술의 힘 덕분에 전쟁 뒤의 냉혹한 경제 침체기가 끝나갈 무렵이었다. 야망이 별로 없었다는 점을 고려하면 터너는 보안 일을 잘 해냈다. 터너의 팽팽한 근육질 체형은 고용인의 고객들에게 강한 인상을 줬다. 게다가 그는 똑똑했다. 아주 똑똑했다. 옷을 잘 입었고, 기술을 잘 알았다.

콘로이는 멕시코에서 터너를 찾아냈다. 터너의 고용인은 당시 진행 중이던 정글 어드벤처 시리즈에 들어갈 30분짜리 단편을 여러 개 기록하고 있던 센스/네트 심스팀 팀의 경호를 맡고 있었다. 콘로이가 도착했을 때, 터너는 정리를 마치던 참이었다. 센스/네트와 현지 정부 사이에 연락소를 만들고, 지역 경찰 최고위직에게 뇌물을 줬고, 호텔의 보안 시스템을 분석했고, 현지 가이드와 운전수를 만나 배경을 이중으로 확인했고, 심스팀 팀의 무전기에 디지털 음성 보호장치를 달았고, 위기관리팀을 만들었으며, 센스/네트 사람들의 숙소 주변에 진동 감지기를 설치했다.

터너는 로비에 꾸며 놓은 정글 같은 정원이 그대로 이어져 있는 바로 들어와 상판이 유리로 된 테이블에 혼자 자리를 잡고 앉았다. 창백한 얼굴에 덥수룩한 머리를 새하얗게 염색한 남자 하나가 양손에 술잔을 들고 바를 가로질러왔다. 도드라진 얼굴뼈와 높은 이마가 창백한 피부를 팽팽하게 당겼다. 그는 가죽 샌들을 신고, 청바지 위로 단정하게 다린 군용 셔츠를 입고 있었다.

"자네가 저 심스팀 애들 보안 담당이군." 창백한 남자가 술잔 하나를 터너의 테이블에 올려놓으며 말했다. "알프레도가 알려 줬어."

알프레도는 호텔의 바텐더 중 하나였다.

터너는 그 남자를 올려보았다. 그는 분명히 정신이 말짱했고, 세상의 자신감이란 자신감은 다 지닌 듯한 기색이었다.

"우린 통성명도 안 한 사이 같은데……." 터너가 말했다.

술잔을 받으려는 움직임도 전혀 보이지 않았다.

"상관없어." 콘로이가 자리에 앉으며 말했다. "우린 같은 게임을 하고 있어."

터너는 콘로이를 응시했다. 그에게는 보디가드의 분위기가 있었다. 초조하고 경계심 많은 무엇인가가 몸에 새겨져 있었다. 모르는 사람이 그의 개인적인 공간을 침해하기란 쉽지 않을 터였다.

"아는지 모르겠는데 말이야." 콘로이가 말했다. 특정 시즌에 딱히 잘하지 못하고 있는 팀에게 이러쿵저러쿵하는 사람의 말투였다. "자네가 쓰고 있는 진동 감지기는 별로 쓸모가 없어. 내가 만나 본 사람 중에는 그 안으로 걸어 들어가서, 자네 애들을 아침으로 잡아먹고, 뼈를 샤워실 안에 쌓은 다음에 휘파람 불면서 나올 수 있는 사람도 있어. 그 진동 감지기는 아무것도 모르고 있을 거야." 그는 술을 한 모금 마셨다. "그래도 그 노력에는 A를 주겠어. 일을 어떻게 하는지 아는군."

"뼈를 샤워실 안에 쌓는다."라는 말로 충분했다. 터너는 그 창백한 남자를 없애 버리기로 결심했다.

"터너, 저길 봐. 자네 여배우가 오는구먼."

그 남자가 미소 짓자, 제인 해밀턴도 화답했다. 넓고 푸른 눈은 맑고 완벽했다. 홍채 가장자리에는 미세한 금빛 차이스 이콘 로고가 새겨져 있었다. 터너는 순간 결정을 내리지 못한 채 얼어붙었다. 여배우가 너무 가까웠고, 그 창백한 남자는 일어서고…….

"만나서 반가웠네, 터너. 조만간 다시 만나게 될 거야. 그 진동 감지기는 내 말을 듣는 게 좋을 거야. 경보 장치로 경계선을 깔아 보강하도록 해."

콘로이는 몸을 돌려 걸어가 버렸다. 빳빳한 황갈색 셔츠 아래로 근육이 매끄럽게 움직였다.

"좋은 현상이네요, 터너 씨."

이방인이 떠난 자리를 해밀턴이 채우며 말했다.

"네?"

터너는 그 남자가 복잡한 로비에서 분홍색 살을 드러낸 관광객 사이로 사라지는 모습을 지켜보았다.

"사람들하고 이야기를 잘 안 하는 것 같아서요. 당신은 항상 사람들의 정체를 파악하고 보고서를 만드는 사람 같아요. 기분 전환으로 친구를 만드는 걸 보니 좋네요."

터너는 그녀를 바라보았다. 제인은 스무 살로, 터너보다 네 살 어렸다. 그리고 일주일 동안 터너가 한 해에 버는 돈의 대략 아홉 배를 벌었다. 이번 시리즈의 역을 위해 금발 머리를 짧게 쳤으며, 피부도 검게 태웠다. 그 모습은 마치 조명을 받고 있는 듯했다. 파란 눈은 비인간적일 정도로 완벽한 광학 장치로, 일본에서 배양한 물건이었다. 제인은 배우이자 동시에 카메라였다. 두 눈의 가치는 수백만 신엔에 달했다. 그럼에도 센스/네트의 스타를 계급으로 나누자면, 제인은 겨우 순위권에 드는 수준이었다.

터너는 제인이 술을 두 잔 비울 때까지 함께 바에 있다가 숙소로 데려다 주었다.

"들어와서 한 잔 더 할 생각 있어요, 터너 씨?"

"아뇨." 그날 밤으로 그런 제안을 한 게 두 번째였다. 그리고 터너는 이번이 마지막이라고 직감했다. "진동 감지기를 점검해야 합니다."

그날 밤 늦게 터너는 뉴욕에 전화를 걸어 숙소 경계용으로 쓸 경보 장치를 공급할 수 있는 회사가 멕시코시티에 있는지 번호를 물었다.

그러나 일주일 뒤, 제인과 다른 세 명(그 시리즈에 캐스팅된 배우의 절반)이 죽었다.

"의료팀을 굴릴 준비가 됐어요." 웨버가 말했다. 터너는 웨버가 손가락이 뚫린 갈색 가죽 장갑을 끼고 있는 모습을 보았다. 웨버는 선글라스 대신 투명한 사격용 안경을 썼다. 허리에는 권총을 찼다. "수트클리프가 원격으로 경계를 감시하고 있어요. 그 망할 것을 밀어서 수풀을 지나가려면 사람이 전부 필요해요."

"나도 필요한가?"

"라미레즈가 자기는 접속이 얼마 안 남은 상태에서 너무 힘든 일을 하면 안 된다네요. 내가 보기에 그 새끼는 게을러터진 LA 쓰레기에 불과해요."

"아니." 터너가 바위에서 일어서며 말했다. "그게 맞아. 녀석이 손목이라도 삐면 우린 망하는 거야. 녀석이 속도에 영향을 끼칠 수 있다고 느낀다면 아무리 사소한 거라도……."

웨버는 어깨를 으쓱했다.

"알았어요, 그럼. 녀석은 다시 벙커로 갔어요. 마지막 남은 물로 손을 씻으면서 콧노래를 부르고 있죠. 그러니까 우리는 괜찮을 거예요."

신경외과 모듈에 도착하자, 터너는 자동적으로 머릿수를 셌다. 일곱. 라미레즈는 벙커에 있었다. 수트클리프는 콘크리트 블록 미로 어딘가에서 원격 경계 장치를 감시하고 있었다. 린치는 오른쪽 어깨에 스타이너 옵틱 레이저 총을 메고 있었다. 총구 역할을 하는 회색 티타늄 덮개 아래에 두툼한 손잡이 역할을 하는 내장 배터리가 있고, 뼈대만 있는 합금 개머리판은 접을 수 있게 된 소형 모델이었다. 네이선은 검정 비행복을 입고, 먼지가 옅게 덮인 검정 낙하용 부츠를 신었다. 영상 확대 장치의 불룩한 충안(蟲眼) 고글은 머리띠에 매달려 뺨 근처에서 덜렁거렸다. 터너는 멕시코에서 산 선글라스를 벗어 파란 작업복의 윗주머니에 집어넣고 단추를 잠갔다.

"어떻게 돼 가나, 테디?"

터너가 갈색 머리를 짧게 자른 키 180센티미터 정도의 건장한 남자에게 물었다.

"잘 돼 갑니다." 테디가 이빨을 드러내고 웃으며 말했다.

터너는 현장 팀의 나머지 세 명을 하나씩 돌아보며 차례대로 고개를 끄덕여 보였다. 콤튼, 코스타, 데이비스였다.

"시간이 되고 있는 건가요?" 코스타가 물었다.

촉촉한 얼굴에 조심스럽게 다듬은 성긴 수염이 있는 친구였다. 네이선이나 다른 이들과 마찬가지로 코스타도 검정색 옷을 입었다.

"거의 다 됐어." 터너가 말했다. "지금까지는 매끄럽군."

코스타는 고개를 끄덕였다.

"앞으로 약 30분 후에 도착할 예정이다." 터너가 말했다.

"네이선, 데이비스, 하수관을 끊어." 웨버가 말했다.

웨버는 터너에게 텔레푼켄 통신기를 하나 건넸다. 자기 것은 이미 포장도 뜯은 뒤였다. 웨버는 이어폰을 귀에 꽂고, 접착식 마이크의 비닐을 떼어낸 뒤 햇볕에 탄 목 위에 평편하게 붙였다.

네이선과 데이비스는 모듈 뒤쪽의 그림자 속으로 움직이고 있었다. 터너는 데이비스가 나직하게 욕설을 내뱉는 소리를 들었다.

"쌍." 네이선이 말했다. "관 끝에 끼울 덮개가 없잖아."

다른 사람들이 웃었다.

"내버려 둬." 웨버가 말했다. "바퀴를 처리하자고. 린치하고 콤튼이 잭을 준비해."

 린치는 허리띠에서 권총 모양의 전동 드라이버를 꺼내더니 모듈 아래로 기어들어갔다. 이제 모듈은 흔들리고 있었다. 현가장치가 부드럽게 삐걱거렸다. 의료팀이 안에서 움직이고 있었다. 터너는 안에서 기계장치가 내는 짧고 높은 소리와 린치가 잭을 준비하면서 드라이버에서 나는 진동 소리를 들을 수 있었다.

 터너는 이어폰을 귀에 넣고 마이크를 후두에 붙였다.

 "수트클리프? 들리나?"

 "잘 들려요." 호주인이 말했다.

 두개골 아랫부분에서 나오는 듯한 작은 목소리였다.

 "라미레즈?"

 "크게 잘 들립니다……."

 8분. 그들은 바퀴 열 개에 의지해 모듈을 굴리고 있었다. 터너와 네이선이 앞쪽을 잡고 방향 조종을 맡았다. 네이선은 고글을 썼다. 미첼은 달도 없는 밤에 오고 있었다. 모듈은 무거웠다. 말도 안 되게 무거워서 방향을 조정하는 게 거의 불가능할 뻔했다.

 "쇼핑 카트 몇 개 위에 트럭을 올려놓고 균형 잡는 기분이네."

 네이선이 중얼거렸다. 터너도 허리가 아팠다. 뉴델리 이후로 뭔가 잘못된 것 같았다.

 "잠깐." 왼쪽 세 번째 바퀴를 잡고 있던 웨버가 말했다. "망할 돌멩이에 걸렸어……."

 터너는 바퀴를 놓고 허리를 폈다. 박쥐들이 떼로 몰려나와 사막의 별빛을 가리며 깜빡거렸다. 멕시코의 정글에도 박쥐가 있었다. 센스/네트 팀이 묵던 숙소 위에 드리워진 나무에서 잠을 자는 과일박쥐들이었다. 터너는 그 나무 위로 올라가 돌출된 나뭇가지에 기다란 분자 모노필라멘트를 팽팽하게 묶었다. 부주의한 침입자를 기다리는 보이지 않는 칼날이었다. 그러나 어쨌든 제인도 다른 사람들도 죽었다. 아카풀코 근처 산맥의 한 언덕가에서 폭탄에 당했다. 나중에 누군가에게 듣기로는 노동조합과 문제가 있었다고 했다. 하지만 원시적인 클레이모어와 배치, 폭발한 위치를 제외하고는 사실 어떤 것도 확실하지 않았다. 터너는 직접 그 언덕에 올라갔다. 옷은 피로 된 막으로 덮였다. 터너는 살인자가 기다리던, 덤불을 짓이겨 만든 은신처를 보았다. 칼날형 스위치와 부식된 자동차 배터리도 보였다. 터너는 손으로만 담배꽁초와 반짝이는 새 보헤미아 맥주병 뚜껑도 발견했다.

시리즈는 취소될 수밖에 없었다. 위기관리팀이 뒤치다꺼리를 맡아 시체를 치우고 살아남은 인원과 배우들을 본국으로 송환했다. 터너는 마지막 비행기를 타고 떠났다. 아카풀코 공항 라운지에서 스카치위스키 여덟 잔을 마신 뒤, 무턱대고 발권소가 있는 곳 한가운데를 쏘다니다가 부쉘이라는 남자와 마주쳤다. 부쉘은 센스/네트의 로스앤젤레스 연합체에서 나온 임원급 기술자였다. LA의 햇볕에 탄 얼굴을 핼쑥했고, 아마포 정장은 땀에 젖어 흐느적거렸다. 부쉘은 평범한 알루미늄 가방을 들고 있었다. 카메라 가방처럼 생겼고, 옆면에는 물방울이 맺혀 있었다. 터너는 그 남자를 쳐다보다가 가방을 쳐다보았다. 가방에는 빨간색과 하얀색으로 된 경고 표시와 극저온의 물질을 운반하기 위한 주의 사항을 설명하는 기다란 라벨이 붙어 있었다.

"맙소사." 부쉘이 터너를 알아보고 말했다. "미안하네, 터너. 오늘 아침에 왔어. 더럽고 거지 같은 일이지." 부쉘은 재킷 주머니에서 손수건을 꺼내 얼굴을 닦았다. "더러운 일이야. 전에는 이런 일 해 본 적이 없는데……."

"그 가방에 뭐가 들었죠, 부쉘 씨?"

걸음을 내딛은 기억은 없는데, 터너는 아까보다 훨씬 가까이 다가가 있었다. 부쉘의 그을린 얼굴에 있는 구멍까지 보일 정도였다.

"이봐, 터너, 자네 괜찮아?" 부쉘이 한 걸음 물러섰다. "상태가 안 좋아 보이는데."

"부쉘 씨, 가방에 뭐가 들었냐고요?"

터너가 아마포 정장을 움켜쥐었다. 주먹 쥔 손은 핏기도 없고, 떨렸다.

"빌어먹을, 터너." 부쉘이 뿌리쳤다. 이제 가방은 두 손으로 잡고 있었다. "제인의 눈은 안 망가졌어. 한쪽 각막만 살짝 벗겨졌을 뿐이지. 이 눈은 센스/네트 소유라고. 애초에 계약이 그랬어, 터너."

터너는 몸을 돌렸다. 창자가 스카치 여덟 잔을 가운데 두고 꽁꽁 묶여 있는 느낌이었다. 터너는 욕지기와 싸웠다. 그리고 계속 싸웠다. 더치맨에게서 떠나던 길에 런던의 히스로 공항에서 그 기억이 덮쳐와 복도를 걷던 발걸음을 멈추지 않은 채 몸을 앞으로 숙이고 파란 플라스틱 쓰레기통에 토했을 때까지. 무려 9년이었다.

"자요, 터너." 웨버가 말했다. "다시 해요. 잘 좀 해 보자고요."

사막의 식물에서 나는 타르 냄새를 뚫고 모듈이 다시 앞으로 힘겹게 움직이기 시작했다.

"여기는 준비 완료." 라미레즈가 말했다.

거리감이 있었지만 차분한 목소리였다.

터너는 목 마이크를 건드렸다.

"사람을 좀 보내 주지." 그는 마이크에서 손가락을 뗐다. "네이선, 시간이 됐어. 데이비스하고 함께 벙커로 돌아가."

데이비스는 매트릭스를 통하지 않고 호사카와 연결할 수 있는 유일한 수단인 고속 신호 장비를 책임졌다. 네이선은 미스터 수리공이었다. 린치는 마지막 자전거 바퀴를 주차장 너머의 수풀 속으로 굴려 버리고 있었다. 웨버와 콤튼은 모듈 옆에 무릎을 꿇고 앉아서 호사카 의료팀과 사령실의 소니 바이오모니터를 이어 주는 선을 연결하고 있었다. 바퀴를 떼고 잭 네 개로 균형을 맞추자 이동식 신경외과 모듈은 터너로 하여금 다시 그 프랑스제 휴가 모듈을 떠올리게 했다. 그건 콘로이가 로스앤젤레스에서 터너를 영입하고 4년 뒤에야 떠난 한참 늦은 여행이었다.

"잘 돼 가요?" 수트클리프가 무선으로 물어왔다.

"좋아." 터너가 마이크를 건드리며 말했다.

"여긴 혼자라 외로워요." 수트클리프가 말했다.

"콤튼." 터너가 말했다. "수트클리프를 도와서 경계를 감시해. 린치 너도."

"아깝네요." 린치가 어둠 속에서 말했다. "액션 좀 구경할 수 있나 했는데."

터너의 손은 앞을 열어붙인 파카 안으로 들어가 권총집에 들어 있는 스미스 앤드 웨슨 위에 올라가 있었다.

"가라고, 린치."

만약 린치가 콘로이의 끄나풀이라면, 여기 있고자 할 터였다. 아니면 벙커에.

"싫어요. 거기 아무도 없는 거 당신도 알잖아요. 내가 여기 있는 게 싫으면 벙커에 가서 라미레즈나 보고 있을⋯⋯."

"그렇군."

터너는 크세논 투사기를 활성화시키는 스위치를 아래로 내렸다. 환하게 빛나는 크세논 빔은 먼저 뒤틀린 사구아로 선인장을 비췄다. 무자비한 조명을 받은 선인장 가시는 회색 털가죽 같았다. 두 번째로 빛난 빔은 린치의 혁대에 달린 징 박힌 해골을 비췄다. 해골이 선명한 원 안에 들어왔다. 발사 소리와 총알이 적중하면서 폭발하는 소리는 구별이 불가능했다. 충격파가 어두운 평원 속으로 보이지 않는 고리를 만들며 끝없이 퍼져나갔다.

처음 몇 초 동안은 소리가 아예 들리지 않았다. 박쥐와 벌레도 조용히 기다렸다. 웨버는 덤불 속으로 몸을 던져 납작 엎드렸다. 이유는 알 수 없지만, 터너는 웨버가 그곳에 있다는 사실을, 그리고 그 유능한 갈색 손에 총을 꺼내 들고 견고한 자세로 겨누고 있으리라는 사실을 직감했다. 콤튼은 어디 있는지 알 수 없었다. 그때 수트클리프의 목소리가 이어폰에서 울려 퍼지며 터너의 두개골을 긁어 놓았다.

"터너 씨, 무슨 소리예요?"

곧 별빛에 의지해 웨버를 찾을 수 있었다. 웨버는 앉은 채로 손에 총을 들고 팔꿈치를 무릎에 대는 준비 자세를 취하고 있었다.

"놈은 콘로이의 끄나풀이야."

터너가 스미스 앤드 웨슨을 내리며 말했다.

"맙소사." 웨버가 말했다. "그건 나라고요."

"녀석은 선을 넘었어. 전에도 이런 걸 본 적이 있지."

웨버는 두 번이나 말해야 했다.

수트클리프의 목소리가 머릿속에서 울리다가, 다시 라미레즈의 말이 들렸다.

"비행기가 오고 있어요. 80킬로미터에서 가까워지고 있고……. 전부 깨끗해 보이네요. 남남서쪽으로 20킬로미터 지점에 작은 비행기가 있어요. 제이린 말로는 무인 화물선이고, 원래 예정에 있던 거래요. 다른 건 없고요. 수트클리프가 왜 소리 질렀어요? 네이선이 총소리를 들었다던데요." 라미레즈는 접속한 상태라 마스 네오텍 덱에서 나오는 입력 신호를 받아들이는 데 감각을 거의 다 쓰고 있었다. "네이선이 첫 고속 신호를 보낼 준비를……."

터너는 제트기가 옆으로 기울이며 고속도로에 착륙하기 위해 감속하는 소리를 들었다. 웨버는 일어나 터너에게 다가왔다. 총은 손에 든 채였다. 수트클리프는 똑같은 질문만 계속 해 대고 있었다.

터너는 손을 올려 목에 붙은 마이크를 건드렸다.

"린치가 죽었다. 제트기가 도착했고. 그게 다야."

그때 제트기가 불도 켜지 않은 채 매우 낮게 머리 위를 지나가며 검은 그림자를 드리웠다. 비행기는 역분사 제트에서 나오는 섬광을 보이며, 인간 조종사가 탔다면 그 안에서 죽었을 수준의 착륙을 감행했다. 그리고 기이하게 삐걱거리는 소리를 내며 분절돼 있는 탄소섬유 구조를 재조정했다. 터너는 곡선으로 된 플라스틱 캐노피에 비치는 내부 장치의 초록색 빛을 알아볼 수 있었다.

"당신이 망쳤어요." 웨버가 말했다.

웨버 뒤에서 신경외과 모듈의 해치가 벌컥 열리더니 녹색 방제복을 입고 마스크를 쓴 사람이 나타났다. 안에서 밝은 청백색 빛이 흘러나왔다. 그 빛은 제트기가 지나간 곳에 남아 있는 희미한 먼지 구름 위로 방제복 입은 의료팀의 왜곡된 그림자를 드리웠다.

"닫아!" 웨버가 외쳤다. "아직 아니야!"

문이 닫히고, 빛이 사라지자, 초경량 비행기의 엔진 소리가 들렸다. 제트기의 굉음이 지나간 지 얼마 되지 않아서 마치 드문드문 들리다가 귀를 기울이면 사라져 버리는 잠자리 소리 같았다.

"연료가 떨어졌어요." 웨버가 말했다. "하지만 가까워요."

"도착했어." 터너가 마이크를 누르며 말했다. "첫 고속 신호 전송."

작은 비행기가 공기를 가르며 지나갔다. 별들을 배경으로 어두운 삼각형 날개가 보였다. 비행기가 조용히 지나갈 때 뭔가 바람에 펄럭이는 소리가 들렸다. 미첼의 바지일 수도 있었다. '저 위에 있군.' 터너는 생각했다. '혼자서, 옷은 최대한 따뜻하게 입고, 직접 만든 적외선 고글을 쓰고, 자기를 위해 손난로로 그려 놓은 한 쌍의 점선을 찾고 있겠지.'

"이 미친 인간 같으니라고." 터너가 말했다. 가슴은 왠지 모를 동경으로 가득 차 있었다. "그렇게 나오고 싶었나."

마치 축제에 온 것처럼 첫 번째 조명탄이 펑 소리를 내며 하늘로 올라갔다. 마그네슘에서 나오는 빛이 하얀 낙하산을 타고 서서히 사막 위로 떨어지기 시작했다. 그와 거의 동시에 조명탄 두 개가 더 터지며, 쇼핑센터 서쪽 끝에서 자동소총 소리가 길게 울렸다.

터너는 옆에서 웨버가 덤불을 헤치며 구르듯 벙커가 있는 쪽을 향해 가는 것을 의식했다. 그러나 두 눈은 빙글빙글 도는 초경량 비행기에 못 박혀 있었다. 화려한 오렌지색과 파란색 천으로 만든 날개와 금속 뼈대 사이에 웅크리고 있는 고글 쓴 형체, 그리고 부서지기 쉬운 삼발이 랜딩 기어.

미첼이었다.

주차장은 하늘에 떠 있는 섬광을 받아 축구 경기장만큼 환했다. 초경량 비행기가 옆으로 기울면서 느릿느릿하고 우아하게 방향을 트는 모습을 본 터너는 비명을 지르고 싶었다. 현장 경계선 너머에서 예광탄(특정 표적을 지시할 때 사용되는 탄—옮긴이)이 하얀색 호를 그렸다. 빗나갔다.

'내려와. 내려와.' 터너는 발목과 파카에 걸리는 수풀을 뛰어넘으며 달렸다.

섬광. 빛이 밝은 지금 미첼은 고글을 쓸 수 없었다. 손난로에서 나오는 적외선을 볼 수 없는 것이다. 미첼은 활주로에서 한참이나 멀리 벗어난 곳에 내려앉고 있었다. 앞바퀴가 뭔가에 걸리면서 비행기가 옆으로 돌아갔다. 산산조각 나는 나비처럼 구겨지더니 하얀 먼지 구름을 일으키며 주저앉았다.

폭발로 인한 섬광이 앞쪽의 창백한 덤불 위에 터너의 그림자를 던지자마자 소리가 들려왔다. 충격파가 터너를 날려 버렸다. 터너는 쓰러지면서 노란 화염에 불타고 있는 신경외과 모듈을 보았다. 웨버가 대전차용 로켓을 쏜 모양이었다. 터너는 다시 일어나 손에 총을 쥐고 달렸다.

미첼의 초경량 비행기 잔해에 다다르자 첫 번째 조명탄의 불빛이 꺼졌다. 어디선가 조명탄이 하나 더 호를 그리며 올라가더니 머리 위에서 터졌다. 총소리는 이제 계속해서 들렸다. 터너는 뒤틀린 녹슨 양철판 속을 뒤져 팔다리를 뻗고 누운 조종사를 찾아냈다. 머리와 얼굴은 급조한 헬멧과 조잡해 보이는 고글에 가려 안 보였다. 고글은 은색 개퍼 테이프(질긴 섬유와 합성 고무 접착제로 만든 강력테이프 — 옮긴이)로 헬멧에 붙어 있었다. 뒤틀린 팔다리는 겹겹이 껴입은 어두운 색 옷 덕분에 충격으로부터 보호받았다. 터너는 자기 손이 적외선 고글에 붙은 테이프를 뜯어내는 모습을 보았다. 자기 손이 마치 다른 생물처럼 느껴졌다. 상상도 할 수 없는 태평양 해구 바닥에서 나름의 삶을 살아가는 무색의 심해 생물이 미친 듯이 테이프와 고글, 헬멧을 뜯어내는 광경이 보였다. 전부 벗겨 내자, 땀에 젖은 긴 갈색 머리에 덮인 창백한 여자 얼굴이 나왔다. 한쪽 콧구멍에서 짙은 피가 한 줄기 흘러내리고 있었다. 여자가 눈을 뜨자 텅 빈 흰자가 드러났다. 터너는 어느새 소방관 자세로 여자를 들쳐 업고, 제트기가 있기를 바라는 바라는 방향으로 비틀거리며 걸었다.

신발 바닥을 통해 두 번째 폭발의 진동이 느껴졌다. 라미레즈의 사이버스페이스 덱 위에 놓여 있던 플라스틱 폭탄이 멍청하게 웃던 모습이 눈에 선했다. 섬광은 없었다. 그저 소리와 주차장의 콘크리트를 통해 울리는 얼얼한 충격뿐이었다.

다음 순간, 터너는 조종석 안에서 분자 사슬이 긴 단량체가 내는 새 차 냄새를 맡고 있었다. 새로 만든 장비에서 나는 익숙한 냄새였다.

터너 뒤쪽에 있는 가속력 그물의 품속에 안겨 있는 여자는 자세가 어색한 인형처럼 보였다. 콘로이가 샌디에이고의 무기 상인에게 돈을 주고 조종사용 그물 뒤에 설치해 둔 장비였다. 비행기가 마치 살아 있는 동물처럼 몸을 떨고 있었다. 터너는 그물 속으로 깊숙이 파고들면서 인터페이스 케이블을 더듬어 찾은 뒤 소켓에서 마이크로소프트를 빼고 케이블을 끼웠다.

아케이드 게임을 하듯 정보가 터너의 머릿속을 밝혔다. 제트기가 수평으로 앞으로 움직이자 가변형 프레임이 이륙에 맞게 모양이 바뀌는 것을 느낄 수 있었다. 캐노피가 자동제어에 따라 움직이면서 부드러운 소리를 냈다. 가속력 그물이 팽창하면서 터너의 팔다리를 단단히 붙잡았다. 총은 아직 손에 쥔 채였다.

"가자, 이 개자식아."

말 안 해도 제트기는 알고 있었다. 가속력이 터너를 어둠 속으로 밀어붙였다.

"의식을 잃고 있었습니다." 비행기가 말했다.

기계음이 어딘가 콘로이의 목소리와 비슷했다.

"얼마나?"

"38초입니다."

"여긴 어디지?"

"나고스 상공입니다."

헤드업 디스플레이(Head-Up Display)가 반짝이면서 애리조나-소노라 경계선 부근의 간단한 지도 아래로 끊임없이 변하는 숫자가 열댓 개 나타났다.

하늘이 하얗게 변했다.

"저게 뭐지?"

침묵.

"저게 뭐냐고?"

"센서 측정 결과 폭발로 나타났습니다. 진도로 판단하면 전술 핵무기였을 가능성이 있습니다. 그러나 전자기파가 나오지 않았습니다. 폭발 지점은 우리가 출발한 곳입니다."

하얀 섬광이 희미해지다가 사라졌다.

"경로 취소." 터너가 말했다.

"취소했습니다. 새로운 목표를 입력해 주십시오."

"좋은 질문이야."

터너가 말했다. 뒤에 있는 여자를 보기 위해 고개를 돌릴 수도 없었다. 터너는 여자가 아직 살아 있기나 한지 궁금했다.

15. 상자

 말리는 알랭이 나오는 꿈을 꿨다. 황혼 녘, 야생화가 펼쳐진 초원에서 알랭은 말리의 머리를 받치고 쓰다듬다가 목을 부러뜨렸다. 말리는 꼼짝 못하고 그 자리에 누운 채 알랭이 하는 짓을 지켜보았다. 알랭은 말리의 몸 전체에 입맞춤을 했다. 그리고 돈과 방 열쇠를 빼앗았다. 환한 초원 위로 거대한 별이 하늘에 박혀 있었다. 말리는 아직 목에 와 닿은 알랭의 손길을 느낄 수 있었다…….
 말리는 커피 향을 맡으며 아침잠에서 깨어났다. 안드레아가 탁자 위에 늘어놓은 책 위로 햇빛이 사각형 모양으로 비췄다. 안드레아가 난로로 하루의 첫 담배에 불을 붙이면서 내는 익숙한 기침 소리가 마음을 편안하게 했다. 말리는 음울한 꿈을 떨쳐내고 소파에서 일어나 앉으며 적갈색 이불로 무릎을 둘러 끌어안았다. 그나스 사건으로 경찰과 기자에게 시달린 뒤로 말리는 한 번도 알랭 꿈을 꾸지 않았다. 아니면 꿨더라도 깨어나기 전에 어떻게든 기억에서 지워 버렸을 것이다. 이미 아침은 따뜻해졌지만, 말리는 몸을 떨며 욕실로 들어갔다. 더는 알랭을 꿈에서 보고 싶지 않았다.

"파코가 그러는데 알랭이 날 만났을 때 무기를 갖고 있었대."

말리가 말했다. 안드레아가 파란색 머그잔에 커피를 담아 건넸다.

"알랭이 무기를?" 안드레아가 오믈렛을 반으로 갈라 절반을 말리의 접시에 담아 주었다. "괴상한 생각이네. 마치……, 펭귄에게 총을 쥐여 주는 꼴이잖아." 둘은 웃었다. "알랭은 그런 거 안 어울려. 최신 기술이나 저녁 식사 계산서에 대해서 열변을 토하다가 갑자기 자기 발을 쏠 사람인걸. 알랭은 천하의 개새끼야. 뭐 그건 다 아는 거고. 내가 너라면 차라리 파코에게 신경을 더 쓰겠어. 왜 그 사람이 비렉 밑에서 일한다는 얘길 그대로 받아들이는 거야?"

안드레아는 오믈렛을 한 입 먹고 소금을 찾아 손을 뻗었다.

"내가 봤어. 비렉의 가상 현실 속에 있었어."

"네가 본 건 사람이 아니잖아. 영상이지. 어린애 영상. 그냥 닮은 거라고."

말리는 안드레아가 오믈렛을 먹는 동안 자기 몫은 접시 위에서 식게 내버려 두었다. 루브르에서 걸어 나올 때 받은 느낌을 어떻게 설명할 것인가? 지금도 뭔가가 말리를 둘러싸고 있으며, 편안하면서도 빈틈없는 시선으로 말리를 감시하고 있다는 확신, 그리고 일부이긴 하지만 비렉 제국의 초점이 말리를 향하고 있다는 사실을 어떻게 설명할까?

"그 사람은 아주 돈이 많아." 말리가 입을 열었다.

"비렉?" 안드레아는 칼과 포크를 접시에 내려놓고 커피 잔을 들었다. "그렇겠지. 언론이 말한 대로라면 그 사람은 세상에서 가장 부자야. 당연해. 자이바쓰만큼이나 돈이 많다고. 하지만 여기 함정이 있어. 들어봐. 그 사람이 개인일까? 너나 나를 개인이라고 부를 때의 의미대로? 아니지. 그거 안 먹을 거야?"

말리는 기계적으로 식어가는 오믈렛을 잘라 입에 넣었다. 안드레아는 말을 이었다.

"이번 달에 우리가 작업하는 원고를 좀 읽어 봐."

말리는 오믈렛을 씹으면서 눈썹을 치켜떴다.

"고레도 산업 가문의 역사에 대한 글이야. 니스 대학교 사람이 했어. 그러고 보니 너희 비렉 씨도 들어 있네. 그 사람은 반증이나 일종의 평행 진화 사례로 인용됐어. 이 니스 대학 사람은 기업의 시대에 개인의 부가 왜 아직도 존재하느냐는 역설에 관심이 있더라고. 아주 큰 부 말이야. 그 사람은 테시어 애시풀 같은 고레도의 가문을 전통적인 관료주의 패턴의 아주 뒤늦은 변형으로 보고 있어. 기업은 사실상 관료주의를 배제하니까 뒤늦었다는 거야." 안드레아는 컵을 접시 위에 내려놓고 다 같이 싱크대로 가져갔다. "막상 그 얘길 하고 나니까 별로 재밌진 않네. 평범한 개인의 속성에 대해서도 아주 무미건조하게 늘어놓거든. 평범한 개인(Mass Man)은 앞을 대문자로 써야 돼. 그 사람 대문자를 아주 좋아해. 스타일 좋은 사람은 아닌가 봐."

안드레아가 수도꼭지를 돌리자 여과기를 통해 물이 흘러나왔다.

"비렉에 대해서는 뭐래?"

"내 기억이 정확하다면, 근데 내 기억을 믿을 수가 있어야지. 비렉은 궤도에 있는 산업 가문보다 더 운이 좋은 거라던데. 그런 가문은 대가 이어지잖아. 보통 냉동 기술이나 유전자 조작, 노화 방지 기술 같은 의학의 도움도 많이 받고. 창립 멤버라고 해도 가문의 누군가가 죽는 게 사업의 주체로서의 가문을 크게 위협하진 않잖아. 항상 누군가 대기하고 있지. 가문과 기업의 다른 점을 찾자면, 기업은 말 그대로 결혼해서 기업의 일부가 될 필요는 없다는 거랄까……."

"그래도 계약서는 쓰니까……."

안드레아는 어깨를 으쓱했다.

"그건 임대 계약 같은 거야. 다르지. 사실상 직업 보장이라고. 만약에 언젠가 비렉이 죽는다고 해 봐. 생명 유지 장치를 더 키울 수 없든지, 뭐 하여간 죽는다고 쳐. 그러면 사업은 논리적인 구심점을 잃는 거야. 그 시점에서, 우리 니스대의 연구자가 말하길, 비렉의 회사는 분해되거나 변화를 겪어. 변화란 건 새롭게 뭐뭐의 회사가 된다는 거야. 그리고 그건 진정한 다국적 회사이자 '대문자'로 쓴 평범한 개인(Mass Man)의 또 다른 고향이 되는 거지." 안드레아는 접시를 닦아서 헹군 뒤 말려서 싱크대 옆의 소나무 선반 위에 올렸다. "그 사람 말로는 어떤 면에서 아주 안 좋은 거래. 왜냐하면 경계를 볼 수 있는 사람이 거의 안 남았거든."

"경계?"

"군중의 경계. 너랑 나는 한가운데서 길을 잃은 거야. 하여튼 적어도 난 아직 그래." 안드레아는 부엌을 가로질러 와 말리의 어깨에 손을 얹었다. "넌 이 일을 해내고 싶잖아. 이미 네 일부는 전보다 훨씬 더 행복해. 그런데 지금에야 말인데, 그 일은 내 탓일 수도 있겠단 생각이 들어. 네 전 애인, 그 자식하고 점심을 주선해 주는 바람에 말이야. 나머지는 잘 모르겠어……. 내 생각엔 그 학술 이론은 비렉이나 그런 부류가 이미 인간과 거리가 멀다는 분명한 사실로 인해 무효가 되는 것 같아. 네가 조심하면 좋겠어…….”

안드레아는 말리의 볼에 입을 맞춘 뒤 일터로 나갔다. 안드레아는 요즘에는 고풍스러운 분야인 종이책 보조 편집자로 일하고 있었다.

말리는 아침 내내 안드레아의 집에서 브라운 홀로그램 투영기를 갖고 일곱 개 작품을 감상했다. 각 작품은 모두 자기만의 방식으로 뛰어났다. 그래도 결국 계속해서 보게 되는 건 비렉이 가장 먼저 보여 준 상자였다. ‘원본이 여기 있었다면.’ 말리는 생각했다. ‘유리 덮개를 벗기고 안에 들어 있는 오브제를 하나씩 빼면, 뭐가 남을까? 쓸모없는 것들, 공간을 이루는 틀, 어쩌면 먼지 냄새만 남을지도.’

말리는 소파 위에 길게 누웠다. 브라운 투영기를 배에 올려놓고 상자를 바라보았다. 마음이 아팠다. 그 구조가 순수하나 이름을 붙일 수 없는 어떤 감정을 불러일으키는 듯했다. 말리는 밝게 빛나는 환영을 손으로 쓰다듬으며, 홈이 파인 기다란 새 뼈를 더듬었다. 말리는 이 뼈가 어떤 새에서 나왔는지 확인하기 위해 비렉이 이미 조류학자를 붙였을 거라고 확신했다. 말리 생각에, 각 오브제의 시기를 아주 정밀하게 측정하는 건 가능할 터였다. 홀로피셰의 탭에는 이미 알아낸 각 오브제에 대한 상세한 보고서가 담겨 있었다. 하지만 말리 내면의 뭔가가 의도적으로 보고서를 피하게 했다. 예술과 같은 수수께끼를 접할 때는 어린아이의 시선으로 보는 게 가장 나을 수 있었다. 전문가의 눈에 너무나 명백하고 뻔한 게 아이들에게는 보였다.

말리는 투영기를 소파 옆 낮은 탁자에 내려놓고, 시간을 확인하러 전화기로 갔다. 1시에 파코를 만나 알랭에게 돈을 줄 방법을 논의할 예정이었다. 알랭은 3시에 안드레아의 전화로 연락하겠다고 했다. 말리가 시간이 나오게 조작하자, 위성 뉴스가 화면에 차례로 나타났다. 인도양 상공에서 JAL(일본 항공) 셔틀이 대기권 재진입 중 분해됐다는 소식, 우중충한 뉴저지 교외의 거주 구역에서 일어난 끔찍하면서도 이유를 알 수 없는 폭격 사건을 조사하기 위해 보스턴과 애틀랜타를 잇는 대도시군(Metropolitan Axis)에서 수사관을 파견했다는 소식, 공사 현장에서 생물 무기가 들어 있을 것으로 추정되는 전시 불발탄 로켓이 발견됨에 따라 민병대가 뉴본의 약 4분의 1에 해당하는 남부 지역에서 주민의 대피를 지휘하고 있다는 소식, 소노라 경계 근처에서 소규모 핵무기가 폭발했다는 멕시코의 비난에 대해 애리조나는 공식적으로 부정하고 있다는 소식……. 그 사이 다시 뉴스가 처음으로 돌아가면서 셔틀이 죽음의 불길에 휩싸이는 과정을 시뮬레이션하기 시작했다. 말리는 고개를 저으며 버튼을 건드렸다. 정오였다.

여름이었다. 파리의 하늘은 뜨겁고 푸르렀다. 말리는 맛있는 빵과 블랙 담배 냄새에 미소 지었다. 지하철에서 나와 파코가 준 주소를 향해 가는 동안 관찰당하고 있다는 감각은 누그러들었다. 포부어 상트 오노레. 주소가 어렴풋이 익숙했다.

'갤러리인가 본데.' 말리는 생각했다.

그랬다. 로버츠 갤러리였다. 미국인인 주인은 뉴욕에도 갤러리를 셋이나 운영했다. 비싸지만, 그다지 세련되지는 않은 곳이었다. 파코는 거대한 패널 옆에 서서 기다리고 있었다. 패널에는 고르지 않게 유약이 칠해져 있었고, 그 아래에는 작은 사각형 사진 수백 개가 붙어 있었다. 아주 오래전에 기차역이나 버스 터미널에 있던 간이 사진기에서 나오는 종류였다. 사진 속 인물은 모두 젊은 여자 같았다. 말리는 반사적으로 작가의 이름과 제목을 확인했다.

사자(死者)의 명부(名簿)를 읽어 달라.

"당신은 이런 걸 이해할 수 있겠죠."
스페인인이 무뚝뚝하게 말했다. 파코는 값비싸 보이는 파리 비즈니스맨 스타일의 파란 정장과 품이 넓은 하얀 셔츠를 입고, 아마 샤르베에서 산 듯한 지나치게 영국풍인 타이를 하고 있었다. 이제 전혀 웨이터 같지 않았다. 어깨에는 검은색 고무로 골이 지게 만든 이탈리아제 가방을 걸쳤다.
"무슨 뜻이에요?" 말리가 물었다.
"사자의 명부요." 파코는 패널 쪽으로 고갯짓을 했다. "이런 물건을 거래했었잖아요."
"당신은 뭘 이해 못하는데요?"
"전 가끔씩 이런 문화가 완전히 속임수라는 느낌이 들어요. 계략이죠. 전 평생 동안 선생님을 위해 일했어요. 어떤 모습으로든지요. 알겠지요? 그리고 만족감, 승리의 순간과 함께 일을 하지 않은 적은 없었어요. 하지만 그분께서 저를 이 예술계에 관여시킨 뒤로는 한 번도 만족한 적이 없어요. 그분은 부 그 자체죠. 세상은 엄청나게 아름다운 것들로 가득해요. 그런데도 선생님께서는……."

파코는 어깨를 으쓱였다.

"그러면 당신은 당신이 뭘 좋아하는지 안다는 거군요." 말리는 그를 향해 웃어 보였다. "왜 이 갤러리에서 만나자고 한 거죠?"

"선생님의 대리인이 상자 하나를 여기서 샀어요. 브뤼셀에서 준 보고서를 안 읽었나요?"

"안 봤어요. 내 직감에 영향을 줄 수 있어서요. 비렉 씨는 제 직감에 돈을 지불하죠."

말리가 말했다.

파코는 눈썹을 치켜세웠다.

"매니저인 피카르를 소개해 줄게요. 어쩌면 그 사람이 당신 직감에 도움이 될지도 모르겠네요."

파코는 말리를 이끌고 방을 가로질러 문을 나갔다. 구겨진 코듀로이 정장을 입은 덩치가 크고 머리가 희끗희끗한 프랑스인이 전화기에 대고 말을 하고 있었다. 전화기 화면에 글자와 숫자가 열을 이루고 있는 게 보였다. 뉴욕 시장의 당일 시세였다.

"아." 프랑스인이 말했다. "에스테베즈, 미안해요. 잠시만요."

그는 미안하다는 듯 미소를 짓고 다시 통화를 계속했다. 말리는 시세를 살펴보았다. 폴록은 다시 가격이 떨어져 있었다. 이런 게 말리로서는 가장 이해하기 어렵던 예술의 속성이었다. 피카르로 추정되는 프랑스인은 뉴욕에 있는 브로커와 통화하면서 어떤 작가가 만든 작품의 '포인트'를 얼마나 구매할지 조율하고 있었다. '포인트'는 매개

물이 무엇이냐에 따라 다양한 방법으로 정의할 수 있었다. 하지만 피카르가 자기가 산 작품을 볼 일이 절대 없으리라는 건 거의 확실했다. 그 작가가 풍족한 상태를 즐기고 있다면, 원본은 아무도 볼 수 없는 어딘가의 저장고에 포장돼 있을 가능성이 컸다. 며칠 또는 몇 년이 지난 뒤 피카르는 같은 전화기를 들고 브로커에게 팔아 달라고 할 터였다.

말리는 갤러리에서 원본을 팔았다. 돈은 상대적으로 적었지만, 뭔가 노골적인 매력이 있었다. 물론 운이 좋을 가능성도 있었다. 말리는 알랭이 멋진 우연 덕분에 코넬 위조품을 발굴해 냈을 때 자기가 정말로 아주 운이 좋다고 확신했다. 코넬은 브로커의 목록에 한자리 차지하고 있었고, 그의 '포인트'는 매우 비쌌다.

"피카르." 파코가 말했다. 마치 하인에게 이야기하는 투였다. "이분은 말리 크루시코바 씨입니다. 선생님께서 작자 불명의 상자를 조사하기 위해 고용하신 분입니다. 몇 가지 질문을 하고 싶으시다는군요."

"멋지군요."

피카르가 말하며 따뜻하게 미소 지었다. 그러나 말리는 그 사람의 갈색 눈이 번뜩이는 모습을 본 것 같았다. 말리의 이름을 꽤 최근에 일어난 스캔들과 연관시키고 있을 가능성이 아주 컸다.

"그쪽 갤러리에서 거래를 담당했다고 들었는데요?"

"맞습니다. 그 작품은 뉴욕에 전시했었어요. 사겠다는 제안이 많았죠. 그래도 파리에서 전시를 좀 해야겠다고 생각했는데," 그러면서 그는 밝게 웃었다. "그러자 아가씨 고용인께서 우리 결정은 아주 가치 있게 만들어 주셨죠. 비렉 씨는 어떠신가요, 에스테베즈? 몇 주 동안 못 뵀는데……."

말리는 재빨리 파코를 돌아보았다. 하지만 짙은 색 얼굴은 부드럽고, 완벽하게 절제돼 있었다.

"선생님께서는 평안하십니다. 물론." 파코가 말했다.

"훌륭하군요." 어떻게 보면 너무 열정적인 투로 피카르가 답하더니 이어서 말리에게 말했다. "경이로운 분이시죠. 전설이에요. 위대한 후원자세요. 훌륭한 학자기도 하고요."

말리는 파코가 한숨 쉬는 소리가 들리는 듯했다.

"말씀 좀 해 주시겠어요? 뉴욕 지점은 그 문제의 작품을 어디서 구했나요?"

피카르의 표정이 침울해졌다. 그는 파코를 바라보다가 다시 말리 쪽으로 시선을 돌렸다.

"모르세요? 아직 못 들었어요?"

"알려 주시겠어요?"

"안 되겠는데요. 죄송합니다. 그건 안 되겠어요. 우리도 모르거든요."

말리는 피카르를 바라보았다.

"뭐라고요? 어떻게 그럴 수가 있는지……."

"이분은 아직 보고서를 읽지 않으셨습니다, 피카르. 당신이 알려 주세요. 당신에게서 직접 듣는 게 직감에 도움이 될 겁니다."

피카르는 기묘한 표정으로 파코를 보았다. 그리고 곧 다시 평정심을 되찾고 말했다.

"물론이죠. 기꺼이……."

☙ ❧

"그게 사실이라고 생각해요?"

말리는 여름 햇살이 비치는 거리로 나오며 파코에게 물었다. 거리는 일본인 관광객으로 가득했다.

"내가 직접 스프롤에 가서 관련된 사람을 모두 만나 봤어요." 파코가 말했다. "로버츠는 구매한 기록을 전혀 남겨놓지 않았어요. 보통 그 사람이 다른 화상보다 특별히 비밀스럽게 행동하지는 않는데 말이에요."

"그 사람이 죽은 건 우연이었나요?"

파코는 거울처럼 반사되는 포르쉐 선글라스를 썼다.

"그런 죽음이 으레 그렇듯 우연이죠. 그 사람이 언제 어떻게 작품을 손에 넣었는지 알 길이 없어요. 여덟 달 전에 여기 있는 걸 찾았지만, 아무리 출처를 추적해 보려고 해도 로버츠에서 막혔어요. 로버츠는 1년 전에 죽었고요. 아까 본 피카르는 그 작품을 거의 잃어버릴 뻔했다는 얘기를 빼먹었더군요. 로버츠는 그걸 자기 시골집에 보관했어요. 유족들이 단순한 골동품이라고 여긴 다른 물건들과 함께요. 그 전체가 공개 경매로 팔릴 뻔했지요. 차라리 그게 나았겠다는 생각도 가끔 들어요."

"다른 물건들은 뭐죠?"

말리가 옆으로 나란히 걸으며 물었다.

파코는 미소 지었다.

"우리가 그걸 하나씩 추적 안 해 봤을 거라고 생각하나요? 해 봤죠." 그러면서 파코는 노력했던 기억을 과장하듯 얼굴을 찡그렸다. "그다지 눈에 띌 만한 게 없는 현대적인 민예품들이었어요……."

"로버츠가 그런 쪽에 관심이 있었나요?"

"아니요. 그런데 그가 죽기 약 1년 전에 여기 파리의 아트 브뤼트의 회원이 되겠다고 지원했어요. 그리고 함부르크의 애슈만 컬렉션의 후원자가 되기로 결정했어요."

말리는 고개를 끄덕였다. 애슈만 컬렉션은 정신 이상자들의 작품으로만 한정돼 있었다.

파코는 말리의 팔꿈치를 잡고 모퉁이를 돌아 옆길로 이끌었다.

"그가 양쪽 어디의 자원도 이용하려고 하지 않았다고 확실할 만한 합리적인 근거가 있어요. 아니면 그가 중간책으로 고용됐을 가능성도 있지만, 우리는 그건 아니라고 생각해요. 물론 선생님께서는 학자를 수십 명 고용해서 양쪽 기관의 기록을 모두 검토하셨죠. 어떤……."

"말해 줘요. 왜 피카르는 최근에 비렉 씨를 만났다고 생각하는 거죠? 그게 어떻게 가능해요?"

"선생님께서는 부유하십니다. 다양한 방법으로 모습을 드러내는 걸 즐기시죠."

파코는 거울과 술병, 오락실 게임기로 번쩍거리는, 크롬 테두리를 한 창고 같은 건물 안으로 말리를 이끌었다. 거울은 실내 깊숙한 곳에 여기저기 놓여 있었다. 말리는 거울에 반사된 보도와 길을 다니는 사람들의 다리, 자동차 휠캡에 부딪쳐 번쩍이는 햇빛을 볼 수 있었다. 파코는 바 뒤에 서 있는 흐리멍덩해 보이는 남자를 향해 고갯짓을 하고, 말리의 손을 잡고 빽빽하게 들어찬 둥근 플라스틱 테이블 사이를 지나갔다.

"여기서 알랭의 전화를 받으면 돼요. 당신 친구 아파트에서 착신으로 전환되도록 해 뒀어요."

파코는 말리가 앉을 의자를 빼 주었다. 그 동작에서 약간은 자동적이라 할 직업적인 예절이 엿보여 말리는 파코가 예전에 실제로 웨이터였던 적이 있나 궁금했다. 파코가 가방을 테이블 위에 올렸다.

"그러면 내가 거기 없는 걸 알 텐데요. 영상을 끄면 의심할 거예요."

"알아채지 못할 거예요. 우리가 당신 얼굴과 배경을 디지털 영상으로 만들었거든요. 이걸 이 전화기에 심을 거예요."

파코는 가방에서 정교한 조립식 유닛을 꺼내 말리 앞에 놓았다. 종이 두께의 폴리카본 스크린이 유닛 위로 조용하게 펼쳐지더니 곧바로 단단하게 굳었다. 말리는 전에 나비가 세상에 모습을 드러내는 장면을 본 적이 있었다. 날개가 마르면서 변화하는 광경도 보았는데 그와 비슷했다.

"어떻게 이렇게 되죠?"

말리가 스크린을 살짝 건드려 보며 말했다. 얇은 강철 같았다.

"새로운 폴리카본 변형체예요. 마스에서 나온 제품이죠······."

전화기가 조용히 가르릉거렸다. 파코는 전화기를 더욱 조심스럽게 말리 앞에 놓고 테이블 반대편으로 물러나며 말했다.

"받아요. 지금 집에 있다는 걸 기억하고요!"

파코는 손을 뻗어 티타늄 코팅된 버튼을 쓰다듬었다.

작은 화면에 알랭의 얼굴과 어깨가 가득 찼다. 영상이 선명치 않은 게 조명이 시원찮은 공중전화 같았다.

"안녕, 자기야."

"안녕, 알랭."

"잘 지냈어, 말리? 얘기했던 돈은 준비됐겠지?" 말리는 알랭이 색이 어두운 재킷 같은 옷을 입고 있는 것을 볼 수 있었지만, 더 자세히는 안 보였다. "네 룸메이트는 청소 교육 좀 받아야겠다."

말리의 어깨 너머를 넘겨보는 모양이었다.

"넌 평생에 청소 한 번도 안 하잖아." 말리가 말했다.

알랭은 어깨를 으쓱하며 웃었다.

"각자 잘하는 게 있는 거지. 돈은 구했어, 말리?"

말리는 파코를 올려다보았다. 그가 고개를 끄덕였다.

"응. 당연하지."

"좋아. 멋진데. 그런데 작은 문제가 하나 있어."

알랭은 여전히 웃고 있었다.

"그게 뭔데?"

"내 정보원이 가격을 두 배로 올렸어. 그래서 나도 두 배로 올려야겠어."

파코는 고개를 끄덕였다. 그도 웃고 있었다.

"좋아. 물론 먼저 물어봐야 해……"

이제는 알랭이 역겨울 지경이었다. 말리는 빨리 전화를 끊고 싶었다.

"그 사람들이야 당연히 동의하겠지."

"그럼 어디서 만나?"

"다시 전화할게. 다섯 시에."

영상이 청록색 점으로 줄어들더니 완전히 사라졌다.

"피곤해 보여요." 파코가 스크린을 접고 전화기를 가방에 넣으며 말했다. "그 사람하고 이야기만 하면 늙는 것 같군요."

"그래요?"

왠지 모르겠지만, 말리는 로버츠 갤러리에서 본 패널에 붙어 있던 얼굴이 전부 떠올랐다. 사자의 명부를 읽어 달라. 수많은 말리들. 말리는 오랜 유년기를 거치며 한 때 자기 자신이었던 수많은 소녀들을 생각했다.

16. 레그바

"야, 돌대가리." 레아가 갈비뼈를 결코 가볍지 않게 찔렀다. "빨랑 일어나."

바비는 털실로 만든 이불과 싸우고 있었다. 반쯤 생기다 만 형태를 한 미지의 적과 싸웠다. 엄마를 죽인 살인자와 싸웠다. 바비는 어딘지 모를 방에 있었다. 어디에 있는 방이라고 해도 상관없었다. 금색 플라스틱 테를 두른 거울이 많았다. 벽지는 보슬보슬한 진홍색이었다. 바비는 고딕들이 그런 식으로 방을 장식하는 것을 본 적이 있었다. 그럴 돈이 있었을 때 얘기지만. 하지만 부모님이 아파트 전체를 그런 식으로 하는 것도 본 적이 있었다. 레아는 템퍼폼 위에 옷 뭉치를 던진 뒤 검정 가죽 재킷 주머니에 손을 찔러 넣었다.

분홍과 검정 사각형 무늬 이불이 구겨진 채 허리를 두르고 있었다. 바비는 몸 아래쪽을 내려다보았다. 손가락 두께 정도의 폭으로 생긴 분홍색 새 살을 따라 기다란 지네가 박혀 있는 게 보였다. 보부아르는 그게 치유를 가속한다고 했다. 바비는 머뭇거리며 손가락 끝으로 연한 새 살을 만져 보았다. 부드러웠지만, 참을 만했다. 바비는 레아를 올려다보았다.

"이거나 먹으시죠." 바비는 가운뎃손가락을 세우며 말했다.

그들은 바비의 가운뎃손가락을 가운데 두고 몇 초 동안 서로 바라보았다. 이내 레아가 웃음을 터뜨렸다.

"알았어. 알았다고. 네 일에서 신경 끌게. 그래도 그 옷은 입어. 그 중에 맞는 게 있을 거야. 루카스가 금방 와서 널 데려갈 건데, 루카스는 기다리는 걸 싫어하거든."

"그래요? 그 사람 꽤 편안한 사람인 것 같던데." 바비는 옷가지를 들춰보며 하나씩 치워버리기 시작했다. 위에 찍힌 금색 페이즐리 무늬가 세탁으로 다 헤져 있는 검정 셔츠, 소매를 하얀 가죽으로 장식한 빨간 새틴 재질의 옷, 반투명한 패널이 달린 검정 타이츠……. "저기요. 이런 옷을 다 어디서 구했어요? 이런 건 도저히 입을 수가……."

"내 남동생 거야. 지난 시즌 옷이야. 어쨌든 루카스가 오기 전에 네 하얀 엉덩이에 옷을 걸치는 게 좋을 거야. 잠깐, 그건 내 거야."

마치 바비가 훔치기라도 하려는 듯 레아가 타이츠를 낚아챘다.

바비는 검정색과 금색이 섞인 셔츠를 입고 검은 모조진주로 만든 둥근 똑딱이 단추를 더듬거리며 채웠다. 검정색 청바지도 찾았지만, 너무 펑퍼짐하고 정교하게 주름이 잡혀 있었다. 주머니도 아예 없는 듯했다.

"바지는 이게 다예요?"

"망할. 야, 파이가 잘라 버리던 네 옷 봤어. 네가 옷 잘 입는다고 생각하는 사람은 여기서 아무도 없어. 대충 입으라고. 알았어? 난 루카스 기분 나쁘게 하기 싫어. 너한테는 부드러워 보일지 몰라도 그건 그가 아주 많이 원하는 걸 네가 갖고 있어서 참는 거야. 나? 난 그런 거 없지. 그러니까 내가 아는 한 루카스는 나한테 거리낄 게 없다고."

바비는 비틀거리며 일어나 서서 청바지 지퍼를 올리려고 했다.

"지퍼가 없어요." 바비가 레아를 보며 말했다.

"단추야. 거기 어딘가 있어. 그런 것도 다 스타일이라고, 알겠어?"

바비는 단추를 찾았다. 아주 정교하게 배열돼 있어서 바비는 급하게 오줌이 마려우면 어떻게 해야 하나 궁금했다. 잠자리 옆에 검정색 나일론 슬리퍼가 있어서 거기에 발을 밀어 넣었다.

"재키는요?" 바비가 자기 모습을 보러 금테 거울을 향해 어슬렁 걸어가며 물었다. "루카스는 재키에게도 거리끼는 게 없나요?"

바비는 거울에 비친 레아의 모습을 보았다. 그녀의 얼굴에 뭔가 스쳐지나갔다.

"무슨 뜻이야?"

"보부아르가 말하길 재키는 말이라고······."

"조용히 해." 레아가 다급하게 목소리를 낮추며 말했다. "보부아르가 너한테 그런 얘기를 하는 거야 그 사람 사정이지만, 그런 건 네가 할 만한 얘기는 아니야, 알아들어? 아주 나쁜 일들이란 게 있어. 다시 저 밖에 나가서 엉덩이에 칼 맞는 편이 차라리 좋겠다고 생각할 정도로."

바비는 거울에 비친 레아의 눈을 바라보았다. 검은 눈은 부드러운 펠트 모자의 넓은 챙이 드리우는 그림자에 가려 있었다. 그러자 전보다 눈의 흰자위가 더 많이 보였다.

"알았어요." 바비는 대답하고, 잠시 가만히 있다가 고개를 끄덕였다. "고마워요."

바비는 셔츠의 목깃을 세웠다가 내렸다가 하며 여러 가지로 모양을 내 보았다.

"너 말이야, 옷을 입으면 그렇게 못나 보이진 않아." 레아가 고개를 옆으로 기울이며 말했다. "그런데 네 눈은 눈덩이에 뚫린 오줌 구멍 두 개 같단 말이야……."

"루카스." 엘리베이터 안에서 바비가 불렀다. "우리 엄마를 죽인 게 누군지 알아요?"

미리 계획한 질문은 아니었다. 하지만 웬일인지 늪지에서 솟아나오는 가스 덩어리처럼 위로 솟아올라 버렸다.

루카스는 온화한 표정으로 바비를 바라보았다. 기다란 검은 얼굴은 부드러웠다. 아름답게 재단한 검은 정장은 갓 다린 듯 보였다. 루카스는 기름을 먹여 광을 낸 단단한 지팡이를 들고 있었다. 표면에는 검정색과 빨강색이 물결무늬가 있었고, 커다란 손잡이는 광을 낸 황동이었다. 손잡이에서 손가락 길이의 얇은 판이 아래쪽으로 튀어나와 자연스럽게 지팡이 몸통으로 이어졌다.

"아니, 우리도 몰라." 일자로 굳게 다문 입술이 아주 심각해 보였다. "우리도 몹시 알고 싶은 부분이지……."

바비는 불편한 듯이 몸을 움직였다. 엘리베이터에 타자 스스로 너무 의식이 됐다. 엘리베이터는 작은 버스 크기였고, 사람이 많지는 않앉지만, 바비만 혼자 백인이었다. 불안한 듯 엘리베이터 안을 바라보던 바비는 흑인은 백인처럼 형광등 아래서도 반쯤 죽은 시체처럼 보이진 않는다는 사실을 깨달았다.

내려가는 동안 엘리베이터는 세 번 멈춰서 잠시 대기했다. 한 번은 거의 15분이나 있었다. 엘리베이터가 처음 대기할 때 바비는 의아한 표정으로 루카스를 바라보았다.

"통로에 뭐가 있어서." 루카스가 말했다.

"뭐가요?"

"다른 엘리베이터."

엘리베이터는 아콜로지의 정중앙에 있었다. 통로에는 수도관, 하수관, 커다란 전선, 보부아르가 말했던 지하 열수 시스템의 일부인 것 같은 절연 파이프 따위가 함께 있었다. 문이 열릴 때마다 그런 게 보였다. 전부 있는 그대로 노출돼 있었다. 마치 이곳을 지은 사람들은 정확히 뭐가 어떻게 작동하고 어디로 이어지는지 볼 수 있기를 원했던 것 같았다. 그리고 눈에 보이는 표면이란 표면은 전부 서로 이어진 그라피티로 뒤덮여 있었다. 너무 빽빽하고 겹겹이 덮여 있어 무슨 뜻인지 무슨 기호인지 알기란 거의 불가능했다.

"바비, 넌 여기 올라와 본 적이 한 번도 없지?" 다시 엘리베이터 문이 닫히고 아래로 내려가면서 루카스가 물었다. 바비는 고개를 끄덕였다. "안됐군. 물론 이해할 수는 있어. 그래도 유감이군. 투어데이가 넌 배리타운에 처박혀 있는 걸 별로 안 좋아했다던데. 맞나?"

"당연하죠." 바비가 동의했다.

"그것도 이해할 수는 있어. 내가 보기에 넌 상상력이 있고 진취적인 젊은이야. 그것도 맞나?"

루카스는 지팡이의 빛나는 손잡이를 분홍색 손바닥에 잡고 돌리면서 바비를 가만히 응시했다.

"그런 것 같아요. 난 거기 있는 걸 못 참겠어요. 요즘 들어 느끼는 건데, 음, 아무 일도 안 일어나거든요. 그거 알아요? 그러니까 항상 똑같은 일만, 젠장, 계속 일어난다니까요. 무슨 재방송 같아요. 이번 여름이나 저번 여름이나……."

바비는 말꼬리를 흐렸다. 루카스가 어떻게 생각할지 몰라서였다.

"알아. 나도 그 기분 알지. 다른 데보다 배리타운이 좀 더 심할 거야. 하지만 다른 데도 금세 똑같이 느낄걸. 뉴욕이나 도쿄나."

'그럴 리 없어.' 바비는 그렇게 생각했지만, 일단 고개를 끄덕였다. 레아의 경고가 머릿속에 남아 있기 때문이었다. 루카스가 보부아르보다 특별히 더 위협적이지는 않았다. 하지만 그 덩치만으로도 조심해야 했다. 마침 바비는 어떤 사람의 행동에 대한 새로운 이론을 세우는 중이었다. 아직 완전하지는 않지만, 그중에는 정말 위험한 사람은 그 사실을 드러낼 필요가 없으며, 위협성을 숨기는 능력이야말로 그들을 훨씬 더 위험하게 만든다는 생각도 있었다. 이건 빅 플레이그라운드의 규칙과는 정반대였다. 그곳에서는 별 힘도 없는 녀석들이 과격함을 자랑하려고 엄청난 고통도 마다했다. 그런 행위는 적어도 국지적인 활동이라는 측면에서 좋은 점도 있었다. 그러나 루카스가 국지적인 활동과는 거리가 멀다는 사실은 분명했다.

"내 말을 안 믿는군. 뭐, 아마 너도 곧 알게 될 거야. 당장은 아니겠지만. 지금의 네 삶은 한동안 모든 게 새롭고 신나야 하지."

엘리베이터 문이 진동하며 열렸다. 루카스는 바비를 마치 어린애처럼 앞세우고 움직였다. 그들은 끝도 없이 뻗어 있는 것만 같은 타일 깔린 홀을 걸었다. 매점과 옷가지가 걸린 노점상과 담요를 깔고 이런저런 물건을 놓아둔 채 그 옆에 쭈그리고 앉아 있는 사람들을 지나쳤다.

"하지만 그런 건 오래 안 가." 바비가 난잡하게 쌓여 있는 소프트웨어 무더기 앞에서 잠시 걸음을 멈추자 루카스가 큼지막한 손으로 부드럽게 밀며 말했다. "넌 지금 스프롤로 가는 거야. 그리고 백작(바비의 별명인 카운트 제로의 카운트(count)는 백작을 의미하기도 한다—옮긴이)에 걸맞은 방법으로 가야지."

"그게 뭔데요?"

"리무진."

루카스의 차는 놀랍도록 길게 뻗어 있는 검정 리무진으로, 차체에는 금이 점점이 박혀 있었고, 황동 부분은 거울처럼 반짝였고, 바로크 양식의 부속품이 잔뜩 박혀 있었다. 바비는 그 부속품의 목적이 뭔지 알아 낼 여유도 없었다. 하나는 접시 안테나라고 생각했다. 하지만 아즈텍 달력에 있는 바퀴와 더 비슷했다. 그리고 어느새 바비는 차에 타고 있었다. 루카스 등 뒤로 커다란 문이 부드럽게 닫혔다. 창문이 아주 어두워서 밖이 밤처럼 보였다. 프로젝트 사람들이 대낮에 할 일을 하느라 부산떠는 밤 같았다. 차 안은 하나로 된 커다란 공간에 밝은 색 깔개와 연한 가죽 쿠션이 놓여 있었고, 앉는 곳이 따로 있지는 않은 듯했다. 핸들도 없었고, 계기판은 넓은 가죽으로 덮여 있었는데 조종할 수 있을 만한 게 하나도 안 보였다. 바비는 검정색 넥타이를 느순하게 풀고 있는 루카스를 바라보았다.

"운전은 어떻게 해요?"

"아무 데나 앉아. 그리고 운전은 이렇게 하는 거야. 아흐메드, 뉴욕으로 가자, 동남쪽으로."

자동차가 부드럽게 움직이는 바람에 바비는 부드러운 깔개 위에 넘어지며 무릎을 찧었다.

"점심은 30분 뒤에 제공됩니다. 아니면, 먼저 드리는 편이 좋을까요."

목소리가 흘러나왔다. 부드럽고 음악적인 목소리로, 어디서 나오는지 알 수도 없었다.

루카스가 웃었다.

"다마스쿠스는 차를 어떻게 만들어야 하는지 안다니까."

"어디요?"

"다마스쿠스." 루카스는 정장 코트 단추를 풀고, 쐐기 모양의 연한 색 쿠션 위에 앉으며 말했다. "이건 롤스로이스야. 옛날 거지. 그 아랍 놈들이 차는 잘 만들었어. 돈이 있을 때 얘기지만."

"루카스." 입 안은 차가운 프라이드치킨으로 가득했다. "뉴욕까지 가는 데 왜 한 시간 반이나 걸려요? 기어가는 것도 아닌데……."

"그만큼 걸리니까 걸리는 거야." 루카스가 차가운 화이트 와인을 한 모금 마시며 대답했다. "아흐메드는 풀옵션이야. 1등급 감시 방지 시스템까지 포함이지. 서 있을 때나 굴러갈 때나 아흐메드는 아주 놀랄 만한 프라이버시를 제공하지. 내가 보통 뉴욕에서 살 수 있는 것 이상이야. 아흐메드, 혹시 누가 우릴 노리고 있는 게 느껴지나? 뭐라도 들려?"

"아닙니다." 목소리가 들렸다. "8분 전 전술용 헬리콥터가 저희 신원 확인용 패널을 스캔했습니다. 헬리콥터 번호는 MH-3-848이며, 조종사는 로베르토 상병……."

"좋아. 좋아. 됐어. 신경 쓰지 마. 봤어? 아흐메드는 놈들이 얻는 우리 정보보다 더 많은 걸 역으로 얻어내."

루카스는 두꺼운 하얀색 린넨 냅킨으로 입을 닦고, 재킷 주머니에서 금색 이쑤시개를 꺼냈다.

"루카스." 바비가 다시 불렀다. 루카스는 커다란 네모 모양의 이 사이를 세심하게 쑤셨다. "저기 그러니까, 내가 만약에 타임 스퀘어에 내려 달라고 하면 어떻게 되나요?"

"아." 루카스가 이쑤시개를 내리며 말했다. "뉴욕하면 가장 공감이 일어날 법한 장소로군. 무슨 일인데, 바비. 약 문제야?"

"음. 그건 아니고요. 그냥 궁금해서요."

"뭐가 궁금해? 타임 스퀘어에 가고 싶어?"

"아뇨. 그냥 가장 먼저 떠오른 장소예요. 내 말은 그러니까, 가고 싶다면 가게 해 줄 거냐는 거죠."

"아니." 루카스가 대답했다. "사실대로 말하면 그래. 하지만 네가 죄수라고 생각할 필요는 없어. 그보다는 손님에 가깝지. 귀중한 손님 말이야."

바비는 희미하게 웃었다.

"아. 알았어요. 보호 관리 같은 거겠죠."

"맞아." 금색 이쑤시개가 다시 활동을 시작했다. "우리가 여기 있는 동안은 착한 아흐메드가 안전하게 보안을 지켜 주지. 이야기할 시간이 있다는 뜻이야. 보부아르 형제가 벌써 우리에 대해 좀 이야기해 준 것 같은데. 그 친구가 해 준 얘기를 어떻게 생각하나, 바비?"

"음. 아주 재미있었어요. 그런데 이해했는지는 모르겠더라고요."

"뭘 이해 못하는데?"

"음. 그 부두라는 게 잘……."

루카스가 눈썹을 치켜세웠다.

"그러니까 그건 당신들 일이긴 한데요, 당신들이 받아들이는, 아니, 믿는 거죠. 맞죠? 보부아르는 마치 저는 모른다는 식으로 사업이나 길거리 기술에 대해 얘기를 해요. 그런데 바로 다음 순간에는 다른 얘기를 하는 거예요. 맘보니 귀신이니 뱀이니, 그리고……."

"그리고 뭐?"

"말이요."

바비는 목이 굳는 것 같았다.

"바비, 넌 메타포(은유)가 뭔지 아냐?"

"부품인가요? 축전기 같은?"

"됐어. 그럼 잊어버려. 보부아르나 내가 너에게 로아나 말에 대해 이야기할 때는 말이야, 일단 여기서 말이란 건 로아가 타려고 고른 얼마 안 되는 사람을 말해. 어쨌든 우리가 동시에 두 가지 언어로 말한다고 생각하면 돼. 하나는 너도 이해하는 거야. 네가 말한 길거리 기술의 언어지. 우리가 다른 단어를 쓸 수도 있어. 그래도 기술 얘기야. 어쩌면 우리는 네가 아이스브레이커라고 부르는 걸 오우고우 페라이라고 부를 수도 있어. 알아들어? 하지만 동시에 똑같은 단어를 갖고

레그바 | 191

우리는 다른 얘기를 하기도 해. 네가 이해하지 못하는 게 그거지. 이해할 필요도 없고."

루카스는 이쑤시개를 옆으로 치웠다.

바비는 깊은 한숨을 쉬었다.

"보부아르가 그러는데 재키는 단발라라고 하는 뱀의 말이라던데요. 길거리 기술 식으로 얘기해 줄 수 있어요?"

"물론. 재키가 덱이라고 생각해 봐, 바비. 발목이 잘 빠진 아주 예쁜 사이버스페이스 덱 말이야." 루카스는 씩 웃었고, 바비는 얼굴을 붉혔다. "사람들이 뱀이라고 부르는 단발라는 프로그램이라고 생각해. 아이스브레이커 같은 거라고 하자. 단발라가 재키 덱에 들어가. 재키는 아이스를 잘라 버리고. 그게 다야."

"알았어요." 바비가 말했다. 얼추 감이 왔다. "그러면 매트릭스는 뭐예요? 재키가 덱이고, 단발라가 프로그램이면, 사이버스페이스는 뭐죠?"

"세상이지."

"여기부터는 걷는 게 좋아." 루카스가 말했다.

자동차가 조용하고 부드럽게 멈췄다. 루카스는 일어서서 정장 코트의 단추를 여몄다.

"아흐메드는 너무 눈길을 끌어."

루카스가 지팡이를 집어들었다. 문이 혼자 저절로 열리면서 부드러운 소리를 냈다.

바비는 루카스를 따라 의심할 여지가 없는 스프롤 특유의 향기 속으로 내려섰다. 퀴퀴한 지하철 환풍기와 오래된 검댕, 새로 만든 플라스틱에서 나오는 발암 물질 냄새가 꽉꽉 들어찬 냄새였다. 그 모두에 불법 화석 연료에서 나오는 탄소가 뒤섞여 있었다. 머리 위 높은 곳에는 미완성인 풀러 돔(버크민스터 풀러가 설계한 지오데식 돔 — 옮긴이)이 아크등 불빛을 반사하며 연분홍색 저녁 하늘을 3분의 2나 가리고 있었다. 돔의 들쭉날쭉한 가장자리는 마치 부서진 회색 벌집 같았다. 돔이 모여 있는 스프롤의 구조는 예측할 수 없는 미세기후를 만들어내는 경향이 있었다. 어떤 곳에서는 검댕이 묻은 돔에서 끊임없이 수증기가 응결돼 이슬비처럼 떨어졌고, 높은 돔이 있는 곳은 정전기 방전이 만들어 내는 독특한 도심 번개로 유명하기도 했다. 바비가 루카스를 따라 길을 걸어가는 동안 따뜻하고 모래 섞인 바람이 세게 불었다. 아마도 스프롤의 긴 지하철 시스템 때문에 생기는 압력 변화와 관련이 있는 듯했다.

"내 말 기억해." 루카스가 모래 때문에 눈을 가늘게 뜬 채 말했다. "그 사람은 겉보기와 많이 달라. 겉보기와 별로 다를 게 없어 보여도, 넌 그 사람을 어느 정도 존중해야 해. 카우보이가 되고 싶나. 넌 곧 그 업계의 랜드마크를 만나는 거야."

"에, 그렇겠죠." 바비는 길쭉한 잿빛 인쇄물이 발목에 감기는 걸 피하느라 건성으로 대답했다. "그러니까 당신하고 보부아르가 그 사람한테서 그놈의 소······."

"허! 그만! 내가 해 준 얘기 좀 기억해라. 길거리에서 얘기하는 건 게시판에 떡하니 광고를 붙이는 거나 마찬가지야······."

바비는 얼굴을 찡그리며 고개를 끄덕였다. 젠장. 바비는 계속 말아

먹고 있었다. 굉장한 사업에 휘말려 있는 주요한 오퍼레이터와 함께 있으면서 계속 윌슨 같은 짓을 하고 있다니. 오퍼레이터. 그게 루카스를 가리키는 말이었다. 보부아르도 마찬가지였다. 그리고 부두 얘기는 그냥 사람들에게 하는 게임 같은 거라고 바비는 생각했다. 롤스로이스 안에서 루카스는 웬 이상한 숫자를 장황하게 읊어댔다. 통신의 로아, '길과 경로의 주인'이라고 하는 레그바에 대한 것이었다. 지금 바비를 데려가서 만나려는 남자가 왜 레그바가 가장 선호하는 사람인지를 전부 설명했다. 바비가 그 남자도 옹간이냐고 묻자 루카스는 아니라고 대답했다. 루카스가 말하길, 그 남자는 평생을 레그바와 함께 해서 로아가 있는지조차 모를 정도로 가깝다고 했다. 마치 몸의 일부, 그림자와 같다는 것이었다. 그리고 루카스는 그 남자가 바비가 투어데이에게서 빌린 소프트웨어를 판 사람이라고 했다…….

루카스는 모퉁이를 돌아 걸음을 멈췄다. 바비는 뒤에 바짝 붙어 있었다. 그들은 시커메진 적갈색 건물 앞에 서 있었다. 창문이 주름진 철판으로 막힌 게 수십 년은 돼 보였다. 1층의 일부는 한때 상점이었다. 금 간 전시용 유리는 검댕이 묻어서 불투명했다. 속이 안 비치는 유리 사이에 난 문은 위층 창문을 가린 것과 똑같은 철판으로 보강돼 있었다. 바비는 왼쪽에 있는 창문 너머에 있는 간판 같은 것을 읽을 수 있겠다고 생각했다. 쓸모없어진 네온 간판이 어둠 속에 비스듬히 놓여 있었다. 루카스는 문을 마주한 채 그 자리에 서 있었다. 얼굴은 무표정했고, 지팡이 끝은 보도에 깔끔하게 박힌 채로 커다란 손이 황동 손잡이 위에 포개져 얹혀 있었다.

"첫 번째로 배워야 하는 게 이거야." 루카스는 경구를 읊조리는 투로 말했다. "항상 기다려야 한다는 거지……."

문 뒤에서 뭔가 긁히는 소리가 난 것 같았다. 곧 쇠사슬이 덜그럭거리는 소리가 들렸다.

"놀랍군." 루카스가 말했다. "기다리고 있었던 것 같잖아."

기름칠이 잘 된 경첩에 매달린 문이 10센티미터 가량 열리더니 뭔가에 걸리는 듯했다. 눈 하나가 먼지와 어둠으로 가득한 틈 속에서 깜빡이지도 않고 그들을 주시했다. 바비는 처음에 무슨 커다란 동물의 눈인 줄 알았다. 홍채는 기이하게도 갈색기가 도는 노란색이었고, 흰자위는 빨간 반점이 가득해 얼룩덜룩했으며, 축 처진 아래꺼풀은 더 빨갰다.

"후두교 친구로군." 눈이 박혀 있는 보이지 않는 얼굴이 말했다. "후두교하고 조그만 머저리 새끼 하나야. 젠장……."

꾸르륵거리는 아주 불쾌한 소리가 나더니 오래 묵힌 가래가 깊숙한 곳에서 솟아올랐다. 그 남자는 가래를 뱉었다.

"자, 들어오라고, 루카스." 다시 삐걱거리는 소리가 들리더니 문이 어두운 안쪽을 향해 열렸다. "난 바쁜 사람이야……."

말이 끝날 때쯤 그 남자는 벌써 1미터는 떨어져 있었고 계속 멀어지고 있었다. 그 눈의 주인이 마치 열린 문으로 들어오는 빛을 피해 황급히 달아나는 모양새였다.

루카스가 안으로 들어섰다. 바비도 그 뒤를 바짝 따랐다. 등 뒤에서 문이 부드럽게 닫히는 게 느껴졌다. 갑자기 어두워지자 팔뚝에 털이 곤두섰다. 마치 어둠이 살아 있는 느낌이었다. 어둡고, 혼란스럽고, 빽빽하고, 어딘가 의식도 있는…….

곧 성냥이 켜졌고, 석유램프의 심지에 불이 붙으면서 쉭 하고 지글거리는 소리가 났다. 바비는 램프 너머에 있는 얼굴을 보고 입을 벌리고 있을 수밖에 없었다. 핏발 선 노란 눈이 자기 짝과 함께 바비로서는 일종의 마스크라고 믿을 수밖에 없는 얼굴에 박혀 있었다.

"우리를 기다리고 있었던 건 아니겠지요, 핀?" 루카스가 물었다.

그 얼굴이 커다랗고 평평한 노란 이를 드러내며 말했다. "굳이 말하자면 먹을 걸 구하려고 나가는 중이었다." 그는 마치 썩은 카펫을 먹거나, 지금 그들이 서 있는 복도 양쪽으로 어깨 높이까지 쌓여 있는 축축한 책의 갈색 나무 펄프를 끈질기게 파고 들어가며 살 수도 있다는 듯한 분위기를 풍기며 바비를 쳐다보았다. "이 쪼그만 녀석은 누구지, 루카스?"

"핀, 알겠지만, 보부아르와 나는 우리가 신뢰를 갖고 당신에게서 구한 물건 때문에 어려움을 겪고 있습니다."

루카스는 지팡이를 뻗어 부스러져가는 페이퍼백이 위험하게 튀어나와 있는 부분을 살짝 건드렸다.

"그렇다고?" 핀은 회색 입술을 오므리며 걱정된다는 듯한 거짓 표정을 지었다. "그 초판본 건드리지 마, 루카스. 떨어지면 네가 돈 내는 거야."

루카스는 지팡이를 거뒀다. 광을 낸 끝 부분이 램프 불빛을 받아 번쩍였다.

"그러니까 네게 문제가 있단 소리지." 핀이 말했다. "재밌군. 더럽게 재밌어." 그의 뺨은 회색기가 돌았고, 깊은 주름이 대각선으로 파여 있었다. "나도 문제가 있거든. 셋이나. 오늘 아침까지만 해도 없없어. 사는 게 다른 건가 보지 뭐. 가끔씩은 말이야." 핀은 쉭 소리를 내는 램프를 속이 텅 빈 철제 서류 캐비닛 위에 내려놓고, 과거에 트위드 재킷이었을 옷의 옆주머니를 뒤져 구부러지고 필터도 없는 담배를 꺼냈다. "내 문제 세 개는 위층에 있어. 너희들도 보고 싶다면……."

핀은 나무 성냥을 램프 아래쪽에 그어서 담배에 불을 붙였다. 쿠바산 담배의 자극적인 연기가 그들 사이의 공간을 채웠다.

"자네도 알다시피 난 여기서 아주 오래 살았어." 핀이 첫 번째 시체를 넘어가며 말했다. "다들 나를 알지. 내가 여기 있는지 안다고. 핀에게서 물건을 샀다 하면, 판 사람이 확실한 거야. 난 항상 내 물건 뒤에서 있지. 언제나……."

바비는 위를 향하고 있는 죽은 사람의 얼굴을 바라보고 있었다. 몸이 뭔가 이상했다. 검은 옷을 입고 있는 모양새가 이상했다. 일본인 얼굴에, 표정은 없고, 눈은 생기 없는…….

"그리고 그동안 얼마나 많은 놈이 바보같이 여기에 침입해서 날 죽이려고 했는지 알아?" 핀이 말을 이었다. "없어! 오늘 아침까지 한 놈도 없었다고. 그런데 벌써 세 놈이야." 핀이 바비를 적대적으로 힐끔거리며 내뱉었다. "뭐, 이 조그만 새끼는 빼도 되겠지만, 어쨌든……."

핀은 어깨를 으쓱했다.

"이 사람 좀 기울어 있는데요."

바비가 계속 첫 번째 시체를 쳐다보며 말했다.

"그 안이 개밥이 돼서 그래." 핀이 곁눈질로 바라보며 말했다. "다

뭉개졌어."

"핀은 특이한 무기를 수집하지." 루카스가 지팡이 끝으로 두 번째 시체의 손목을 슬쩍 밀며 말했다. "이식물 스캔은 해 봤습니까, 핀?"

"했지. 귀찮지만. 해더가 아래층에 있는 뒷방으로 갖고 내려가서 했어. 흔한 거 말고는 없어. 그냥 타격팀이야." 핀은 소리 내어 이 사이로 공기를 빨아들였다. "누가 왜 나를 치려고 하지?"

"어쩌면 비싼 물건을 팔았는데 제대로 안 돌아갔는지도 모릅니다." 루카스가 나섰다.

"네가 보냈다는 소리를 하는 게 아니면 좋겠군, 루카스." 핀이 담담하게 말했다. "또 개밥이 되기 싫다면 말이야."

"내가 언제 우리에게 작동 안 하는 걸 팔았다고 했습니까?"

"어려움을 겪고 있다고 말했잖아. 최근에 나한테 다른 거 사 간 게 있어?"

"미안합니다, 핀. 우리가 보낸 게 아니에요. 아시잖습니까."

"그래, 그렇겠지. 그러면 젠장, 도대체 여긴 왜 온 거야, 루카스? 네가 사 가는 게 보통 보증되는 게 아니라는 건 알잖나……."

"그거 참 괴상하기 짝이 없는 일이로군." 실패로 끝난 바비의 사이버스페이스 작업 이야기를 들은 핀이 말했다. 그는 좁고 기이할 정도로 긴 머리를 천천히 저었다. "보통 그렇지 않은데." 핀은 루카스를 바라보았다. "너도 알지 않아?"

그들은 1층에 있는 하얀 방 안의 하얀 네모난 탁자 주위에 둘러앉아 있었다. 쓰레기로 막힌 가게 정문 뒤쪽이었다. 바닥에는 닳은 병원용 타일이 미끄럼 방지 패턴으로 깔려 있었고, 더러운 하얀 플라스틱 판으로 된 벽은 빽빽한 도청 방지 회로를 감추고 있었다. 가게 정문에 비하면 그 하얀 방은 병원 수술실 정도로 깨끗했다. 센서로 가득한 금속 삼각대 몇 개와 스캐닝 장치가 탁자 주위에 추상 조각처럼 서 있었다.

"뭘 알아요?" 바비가 물었다.

자기 이야기를 반복할 때마다 윌슨 같다는 느낌이 점점 줄어들었다. 중요 인물. 마치 중요 인물이 된 기분이었다.

"너 말고, 돌대가리야." 핀이 짜증내며 말했다. "저 친구 말이야. 거물 후두교. 저 친구는 알아. 그렇지 않다는 걸……. 적어도 한참 동안은 안 그랬지. 난 평생을 이 업계에 있었어. 옛날, 전쟁 전, 매트릭스가 있기도 전부터. 아니면 매트릭스가 있다는 걸 아는 사람이 없었을 때부터." 핀은 이제 바비를 바라보고 있었다. "난 네 나이보다 더 오래된 신발이 있어. 빌어먹을, 내가 왜 네놈이 뭔가 알고 있을 거라고 생각해야 한다는 거지? 컴퓨터가 생긴 이래 카우보이는 쭉 있었어. 독일 아이스를 깨려고 첫 번째 컴퓨터를 만들었다고, 안 그래? 코드 브레이커. 그러니까 컴퓨터 이전에 아이스가 있었던 거야. 말하자면 그렇다고."

핀은 그날 저녁에만 15번째 담배에 불을 붙였다. 연기가 하얀 방 안을 채우기 시작했다.

"루카스는 알 테지, 암. 지난 7~8년간 바깥세상 콘솔 카우보이들 회로에 재밌는 것들이 많았어. 새 자키들은 '그것'들하고 거래를 했어. 안 그런가, 루카스? 그래. 나도 당연히 알지. 자키들은 여전히 아이스의 뱀보다 빠른 하드와 소프트가 필요하지. 하지만 아이스를 정말로 쪼갤 수 있는 자키들은 전부 협력자가 있어. 안 그런가, 루카스?"

루카스는 주머니에서 금색 이쑤시개를 꺼내 어금니를 청소하기 시작했다. 얼굴빛은 어둡고 진지했다.

"왕좌와 지배권이지." 핀이 모호하게 말했다. "그래, 거기엔 그것들이 있어. 귀신. 목소리. 왜 없겠어? 바다에는 인어도 있는데. 우리에겐 실리콘의 바다가 있잖아. 안 그래? 물론 우린 모두 사이버스페이스가 잘 만든 환상이라는 데 동의해. 하지만 거기 접속하는 사람은 알지. 젠장, 그게 우주라는 걸 안다고. 사이버스페이스는 매년 더 붐벼. 마치……"

"저희 세상은 항상 그런 식으로 돌아갔습니다." 루카스가 말했다.

"그렇지. 그래서 너희가 거기 접속해서 사람들이 거래하는 상대가 바로 너희들의 오래된 촌스러운 신들이라고 떠들고……"

"신성한 기수(騎手)입니다……"

"어쨌든. 너희들은 믿는지 모르겠지만. 하지만 난 오래 살아서 그렇지 않았던 시절도 기억한다고. 10년 전만 해도 젠틀맨 루저에 가서 실력 있는 아무 자키에게 매트릭스에서 귀신을 만났다고 하면, 아마 미쳤다고 했을 거야."

"윌슨된 거죠."

바비가 끼어들었다. 대화에서 소외돼 더는 중요한 인물이 아니라는 느낌이 들고 있었다.

핀이 멍한 표정으로 바비를 바라보았다.

"뭐라고?"

"윌슨이요. 엿된 거요. 아마 핫도거 용어일 거예요……."

'또 해 버렸어. 젠장.'

핀은 괴상한 표정을 지었다.

"지랄한다. 요새는 그렇게 부르나 보지? 빌어먹을, 내가 그 친구를 아는데……."

"누구요?"

"보딘 윌슨. 내가 아는 사람 중에서 비유적인 표현의 대상이 된 첫 번째 인물이지."

"그 사람이 바보 같았나요?" 바비가 묻고는 곧바로 후회했다.

"바보? 웃기는 소리. 무시무시하게 똑똑했어." 핀은 캠파리에서 나온 금간 도자기 재떨이에 담배를 비벼 껐다. "그저 맛이 간 놈이었을 뿐이지. 한때 딕시 플래트라인과 함께 일했는데……."

핏발 선 노란 눈은 먼 곳을 바라보는 듯했다.

"핀." 루카스가 말했다. "우리에게 판 아이스브레이커는 어디서 구했습니까?"

핀이 차가운 눈빛으로 그를 바라보았다.

"이 업계에서 40년이야, 루카스. 내가 그 질문을 몇 번이나 받았을 것 같나? 대답했다면 죽는 상황에 내가 몇 번이나 처했을 것 같나?"

루카스는 고개를 끄덕였다.

"무슨 말인지 알겠습니다. 하지만 동시에 저도 한마디만 하죠." 루카스는 이쑤시개를 장난감 칼처럼 핀을 향해 뻗었다. "당신이 여기 앉아서 이런 얘기를 주저리주저리 늘어놓는 진짜 이유는 저 위의 시체 셋이 우리에게 판 아이스브레이커와 뭔가 관계가 있다고 생각하기 때문입니다. 그리고 아까 바비가 살던 아파트가 날아갔다는 얘기를 했을 때 당신은 특별한 관심을 보였습니다. 그렇지요?"

핀이 이를 드러냈다.

"그럴지도."

"누군가 당신도 목록에 올려놓고 있습니다, 핀. 죽은 닌자 셋에 꽤 돈을 들였을 테죠. 닌자들이 안 돌아오면, 그 사람의 결심은 더 굳어질 겁니다, 핀."

핀은 가장자리에 충혈된 눈을 깜빡였다.

"놈들은 다 습격용 장비를 갖추고 있었어. 하지만 한 놈은 달랐지. 심문 장비를 갖고 있더라고." 핀은 니코틴에 쩔어서 색이 거의 바퀴벌레 날개처럼 변한 손가락으로 천천히 짤막한 윗입술을 주물렀다. "위건 루드게이트에게서 받았어. 위그 말이야."

"들어 본 적 없습니다." 루카스가 말했다.

"미친 새끼지. 예전에 카우보이였어."

ಬ ಲ

어떻게 그렇게 됐는지 핀이 이야기하기 시작했다. 바비는 그 이야기를 하나도 남김없이 빨아들였다. 보부아르와 루카스가 해 준 이야기보다 훨씬 더 흡인력이 높았다. 위건 우드게이트는 최고수 자키로 5년을 보냈다. 사이버스페이스 카우보이로서는 괜찮은 활동이었다. 5년이면 카우보이는 부자가 되거나 뇌사 상태에 빠지게 마련이었다. 아니면, 더 젊은 크래커 무리에게 재정적인 지원을 하면서 완전히 관리자로 빠지기도 했다. 위그는 그의 젊음과 영광이 처음으로 한창때를 맞이했던 시기에 매트릭스에서 인구가 드문드문한 구역 사이로 먼 길을 떠났다. 한때 제3세계라 불리던 지역을 나타내는 구역이었다.

 실리콘은 닳아 없어지지 않는다. 마이크로칩은 실질적으로 불멸이었다. 위그는 그 사실에 주목했다. 그러나 그 나이 또래의 다른 아이들과 마찬가지로 위그는 실리콘이 쓸모없어진다는 사실을 알고 있었다. 닳아 없어지는 것보다 더 나빴다. 이 사실은 우울하지만 어쩔 수 없는 일로 위그는 받아들이고 있었다. 죽음이나 세금과 마찬가지였다. 사실 그는 대개 장비가 최신 기술에 뒤떨어지는 일을 죽음이나(아직 22살이었다.) 세금(위그는 세금 신고를 하지 않는 대신 싱가포르 돈세탁 업체에 매년 일정 비율을 내고 있었는데, 그 돈은 대략 정식으로 세금 신고를 했을 때 낼 돈과 거의 비슷했다.)보다 더 걱정했다. 위그는 쓸모없어진 실리콘이 어디론가 가야 한다고 판단했다. 알아보니, 이제 막 산업을 시작하려는 몹시 가난한 지역이 있었다. 시대에 너무 뒤떨어져 있어 국가라는 개념이 아직 진지하게 받아들여지고 있는 국가들이었다. 위그는 아프리카 시골뜨기 몇 명과 접촉했고, 캐비아가 가득한 수영장에서 헤엄치는 상어가 된 기분을 느꼈다. 조그맣고 맛있는 알 하나는 양이 얼마 안 됐지만, 그저 입을 크게 벌리고 퍼 담기만 하면 됐다. 손쉽게 채우고, 그렇게 계속 쌓았다. 위그는 아프리카에서 일주일 동안 작업하면서 뜻하지 않게 적어도 정부 세 개를 무너뜨렸고 셀 수 없는 사람을 고통에 빠뜨렸다. 일주일이 끝날 무렵, 위그는 우스울 정도로 소액인 은행 계좌 수백만 개로 두둑이 배를 불린 채 은퇴했다. 위그가 떠나자, 메뚜기 떼가 몰려들었다. 다른 사람들도 아프리카에 대해 들었던 것이다.

위그는 칸의 해변에서 특별히 설계한 최고가의 약물만 흡입하며 2년을 보냈다. 주기적으로 조그만 호사카 텔레비전을 켜서 기이하고 알 수 없는 이유로 집중적으로 죽어나간 아프리카인들의 부풀어 오른 시체를 조사했다. 그 즈음 언젠가, 위그가 선을 넘었다는 사실이 알려지기 시작했다. 언제, 어디서, 왜 그랬는지는 아무도 정확히 알 수 없었다. 구체적으로 말하면, 위그는 신이 사이버스페이스에 있다고 확신하게 됐다는 것이다. 아니면 사이버스페이스 자체가 신이거나 일종의 현신이라고. 핀은 그렇게 말했다. 신학을 향한 위그의 모험은 신앙의 진정한 도약이라는 주요 패러다임의 변화로 나타나는 경향이 있었다. 핀은 당시 위그가 어떤 생각에 빠져 있었는지 대충 알고 있었다. 새로운 단일 신앙으로 개종한 뒤 얼마 되지 않아 위건 루드게이트는 스프롤로 돌아와 사이버 세계의 발견을 위한 일종의 장대한 무작위 여행을 떠났다. 전직 콘솔 자키로서 그는 어디로 가야 핀이 하드와 소프트라고 부른 물건을 최상급으로 구할 수 있는지 알았다. 위그는 아직 부자였으므로 핀은 할 수 있는 대로 최대한 양쪽 모두를 공급해 주었다. 위그는 이 신비로운 탐사 기술로 자신의 의식을 매트릭스 중에서 아직 아무 구조도 없는 텅 빈 구역으로 투영시켜 기다리겠다고 핀에게 설명했다. 그래도 핀에 따르면, 칭찬할 만하게도 위그가 실제로 신을 만났다고 주장한 적은 결코 없었다. 다만 신의 존재가 격자 위를 움직이는 것을 몇 번 느꼈다는 주장은 고수했다. 그런 와중에 위그는 돈이 다 떨어졌다. 영적인 탐구를 지속하는 동안 아프리카 일 이전에 갖고 있던 사업 인맥과 소원해졌던 것이다. 위그는 흔적도 남지 않고 침몰했다.

"그런데 어느 날 그가 갑자기 나타났어." 핀이 말했다. "완전히 돌아 있었다. 원래도 꾓기 없고 조그만 미친놈이었지만, 이제 아예 빌어먹을 아프리카 식으로 입고 있더라고. 구슬에 뼈 장식 같은 거."

바비는 장황하게 이어지는 핀의 설명을 들으며 어떻게 핀 같은 사람이 누군가를 꾓기 없고 조그만 미친놈이라고 묘사할 수 있는지 궁금해 했다. 그러다 루카스를 흘긋 보았는데, 얼굴이 아주 험상궂었다. 바비는 루카스가 아프리카 운운하는 이야기를 개인적으로 받아들일지도 모른다는 데 생각이 미쳤다. 그러나 핀은 이야기를 계속했다.

"위그는 아주 많은 걸 팔고 싶어 했어. 덱, 주변장치, 소프트웨어 등등. 전부 몇 년 된 물건이었지만, 최상급 장비였으니까 나는 가격을 쳐 줬지. 그때 눈치 챘는데, 위그가 소켓 이식을 받았더라고. 작은 은색 마이크로소프트를 귀 뒤에 계속 꽂고 있었어. 뭐냐고 물었지. 그랬더니 빈 거래. 지금 네가 있는 그 자리에 앉아 있었어. 그 친구가 말했어. 아무것도 안 들었고, 그게 신의 목소리라고. 그리고 자기는 신의 백색 소음 속에서 영원히 산다고. 뭐 대강 그런 얘기였어. 그래서 난 생각했지. '맙소사, 이 친구 이제 아예 돌아 버렸구나.' 그 친구는 거기서 내가 준 돈을 세고 있었지. 그게 한 다섯 번째였나. 내가 말했어. '어이, 위그. 시간이 돈이긴 한데, 그래도 말 좀 해봐. 이제 뭘 할 거야?' 나도 궁금했거든. 사업상이었긴 해도 그 친구를 몇 년이나 알았는데 말이야. 그 친구가 말하더군. '핀, 난 중력 우물에 올라가야 해요. 신이 거기 계세요.' 이렇게도 말했어. 정확히 말하면, '신은 어디에나 계세요. 하지만 이 아래쪽에는 잡음이 너무 많아서 신의 진면목을 가리죠.' 난 말했지. '그렇군. 네 말이 맞다.' 그리고 문으로 데려다 주고 끝이었어. 두 번 다시는 못 봤지."

바비는 눈을 깜빡이며 기다렸다. 접이식 의자가 딱딱해 살짝 몸을 뒤틀었다.

"그런데 1년인가 지나서 웬 남자 하나가 찾아왔어. 고궤도에 사는 정비공인데 휴가차 이 바닥까지 왔다더군. 하여튼 그 사람이 괜찮은 소프트웨어를 팔겠다는 거야. 대단한 건 아니었지만, 재미있는 물건이었지. 그 사람 말이 그걸 위그에게서 얻었다는 거야. 음, 위그가 괴짜고 업계에서 오래 벗어나 있었어도 아직 좋은 물건을 알아볼 줄은 알지. 그래서 샀어. 그게 아마 10년 전이었을 거야. 맞나? 그 뒤로 거의 1년마다 웬 놈들이 물건을 갖고 오는 거야. '위그가 말하길 당신에게 팔아야 한다던데요.' 나는 보통 샀어. 절대로 특별한 물건은 아니었지만 그럭저럭 괜찮았어. 찾아오는 사람은 항상 달랐고."

"그게 전부입니까, 핀? 소프트웨어뿐이었어요?" 루카스가 물었다.

"거의. 이상한 조각품 같은 걸 빼면. 잊고 있었군. 위그가 만들었나 보다 했지. 처음에 누가 이걸 갖고 왔을 때 내가 소프트웨어를 사고 말했어. 이 망할 것들을 뭐라고 부르냐고? 그랬더니 내가 관심 있어 할 거라고 위그가 말했다더군. 난 위그에게 '미친놈'이라고 전해 달라고 했어. 그 사람이 웃더니 나보고 가지래. 자기는 저 망할 물건을 도로 갖고 올라가진 못하겠다고. 그게 뭐냐면, 덱 크기만 한데, 이게 그냥 쓰레기 뭉치야. 상자 안에 붙여 놓은 거라고……. 그래서 난 고철이 들어 있는 콜라 상자 뒤에 밀어 넣어 놓고 잊어버렸지. 그런데 스미스라고 당시 동료가 하나 있었는데, 주로 예술 작품을 취급했어. 그 친구가 보더니 자기가 갖겠다는 거야. 그래서 우린 병신 같은 거래를 했지. 스미스가 말했어. '핀, 이런 거 더 오면 챙겨 놓으라고.' 저 윗동네에 이런 거 좋아하는 병신들이 있다면서. 그래서 다음에 위그가 보낸 사람이 왔을 때 조각품도 같이 사서 스미스에게 팔았어. 하지만 큰돈이 된 적은 없고." 핀은 어깨를 으쓱했다. "어쨌든 지난달까지는 말이야. 웬 젊은 놈이 너희들이 산 물건을 갖고 왔어. 위그가 보냈대. 그놈이 그건 바이오소프트고 브레이커라고 말했어. 위그가 말하길 가치 있는 물건이라고. 스캔을 했더니 멀쩡해 보이더군. 재미있는 물건 같았어. 그렇지 않아? 네 파트너인 보부아르도 꽤 재미있는 물건이라고 생각했지. 난 샀고, 보부아르는 나에게 샀어. 이게 끝이야." 핀은 담배를 꺼냈다. 이번에는 부러져서 두 겹이 돼 있었다. "젠장."

핀은 같은 주머니에서 색이 바랜 종이 뭉치를 꺼냈다. 거기서 부스러질 것 같아 보이는 분홍색 종이 한 장을 꺼내 부목을 대듯이 부러진 담배를 말았다. 풀 대신 침을 바를 때, 바비의 눈에 뾰족하고 회색기가 도는 분홍색 혀를 흘긋 보였다.

"핀, 위그 씨라는 사람은 어디에 삽니까?" 루카스가 물었다.

엄지손가락을 턱에 대고 나머지 손가락을 얼굴 앞쪽에 뾰족하게 만들었다.

"제길, 나도 전혀 몰라, 루카스. 궤도 어딘가 있겠지. 그것도 뭐, 내가 주는 돈이 어느 정도 될 때 얘기겠지만. 알다시피, 저 위에는 그쪽 경제에 녹아 들어가기만 하면 돈이 없어도 살 수 있는 곳이 있다더라고. 그러니까 어쩌면 적은 돈으로 오래 버티든지. 나한테 묻지 마. 난 광장공포증이니까." 핀은 바비를 향해 징그럽게 웃어 보였다. 바비는 아까 본 혀를 마음속에서 지워 버리려고 애쓰고 있었다. 핀이 다시 루카스에게 말했다. "그런데 그때쯤부터 매트릭스에서 이상한 일이 일어난다는 얘기를 듣기 시작했지."

"그게 뭔데요?" 바비가 물었다.

"꼬맹이는 빠져 있어." 핀이 바비에게 눈길도 돌리지 않고 말했다. "자네들, 새 후두교 팀이 등장하기 전이었어. 난 위그를 완전히 정상으로 보이게 만들 정도인 특수 부대에게 고용된 프리랜서 사무라이를 알게 됐어. 그 여자하고 몇 명이 지바에서 끄집어내 온 카우보이가 있었는데, 그자들도 그런 일에 매달려 있었지. 마지막으로 본 게 이스탄불에서였던가. 들자하니 여자는 몇 년 전에 런던에 살았었다던데. 누가 알겠어? 7~8년 전이었는지."

핀은 갑자기 피로하고 아주 늙어 보였다. 마치 숨겨진 용수철과 전선으로 움직이는 커다란 미라 쥐 같았다. 핀은 앞면은 금이 가고 한쪽밖에 없는 가죽 줄은 기름이 묻어 번들번들한 손목시계를 꺼내서 시간을 보았다.

"망할. 내가 아는 건 그게 다야, 루카스. 20분 뒤에 장기 은행에서 사람이 오기로 했어. 사업 얘기 좀 하게."

바비는 위층에 있는 시체를 떠올렸다. 온종일 거기 그렇게 놓여 있는 시체들을.

"어이." 핀이 바비의 표정을 읽고 말했다. "장기 은행은 시체를 치우는 일을 잘해. 내가 돈을 내고 시키는 거야. 위층에 있는 망할 새끼들은 어차피 장기라고 할 게 남아 있지도 않다고……."

핀은 그렇게 말하고 웃었다.

"그 사람이……, 레그바에 가깝다고 했잖아요? 그리고 당신하고 보부아르는 내가 블랙 아이스에 당했을 때 행운을 가져다 준 게 레그바라고 했죠?"

벌집 모양의 지오데식 돔 가장자리 너머로 하늘이 밝아지고 있었다.

"그랬지." 루카스가 말했다. 생각에 잠겨 있었다.

"그런데 그 사람은 그런 거 안 믿는 것 같던데요?"

"상관 없어." 다가오는 롤스로이스를 보며 루카스가 말했다. "그 사람은 언제나 성령에 가까웠어."

17. 다람쥐 숲

비행기가 착륙한 곳에서는 물이 흐르는 소리가 들렸다. 터너는 가속력 그물 속에서 열에 들뜬 채, 혹은 잠에 빠져들면서 그 소리를 들었다. 바위에 물이 떨어지는 소리. 세상에서 가장 오래된 노래였다. 비행기는 영리했다. 개 못지않게 영리했고, 회로 안에 은신의 본능이 내재해 있었다. 터너는 괴로운 밤을 뚫고 어딘가에 비행기가 착륙할 때의 흔들림, 앞으로 움직일 때 어두운 캐노피에 스치며 긁어대는 나뭇가지를 느낄 수 있었다. 비행기는 녹색 그림자 속으로 깊숙이 숨어든 뒤 아래로 가라앉았다. 기체가 스스로 평평해지면서 삐걱거리는 소리가 났다. 비행기는 마치 모래 속에 몸을 묻은 가오리처럼 몸을 낮춰 흙과 화강암 속으로 파고들었다. 날개와 동체에 코팅된 모방형 폴리카본이 얼룩덜룩해지면서 색이 어두워졌다. 달빛에 얼룩진 바위와 숲의 흙이 이루는 패턴과 색을 흉내 내고 있었다. 마침내 비행기가 조용해졌다. 이제 들리는 소리는 그저 시냇가에서 들리는 물소리뿐이었다…….

터너는 기계가 된 것 같은 기분을 느끼며 깨어났다. 눈을 뜨자 화면이 켜졌다. 아무것도 없었다. 고정된 스미스 앤드 웨슨의 조준기 너머로 린치가 죽을 때의 붉은 섬광이 기억났다. 나뭇잎과 나뭇가지를 모방한 무늬가 머리 위의 곡선 캐노피를 두르고 있었다. 희미한 새벽 햇살이 빛났고, 물이 흐르는 소리가 들렸다. 터너는 아직 오키가 준 파란 작업복 셔츠를 입고 있었다. 이제는 시큼한 땀 냄새가 났다. 소매는 하루 전에 뜯어 버린 뒤였다. 다리 사이에 놓인 총은 비행기의 검은색 스틱을 향하고 있었다. 터너의 엉덩이와 어깨를 감고 있는 가속력 그물이 느슨했다. 터너는 몸을 틀어 여자를 바라보았다. 달걀형 얼굴에 코 아래 갈색으로 말라붙은 혈흔이 있었다. 아직 정신을 잃은 상태였다. 땀을 흘렸고, 입술은 인형처럼 살짝 벌어져 있었다.

"여기가 어디지?"

"말씀하신 착륙 좌표에서 남남동쪽으로 15미터 떨어진 곳입니다." 비행기가 말했다. "다시 의식을 잃으셔서 은신을 선택했습니다."

터너는 손을 뻗어 소켓에서 인터페이스 플러그를 빼 비행기와 연결을 끊었다. 멍하게 조종석을 둘러보다가 캐노피를 수동으로 여는 장치를 찾았다. 캐노피가 한숨 소리를 내며 열렸다. 그에 따라 폴리카본이 만든 나뭇잎 모방 무늬가 변했다. 터너는 한쪽 다리를 밖으로 내밀고, 조종석 바로 바깥의 동체를 짚은 손을 내려다보았다. 폴리카본이 근처에 있는 바위의 회색 빛깔을 모사했다. 그 사이 다시 터너의 손바닥과 색이 같은 손 크기의 반점이 생기기 시작했다. 터너는 나머지 다리도 밖으로 내밀었다. 자리에 둔 총을 잊은 채 향기로운 풀이 길게 나 있는 땅으로 미끄러져 내려왔다. 그리고 터너는 다시 잠들었다. 이마를 풀 속에 묻고 흐르는 물이 나오는 꿈을 꿨다.

잠에서 깨어났을 때 터너는 이슬이 잔뜩 매달린 낮은 덤불을 뚫고 기어가고 있었다. 마침내 그는 공터에 닿았고, 앞으로 처박히면서 몸을 굴렸다. 팔은 항복하는 듯한 자세로 뻗었다. 저 위쪽에서 조그만 회색의 뭔가가 나뭇가지 위에 몸을 나타냈다. 하나 더 있었다. 그렇게 거기서 순식간에 몸을 돌리더니 시야 밖으로 사라졌다.

터너는 그 자리에 누운 채 목소리를 들었다. 오래전 일이었다. '그냥 누워서 편안히 있어. 쟤들은 금방 널 잊어버릴 거야. 회색빛 여명과 이슬 속에 있는 널 잊어버릴 거야. 쟤들은 먹이를 먹으러 나온 거야. 먹고 놀려고. 쟤들 뇌는 두 가지 일을 못 해. 금방 잊어버리지.' 터너는 그 자리에 누워 있었다. 옆에는 형이 있었고, 가슴 위에는 개머리판이 플라스틱인 윈체스터 총이 있었다. 새 황동과 총에 칠한 기름 냄새, 머리에 밴 캠프파이어 냄새가 났다. 다람쥐에 관한 한 형은 언제나 옳았다. 다람쥐가 나왔다. 기운 데님 바지를 입고 차가운 금속으로 쓰인 명백한 죽음의 상형 문자는 생각도 못 하고 있었다. 다람쥐가 다가왔다. 팔다리를 따라 쪼르르 달리다 멈춰 서서 아침 냄새를 맡았다. 터너의 22구경 총이 큰 소리를 냈다. 생명을 잃은 회색 몸뚱어리가 굴러 떨어졌다. 다른 녀석들은 흩어져 사라졌다. 터너는 총을 형에게 건넸다. 그리고 그들은 다시 기다렸다. 다람쥐가 그들을 잊을 때까지.

"넌 나와 비슷해." 터너가 꿈에서 깨어나면서 다람쥐에게 말했다.

다람쥐 한 마리가 살찐 다리로 일어서며 터너를 똑바로 바라보았다. "난 항상 돌아와." 다람쥐가 펄쩍 뛰어 도망갔다. "내가 더치맨에게서 떠나고 있을 때도 난 돌아오고 있었어. 멕시코로 날아갔을 때도 돌아오고 있었어. 린치를 죽였을 때도 돌아오고 있었어."

터너는 오랫동안 그 자리에 누워서 다람쥐를 바라보았다. 그 사이 숲이 깨어나고 아침이 포근하게 그를 감쌌다. 까마귀 한 마리가 날아오다 방향을 바꿨다. 깃털로 속도를 늦추는 모습이 기계로 만든 검은색 손가락 같았다. 터너가 죽었는지 확인하고 있으리라······.

터너는 날개를 펄럭이며 날아가는 까마귀를 보며 웃었다.

아직은 아니었다.

터너는 다시 나뭇가지에 가려 있는 조종석 안으로 기어들어갔다. 여자는 일어나 앉아 있었다. 입고 있는 평퍼짐한 티셔츠 앞에는 마스네오텍 로고가 비스듬히 새겨져 있었고, 얼마 안 된 붉은 피가 마름모 모양으로 묻어 있었다. 코에서 다시 피가 나고 있었다. 밝은 파란색 눈은 멍해서 정신이 없는 상태였고, 눈두덩은 이국적인 화장을 한 것처럼 검게 멍들어 있었다.

젊었다. 아주 젊었다.

"넌 미첼의 딸이군." 터너가 바이오소프트 문건에서 이름을 끄집어내며 말했다. "안젤라."

"앤지라고 부르세요." 안젤라가 반사적으로 대꾸했다. "누구세요? 나 피나요."

안젤라는 피가 묻어 꽃처럼 보이는 휴지 뭉치를 내밀었다.

"난 터너다. 네 아버지를 기다리고 있었는데." 이제야 총이 떠올랐다. 안젤라의 다른 손은 시야 밖, 조종석 아래쪽에 있어 보이지 않았다. "네 아버지가 어디 있는지 아나?"

"연구소에요. 아빠는 그 사람들하고 얘기해서 잘 설명하면 될 거라고 생각했어요. 아빠가 필요하니까요."

"누구하고?" 터너는 한 발 앞으로 갔다.

"마스 임원들이요. 아빠를 해치지는 못할 거예요. 그렇죠?"

"왜 그러겠어?" 한 발 더.

안젤라는 빨개진 휴지로 코를 막았다.

"날 내보냈으니까요. 아빠는 그 사람들이 날 해칠 줄 알았어요. 어쩌면 죽일지도요. 그 꿈 때문에요."

"꿈?"

"그 사람들이 아빠를 해칠까요?"

"아니. 그러지 않을 거야. 나 지금 거기로 올라간다. 괜찮겠지?"

안젤라는 고개를 끄덕였다. 터너는 손으로 잡을 수 있을 만큼 얕게 움푹 파인 곳을 찾느라 기체를 열심히 더듬었다. 모방용 코팅이 나뭇잎과 이끼, 나뭇가지 등으로 변했다. 마침내 터너가 올라가 안젤라 옆에 섰다. 총은 안젤라 발 밑에 있었다.

"그런데 네 아빠가 직접 오는 거 아니었나? 난 그걸 기다리고 있었는데. 네 아빠를."

"아니에요. 그런 생각은 한 적도 없어요. 비행기가 한 대밖에 없었거든요. 그런 얘기 안 했어요?" 안젤라는 몸을 떨기 시작했다. "아무 얘기도 못 들었어요?"

"들을 만큼 들었어." 터너는 손을 안젤라 어깨에 올리며 말했다. "할 얘기는 다 해 줬지. 이제 괜찮을 거다……."

터너는 다리를 움직여 스미스 앤드 웨슨을 멀리 밀었다. 인터페이스 케이블을 보였다. 터너는 안젤라 어깨에 올렸던 손으로 케이블을 귀 뒤에 꽂았다.

"지난 48시간 동안 저장한 기록을 전부 지우는 방법을 말해 봐." 터너가 말했다. "멕시코시티로 가는 경로, 해안에서 날아온 기록, 전부……."

"멕시코시티에 대한 계획은 없습니다." 비행기가 말했다.

신경을 통해 직접 음성 신호가 들어왔다.

터너는 여자애를 쳐다보며 턱을 문질렀다.

"우린 어디로 갈 예정이었지?"

"보고타입니다."

비행기는 그들이 가지 않은 착륙 지점의 좌표를 표시했다.

안젤라가 터너를 보며 눈을 깜빡였다. 눈꺼풀이 주변 피부처럼 짙은 색으로 멍들어 있었다.

"누구랑 얘기해요?"

"비행기. 네 아빠가 너보고 어디로 가게 될 거라고 얘기 안 했나?"

"일본이요……."

"보고타에 아는 사람 있어? 엄마는 어디 있지?"

"아는 사람 없어요. 엄마는 아마 베를린에……. 사실 난 엄마를 잘 몰라요."

터너는 비행기의 기록을 지웠다. 콘로이가 넣어 둔 프로그램, 캘리포니아에서 진입한 기록, 현장에서 쓸 식별 데이터, 그들을 보고타의 도심지 300킬로미터 안쪽에 있는 활주로로 데려갔을 비행 계획을 모두 지웠다.

언젠가 누군가 비행기를 발견할 터였다. 터너는 마스의 궤도 정찰 시스템에 대해 떠올렸고, 비행기에게 명령해 둔 은신과 회피 프로그램이 얼마나 쓸모 있을지 궁금해 했다. 루디에게 비행기를 인양하라고 할 수도 있었지만, 루디가 연관되고 싶어 할 것 같지 않았다. 사실 미첼의 딸을 데리고 농장에 나타나는 것만으로 루디는 휘말릴 수밖에 없었다. 그러나 지금 필요한 것을 얻으려면 달리 갈 곳이 없었다.

기억이 날 듯 말 듯한 길을 찾아 가다가 잡초가 무성하고 구불구불한 2차선 아스팔트길을 따라서 4시간을 걸어야 했다. 나무가 달라 보였다. 문득 마지막 방문 이후에 나무가 얼마나 자랐을지에 생각이 미쳤다. 과거에 전화선을 받치고 있던 나무 기둥이 일정한 간격으로 나왔다. 지금은 딸기나무와 덩굴 식물이 기둥을 뒤덮고 있었다. 전화선은 연료로 쓰려고 걷어간 뒤였다. 길가의 꽃밭 속에서는 벌들이 꿀을 빨고…….

"지금 가는 데 먹을 게 있나요?" 안젤라가 물었다.

운동화 바닥으로 풍화된 아스팔트 바닥을 질질 끌며 걷고 있었다.

"당연하지. 먹고 싶은 건 다 있어."

"지금 먹고 싶은 건 물이에요."

안젤라는 뺨에 붙은 긴 갈색 머리를 뒤로 넘겼다. 터너는 안젤라가 다리를 절기 시작한 것을 눈치챘다. 오른쪽 발을 디딜 때마다 주춤거렸다.

"다리가 왜 그러지?"

"비행기 착륙했을 때 발목을 다친 거 같아요."

안젤라는 얼굴을 찡그리며 계속 걸었다.

"쉬었다 가자."

"싫어요. 거기, 아니 어디든 갈래요."

"쉬어."

터너가 손을 잡고 길가로 이끌며 말했다. 안젤라는 얼굴을 찡그렸지만, 터너 옆에 앉아 오른쪽 다리를 앞으로 조심스럽게 뻗었다. "참 큰 총이네요." 이제 날씨가 더웠다. 파카를 입기엔 너무 더웠다. 터너는 맨 등에 권총집을 걸치고 그 위에 소매 없는 작업복을 입었다. 옷자락이 펄럭거렸다. "왜 총 밑이 그렇게 생겼어요? 코브라 머리 같이요?"

"조준 장치야. 밤에 싸울 때 쓰는 거지." 터너는 몸을 숙여 안젤라의 발목을 살폈다. 빠른 속도로 부어오르고 있었다. "그 다리로 얼마나 걸을 수 있는지 모르겠군."

"밤에도 많이 싸워요? 총으로요?"

"아니."

"아저씨가 무슨 일을 하는지 잘 모르겠어요."

터너는 고개를 들어 안젤라를 보았다.

"요즘에는 나도 썩 잘 안다고 말하기 어렵군. 난 너희 아빠를 기다리고 있었어. 회사를 바꾸고 싶어 했거든. 다른 데서 일하겠다는 거지. 네 아빠가 일하기로 한 회사 사람들이 나와 몇몇을 고용해서 네 아빠를 옛 계약에서 빠져나오게 하기로 했지."

"그런데 계약에서 빠져나올 방법은 없어요. 합법적으로는요."

"맞아." 터너는 운동화 끈을 풀며 말했다. "합법적으로는 없지."

"아. 그게 아저씨 직업인가요?"

"맞아." 운동화를 벗기자 맨발이 나왔다. 발목이 심하게 부어올랐다. "삐었군."

"다른 사람들은요? 거기 폐허에 다른 사람도 더 있지 않았어요? 누가 총 쏘고 그랬는데. 조명탄도……."

"누가 총을 쐈는지 구분하긴 힘들어. 하지만 조명탄은 우리가 아니었어. 어쩌면 널 쫓아온 마스 보안팀일 수도 있지. 완벽하게 빠져나왔다고 생각하니?"

"전 크리스가 말한 대로 했어요. 아, 크리스는 우리 아빠예요."

"알아. 여기서부터는 내가 널 업고 가야겠다."

"그런데 아저씨 친구들은요?"

"무슨 친구?"

"애리조나에 있던 사람이요."

"아, 그 사람들." 터너는 손등으로 이마의 땀을 닦았다. "나도 몰라. 진짜 몰라."

하얗게 빛나는 하늘, 태양보다 밝게 빛나는 섬광이 눈에 선했다. 그러나 비행기는 전자기파를 검출하지 못했다고 했다…….

다시 걷기 시작하고 15분 뒤 루디의 강화견(強化犬)이 처음으로 그들을 발견했다. 안젤라는 터너의 등에 업혀 있었다. 팔을 어깨에 두르고, 마른 허벅지는 터너의 겨드랑이 아래에, 두 손은 가슴 앞에 굳게 모아 쥐었다. 안젤라에게서는 조금 사는 동네의 아이 냄새가 났다. 희미한 허브향 비누나 샴푸 냄새. 그러자 터너는 자기에게서 무슨 냄새가 날까 하는 생각이 들었다. 루디에게 가면 샤워를 할 수······.
"앗, 저게 뭐예요?"
안젤라가 등 뒤에서 몸을 굳히며 손가락으로 가리켰다.
날씬한 회색 사냥개 한 마리가 도로가 굽어지는 곳에 있는 흙으로 된 높은 비탈길에 서서 그들을 보고 있었다. 얇은 머리는 센서가 달린 검정색 후드로 덮여 시야가 가려 있었다. 사냥개는 헐떡거리더니 혀를 축 늘어뜨리고, 천천히 고개를 좌우로 움직였다.
"괜찮아. 감시견이야. 내 친구 개지."

집이 예전보다 컸다. 양 옆으로 없던 건물과 작업장이 생겼다. 하지만 루디는 원래 있던 나무판자가 껍질이 벗겨지는데도 페인트칠을 하지 않았다. 터너가 떠난 뒤로 루디는 수집한 자동차 주위에 쇠사슬로 네모나게 팽팽한 울타리를 쳐 놓았다. 그러나 그들이 도착했을 때 문은 열려 있었다. 녹슨 경첩은 나팔꽃에 가려 보이지도 않았다. 터너는 진짜 방어 수단은 다른 데 있음을 알고 있었다. 자갈길을 터덜터덜 걸어오는 동안 뒤에서 강화견 네 마리가 종종걸음으로 쫓아왔다. 안젤라는 두 팔로 터너를 꼭 끌어안은 채 머리를 어깨에 기대고 있었다.
루디는 현관에서 기다리고 있었다. 오래된 하얀 반바지와 해군 티셔츠를 입었고, 하나 있는 주머니에는 거의 똑같은 종류의 펜을 아홉 개 이상 꽂고 있었다. 루디는 그들을 보고 네덜란드산 녹색 맥주캔을 들어올리며 인사했다. 뒤에서 바랜 카키색 셔츠를 입은 금발 여자가 손에 크롬 주걱을 들고 부엌에서 나왔다. 짧게 잘라 뒤로 바짝 넘긴 머리를 보자 터너는 호사카에서 보낸 한국인 의사가 떠올랐다. 불에 타는 신경외과 모듈, 웨버, 하얗게 빛나는 하늘도……. 터너는 자갈길에 멈춰 서서 몸을 비틀거렸다. 안젤라를 지탱하느라 다리는 넓게 벌렸고, 맨 가슴은 땀과 애리조나의 쇼핑센터에서 묻은 먼지 범벅인 채 루디와 금발 여자를 바라보았다.

"들어와서 아침이나 먹어." 루디가 말했다. "개가 찍은 화면에 나온 걸 보니까 배가 고플 것 같더라고."

아무 속마음도 드러나지 않는 말투였다.

안젤라가 신음했다.

"좋네." 터너가 말했다. "얘가 발목을 삐었어, 형. 좀 봐줘야 할 것 같은데. 내가 할 얘기도 있고."

"너한텐 너무 어린 거 같은데."

루디가 말하며 맥주를 한 모금 들이켰다.

"헛소리 하지 마, 루디." 옆에 있던 여자가 말했다. "다친 거 안 보여? 이쪽으로 데리고 와요."

금발 여자는 터너에게 말하며 부엌 안으로 다시 사라졌다.

"뭔가 달라 보이는데." 루디가 터너를 자세히 보며 말했다. 루디는 술에 취해 있었다. "똑같은데, 뭔가 달라."

"오래 됐으니까." 터너가 나무 계단을 오르며 말했다.

"성형 수술 같은 거 했냐?"

"재생 수술. 기록을 가지고 새로 만들어야 했지."

터너는 계단을 올랐다. 움직일 때마다 등허리가 찌르는 듯 아팠다.

"괜찮게 했네. 거의 눈치 못 챌 정도야."

루디가 트림을 했다. 그는 터너보다 키가 작았다. 살이 찌고 있었지만, 머리는 똑같이 갈색이었고 생김새가 아주 비슷했다.

터너는 둘의 눈이 수평이 됐을 때 계단에 잠시 멈췄다.

"형, 아직도 이런저런 일 다 하지? 이 여자애 스캔 좀 해 줘. 다른 것도 좀 필요하고."

"음. 할 수 있는 대로 해 보지. 어젯밤에 무슨 소리가 났는데. 소닉 붐이었나. 그게 너랑 상관 있냐?"

"응. 다람쥐 숲 옆에 비행기가 있는데, 잘 안 보이게 해 뒀어."

루디가 한숨을 쉬었다.

"맙소사……. 휴, 데리고 들어와……"

ෂ ෂ

루디는 터너가 기억하던 물건을 거의 다 집 안에서 치워 버렸다. 터너는 왠지 모르게 고마웠다. 금발 여자가 달걀을 깨서 금속 그릇에 넣었다. 노른자가 짙은 걸 보니 집에서 기른 닭이었다. 루디가 계속 닭을 기르는 모양이었다.

"난 샐리예요."

금발 여자가 포크로 달걀을 휘저으면서 말했다.

"터너라고 합니다."

"그이가 그렇게만 부르더라고요. 당신 얘기를 거의 안 해 줘요."

"그동안 좀 뜸했거든요. 위층에 올라가서 제가 도와줘야 할 것 같은데요."

"앉아 있어요. 그 여자애는 루디가 보고 있으니까 괜찮을 거예요. 실력 있는 사람이잖아요."

"취해 있을 때도요?"

"아주 취하지는 않았어요. 어쨌든 수술은 안 할 거예요. 약을 좀 붙여 주고 발목에 테이프를 감아 줄 거예요." 샐리는 바싹 마른 토르티야를 잘게 부숴 버터가 지글거리는 검정 프라이팬에 넣고, 그 위에 달걀을 부었다. "눈은 왜 그러죠, 터너? 당신하고 그 여자애는……."

샐리는 크롬 주걱으로 내용물을 휘저으며 플라스틱 컵에 담긴 살사 소스를 부었다.

"가속력 때문에요. 빨리 이륙해야 했습니다."

"발목도 그래서 다쳤나요?"

"어쩌면요. 난 모릅니다."

"당신 쫓기고 있나요? 아니면 그 여자애가?"

분주하게 싱크대 위의 캐비닛에서 접시를 꺼내는 와중에 싸구려 갈색 합판으로 된 문짝이 갑자기 터너의 향수를 자극했다. 샐리의 그을린 손목이 마치 어머니의 손처럼 보였다……

"아마도요. 아직 뭐가 연관됐는지 모릅니다."

"이거 좀 드세요." 샐리는 음식을 접시에 담으면서 포크를 뒤적여 꺼냈다. "루디는 당신을 쫓아다닐 법한 사람들을 무서워해요."

터너는 접시와 포크를 받았다. 달걀에서 김이 솟아올랐다.

"저도 그렇습니다."

"이걸 입어요." 샐리의 목소리가 샤워 물소리 너머로 들렸다. "루디의 친구가 두고 간 건데, 아마 맞을 거예요······."

샤워는 지붕에 있는 물탱크에 담긴 빗물을 이용했다. 하얀색의 두꺼운 필터가 샤워꼭지 위쪽 파이프에 달려 있었다. 터너는 김이 서린 플라스틱 가림막 사이로 머리를 내밀고 샐리를 바라보았다.

"고맙습니다."

"여자애는 아직 의식이 없어요. 루디가 그러는 데 쇼크랑 피로 때문인 것 같대요. 상태가 괜찮으니까 지금 스캔을 해도 되겠다던데요."

그리고 샐리는 터너의 작업복과 오키가 준 셔츠를 가지고 방을 나갔다.

"저 여자애 뭐야?"

루디가 구겨진 은빛 스크롤을 내밀며 말했다.

"난 이런 거 읽을 줄 몰라." 터너는 말하면서, 안젤라를 찾아 하얀 방 안을 둘러보았다. "어디 있어?"

"자고 있어. 샐리가 보고 있지." 루디는 몸을 돌려 반대쪽으로 걸어갔다. 방의 길이를 보니 예전에 거실이었던 곳이었다. 루디는 콘솔을 끄기 시작했다. 조그만 표시등이 하나씩 깜빡였다. "나도 모르겠어. 몰라. 그게 뭐지? 암 같은 건가?"

터너는 루디를 따라 미세조작기가 덮개에 덮인 채 놓여 있는 작업대를 지나쳐 걸었다. 먼지에 덮인 사각형 눈 같은 오래된 모니터를 쌓아 둔 곳도 지나갔다. 그중 하나는 화면이 깨져 있었다.

"머리 전체에 있어. 긴 사슬 같은데. 이런 건 본 적이 없어. 한 번도."

"바이오칩에 대해 아는 거 있어, 형?"

루디는 투덜거렸다. 이제는 정신이 아주 말짱해 보였지만, 동요하고 긴장한 듯했다. 두 손으로 끊임없이 머리를 뒤로 넘겼다.

"그럴 줄 알았어. 이건 마치……. 이식물은 아니지. 융합이야."

"용도가 뭐지?"

"용도가 뭐냐고? 빌어먹을. 그걸 누가 알아? 누가 그런 거야? 네 고용인이야?"

"아마 그 애 아빠일걸."

"미친." 루디는 손으로 입가를 닦았다. "스캔해 보면 종양처럼 그림자가 생겨. 그런데 상태는 충분히 괜찮단 말이야. 정상이야. 그 애, 평소에는 어때?"

"몰라. 그냥 애지 뭐." 터너는 어깨를 으쓱했다.

"망할. 걸을 수 있는 게 용하다." 루디는 작은 냉장고를 열고 서리가 앉은 모스코프스카야 보드카 병을 꺼냈다. "좀 마실래?"

"나중에."

루디는 한숨을 쉬며 병을 바라보더니, 다시 냉장고 안에 넣었다. "그래서 원하는 게 뭐야? 저 여자애 머릿속에 있는 괴상한 물건 정도면 금세 누군가 뒤쫓아 올 텐데. 벌써 쫓아오고 있을지도 모르고."

"쫓아오고 있어. 여자애가 여기 있는 걸 아는지는 나도 확실히 몰라."

"아직은 모른다는 말이지." 루디는 더러운 흰 반바지에 손바닥을 문질러 닦았다. "하지만 금세 알게 되겠지. 안 그래?"

터너는 고개를 끄덕였다.

"그럼 어디로 갈 거야?"

"스프롤로."

"왜?"

"내 돈이 거기 있으니까. 이름 네 개로 크레디트가 있어. 그거랑 나를 연결시키지는 못할 거야. 필요하면 쓸 수 있는 다른 연락망도 있으니까. 그리고 스프롤은 언제나 은신처였잖아. 원래 그런 데 아녔어? 형도 알잖아."

"그래. 언제?"

"그렇게 걱정되면 지금 당장 떠날까?"

"아니야. 아니, 나도 모르겠어. 저 머릿속에 있는 건 정말 재미있는 물건이란 말이야. 애틀랜타에 있는 친구한테 기능 분석기를 빌릴 수 있는데. 일대일 대응 뇌지도도. 그걸 쟤한테 씌우면 그게 뭔지 연구해 볼 수 있을지도 몰라……. 가치 있는 물건일 수도 있어."

"당연하지. 어디에 팔아야 할지만 안다면."

"넌 궁금하지도 않냐? 도대체 저 여자애가 어떤 애인지? 어느 군대 연구소에서라도 빼내온 거야?"

루디는 하얀 냉장고를 열고 보드카 병을 꺼내 한 모금 삼켰다.

터너도 병을 받아 기울였다. 차가운 액체가 이를 적셨다. 터너는 술을 삼키며 몸을 떨었다.

"회사야. 대기업. 원래 걔 아빠를 데려오는 거였는데, 딸을 대신 보냈어. 그리고 누가 그 현장 자체를 날려 버렸고. 소형 원폭 같던데. 우린 겨우 여기까지 빠져나왔지." 터너는 루디에게 병을 건넸다. "정신 좀 차리고 있어 줘. 형은 겁 먹으면 술을 너무 많이 마셔."

루디는 병을 무시하고 터너를 바라보았다.

다람쥐 숲 225

"애리조나로군. 뉴스에 나왔어. 멕시코가 계속 떠들고 있지. 그런데 원폭은 아니야. 지금 사람이 많이 가 있어. 원폭은 아니야."

"뭐였는데?"

"레일건이라고 생각하던데. 누가 화물 비행기에 초고속 총을 실어서 그 벽지에 있는 빈 쇼핑센터를 날려 버렸다는 것 같더군. 근처에 화물선이 있었던 건 아는데, 아직 아무도 못 찾았대. 레일건을 발사한 뒤에 발사물 자체를 플라스마로 바꿔서 날려 버리게 장치할 수 있어. 그 속도라면 아무거나 쏴도 됐을걸. 대충 150킬로그램짜리 얼음을 쏴도 되겠다." 루디는 병을 받아서 뚜껑을 씌운 뒤 옆에 있는 탁자에 놓았다. "그 주변 땅이 전부 마스 거였지. 마스 바이오랩. 맞지? 마스도 뉴스에 나왔어. 여러 기관에 적극적으로 협력하겠다고 했지. 맞아. 그러니까 네 사랑스런 소녀가 어디서 왔는지 알 만하군."

"물론이지. 하지만 누가 레일건을 쐈는지는 알 수 없잖아. 이유도."

루디는 어깨를 으쓱했다.

"이것 좀 와서 봐." 샐리가 문 밖에서 말했다.

한참 뒤, 터너는 샐리와 함께 현관에 자리를 잡고 앉았다. 안젤라는 마침내 루디의 뇌전도 측정기가 '잠'이라고 부르는 상태로 빠져들었다. 루디는 다시 작업장에 가 있었고, 아마도 보드카를 마시고 있을 터였다. 쇠사슬로 엮은 문 옆의 덩굴 주위에서 반딧불이가 날아다녔다. 터너는 현관에 있는 나무로 만든 그네 의자에 앉아서 눈을 감으면, 과거에 있었던 사과나무를 거의 실물처럼 볼 수 있다는 사실을 깨달았다. 한때 풀로 만든 은회색 밧줄로 오래된 자동차 타이어를 매달아 놓던 나무였다. 그때도 반딧불이가 있었다. 루디는 발뒤꿈치로 경사진 바닥을 구르고, 다리를 허공에서 차면서, 그네로 호를 그렸다. 터너는 풀밭에 등을 대고 누워 별들을 바라보고……

"방언을 해요." 샐리, 루디의 여인이 삐걱거리는 등나무 의자에 앉아서 말했다. 담뱃불이 어둠 속에서 빨간 눈처럼 빛났다. "방언을 한다고요."

"뭐라고요?"

"위층에 있는 여자애요. 혹시 프랑스어 알아요?"

"아뇨, 별로. 사전 없으면 못 합니다."

"어떤 말은 프랑스어처럼 들리는데." 샐리는 빨간 담뱃불로 사선을 긋듯이 흔들어 재를 털었다. "내가 어렸을 때 아빠가 무슨 경기장에 데려간 적이 있어요. 거기서 간증하는 걸 봤는데, 방언을 하는 거예요. 무서웠지요. 그래서 오늘 걔가 방언을 했을 때 더 무서웠던 것 같아요."

"루디가 끝부분을 녹음했죠?"

"했어요. 알겠지만, 루디는 요새 상태가 좋지 않아요. 사실 그래서 내가 다시 여기로 들어온 거죠. 몸을 추스르지 않으면 여기 안 있겠다고 했는데, 상태가 진짜 나빠진 거예요. 그래서 2주 전에 다시 들어왔어요. 거의 떠나려던 참에 당신이 오더라고요."

담뱃재가 난간 너머로 호를 그리며 자갈 덥힌 마당으로 떨어졌다.

"술 때문인가요?"

"그것도 그렇고, 실험실에서 자기가 만들어 먹는 것 때문이에요. 알다시피 루디는 거의 모든 것에 대해서 조금씩 다 알잖아요. 아직도 곳

곳에 친구가 많아요. 그 사람들이 루디하고 당신 어렸을 때 얘기를 해 준 것도 들었어요. 당신이 떠나기 전 얘기요."

"형도 떠났어야 했어요." 터너가 말했다.

"루디는 도시를 싫어해요. 어차피 온라인으로 다 되는데 뭐하러 굳이 거길 가냐는 거죠."

"내가 떠난 건 여기선 아무 일도 일어나지 않기 때문이었어요. 루디는 뭔가를 쳐다보기만 해도 언제나 할 일을 찾아냈죠. 지금도 그렇고요."

"연락 정도는 했어야죠. 어머니 돌아가실 때 오기를 바랐는데."

"그때 베를린에 있었어요. 하고 있던 일을 중단할 수 없었습니다."

"그랬겠죠. 나도 그때 없었어요. 나중에 왔죠. 그해 여름 참 괜찮았는데. 루디가 나를 막 멤피스의 추잡한 클럽에서 끄집어냈지요. 어느 날 시골 남자애들하고 우르르 갔는데, 다음 날 다시 여기 와 있는 거예요. 왜 그랬는지 잘 모르겠어요. 당시에 루디가 나한테 잘해 주긴 했죠. 재미도 있었고. 머리 식힐 기회도 됐고. 요리하는 법도 가르쳐 줬어요." 샐리가 웃었다. "뒷마당에 있는 빌어먹을 닭이 무섭다는 것만 빼면 재미있었어요."

샐리는 일어나서 기지개를 켰다. 오래된 의자가 삐걱거렸다. 터너는 기다란 샐리의 그을린 다리와 얼굴 가까이에서 풍기는 냄새와 여름의 열기를 의식했다.

샐리가 손을 터너의 어깨에 올렸다. 갈색 배가 눈과 같은 높이였다. 반바지는 아래쪽에 걸쳐 있었고, 배꼽은 부드러운 그림자처럼 보였다. 하얗고 텅 빈 방 안에 있는 앨리슨이 떠올랐다. 터너는 그곳에 얼굴을 묻고 모조리 맛을 보고 싶었다……. 터너는 샐리가 몸을 가볍게 흔들었다고 생각했지만, 확실하지는 않았다.

"터너……." 샐리가 말했다. "루디와 함께 있는 건 말이죠, 가끔씩 혼자 있는 것 같아요……."

터너가 일어섰다. 오래된 그네의 쇠사슬이 덜그럭거렸다. 쇠사슬은 현관 지붕의 튀어나온 부분에 있는 홈에 아이볼트로 고정돼 있었다. 터너의 아버지는 40년 전에 그 볼트를 돌렸으리라. 터너가 샐리에게 키스하자 이야기와 반딧불이, 추억이 무의식중에 느슨하게 만든 입술이 벌어졌다. 손바닥이 샐리의 하얀 티셔츠 속으로 들어가 따뜻한 등을 쓰다듬자, 터너의 삶 속에 있는 사람들이 그저 줄에 꿰인 구슬이 아니라 양자처럼 한데 모인 군집처럼 느껴졌다. 그리고 루디나 앨리슨, 콘로이, 그리고 미첼의 딸인 여자애를 알고 있는 것만큼 샐리도 잘 알고 있는 것 같았다.

"저기." 샐리가 입을 떼며 말했다. "위층으로 가요."

18. 사자의 명부

알랭이 5시에 전화했다. 말리는 그의 욕심 때문에 구역질이 나는 걸 참으면서 원하는 액수가 준비됐다고 확인해 주었다. 말리는 로버츠 갤러리의 피카드 책상에서 가져온 카드 뒷면에 주의 깊게 주소를 받아 적었다. 10분 뒤, 안드레아가 퇴근해 돌아왔다. 말리는 알랭이 전화했을 때 혼자여서 다행이라고 생각했다.

말리는 안드레아가 파란색 뒤표지의 닳아서 해진 옥스퍼드 영어사전 축약본 여섯 번째 판본으로 부엌 창문을 받쳐서 열어 두는 모습을 지켜보았다. 안드레아는 그쪽 튀어나온 돌 위에 합판으로 만든 선반을 만들어 두었다. 싱크대 아래에 넣어 둔 히바치(일본식 숯불 화로—옮긴이)를 받칠 수 있을 정도로 넓었다. 이제 안드레아는 불판 위에 숯을 가지런히 네모나게 올려놓고 있었다.

"오늘 네 고용주에 대해 얘기가 나왔었어." 히바치를 선반 위에 올려놓고 난로용 점화기로 녹색기가 도는 불쏘시개에 불을 붙였다. "니스에 있는 학자가 왔거든. 왜 조세프 비렉에게 흥미를 갖느냐며 당황스러워 했지만, 그 사람도 뿔난 늙은 염소인걸. 신나서 얘기하더라."

말리는 안드레아 옆에 서서 보일 듯 말듯 한 불꽃이 숯 주위에서 날름거리는 모습을 바라보았다.

"그런데 자꾸 테시어 애시풀을 끌어들이는 거야." 안드레아가 말을 이었다. "휴즈하고. 하워드 휴즈는 20세기 중후반에 살았던 미국인이야. 그 책에도 일종의 원조 비렉으로 나와. 난 테시어 애시풀이 분해되기 시작한 게……."

말리는 다시 조리대로 가서 커다란 타이거 새우 여섯 마리의 포장을 벗겼다.

"그 사람들이 프랑코 오스트랠리안이지? 다큐멘터리에서 본 거 같아. 큰 온천 있는 호텔 하나도 그 사람들 거 아니었나."

"자유계. 지금은 팔렸어. 교수님이 말해줬지. 이유는 모르겠지만 늙은 애시풀의 딸 하나가 사업체 전체를 좌우지할 수 있게 되면서 계속 괴상해졌나 봐. 가문의 이익도 나락으로 떨어지고. 지난 7년 동안 그렇게 됐대."

"그게 비렉하고 무슨 상관인지 모르겠는데."

안드레아가 기다란 대나무 꼬치에 새우를 하나씩 꿰는 모습을 보며 말리가 말했다.

"너나 나나 생각이 비슷하구나. 교수님이 그러는데 비렉하고 테시어 애시풀은 매혹적일 정도로 시대착오적이라 그 둘을 보는 것만으로 기업의 진화를 연구할 수 있다는 거야. 어쨌든 우리 고참 편집자는 거의 설득 당했으니…….."
"비렉에 대해서는 뭐라는데?"
"비렉의 광기는 다른 형태를 띠었다고."
"광기?"
"사실 그렇게 부르지는 않았어. 그런데 휴즈가 새처럼 미친 건 분명했고, 늙은 애시풀도 마찬가지야. 그리고 그 사람 딸도 완전히 이상했지. 교수님 말이 비렉은 진화 압력에 의해 어쩔 수 없이 일종의 '도약'을 해야 할 거래. '도약'이라고 했어."
"진화 압력?"
"그래." 안드레아가 새우 꼬치를 히바치로 가져가며 대답했다. "교수님은 기업을 늘 짐승 같은 데다 비유해서 얘기하거든."

저녁을 먹은 뒤 그들은 산책을 나갔다. 말리는 가끔씩 자신이 상상하고 있는 비렉의 감시망을 느낄 때마다 긴장하곤 했다. 그러나 안드레아는 언제나처럼 따뜻하고 상식적인 저녁을 만들어 주었고, 말리는 도시를 단순히 있는 그대로 느끼며 걸을 수 있다는 데 감사했다. 비렉의 세계에서는 그 무엇이 단순할 수 있을까? 말리는 갈르리 뒤프리에 있던 황동 손잡이를 떠올렸다. 손에 쥐자 형언할 수 없는 느낌으로 꿈틀거리며 말리를 비렉이 만든 구엘 공원으로 끌어들이던 기억을. 그 사람은 언제나 가우디가 만든 공원에 있는 걸까? 말리는 궁금했다. 결코 끝나지 않는 오후 속에서? 선생님께서는 부유하십니다. 다양한 방법으로 모습을 드러내는 걸 즐기시죠. 말리는 따뜻한 저녁 공기 속에서 몸을 떨며 안드레아에게 가까이 다가갔다.

심스팀 구조물의 사악한 면은 다른 어떤 환경도 실제가 아닐지도 모른다는 인상을 준다는 점이다. 예를 들면, 지금 안드레아와 함께 지나가면서 보고 있는 가게의 앞면 유리도 실제가 아닐 수 있었다. 누군가 얘기했듯이, 거울이란 어떤 면에서는 본질적으로 해롭다. 말리는 심스팀 구조물이 그보다 더하다고 생각했다.

안드레아가 늘상 피는 영국산 담배와 《엘르》 신간을 사려고 가판대에서 멈췄다. 말리는 보도에 서서 기다렸다. 사람들이 말리를 두고 자동적으로 양쪽으로 갈라져 지나갔다. 수많은 얼굴이 스쳐지나갔다. 학생, 회사원, 관광객. 일부는 비렉의 기계에 속해 파코와 연결돼 있을지도 모른다고 말리는 추측했다. 파코. 갈색 눈에 편안한 태도, 진지함, 넓은 셔츠 아래서 움직이는 근육질의 몸. 선생님을 위해 평생을 일한…….

"왜 그래? 벌레라도 삼킨 표정이네."

안드레아가 실크 컷 담배에서 투명 비닐을 벗기며 물었다.

"아냐." 말리가 대답하고는 몸을 떨었다. "근데 진짜 벌레라도 삼킨 기분이야……."

돌아오는 길에 안드레아와 대화도 나누고 그녀의 온화함도 느꼈지만, 그럼에도 불구하고 가게 유리창 하나하나가 상자나 구조물처럼, 조셉 코넬 혹은 비렉이 찾고 있는 미지의 작가가 만든 작품처럼 보였다. 책이나 가죽옷, 이탈리아제 면제품이 마치 이름을 붙일 수 없는 동경을 나타내는 구조로 배열돼 있는 듯했다.

다시 걷기 시작했다. 소파에 얼굴을 묻었다. 빨간색 퀼트 담요가 어깨를 덮었다. 커피 냄새가 났다. 안드레아가 옆방에서 옷을 입으면서 혼자 일본 가요를 흥얼거리는 소리가 들렸다. 비 오는 파리의 음울한 아침이었다.

"아니에요." 말리가 파코에게 말했다. "혼자 갈래요. 그게 나아요."
"한두 푼 하는 돈이 아니잖아요." 파코는 둘 사이에 있는 테이블에 놓인 이탈리아제 가방을 바라보았다. "위험하다고요, 알겠어요?"
"누가 나한테 그런 돈이 있다고 생각하겠어요. 안 그래요? 알랭밖에 없잖아요. 당신네 사람들하고요. 그리고 나만 혼자 가겠다고 하지는 않았어요. 옆에 누가 있는 게 싫다는 거지요."
"무슨 문제라도 있나요?" 파코가 입을 굳게 다물자 입가에 깊은 주름이 잡혔다. "화났어요?"
"그냥 혼자 있고 싶다고요. 당신이나 내가 모르는 다른 사람들이 따라와도 상관없어요. 따라와서 감시하란 말이에요. 그럴 리 없겠지만, 날 놓친다고 해도 주소를 알잖아요."
"그건 맞아요. 그래도 수백만 신엔을 들고 혼자서 파리를······."
파코는 어깨를 으쓱였다.
"만약 내가 잃어버리면 어떻게 되죠? 선생님께서는 손실을 달아 두실 건가요? 아니면 다른 가방에 다시 400만을 넣어줄 건가요?"
말리는 가방을 어깨에 메고 일어섰다.
"분명히 다시 돈을 줄 거예요. 우리도 그만한 현금을 만들려면 노력이 들긴 하지만요. 그리고 선생님께서는 당신이 말한 대로 손실을 '달아' 두시지는 않을 거예요. 하지만 작은 돈이라도 해도 의미 없이 잃어버리지는 않아요. 부자도 돈을 관리하는 데는 일반적인 특성을 따른답니다. 알게 될 거예요."

"그래도 혼자 가겠어요. 물론 날 지켜보긴 하겠지만, 생각 좀 하게 내버려 두세요."

"당신의 직감 말이군요."

"맞아요."

말리는 그들이 따라오고 있다고 확신했지만, 언제나처럼 전혀 보이지 않았다. 알랭을 감시하고 있지 않을 것도 거의 확실했다. 물론 아침에 알랭이 알려 준 주소는 알랭이 거기 있든 없든 이미 관찰의 대상이 돼 있을 터였다.

그날 말리는 새로운 힘이 솟는 것을 느꼈다. 파코에게도 맞섰다. 그건 전날 밤 갑자기 든 의심 때문이었다. 유머 감각과 남성성, 예술에 대한 사랑스러운 무지를 갖춘 파코가 부분적으로나마 말리와 함께할지도 모른다는 느낌이었다. 말리 자신보다도 그들이 말리에 대해 더 잘 알고 있다던 비렉의 말이 떠올랐다. 말리 크루시코바를 이루는 눈금의 마지막 빈 칸을 채우는 가장 쉬운 방법이 무엇이겠는가? 파코 에스테베즈. 완벽한 이방인. 너무 완벽했다. 말리는 에스컬레이터를 타고 지하철로 내려가면서 벽에 붙은 파란 거울에 비친 자기 모습을 보고 미소 지었다. 검은 머리를 자른 모양과 그날 아침에 산 검정색 포르쉐 선글라스의 단순한 티타늄 테가 마음에 들었다. '입술 참 괜찮단 말이야.' 말리는 생각했다. '예쁜 입술이야.' 하얀 셔츠와 짙은 가죽 재킷을 입은 날씬한 남자가 팔에 커다란 검정 서류가방을 낀 채 에스컬레이터를 타고 올라오다가 말리에게 미소를 지어 보였다.

'여긴 파리야.' 말리는 생각했다. '아주 오랜만에 처음으로 그 사실 하나만으로 웃을 수 있게 됐어. 그리고 오늘 난 머저리 같은 역겨운 전 애인에게 400만 신엔을 줄 거야. 그리고 그 사람은 나한테 뭔가를 주겠지. 이름이나 주소, 아니면 전화번호라도.' 말리는 1등석 표를 샀다. 그러면 차 안이 덜 혼잡해서 승객 중에 누가 비렉의 사람인지 추측하면서 시간을 보낼 수 있을 터였다.

알랭이 준 주소는 북쪽 교외의 우울한 동네에 있는 콘크리트 타워 스무 개 중 하나였다. 콘크리트 바닥 위로 솟아올라 있는 건물로, 지난 세기 중반에 투기 목적의 부동산이었던 곳이었다. 비가 꾸준히 내렸지만, 말리는 왠지 비가 자기와 한 편인 것 같은 기분이었다. 비가 오니 그날이 뭔가 음모로 가득 찬 날인 것처럼 느껴졌다. 빗방울이 알랭에게 줄 돈이 들어 있는 세련된 가방에 맺혔다. 팔에 큰 돈을 끼고 섬뜩한 풍경을 가로지르는 기분, 신의라고는 눈곱만큼도 없는 전 애인에게 돈다발을 넘겨주기 위해 길을 가는 기분이란 참으로 이상했다.

아파트 초인종을 눌러도 아무런 대답이 없었다. 더러운 창문 너머로 아무것도 없는 어두운 복도가 보였다. 못 쓰는 카메라 렌즈가 살짝 덮인 먼지를 뚫고 말리를 바라보고 있었다. 물기 어린 오후 햇빛이 말리의 등 뒤에 있는 콘크리트 평원에서 서서히 스며 나왔다. 말리가 엘리베이터로 걸어가는 동안 구두 굽 소리가 갈색 타일 위에 울려 퍼졌다. 말리는 22층을 눌렀다. 쿵 하는 소리가 빈 공간에 울리더니 기계에서 신음 소리가 나면서 엘리베이터 하나가 내려오기 시작했다. 문

위에 나 있는 표시등은 꺼진 채였다. 한숨 쉬는 듯한 소리에 이어 새된 소리가 났다가 서서히 사라졌다.

"우리 귀여운 알랭, 너 완전 몰락했구나. 정말 여기는 너무 구리잖아, 어휴."

문이 열리고 깜깜한 내부가 보이자, 말리는 이탈리아제 가방 아래에 있는 지갑을 뒤졌다. 파리에 처음 왔을 때부터 가지고 다니던 납작한 초록색 손전등을 찾았다. 파일 원더의 사자머리 로고가 앞에 새겨진 녀석이었다. 말리는 손전등을 꺼냈다. 파리에서는 엘리베이터 안에 들어가다가 여러 가지를 마주칠 수 있었다. 강도의 팔이라거나 갓 싼 개똥이라거나…….

약한 손전등 불빛에 비친 건 기름칠이 돼 반짝반짝 빛나는 은색 케이블이 텅 빈 통로에서 부드럽게 흔들리는 모습이었다. 말리의 오른쪽 발은 이미 통로 안으로 몇 센티미터 들어가 있었다. 말리는 공포에 질려 반사적으로 불빛을 아래로 향했고, 2층 아래에 먼지가 잔뜩 낀 엘리베이터 천장이 보였다. 불빛이 움직이는 찰나의 순간에 말리는 놀라울 정도로 자세히 볼 수 있었다. 마치 깊은 바다 속에 있는 산을 탐사하는 작은 잠수정이 된 듯한 느낌이었다. 수 세기 동안 흐트러지지 않고 쌓인 진흙 위를 더듬는 미약한 불빛……. 부드러운 해저 같은 오래된 검정 모피 위에 놓인 바싹 마른 회색 물체는 누가 쓰고 버린 콘돔이었다. 불빛을 반사하며 반짝이는 건 구겨진 은박지와 당뇨병 환자용 조그만 주사기였다. 엘리베이터 문가를 너무 세게 잡고 있어서 손가락 마디가 아팠다. 아주 천천히 말리는 무게중심을 뒤로 옮겨 어두운 통로에서 벗어났다. 한 발짝 더 물러선 뒤 말리는 손전등을 껐다.

"빌어먹을." 말리가 말했다.

말리는 계단으로 통하는 문을 찾아냈다. 다시 손전등을 켠 뒤 계단을 오르기 시작했다. 8층까지 오르자 마비된 듯한 감각이 사라지기 시작했다. 말리는 몸을 떨고 있었고, 눈물이 나 화장을 망가뜨렸다.

다시 한번 문을 두드렸다. 합판에 허접한 장미목 문양을 덧대 만든 문으로, 긴 복도에 있는 바이오 형광띠 하나에서 나오는 불빛을 받은 무늬가 보일락 말락 했다.

"빌어먹을. 알랭? 알랭!"

문에 나 있는 작은 어안렌즈 속으로 보이는 공간에는 아무것도 없었다. 복도에서는 끔찍한 냄새가 났고, 합성 카펫에는 음식 냄새가 배어 있었다.

말리는 시험 삼아 문고리를 돌려 보았다. 싸구려 황동 손잡이는 차가운 데다가 기름기가 묻어 있었다. 갑자기 돈 가방이 무겁게 느껴지면서 가방끈이 어깨로 파고들었다. 문은 쉽게 열렸다. 연한 분홍색 사각형 무늬가 불규칙적으로 나 있는 짧은 오렌지색 카펫이 깔려 있었는데, 수많은 입주민과 손님들이 뚜렷하게 남겨 놓은 흔적 위에 흙이 점점이 묻어 있었다.

"알랭?"

골루와즈 담배 냄새를 맡자 오히려 마음이 놓였다…….

그리고 여전히 물기를 머금은 은백색 빛 속에서 알랭이 보였다. 네모난 창문 너머에는 비 내리는 창백한 낮을 배경으로 다른 타워들이 형태도 없이 서 있었다. 알랭은 끔찍한 오렌지 카펫 위에 어린아이처럼 몸을 만 채 누워 있었다. 척추는 물음표 모양으로 굽었고, 그 위에는 녹색 벨루어 재킷이 팽팽하게 펴진 채로 놓여 있었다. 왼손은 귀를 덮고 있었는데, 손가락은 창백했고, 손톱 뿌리 근처는 희미하게 파란 기가 돌았다.

말리는 무릎을 꿇고 목에 손을 댔다. 대기도 전에 알았다. 창문 너머로 영원히 비가 흘러내렸다. 말리는 그의 머리를 받치고 다리 사이에 끌어안고서 어르듯 몸을 천천히 흔들었다. 어리석은 짐승의 슬픈 외침이 아무것도 없는 네모난 방을 채웠다……. 얼마 뒤, 말리는 손바닥에 날카로운 물체가 닿아 있는 것을 느끼기 시작했다. 아주 가늘고 아주 단단한 스테인리스 와이어의 끄트머리가 알랭의 귀에서 튀어나와 알랭의 차가운 손가락 사이에 끼어 있었다.

'못났어. 못났어. 이런 식으로 죽는 건 아니잖아.' 말리는 화가 나 두 손을 짐승의 발톱처럼 오므린 채 일어섰다. 알랭이 죽은 이 조용한 방을 수색하기 위해서였다. 알랭의 존재는 이제 전혀 없었다. 남은 건 그의 너덜너덜한 서류 가방뿐이었다. 그걸 열자 스프링노트 두 개가 나왔다. 아무것도 안 쓰인 새것이었다. 그리고 읽은 흔적이 없는 최신 소설이 한 권, 나무 성냥 한 상자, 반쯤 빈 파란색 골루와즈 담뱃갑 하나가 있었다. 브라운에서 산 가죽장정 메모장은 없었다. 말리는 재킷을 더듬거리며 주머니에 손을 넣어 뒤졌다. 그래도 없었다.

'아니야.' 말리는 생각했다. '네가 그걸 거기 적어뒀을 리가 없지. 안 그래? 하지만 넌 숫자나 주소를 절대로 못 외웠어.' 말리는 방 안을 다시 둘러보았다. 이상한 침묵이 말리를 사로잡았다. '그런 건 항상 적어야 했어. 하지만 넌 비밀스러웠지. 그리고 내가 사 준 메모장도 못 믿었고. 넌 카페에서 여자를 만나서 전화번호를 받으면 성냥갑이나 아무 종이쪼가리에 적은 다음에 어디다 두고 잊어버리지. 몇 주 지난 다음에 내가 그걸 찾아서 네 일을 정리해 주곤 했어.'

말리는 조그만 침실로 들어갔다. 밝은 빨간색 접이식 의자와 침대 역할을 하는 노란색 싸구려 폼이 있었다. 폼에는 갈색 나비 같은 생리혈의 흔적이 남아 있었다. 말리는 그 밑을 살폈지만, 거기도 없었다.

"넌 무서웠겠지." 말리가 말했다. 왠지 모를 분노로 인해 목소리가 떨렸다. 뭔가 숨길 수 있는 느슨한 부분을 찾느라 황금 줄무늬가 있는 빨간 벽지를 더듬거리는 말리의 손은 알랭보다 차가웠다. "이 불쌍한 바보 같으니라고. 불쌍한 바보 같은 게 죽어 버리기나 하고······."

아무것도 없었다. 다시 거실로 돌아온 말리는 알랭이 조금도 움직이지 않았다는 사실에 왠지 놀랐다. 갑자기 뛰어오르며, 안녕이라고 외치고, 몇 센티미터짜리 가짜 와이어를 흔들 거라고 기대한 걸까. 말리는 알랭의 신발을 벗겼다. 바닥과 굽을 갈아야 했다. 그 안을 들여다보고 속을 더듬었지만, 아무것도 없었다.

"나한테 이러지 좀 마."

말리는 침실로 돌아갔다. 좁은 벽장. 하얀색 싸구려 옷걸이와 흐느적거리는 세탁소 비닐을 한쪽으로 밀었다. 말리는 얼룩진 폼을 가져다 놓고 그 위에 올라섰다. 구두 뒷굽이 폼 속으로 파고들었다. 기다란 합판으로 만든 선반을 손으로 쓸었고, 마침내 찾았다. 가장 구석진 곳에 단단히 접은 종이가 있었다. 파란색의 종이였다. 종이를 펴자 말리가 신경 써서 칠한 손톱이 벗겨졌다. 거기서 초록색 펠트펜으로 쓴 숫자를 발견했다. 그 종이는 빈 골루와즈 담뱃갑이었다.

문을 두드리는 소리가 났다.

그리고 파코의 목소리가 들렸다.

"말리? 괜찮아요? 무슨 일이에요?"

말리는 그걸 허리띠에 재빨리 집어넣고 몸을 돌려 차분하고 진지한 눈을 마주했다.

"알랭이요. 죽었어요."

19. 하이퍼마트

바비가 루카스를 본 건 매디슨 가에 있는 오래된 큰 백화점 앞에서가 마지막이었다. 훗날 바비는 그 광경을 그렇게 기억했다. 덩치 큰 흑인이 멋진 검은 정장을 입고 기다란 검정 자동차에 타고 있는 모습. 부드럽게 광을 낸 검은 구두 한쪽은 이미 아흐메드 내부의 화려한 카펫에 올라가 있었고, 다른 한 쪽은 아직도 모퉁이의 부서진 콘크리트 바닥에 있었다.

재키가 바비 옆에 섰다. 얼굴은 금장식이 달려 있는 넓은 모자챙이 드리우는 그림자에 묻혀 있었고, 목 뒤에 매듭을 지은 오렌지색 실크 스카프를 매고 있었다.

"이 친구 잘 돌봐주고 있어." 루카스가 지팡이 손잡이로 재키를 가리키며 말했다. "이 친구한테는 적이 있다고."

"누구?" 재키가 물었다.

"내가 알아서 할 수 있어요." 바비가 말했다.

재키가 더 믿음직스러워 보였다는 사실에 화가 났지만, 동시에 사실이 그러하리라는 것도 잘 알았다.

"잘하라고." 지팡이 손잡이를 돌려 바비의 시선을 끈 루카스가 말했다. "스프롤 타운은 쉽지 않은 곳이야. 겉보기와는 다르지."

자기 말을 강조하려는 듯, 루카스가 뭔가 했는지 지팡이 손잡이 아래에 있는 기다란 황동 박편이 부드럽게 열렸다. 순간 그것은 우산살처럼 벌어졌다. 각각은 면도날처럼 날카롭게 빛났고, 끝은 바늘처럼 뾰족했다. 그리고 곧 다시 사라졌고, 아흐메드의 넓은 장갑 문이 쿵 소리를 내며 닫혔다.

재키가 웃었다.

"제기랄. 아직도 저 살인 지팡이를 갖고 다니네. 이제 잘 나가는 변호사면서 길거리 버릇을 못 고쳤어. 뭐 좋은 현상이지만……."

"변호사요?"

재키가 바비를 쳐다보았다. "신경 쓰지 마, 자기야. 나만 따라오면 돼. 시키는 대로만 하면 괜찮을 거야."

아흐메드는 드문드문 다니는 자동차 틈에 녹아들었다. 인력 자동차 운전수가 손에 뿔피리를 들고 멀어져 가는 황동 범퍼 방향으로 어디랄 것도 없이 나팔을 불었다.

매니큐어를 바르고 금반지를 낀 손이 바비의 어깨 위에 올라왔다. 재키는 바비를 보도로 이끌었다. 누더기를 뒤집어쓰고 잠든 떠돌이 무리를 통과해 서서히 깨어나고 있는 하이퍼마트라는 세상으로 들어갔다.

재키는 14층이라고 말했고, 바비는 휘파람을 불었다.

"전부 이래요?"

재키는 고개를 끄덕이며, 갈색 커피 설탕을 한 숟가락 떠서 커피 잔 위의 갈색 크림 위로 떨어뜨렸다. 그들은 작은 노점의 대리석 카운터에 있는 철을 둘둘 말아 주조한 의자에 앉아 있었다. 바비 또래의 소녀 하나가 염색한 머리를 등지느러미처럼 세운 채 황동 탱크와 돔, 버너와 크롬으로 만든 날개를 쫙 편 독수리가 달려 있는 기계의 손잡이와 레버를 조작하며 일하고 있었다. 카운터 위쪽은 원래 다른 것이었던 듯했다. 한쪽 끝을 뭔가로 때려 움푹 들어가게 해서 녹색으로 칠한 철제 기둥 사이에 꼭 들어맞게 만든 게 보였다.

"맘에 들어?" 재키가 낡고 무거운 유리 셰이커를 들어 거품 위에 계피 가루를 뿌리며 물었다. "아마 지금이 배리타운에서 가장 멀리 떨어져 있어 본 거겠지."

바비는 고개를 끄덕였다. 바비는 노점상 자체와 수천 개나 되는 형형색색의 물건 때문에 눈이 혼란스러웠다. 규칙성이라고는 전혀 없는 듯했다. 누가 계획적으로 배치한 흔적도 전혀 없었다. 커피 노점 앞의 공간은 구불구불한 복도로 이어져 있었다. 조명도 어느 한 곳에서 나오는 것 같지 않았다. 쉬익 하는 소리를 내는 프리무스 랜턴 너머로 빨갛고 파란 네온사인이 빛났고, 턱수염에 가죽 바지를 입은 남자가 방금 문을 연 가게는 촛불로 빛을 밝혔다. 빨간색과 검정색 넝마를 배경으로 걸린 황동 혁대 장식이 불빛을 받아 은은하게 빛났다. 아침이라 부산스러웠다. 여기저기서 기침 소리, 목을 가다듬는 소리가 났다. 파란색 도시바 무인 차량이 윙 소리를 내며 복도에서 나타났다. 여기저기 우그러진 플라스틱 카트를 끌고 있었는데, 거기엔 쓰레기로 가득한 녹색 플라스틱 봉지가 수북했다. 누군가 위쪽, 카메라와 센서가 모여 있는 곳 위에 커다란 플라스틱 인형의 머리를 붙여 놓았다. 파란 눈에 웃는 표정을 한 머리로, 예전에 센스/네트의 저작권을 침해하지 않으면서 잘 나가는 심스팀 스타와 비슷하게 만든 인형이었다. 연한 파란색 플라스틱 진주 머리끈으로 묶은 은백색 머리가 무인 차량이 지나가면서 우스꽝스럽게 이리저리 흔들렸다. 바비는 웃었다.

"여기 괜찮네요."

바비가 소녀에게 잔을 다시 채워 달라고 손짓하며 말했다.

"기다려, 등신아." 소녀가 말했다. 뭐, 그 정도면 상냥했다. 간 커피를 골동품 같아 보이는 오래된 양팔 저울의 움푹 팬 쟁반에 올려 무게를 재고 있었다. "어젯밤에 쇼 끝나고 잠 좀 잤어요, 재키?"

"그럼." 재키가 커피를 마시며 소녀의 말에 답했다. "두 번째 무대에서 춤추고, 재머네서 잤어. 소파에서 말이야, 당연히."

"나도 좀 잤으면 좋겠네요. 헨리는 당신이 춤추는 걸 볼 때마다 날 가만 두지 않아요······."

소녀는 웃었다. 그리고 검정 플라스틱 보온병에 든 커피를 바비의 컵에 따랐다.

"음, 이제 뭘 하죠?"

소녀가 다시 에스프레소 머신을 조작하기 시작하자 바비가 물었다.

"뭐가 그리 바빠?" 재키는 금핀이 꽂힌 모자챙 아래서 태평한 시선으로 바비를 바라보았다. "갈 데 있어? 만날 사람은?"

"음, 없어요. 젠장. 그냥······. 여기에요?"

"뭐가 여기야?"

"여기냐고요. 우리 여기 머물러요?"

"꼭대기 층에서. 재머라는 친구가 거기서 클럽을 해. 누가 거기서 널 찾지는 않을 거야. 설사 찾는다고 해도 몰래 들어오기가 힘들어. 14층이 거의 다 노점인데, 엄청 많은 사람들이 딱 봐도 밖에는 없는 물건을 팔거든. 그래서 모르는 사람이 나타나서 뭔가 묻고 다니는 데 아주 예민해. 게다가 대부분 다 이래저래 우리 친구라 할 수 있고. 어쨌든 여기가 마음에 들 거야. 네가 있기에 괜찮은 곳이야. 배울 것도 많고. 입만 다물고 있으면 말이야."

"입을 다물고 있으면 어떻게 배워요?"

"귀를 잘 기울이란 말이야. 그리고 공손하게 있어. 어떤 사람들은 꽤 거칠다고. 그래도 오지랖 넓게 나서지 않으면, 그 사람들도 자기 일에만 신경 쓸 거야. 아마 오늘 오후 늦게 보부아르가 올 거야. 루카스는 핀에게 들은 얘기를 전하러 프로젝트에 갔고. 핀이 무슨 얘기를 했어, 자기야?"

"그 사람 집에 죽은 사람 셋이 있었어요. 닌자라던데요." 바비가 재키를 쳐다보았다. "그 사람 좀 괴상하던데요……."

"시체는 그 사람이 평소에 취급하는 물건이 아닌데. 그래도 그 사람이 괴상한 건 맞아. 더 얘기 좀 해 줘. 차분하게, 그리고 또박또박한 말투로. 할 수 있겠어?"

바비는 핀에게 찾아갔던 일을 기억나는 한에서 얘기해 주었다. 몇 번 재키가 끼어들어 질문을 던졌지만, 바비는 거의 대답하지 못했다. 위건 루드게이트라는 이름이 나오자 재키는 고개를 끄덕였다.

"아, 재머가 그 사람 얘기를 하곤 해." 재키가 말했다. "옛날 얘기할 때. 물어봐야겠네……."

바비의 이야기가 끝났을 무렵, 재키는 녹색 기둥 하나에 편안히 기대 있었다. 모자가 내려와 짙은 눈까지 덮었다.

"어때요?" 바비가 물었다.

"재밌네." 그게 전부였다.

"나 새 옷 좀 사야겠어요."

움직이지 않은 에스컬레이터 위를 걸어서 2층으로 올라가던 중에 바비가 말했다.

"너 돈 있어?" 재키가 물었다.

"빌어먹을." 바비는 주름이 잡힌 펑퍼짐한 청바지 주머니에 손을 찔러 넣은 채 말했다. "내가 망할 돈이 어디 있어요. 그래도 옷은 필요하다고요. 뭔가 이유가 있으니까 당신이나 루카스와 보부아르가 날 붙잡아 놓고 있는 거잖아요. 안 그래요? 레아가 억지로 입혀 준 이 거지 같은 셔츠하고 엉덩이에서 벗겨질 것 같은 이 바지에 진력이 났다고요. 게다가 내가 여기 있는 건 투어데이 때문이잖아요. 그 망할 놈이 루카스와 보부아르의 빌어먹을 소프트웨어를 테스트하느라고 날 위험에 빠뜨렸다고요. 그러니까 나한테 엿 같은 옷 좀 사 달라고요. 알았어요?"

"알았어." 재키가 잠시 침묵했다가 말했다. "이렇게 해." 재키는 빛바랜 데님 옷을 입은 중국 소녀가 옷이 걸린 쇠파이프 옷걸이 열댓 개 주위에 비닐 장막을 둘러치고 있는 곳을 가리켰다. "저기 린이라고 보여? 우리 친구야. 원하는 대로 골라 입어. 루카스가 나중에 처리하게 할게."

30분 뒤, 바비는 담요를 친 탈의실에서 나왔다. 인도네시아 자바 스타일로 거울 처리된 비행사용 선글라스도 꼈다. 바비는 재키를 향해 씩 웃었다.

"끝내주죠." 바비가 말했다.

"아, 그래." 재키는 근처에 너무 뜨거운 게 있다는 듯 손으로 부채질하는 시늉을 했다. "레아가 빌려 준 셔츠가 마음에 안 들었다고?"

바비는 자기가 고른 검정색 티셔츠를 내려다보았다. 가슴에 사이버스페이스를 나타내는 홀로그램 도안이 있었다. 도안 가장자리로 갈수록 격자무늬가 희미해지는 게 매트릭스를 빠른 속도로 가로질러가는 듯한 기분이 드는 무늬였다.

"네. 그건 너무 촌스러웠어요……."

"그렇지."

재키가 말하며, 쫙 달라붙는 검은색 청바지와 발목에 우주복처럼 접힌 부분이 있는 육중한 가죽 장화, 가장자리에 피라미드 모양의 크롬 징이 두 겹으로 박혀 있는 군용 혁대를 음미했다.

"뭐, 이게 더 어울리는 것 같긴 하네. 가자, 카운트. 재머네 집에 잘 자리를 구했어."

바비는 엄지손가락을 리바이스 청바지 주머니에 걸친 채 재키를 짓궂은 표정으로 바라보았다.

"혼자서 자는 거야." 재키가 덧붙였다. "걱정 마."

20. 오를리 공항

 파코는 시트로엥 도니에르를 몰고 샹젤리제 거리를 내달렸다. 센 강 북쪽 둔덕을 따라 달리다가 레알을 거쳐 위로 올라갔다. 말리는 놀라울 정도로 부드러운 가죽 시트에 몸을 묻었다. 브뤼셀에서 산 재킷보다도 시트의 바늘땀이 더 아름다웠다. 거기에 앉자 말리는 마음이 애정을 잃고 공허해지는 것을 느꼈다.
 "눈이 되자." 말리는 중얼거렸다. "그저 눈이 되자. 네 몸은 이 흥분될 정도로 비싼 자동차가 내달리는 속도에 균일하게 짓눌린 무거운 짐일 뿐이야."
 엔진 소리를 울리며 창녀들이 파란 작업복을 입은 화물 호버카 운전수들과 흥정하는 이노상 광장을 지나가는 파코는 좁은 골목 사이로 수월하게 차를 몰았다.
 "왜 '나한테 이러지 좀 마'라고 말했죠?"

파코는 운전용 콘솔을 조작하던 손을 귀로 가져가 통신기를 건드려 보였다.

"왜 몰래 듣고 있었어요?"

"이게 내 일이니까요. 여자 하나를 올려보냈어요. 파라볼릭 마이크를 들고 반대쪽 타워 20층으로 올라갔죠. 아파트 전화는 끊어져 있었어요. 아니면 그걸 썼을 텐데. 타워 서쪽에 있는 빈 방에 몰래 들어가서 마이크로 당신을 조준했는데, 마침 '나한테 이러지 좀 마'라고 말한 거죠. 당신 혼자였나요?"

"그래요."

"알랭은 죽었고요."

"맞아요."

"그러면 왜 말을 했죠?"

"나도 몰라요."

"당신한테 그런다는 게 누구 같았죠?"

"나도 몰라요. 어쩌면 알랭일지도 모르죠."

"뭘 했는데요?"

"죽어 있는 거요? 일을 복잡하게 만드는 거요? 나도 모른다니까요."

"당신은 어려운 사람이군요."

"내려줘요."

"친구네 아파트까지 데려다 줄게요……."

"차 세워요."

"데려다……"

"걸어갈 거예요."

차체가 낮은 은색 자동차가 모퉁이에 멈췄다.
"전화할……"
"잘 자요."

"스파는 필요 없으신 게 맞나요?" 팔레올로고스 씨가 물었다. 하얀 재킷을 입은 그는 사마귀처럼 마르고 우아한 남자였다. 아주 신중하게 이마 뒤로 벗어 넘긴 머리도 하얬다. "돈도 덜 들고 훨씬 즐겁지요. 아가씨는 예쁜데……"
"뭐라고요?" 빗물이 흐르는 창문 너머로 보이는 길거리 풍경에 빠져 있던 말리가 말했다. "뭐라고 하셨죠?"
그의 프랑스어는 서툴지만 열정적이었고, 억양이 묘했다.
"아가씨가 아주 예쁘다는 말입니다." 그는 단정한 미소를 지어보였다. "의료 단지에서 휴가를 보내지 싶진 않으시겠죠? 아가씨 또래의 젊은 사람이? 유대인인가요?"
"뭐라고요?"
"유대인이요. 맞습니까?"
"아뇨."
"아쉽네요. 우아한 젊은 유대인다운 광대뼈인데……. 15일짜리 예루살렘 프라임 여행을 많이 할인해 드릴 수 있거든요. 그 가격에 비하면 아주 좋은 상품이죠. 정장 대여와 세 끼 식사, JAL 터미널에서 바로 이어지는 셔틀……"
"정장 대여요?"
"아직 예루살렘 프라임의 분위기가 완전히 안정되진 않았거든요."

오를리 공항 251

팔레올로고스 씨가 얇은 분홍색 종이뭉치를 책상 반대편으로 옮기며 말했다. 그의 사무실은 포로스와 마카오의 풍경이 담긴 홀로그램이 붙은 벽으로 둘러싸인 조그만 공간이었다. 말리는 눈에 잘 띄지 않는다는 이유로 이 여행사를 골랐다. 안드레아의 아파트에서 가장 가까운 지하철역의 작은 상업 지구를 벗어나지 않고도 슬쩍 들어올 수 있었기 때문이었다.

"됐어요. 스파는 관심 없어요. 난 여기 갈 거예요."

말리는 구겨진 파란색 골루와즈 담뱃갑에 적힌 글자를 두드렸다.

"음. 물론 가능합니다. 하지만 제가 거기 숙소 목록을 갖고 있지 않아서요. 친구를 방문하실 건가요?"

"출장이에요." 말리가 초조한 기색으로 말했다. "지금 당장 떠나야 해요."

"알겠습니다. 알았어요." 팔레올로고스 씨가 책상 뒤 선반에서 싸구려 같아 보이는 휴대용 단말기를 꺼내며 말했다. "크레디트 코드를 말씀해 주시겠어요?"

말리는 검정 가죽 가방에서 신엔권 화폐 한 뭉치를 꺼냈다. 파코가 알랭이 죽은 아파트를 조사하느라 바쁜 사이에 몰래 꺼낸 돈이었다. 돈다발은 빨간색 반투명 고무로 묶여 있었다. "현금으로 낼게요."

"아, 이런." 팔레올로고스 씨가 말했다. 마치 돈이 사라져 버릴까 봐 의심스러운 듯 분홍색 손가락을 뻗어 만졌다. "알겠습니다. 이해합니다. 원래 이런 식으로 일을 하지는 않지만……. 어떻게 해볼 수 있을 것 같군요……."

"빨리요." 말리가 재촉했다. "아주 급해요……."

그는 말리를 바라보았다.

"알겠습니다." 손가락이 휴대용 단말기 위에서 움직이기 시작했다. "어떤 이름으로 여행하실 건가요?"

21. 하이웨이 타임

터너는 잠에서 깼다. 집 안은 조용했다. 사과나무가 무성하게 자란 과수원에서 새가 지저귀는 소리가 들렸다. 터너는 루디가 부엌에 보관하고 있던 망가진 소파에서 잤다. 커피를 마시려고 물을 받는데, 지붕 위 물탱크의 플라스틱 파이프에서 칙칙거리는 소리가 났다. 터너는 주전자를 프로판 버너에 올려놓고 현관으로 나갔다.

자갈밭 위에 가지런히 놓여 있는 루디의 자동차 여덟 대는 이슬에 덮여 있었다. 터너가 계단을 내려오자 강화견 한 마리가 열린 울타리 문을 통해 빠른 걸음으로 들어왔다. 아침의 고요한 분위기 속에서 강화견의 검은 후드에서 부드럽게 딸각거리는 소리가 들렸다. 강화견은 걸음을 멈추더니 침을 흘리며 괴상하게 생긴 머리를 좌우로 흔들었다. 그러더니 곧 자갈밭 위를 뛰어 현관 너머로 사라져 버렸다.

터너는 수소전지로 개조한 갈색 스즈키 지프 옆에 잠깐 섰다. 아마 루디가 직접 작업했을 터였다. 4륜구동이었고, 커다란 오프로드용 타이어에는 진흙이 옅게 말라붙어 있었다. 작고, 느리고, 안정성이 좋지만, 길에서는 큰 쓸모가 없었다…….

녹이 슨 혼다 승용차 두 대도 지나쳤다. 같은 해에 나온 같은 모델이었다. 한 대는 부품용인 듯했다. 둘 다 움직일 수 있을 것 같지는 않았다. 터너는 1949년형 쉐보레 승합차를 온통 황갈색으로 칠해 놓은 모습을 보고 예전에 녹슨 차체를 루디가 빌린 트레일러에 싣고 아칸소부터 집까지 끌고 온 일을 떠올리며 바보같이 웃었다. 그 차는 아직 휘발유로 움직였다. 엔진 안쪽 표면도 아마 초콜릿 색 도료를 바르고 손으로 광을 낸 바퀴덮개처럼 얼룩 하나 없을 게 분명했다.

회색 플라스틱 방수포 아래에는 반밖에 안 남은 도니에르 지면 효과 비행기가 있었다. 수작업 트레일러 위에는 말벌을 닮은 검은색 스즈키 경주용 오토바이가 놓여 있었다. 루디가 경주에 제대로 참가한 게 언제였는지 궁금해졌다. 그 옆에 있는 다른 방수포 아래에는 오래된 스노모빌이 있었다. 그리고 전쟁 때 쓰다 남은 더러운 회색 호버크래프트도 있었다. 장갑으로 둘러싸인 땅딸막한 V자형 선체에서는 터빈을 돌리는 데 쓰는 등유 냄새가 났다. 그물망으로 강화한 자루덮개는 자갈밭 위에 느슨하게 퍼져 있었다. 좁은 창문은 두꺼운 고강도 플라스틱이었다. 공성기처럼 생긴 범퍼에는 오하이오 주 번호판이 볼트로 단단히 달려 있었다. 요즘 쓰는 번호판이었다.

"무슨 생각을 하는지 눈에 보이네요." 샐리가 말했다. 터너는 몸을 돌려 김이 나는 커피를 들고 현관 난간에 서 있는 샐리를 바라보았다. "루디가 그러던데, 장애물을 넘어가지 못하면 뚫고라도 갈 거래요."

"이거 빠른가요?"

터너는 장갑이 달린 호버크래프트의 옆구리를 만지며 물었다.

"물론이죠. 그런데 한 한 시간 타면 척추를 새 걸로 갈아야 할 걸요."

"법적으로는 문제 없고요?"

"생긴 게 맘에 안 들어도 어쩌겠어요. 도로용으로도 허가 받았어요. 내가 알기로 장갑을 못 쓰게 하는 법은 없을 텐데요."

"안젤라는 좀 나아졌어요." 샐리가 뒤따라 부엌으로 들어오는 터너에게 말했다. "그렇지, 애야?"

미첼의 딸이 부엌 식탁에 앉아 고개를 들었다. 터너와 마찬가지로 멍든 부위가 콤마 모양으로 부풀어 오른 정도로 줄어들어 있었다. 군청색 눈물을 그려 놓은 듯했다.

"여기 있는 내 친구는 의사야." 터너가 말했다. "네가 의식이 없을 때 검사를 했어. 괜찮다고 하더군."

"아저씨 형이잖아요. 의사도 아니고요."

"미안해요, 터너." 난롯가에 서 있는 샐리가 말했다. "난 꽤 솔직한 편이라서요."

"뭐, 의사는 아니지." 터너가 말했다. "그래도 똑똑한 사람이야. 우린 마스가 너한테 무슨 짓을 했을지 걱정스러웠거든. 애리조나를 떠나면 병이 나게 만든다거나……."

"대뇌 피질 폭탄 같은 거요?"

안젤라는 금 간 그릇에 담긴 차가운 시리얼을 떴다. 테두리에 사과꽃 그림이 있는 그릇으로, 터너도 기억하고 있었다.

"맙소사." 샐리가 말했다. "무슨 일에 휘말린 거예요, 터너?"

"좋은 질문이에요." 터너는 식탁에 앉았다.

안젤라는 시리얼을 씹으며 터너를 바라보았다.

"형이 너를 스캔하다가 머리 속에서 뭔가 발견했어."

안젤라는 씹는 것을 멈췄다.

"그게 뭔지는 모른대. 누군가가 넣어 둔 거지. 어쩌면 네가 아주 어렸을 때. 무슨 뜻인지 알겠지?"

안젤라는 고개를 끄덕였다.

"그게 뭔지 알아?"

안젤라가 시리얼을 삼켰다.

"아뇨."

"누가 넣었는지는 알아?"

"네."

"네 아빠?"

"네."

"왜 그랬는지도 알아?"

"내가 아팠거든요."

"얼마나 아팠는데?"

"머리가 나빴어요."

정오 무렵에 준비가 끝났다. 호버크래프트는 연료를 채우고 울타리 문 옆에서 대기하고 있었다. 루디는 터너에게 신엔이 가득 찬 검정 비닐봉투를 내밀었다. 지폐 일부는 하도 오래 써서 거의 반투명해 보였다.

"프랑스어 사전을 끼고 녹음한 걸 들어봤어." 루디가 말했다. 강화견 한 마리가 더러운 몸통을 다리에 비볐다. "해석이 안 돼. 크리올 말인 것 같아. 아니면 아프리카나. 복사해 줘?"

"아니. 형이 알아서 해 봐."

"고맙구나. 하지만 싫어. 누가 물었을 때 네가 왔었다고 인정할 생각이 없거든. 오늘 오후에 난 샐리하고 멤피스로 가서 친구들과 지낼 거야. 집은 개들이 보게 하고." 루디는 강화견의 플라스틱 후드 뒤쪽을 쓰다듬었다. "그렇지, 애야?" 개가 낑낑거리며 몸을 꼬았다. "적외선 시야를 달아 준 뒤에 너구리 사냥을 못 하게 훈련시켜야 했어. 안 그랬으면 너구리가 남아나지 않았을 거야······."

샐리와 안젤라가 현관 계단을 내려왔다. 샐리는 캔버스 천으로 만든 못 쓰는 여행용 가방을 들고 있었다. 거기엔 샌드위치와 커피가 든 보온병이 가득 차 있었다. 터너는 함께 침대에 들었던 기억을 떠올리고 미소를 지었다. 샐리도 화답했다. 어제보다 더 나이 들고 피곤해 보였다. 안젤라는 피가 묻은 마스 네오텍 티셔츠를 버리고 샐리가 찾아준 볼품없는 검정 스웨터를 입고 있었다. 그걸 입으니까 더욱 어려 보였다. 게다가 샐리가 해 준 눈 화장으로 멍든 부위를 지웠는데, 화장이 너무 과도해서 안젤라의 얼굴이나 펑퍼짐한 스웨터와 괴상하게 안 어울리는 모양이 됐다.

루디가 터너에게 호버크래프트의 열쇠를 건넸다.

"옛날 크레이 슈퍼컴이 오늘 아침에 최신 기업 뉴스를 요약해 줬어. 네가 알아야 할 게 하나 있는데, 마스 바이오랩이 크리스토퍼 미첼 박사가 사고로 죽었다고 발표했어."

"인상적이군. 그렇게 모호하게 말해 버리다니."

"안전띠를 단단하게 매고 있어야 해." 샐리는 안젤라에게 이야기하고 있었다. "안 그러면 스테이츠보로 우회로에 도착하기 전에 엉덩이가 시퍼렇게 멍들 거야."

루디는 안젤라를 힐끔 쳐다보고, 다시 터너를 바라보았다. 루디의 코 아래쪽에 정맥이 파열된 게 보였다. 눈은 충혈돼 있었고, 왼쪽 눈꺼풀은 눈에 띌 정도로 경련을 일으켰다.

"음, 이제 된 것 같군. 우습게도, 난 널 다시 못 볼 거라고 생각했다. 그런데 다시 여기서 보게 됐다니……."

"그러게. 둘 다 나한테 과분하게 대해 줬어." 터너가 말했다.

샐리는 다른 곳으로 시선을 돌렸다.

"그래서 고마워. 이제 가야겠어."

터너는 얼른 떠났으면 좋겠다고 생각하며 호버크래프트 조종석으로 올라갔다. 샐리는 안젤라의 손목을 꼭 붙잡고 가방을 준 뒤 접이식 계단을 오르는 동안 옆에 서 있었다. 터너는 운전석에 앉았다.

"어머닌 계속 널 찾으셨어." 루디가 말했다. "나중에 상태가 너무 나빠져서 엔도르핀 유사체로도 통증을 없앨 수 없었거든. 한두 시간마다 계속 네가 어디 있는지, 언제 오는지 물으셨지."

"내가 돈 보냈잖아. 지바로 모셔가기에 충분했다고. 거기 병원에서는 새로운 치료법을 쓸 수 있었을 텐데."

루디가 코웃음을 쳤다.

"지바? 빌어먹을. 나이 든 사람을 지바에 데려가서 몇 달 더 살게 한다고 해서 무슨 소용이 있어? 그냥 널 보고 싶었던 게 다야."

"그럴 수 없었어." 터너가 말하는 동안 조수석에 앉은 안젤라가 가방을 다리 사이 바닥에 놓았다. "또 봐, 형." 터너는 고갯짓을 했다. "샐리도요."

"잘 가요." 샐리가 루디를 끌어안으며 말했다.

"누구 얘기였어요?" 안젤라가 물었다.

해치가 닫혔다. 터너는 열쇠를 점화기에 넣고 시동을 걸었다. 동시에 자루덮개가 부풀어 올랐다. 운전석 쪽 좁은 창문으로 루디와 샐리가 재빨리 뒤로 물러나는 모습이 보였다. 개들은 터빈 소리에 움츠러들거나 달려들었다. 방사능 보호복을 입은 사람이 조작할 수 있도록 만들어서 페달과 조종간이 너무 컸다. 터너는 어렵지 않게 문을 빠져나와 넓은 자갈밭에서 방향을 돌렸다. 안젤라는 안전띠를 맸다.

"우리 어머니." 터너가 대답했다.

터너는 터빈 출력을 높였고, 그들은 앞으로 빠르게 나아갔다.

"난 엄마를 몰라요." 안젤라가 말했다.

터너는 안젤라가 아버지도 잃었다는 것을 아직 모른다는 사실을 떠올렸다. 터너는 가속 페달을 밟아 자갈길을 따라 빠르게 호버크래프트를 몰았다. 루디의 강화견 한 마리가 거의 치일 뻔했다.

승차감에 대해서는 샐리의 말이 맞았다. 터빈에서 끊임없이 진동이 생겼다. 아스팔트가 이리저리 뒤틀린 오래된 고속도로를 시속 90킬로미터로 달리자 이가 떨렸다. 강화 자루덮개가 울퉁불퉁한 바닥을 세게 스쳤다. 민간용 스포츠 모델처럼 부드럽게 미끄러지는 효과는 아주 매끄럽고 평평한 바닥에서만 가능할 듯했다.

그래도 터너는 그 느낌이 마음에 들었다. 방향을 정하고 가속 페달을 살짝 밟으면, 움직였다. 앞 유리창 위에 누군가가 빛바랜 스티로폼 주사위 한 쌍을 매달아 두었다. 터빈 소리는 확고하게 뒤를 받쳐 주는 존재였다. 안젤라도 편안해 보였다. 거의 만족스러운 기색으로 창문 바깥의 경치를 감상하고 있었다. 터너로서는 대화를 나누지 않아도 돼 고마웠다. '넌 보통 존재가 아니야.' 터너는 안젤라를 곁눈질로 보며 생각했다. '이 조그만 여자애는 아마 지금 지구에서 가장 뜨거운 추적 열기의 대상이 되어 있겠지. 그런데 난 이 애를 형이 장난감처럼 갖고 있던 짐차에 싣고서 스프롤로 데려가고 있지. 뭐를 어떻게 해야 할지 전혀 모르는 상태로……. 아니, 그 쇼핑센터를 습격한 게 누군지도 모르는데…….'

"다시 생각해 봐." 터너는 계곡을 향해 내려가며 중얼거렸다. "다시 생각해 봐. 그러면 뭔가 떠오를지도 몰라." 미첼은 호사카에 연락해서 넘어가겠다고 말했다. 호사카는 콘로이를 고용했고, 미첼의 몸을 검사할 의료팀을 조직했다. 콘로이는 터너의 에이전트에게 연락해서 함께 일할 팀을 짰다. 터너의 에이전트는 제네바에 있었고, 오로지 전화로 목소리만 들을 수 있었다. 호사카는 멕시코로 앨리슨을 보내 터너를 조사했고, 그 뒤 콘로이가 와서 터너를 데려갔다. 웨버는 일이 엉망이 되기 직전 자기가 콘로이가 현장에 심어 놓은 사람이라고 말했고……. 안젤라가 들어올 때 누군가 섬광을 비추며 자동화 무기를 들고 습격했다. 느낌으로는 마스였을 것 같았다. 그건 어느 정도 예상했던 움직임이었다. 힘쓰는 친구들을 고용한 이유이기도 했다. 그리고 백색의 하늘……. 터너는 루디가 레일건에 대해 이야기했던 일을 떠올렸다……. 누구였을까? 여자애 머릿속에 든 물질도 있었다. 루디가 단층 사진 촬영 장치와 자기 공명 영상 장치로 찾아낸 물질……. 안젤라는 자기 아버지가 애초에 빠져나올 생각이 없었다고 말했다.

"소속된 회사가 없나 봐요." 안젤라가 시선을 창밖으로 향한 채 말했다.

"뭐라고?"

"회사가 없죠? 누가 고용하면 그 사람을 위해서 일하는 거죠?"

"맞아."

"무섭지 않아요?"

"무섭지. 그런 게 그것 때문은 아니고……."

"우린 항상 회사가 있었어요. 아빠는 내가 괜찮을 거라고, 다른 회사로 갈 거라고……."

"넌 괜찮을 거야. 네 아빠 말이 맞아. 일이 어떻게 돌아가고 있는지만 알아내면 돼. 그러면 네가 가야 하는 곳으로 데려다 줄게."

"일본요?"

"어디든."

"거기 가 봤어요?"

"당연하지."

"거기가 마음에 들까요?"

"안 될 거 있나."

그리고 안젤라는 다시 조용해졌다. 터너는 운전에 집중했다.

"그것 때문에 꿈을 꿔요."

터너가 몸을 앞으로 숙여 헤드라이트를 켜는데 안젤라가 말을 걸었다. 터빈 소리 때문에 간신히 들렸다.

"뭐 때문에?"

터너는 안젤라 쪽으로 시선을 돌리지 않으려고 신경 썼다. 운전에 몰두해 있는 척했다.

"내 머릿속에 있는 거요. 보통은 잠잘 때만 꿈을 꾸는데."

"그래?"

루디의 침실에서 잘 때 흰자위가 떨리면서 알 수 없는 말을 늘어놓던 게 생각났다.

"가끔은 깨 있을 때도 그래요. 덱에 접속해 있는 기분인데, 격자에서 벗어나서 날아다닐 수 있어요. 거기선 혼자도 아니에요. 얼마 전엔 남자애 꿈을 꿨어요. 걔가 들어와서 뭔가를 집었는데, 그게 그 애를 해치는 거예요. 걔는 자기가 자유롭다는 걸 모르더라고요. 그냥 놓기만 하면 됐는데. 그래서 내가 얘기해 줬어요. 그리고 아주 잠깐 동안 난 걔가 어디 있는지 봤어요. 그건 전혀 꿈같지 않았어요. 작고 지저분한 방에 얼룩진 카펫이 깔려 있었어요. 걔가 샤워를 할 때가 됐다는 것도 알 수 있었고, 걔가 양말을 안 신고 있어서 신발 안쪽이 끈적끈적하다는 것도 느낄 수 있었……"

"꿈같지 않았다고?"

"네. 꿈에선 전부 다 커요. 큰 것들이 나와요. 나도 크고요. 다른 거하고 움직이는데……."

호버크래프트가 주 사이를 잇는 고속도로로 들어가는 경사로를 소리 내며 올라갔다. 터너는 자기도 모르게 숨을 참고 있었다는 것을 깨닫고 숨을 내쉬었다.

"다른 거라니?"

"밝은 거요." 잠시 침묵이 이어졌다. "사람은 아닌데……."

"사이버스페이스에서 시간을 많이 보내냐, 안젤라? 덱에 접속한 채로 말이야."

"아니에요. 그냥 학교 숙제할 때만요. 아빠가 그건 나한테 별로 안 좋댔어요."

"아빠가 그 꿈에 대해서도 뭐라고 하던?"

"꿈이 점점 진짜 같아질 때만요. 그런데 다른 거에 대해서는 아빠한테 말한 적 없어요……."

"나한테 얘기해 볼래? 그러면 내가 이해하는 데 도움이 될지 모르겠는걸. 이제 뭘 해야 하는지도……."

"어떤 꿈은 이야기를 해 줘요. 한번은 거기 아무것도 없었어요. 움직이는 건 없고, 그냥 데이터와 그걸 뒤적거리는 사람들뿐이었어요. 그러다 무슨 일이 일어났죠. 그……, 그건 스스로 깨달았어요. 그거에 대해선 또 다른 얘기가 있어요. 눈이 거울로 덮인 여자하고 겁에 질려 있는 남자가 있었는데요. 그 남자가 한 일 덕분에 그것 전체가 스스로 깨달았어요……. 얼마 있다가 그건 갈라졌어요. 내 생각엔 갈라져 나온 게 그 밝은 거 같아요. 하지만 구별하기는 힘들어요. 정확히 말하면 그건 단어를 갖고 말을 하지 않거든요……."

터너는 뒷목이 따끔해지는 걸 느꼈다. 머릿속에 깊숙이 잠겨 있는 미첼의 문건에서 본 내용 수면 위로 떠오르고 있었다. 여기저기 벗겨진 크림색 페인트, 케임브리지대의 대학원 기숙사, 그곳에서 느끼는 화끈거릴 정도의 수치심…….

"넌 어디서 태어났지?"

"영국요. 그리고 아빠가 마스에 들어가면서 제네바로 이사 갔어요."

터너는 버지니아 어딘가에서 호버크래프트를 자갈 깔린 갓길로 몰아 무성하게 자란 목초지 안으로 들어갔다. 왼쪽으로 꺾어 소나무 아래로 들어가는 호버크래프트 위로 건조한 여름철의 먼지가 소용돌이쳤다. 터빈이 멈추며 호버크래프트가 자루덮개 위로 내려앉았다.

"여기서 먹고 가자."

터너가 말하며 샐리가 준 가방에 손을 뻗었다.

안젤라는 안전띠를 벗고 검정색 스웨터의 지퍼를 열었다. 그 안에는 몸에 꼭 끼는 하얀색 옷을 입고 있었다. 아직 덜 여문 가슴 위로 보이는 목의 피부는 볕에 그을린 매끄러운 어린아이의 살결이었다. 안젤라는 터너에게서 가방을 받아들고 샐리가 만들어 준 샌드위치 포장을 벗겼다.

"아저씨 형은 왜 그래요?"

안젤라가 샌드위치 반쪽을 내밀려 물었다.

"무슨 뜻이지?"

"뭐, 좀 그렇잖아요……. 샐리 아줌마 말로는 맨날 술 마신다 그러고. 행복하지 않나 봐요?"

"나도 몰라." 터너는 쑤시는 목과 어깨를 구부리고 비틀며 대답했다. "행복하지 않은 건 맞지. 왜 그런지를 모른다는 거야. 사람이 가끔 그렇게 처박힐 때도 있는 거야."

"돌봐줄 사람이 없을 때 말인가요?"

안젤라는 샌드위치를 베어물었다.

터너는 안젤라를 쳐다보았다.

"지금 내 탓을 하는 거냐?"

안젤라는 입에 샌드위치를 가득 문 채 고개를 끄덕였다. 음식을 삼킨 뒤 입을 열었다.

"약간은요. 마스에서 일하지 않는 사람이 많다는 건 알아요. 평생 동안요. 아저씨도 그렇고, 루디 아저씨도 그렇죠. 그런데 그건 정말 궁금했어요. 전 루디 아저씨가 좀 마음에 들었거든요. 그런데 루디 아저씨는 좀 너무……."

"폐인 같지." 터너가 샌드위치를 든 채 대신 마무리해 주었다. "처박힌 거야. 내가 보기엔 사람에게는 가끔 도약해야 할 때가 있어. 그런데 그걸 못 하면 영원히 처박히는 거지. 루디는 전혀 도약을 하지 못했어."

"아빠가 날 마스에서 빼내려고 한 건요? 그것도 도약인가요?"

"아니. 도약은 보통 스스로 결정하는 거지. 다른 곳에 뭔가 더 나은 게 있다고 알아내야 하고……."

터너는 갑자기 우습다는 기분이 들어 입을 다물고, 샌드위치를 한 입 먹었다.

"그건 아저씨 생각이에요?"

터너는 고개를 끄덕였지만, 정말 그런지 궁금했다.

"그래서 아저씨는 떠났고, 루디 아저씨는 남았어요?"

"형은 똑똑했어. 지금도 그렇지. 학위를 몇 개나 땄지만, 전부 온라인으로 했어. 스무 살에 툴레인 대학교에서 생명 공학 박사 학위를 땄고, 그 뒤로도 더 했어. 이력서 같은 건 한 번도 안 보냈지. 여기저기서 뽑아주겠다고 찾아왔지만 허튼 소리를 하거나 싸움을 걸었어……. 내 생각에는 자기가 혼자 뭔가 만들 수 있다고 생각했던 것 같다. 개에게 씌운 후드 같은 거 말이야. 특허도 몇 개 있을 텐데……. 어쨌든 형은 거기 머물렀지. 사람들한테 기계 같은 걸 만들어주거나 고치거나 하면서. 시골에서는 대단한 인물이었지. 그리고 어머니가 병이 들었어. 오랫동안 편찮으셨는데, 난 외지에 나가 있었고…….
"어디 있었는데요?"
안젤라가 보온병을 열자 커피 냄새가 실내를 채웠다.
"할 수 있는 한 최대한 멀리."
터너는 자기 목소리에 담긴 분노에 깜짝 놀랐다.
안젤라가 터너에게 뜨거운 블랙커피가 찰랑찰랑하게 담긴 플라스틱 머그컵을 내밀었다.
"넌 어떠냐? 엄마를 모른다면서."
"몰라요. 부모님은 내가 어릴 때 헤어졌어요. 돌아오지 않는 대가로 무슨 주식을 좀 떼어 주기로 계약했대요. 아빠는 그렇게 얘기했어요."
"그래서 네 아빠는 어떻던?"
터너는 커피를 한 모금 마시고 다시 컵을 돌려줬다.
안젤라는 빨간 플라스틱 머그컵 위로 터너를 쳐다보았다. 눈가에는 셀리가 해 준 화장이 남아 있었다.
"내가 어떻게 알아요. 20년 뒤에 다시 물어봐요. 이제 열일곱 살인데 어떻게 알겠어요?"

터너는 웃었다.

"이게 기분이 좀 나아졌나?"

"그런 것 같아요. 이런 상황 치고는요."

터너는 갑자기 안젤라가 전과 다르게 느껴졌다. 두 손은 안절부절 못하고 조종간으로 향했다.

"좋아. 갈 길이 머니까……."

펜실베이니아 남부에서 밤이 되자 그들은 한때 자동차 극장 스크린을 받쳤던 녹슨 철제 구조물 뒤에 호버크래프트를 세워 놓고, 그 안에서 잤다. 터빈 아래에 길게 불룩 튀어나온 곳 밑의 장갑 위에 터너의 파카를 깔았다. 밤이 되니 추웠다. 안젤라는 조수석 위쪽 네모난 해치에 앉아서 반딧불이가 노란 풀밭 위를 깜빡거리며 지나가는 모습을 바라보며 마지막 남은 커피를 마셨다.

터너의 꿈은 아직도 미첼의 문건에서 나온 무작위한 단편으로 채색돼 있었다……. 그 안에서 안젤라는 터너에게 몸을 붙였다. 가슴은 부드러웠고, 얇은 티셔츠를 사이에 두고 느껴지는 온기가 터너의 맨 등에 전해졌다. 안젤라가 터너에게 팔을 두르며 평평한 배 근육을 쓰다듬었다. 하지만 터너는 더 깊은 잠에 빠져드는 척하며 가만히 누워 있었다. 그러다 그는 미첼의 바이오소프트 안으로 들어가는 더 깊숙한 통로를 찾았다. 그곳에서 터너의 해묵은 공포와 상처는 기괴한 것들과 함께 뒤섞였다. 새벽녘, 터너는 안젤라가 지붕 꼭대기에 앉아 부드럽게 홀로 노래 부르는 소리를 듣고 잠에서 깨어났다.

"우리 아빠는 잘생긴 악마
9마일짜리 쇠사슬이 있어요.
고리 하나마다
아빠가 사랑하고 모욕했던
여인의 심장이 달려 있죠."

22. 재머의 클럽

 움직이지 않는 에스컬레이터를 걸어서 12층 올라간 곳에 있는 재머의 클럽은 최고층의 뒷부분 3분의 1을 차지하고 있었다. 레온의 클럽을 빼고 나이트클럽을 가 본 적이 없는 바비는 그곳이 인상적이면서도 무서웠다. 바비가 보기에는 아주 뛰어난 내부 시설과 규모는 인상적이었고, 나이트클럽이란 곳이 낮에는 뭔가 비현실적인 모습을 내재하고 있다는 점에서는 무서웠다. 마법이 떠오르는 공간. 재키가 구겨진 파란 작업복을 입은 얼굴이 긴 남자와 속삭이며 대화를 나누는 동안 바비는 엄지손가락을 새 청바지 뒷주머니에 걸친 채 주위를 둘러보았다. 짙은 색 스웨이드 가죽이 덮인 붙박이 의자, 검은색의 둥근 테이블, 조각이 새겨진 나무로 만든 장식용 가름막 수십 개가 실내를 장식하고 있었다. 천장은 검은색이었고, 각 테이블은 어둠 속에서 아래쪽을 향하고 있는 작은 간접 조명으로 은은하게 빛났다. 가운데 있는 무대는 노란 전선에 매달린 작업용 전등 불빛을 받아 밝았고, 무대 중앙에는 밝은 빨간색의 어쿠스틱 드럼 세트가 놓여 있었다. 이유는 알 수 없었지만 바비는 왠지 소름이 돋았다. 뭔가 완전히 살아 있는 것도 죽은 것도 아닌 은근한 느낌, 마치 시야 가장자리에서 뭔가 막 움직이려는 듯한…….

"바비." 재키가 불렀다. "와서 재머에게 인사해."

바비는 할 수 있는 한 최대한 침착하게 무늬 없는 짙은 색 카펫을 가로질러 얼굴이 긴 남자와 마주했다. 숱이 줄어드는 검은 머리를 한 그는 작업복 아래에 하얀 연회복 셔츠를 입고 있었다. 눈은 가늘었고, 하루 사이에 자란 턱수염에 의해 그늘진 뺨은 공허했다.

"흠." 그 남자가 말했다. "카우보이가 되고 싶다고?"

그는 바비의 티셔츠를 바라보았고, 바비는 그가 웃을지도 모른다는 생각에 기분이 불편해졌다.

"재머는 예전에 자키였어." 재키가 말했다. "잘 나갔었지. 그랬죠, 재머?"

"뭐 사람들은 그러더군." 재머가 계속 바비를 바라보며 말했다. "오래 전 일이야, 재키. 그래, 넌 몇 시간이나 접속했어? 실행해 본 거 말이야."

바비는 얼굴이 화끈거렸다.

"어, 음. 한 시간 정도요."

재머는 털이 수북한 눈썹을 들어올렸다.

"누구나 시작은 있는 법이지."

그가 웃었다. 재머의 이는 작고 부자연스럽게 가지런했다. 바비는 이가 너무 많다고 생각했다.

"바비, 핀이 얘기해 준 위그라는 사람에 대해 물어보지 그래?"

재키가 말했다.

재머가 재키를 흘긋 쳐다보더니 다시 바비 쪽으로 시선을 돌렸다.

"네가 핀을 알아? 핫도거 치고는 꽤 깊이 들어온 셈인데?" 재머는 뒷주머니에서 파란색 플라스틱 흡입기를 꺼내 왼쪽 콧구멍에 대고 들이마셨다. 그가 다시 흡입기를 주머니에 넣고 말했다. "루드게이트 말이지. 위그. 핀이 위그 얘기를 했어? 그 영감이 망령이 들었나 보군."

바비는 그 말이 무슨 뜻인지 몰랐지만, 물어보기 적당한 때는 아닌 것 같았다.

"저기요." 바비가 용기를 내 말했다. "위그라는 사람이 궤도 어딘가에 있대요. 가끔씩 핀에게 물건을 판다고……."

"진짜? 뭐, 네가 거짓말하는 걸지도 모르지. 내가 알기로 위그는 죽었거나 침이나 질질 흘리는 상태가 됐을 텐데. 보통 카우보이보다 훨씬 더 미쳤거든. 무슨 소린지 알아? 완전히 돌았다고. 맛이 갔어. 몇 년이나 소식을 못 들었는데."

"재머." 재키가 말했다. "바비가 그냥 얘기하게 두는 게 좋을 것 같아요. 보부아르가 오후에 여기 와서 질문을 할 텐데, 일이 어떻게 돌아가고 있는지 알아 두는 게 나을 거예요……."

재머는 재키를 바라보았다.

"뭐, 그러지. 보부아르 씨에게는 예전 일도 있고 하니 도와 달라는 거겠군."

"내가 나서서 그렇게 얘기할 순 없죠." 재키가 말했다. "하지만 그릴 거예요. 여기 이 카운트가 안전하게 있을 장소가 필요해요."
"카운트가 뭐야?"
"저요." 바비가 말했다. "제 별명이에요."
"멋지구먼." 재머가 시큰둥하게 말했다. "사무실로 따라와."

바비는 재머의 고풍스러운 떡갈나무 책상 위의 3분의 1을 차지하고 있는 사이버스페이스 덱에서 눈을 뗄 수가 없었다. 광택 없는 검정색으로 상표가 없는 걸 보니 주문형으로 만든 제품이었다. 재머에게 투어데이와 자신의 도주, 여자를 만난 것 같은 느낌, 폭탄에 당한 엄마에 대해 설명하는 동안 바비는 계속 고개를 빼서 덱을 바라보았다. 지금까지 본 덱 중에 가장 잘 빠진 녀석이었다. 재머가 한창 때는 끝내주던 카우보이라고 한 게 떠올랐다.

바비가 이야기를 끝내자 재머는 의자에 깊숙이 몸을 묻었다.
"해 보고 싶어?" 재머가 물었다. 피곤한 목소리였다.
"해 보다니요?"
"덱 말이야. 해 보고 싶어 하는 것 같은데. 의자에 엉덩이를 비비고 앉은 꼴이 뭔가 있어 보여. 해 보고 싶거나 아니면 아주 오줌이 마렵거나."
"열나, 아니……, 당연히 해 보고 싶죠. 고맙습니다. 전……."
"안 될 게 뭐 있어? 접속한 게 내가 아니라 너라는 걸 누가 알겠어. 안 그래? 재키도 함께 접속하지 그래? 어디로 가나 잘 보고 있으라고." 재머는 책상 서랍을 열고 전극 두 세트를 꺼냈다. "대신 아무것도 하지는 마. 알았어? 들어가서 슥 둘러보는 거야. 좌표 넣고 달릴 생각하지 마. 난 보부아르와 루카스에게 빚진 게 있다고. 그걸 갚으려면 아무래도 널 멀쩡한 상태로 유지해야 할 것 같으니까."

재머는 재키와 바비에게 전극을 한 세트씩 건넸다. 그가 일어서서 검정 콘솔의 양쪽에 있는 손잡이를 잡고 바비 쪽을 향하도록 돌렸다.

"해 봐. 아마 바지를 적시게 될 걸. 10년 된 물건이지만 아직도 웬만한 건 똥 싸듯이 뚫어 버리니까. 오토매틱 잭이라는 친구가 처음부터 혼자서 만든 거야. 한때 바비 퀸(스프롤의 전설적인 카우보이 — 옮긴이)의 하드웨어 아티스트였었지. 그 둘이 블루 라이트를 홀랑 태워 버렸어. 아마 네가 태어나기 전 얘기겠지만."

바비는 이미 전극을 붙이고 재키를 바라보고 있었다.

"나란히 접속해 본 적 있어?"

바비는 고개를 저었다.

"좋아. 우리가 접속하면 내가 네 왼쪽 어깨를 잡고 있을 거야. 내가 접속 끊으라고 하면 끊어. 뭔가 재미있는 게 보이더라도 그건 내가 너와 함께 있기 때문이야. 알아들었어?"

바비는 고개를 끄덕였다.

재키는 중절모 뒤에서 한쪽 끝이 은으로 된 긴 핀 두 개를 빼서 책상 위 덱 옆에 내려놓았다. 그리고 전극을 오렌지색 실크 스카프 위에 대고 이마에 부드럽게 접촉시켰다.

"가자." 재키가 말했다.

예나 지금이나 빨랐다. 재머의 덱은 뜨거운 네온 불빛 위 아주 높은 곳으로 접속했다. 바비는 알지도 못하는 데이터의 지형이었다. 커다랗고, 산처럼 높으며, 뾰족한 구조물의 집합이 공간이 아닌 공간, 즉 사이버스페이스에 펼쳐져 있었다.

"천천히 가, 바비."

바비 옆의 허공에서 들리는 재키의 목소리는 낮고 달콤했다.

"우와, 젠장. 이거 장난 아닌데요!"

"알아. 그래도 살살 하라고. 서둘러봤자 우리한테 좋을 거 없어. 느긋하게 구경하고 싶잖아. 이 위치 유지하면서 속도 줄이라고……."

바비는 관성으로 움직이는 정도가 될 때까지 속도를 줄였다. 재키가 보일까 싶어 왼쪽으로 틀었지만, 아무것도 없었다.

"난 여기 있어." 재키가 말했다. "걱정하지 마……."

"퀸이 누구예요?"

"퀸? 재머가 아는 카우보이인가 보지. 재머는 한창 때 사람들을 다 알아."

바비는 마음 내킬 때마다 격자 구조의 교차로에서 직각으로 왼쪽을 향해 부드럽게 방향을 틀며 덱의 반응을 시험했다. 놀라웠다. 지금까지 사이버스페이스에서 느껴 본 것과 차원이 달랐다.

"우와, 제길. 이거 해보니까 오노 센다이는 장난감이네요……."

"아마 이것도 오노 센다이 회로를 썼을걸. 재머 말로는 예전에 그걸 썼다니까. 좀 더 위로……."

그들은 아무 어려움 없이 격자를 따라 상승했다. 데이터가 아래쪽으로 멀어졌다.

"위쪽에는 별로 볼 게 없잖아요." 바비가 불평했다.

"아니야. 재미있는 걸 볼 수 있어. 빈 공간에 충분히 오래 있기만 하면……."

갑자기 그들 앞에 놓인 매트릭스의 구조가 떨리는 듯했다…….

"어, 재키……."

"멈춰. 잠깐 여기 있어. 괜찮아. 나만 믿어."

아주 먼 곳 어딘가에서 바비의 손가락이 익숙지 않은 키보드 위를 움직였다. 바비는 그들이 제자리에 멈추게 했다. 그 짧은 순간 사이버스페이스가 흐릿해지면서 희끄무레해졌다.

"이게 뭐……."

"단발라 아프 몬테 엘." 목소리가 머릿속에서 거칠게 울려퍼졌고, 입에서는 피맛이 났다. "단발라가 그 여자를 타고 있다."

어찌된 일인지 바비는 그 말이 무슨 뜻인지 알 수 있었다. 하지만 목소리는 머릿속에 든 쇳덩이 같았다. 희끄무레한 구조가 두 개의 움직이는 회색 구조로 갈라졌다. 마치 거품이 이는 것 같았다.

"레그바야. 레그바와 전쟁의 신, 오우고우 페라이야. 파파 오우고우! 생 자크 마주르! 비브 라 비예즈!"

머릿속 쇳덩이의 웃음소리가 매트릭스를 채웠다. 바비의 머리 안에서 톱질을 하는 기분이었다.

"맙 카이트 타우트 미제 아크 타우트 기욘." 또 다른 목소리가 말했다. 불안정하고, 빠르게 변하며, 차가운 목소리였다. "봐, 파파. 그 여자가 불운을 던져 버리려고 여기 왔어!"

그러고는 그 목소리도 웃기 시작했다. 바비는 맑은 웃음소리가 몸 안에서 거품처럼 끓어오르면서 밀려드는 흥분을 가라앉히려고 싸웠다.

"그 여자, 단발라의 말에게 불운이 있다고?" 오우고우 페라이의 쇳덩이 같은 목소리가 울렸다. 그 순간 바비는 회색 안개 속에서 어떤 형체가 깜빡이는 것을 보았다고 생각했다. 목소리가 끔찍한 웃음소리를 냈다. "정말이야! 정말이야! 그런데 그 여자는 그걸 몰라! 그 여자는 내 말이 아니야. 아니지. 그랬으면 그 여자의 행운을 고쳐줬을 텐데!" 바비는 울고 싶었다. 죽고 싶었다. 그 목소리, 뒤틀린 회색 형체에서 불어오기 시작한 완전히 불가능한 바람, 정체가 뭔지 알 수 없는 냄새가 나는 뜨겁고 눅눅한 바람에서 벗어날 수 있다면 뭐든지 하고 싶었다. "그리고 그 여자는 성모를 찬양해! 내 말 들어봐, 동생아! 라비예즈가 정말 가깝게 끌어당겨!"

"맞아." 다른 목소리가 말했다. "그 여자가 지금 내 구역을 지나가고 있어. 도로, 고속도로를 지배하는 나를."

"하지만 나, 오우고우 페라이는 네게 네 적들 또한 가까이 왔음을 알려주겠어! 자매여, 게이트로! 그리고 조심할 것!"

그러고 난 뒤 회색 영역이 옅어지면서 점차 작아졌다…….

"접속 끊어." 재키가 말했다. 목소리는 작고 멀리서 들리는 듯했다. 재키가 다시 말했다. "루카스가 죽었어."

재머는 책상 서랍에서 스카치 위스키 한 병을 꺼내 플라스틱 컵에 6센티미터 높이로 주의 깊게 따랐다.

"꿀이 말이 아닌걸." 재머가 재키에게 말했다.

바비는 그 부드러운 목소리에 놀랐다. 접속을 끊은 지 10분은 지났지만 아무도 입을 열지 않고 있었다. 재키는 축 처진 채로 아랫입술을 잘근잘근 씹고 있었다. 재머는 기분이 나쁘거나 화가 나 보이지 않았지만, 바비는 확신할 수 없었다.

"왜 루카스가 죽었다고 한 거예요?"

바비가 용기를 내 물었다. 그렇게라도 하지 않으면 침묵이 재머의 좁은 사무실을 가득 채워 숨 막혀 죽을 것 같았다.

재키는 바비를 쳐다보았지만 초점이 흐려 보였다.

"루카스가 살아 있었으면 그들이 그렇게 내게 오지 않았을 거야." 재키가 말했다. "약속, 협정이 있어. 레그바가 언제나 먼저 깨어나. 하지만 단발라와 함께 와야 해. 어떤 로아와 함께 현신하느냐에 따라 성격이 달라져. 루카스는 죽은 게 분명해."

재머는 책상 위에 놓인 위스키 잔을 재키 쪽으로 밀었다. 하지만 재키는 고개를 저었다. 크롬과 검정 나일론으로 만든 전극이 아직 이마에 붙어 있었다. 재머는 혐오스럽다는 표정을 지으며 잔을 끌어당겨 자기가 마셔 버렸다.

"그놈의 헛소리. 너희들이 그것들하고 같이 와서 헤집고 다니기 전에는 이렇게 엉터리 같지 않았어."

"우리가 데려온 게 아니에요, 재머." 재키가 말했다. "원래 거기 있던 그들이 우리를 찾아낸 거죠. 우리가 그들을 이해했으니까요!"

"죄다 헛소리야." 재머가 피곤한 기색으로 말했다. "그게 뭔지, 어디서 왔는지 몰라도 그저 미친 검둥이 몇몇이 보고 싶어 하는 모습을 보여 주는 것뿐이야. 내 말 알아들어? 너희들 거지 같은 시골구석 아이티어로 얘기해야만 하는 존재 같은 게 거기 있을 리가 없다고! 너희들 부두교가 본 건 속임수야. 그리고 보부아르, 루카스나 나머지 사람들은 그 이전에 사업가라고. 사업가들은 거래하는 법을 알아! 그건 자연스러운 거라고!" 재머는 병뚜껑을 닫고 서랍에 다시 집어넣었다. "잘 생각해 봐, 아가씨. 매트릭스에 있는 거물, 힘 있는 누군가가 그냥 너희들을 타고 다니는 거야. 그런 망할 것들을 투사해서 보여 주면서 말이야……. 그게 가능하다는 건 너도 알잖아. 안 그래? 재키?"

"말도 안 돼요." 재키가 말했다. 차갑고 고요한 목소리였다. "하지만 그게 내가 설명할 수 있는 게 아니란……."

재머는 주머니에서 네모난 검은색 플라스틱을 꺼내 면도를 하기 시작했다.

"그렇겠지." 재머가 말했다. 턱을 따라 수염을 미는 면도기에서 윙윙거리는 소리가 났다. "난 8년 동안이나 사이버스페이스에서 살았어. 알지? 거기 그런 게 없다는 것 정도는 안다고. 적어도 그때는……. 어쨌든 루카스에게 전화해서 어느 쪽이든 마음을 놓게 해 줄까? 그 사람 롤스로이스 전화번호 있어?"

"아니에요." 재키가 말했다. "그럴 것 없어요. 보부아르가 올 때까지 숨어 있는 게 낫겠어요." 재키는 일어서서 전극을 떼고 모자를 집어들었다. "난 가서 누울래요. 잠을 좀 자야겠어요. 아저씨는 바비에게서 눈을 떼지 말아요……."

재키는 몸을 돌려 사무실을 나갔다. 온몸의 에너지가 빠져나간 듯 잠든 채로 걷는 것처럼 보였다.

"멋지구먼." 재머가 면도기로 입술 위를 밀며 말했다. "한잔할래?"

그가 바비에게 물었다.

"저, 시간이 좀 이른……."

"너한텐 그렇겠지." 재머는 면도기를 다시 주머니에 넣었다. 재키의 등 뒤로 문이 닫혔다. 재머는 몸을 앞으로 살짝 기울였다. "그것들이 어떻게 생겼더냐, 꼬마? 제대로 봤어?"

"그냥 회색이에요. 흐릿하고……."

재머는 실망한 기색이었다. 다시 의자에 기댔다.

"그것의 일부가 되지 않으면 제대로 보지 못할 것 같은데." 재머는 손가락으로 팔걸이를 두드렸다. "네가 보기엔 그게 진짜 같으냐?"

"음, 함부로 건드려보고 싶지는 않던 걸요……."

재머는 바비를 바라보았다.

"싫다고? 흠. 보기보단 똑똑한 녀석일지도 모르겠군. 나라도 함부로 건드리지는 않을 거야. 난 그것들이 나타나기 전에 은퇴를 해서……."

"그러면 그게 뭐라고 생각하세요?"

"오, 점점 똑똑해지고 있군……. 글쎄, 난 모르겠군. 아까도 말했듯이 나로서는 그게 무슨 아이티의 부두 신들이라는 얘기는 받아들일 수 없어. 그래도 혹시 모르지." 재머는 눈을 가늘게 떴다. "어쩌면 매트릭스에 풀린 바이러스가 계속 복제되면서 정말로 똑똑해졌을지도……. 그건 좀 무섭군. 혹시 튜링 놈들이 조용하게 묻어두려고 하는 걸지도. 아니면 AI가 스스로 분리해서 매트릭스에 들어오는 방법을 찾았을지도 몰라. 그러면 튜링 놈들은 돌아버리겠지. 전에 자키들이 쓰는 하드웨어를 손봐주는 티베트 친구를 하나 알았는데, 그 친구 말로는 그게 툴파래."

바비는 눈을 깜빡였다.

"툴파는 생각이 형체를 이룬 거라고 할 수 있지. 미신이야. 대단한 사람은 음의 에너지로 이뤄진 유령 같은 걸 분열시켜 만들 수 있다고 하더군." 재머는 어깨를 으쓱했다. "그것도 헛소리지. 재키의 부두교나 마찬가지야."

"어, 제가 보기에는 루카스나 보부아르 같은 사람들은 완전히 그게 실제인 것처럼 행동하던데요. 연극이 아니라······."

재머는 고개를 끄덕였다.

"잘 봤네. 그 사람들은 쭉 그렇게 잘 해 왔지. 그래서 거기 뭔가 있는 것처럼 보여." 재머는 어깨를 으쓱하더니 하품을 했다. "난 자야겠다. 하고 싶은 대로 해도 좋지만 내 덱만은 건드리지 마. 그리고 밖으로 나가려고도 하지 마. 경보기 열 종류가 울릴 테니까. 바 뒤에 있는 냉장고에 주스랑 치즈랑 뭐 그런 것도 있고······."

홀로 남고 보니 그곳은 아직도 무서웠다. 하지만 무서운 만큼 재미있는 게 많았다. 바비는 바 뒤를 왔다갔다 하며 맥주가 나오는 크롬 꼭지와 손잡이를 만지작거렸다. 얼음을 만드는 기계도 있었고, 뜨거운 물이 나오는 기계도 있었다. 바비는 일본식 인스턴트커피 한 잔을 만든 뒤 재머의 오디오 카세트를 뒤적거렸다. 죄다 처음 보는 밴드나 음악가였다. 바비는 나이를 먹은 재머가 오래된 음악을 좋아하는 건지, 아니면 최신 음악인데 배리타운까지 들어오지 않은 건지 궁금했다. 아마도 레온의 습관 때문에 2주는 더 걸리려나······. 바비는 바의 끝부분에 있는 은색과 검정색이 섞인 표준 크레디트 콘솔 아래에서 총을 발견했다. 탄창이 손잡이 아래로 곧바로 들어가는 작고 땅딸막한 자동소총이었다. 그것은 바 아래쪽에 연녹색 벨크로 띠로 붙어 있었다. 바비는 건드리지 않는 게 좋겠다고 생각했다. 시간이 조금 지나자 두려움이 가셨다. 그저 지루하고 신경이 곤두섰을 뿐이었다. 바비는 식어가는 커피를 들고 앉을 수 있게 돼 있는 공간 가운데로 걸어갔다. 테이블 하나에 앉아서 자신이 거래 이야기를 하기 위해 누군가를 기다리고 있는 스프롤 최고의 콘솔 아티스트, 카운트 제로라고 상상했다. 해야 하는 작업이 있는데 카운트 말고는 아무도 가능한 사람이 없다고…….

"물론이지." 바비는 눈을 지그시 감은 채 텅 빈 나이트클럽을 향해 말했다. "내가 해 주지. 돈만 낸다면……."

바비가 가격을 대자 그들은 창백해지고…….

나이트클럽은 방음이 돼 있었다. 14층의 노점상에서 나는 소음은 전혀 들리지 않았다. 에어컨 같은 장치에서 나는 웅 소리와 뜨거운 물이 나오는 기계에서 나는 물소리뿐이었다. 연극 놀이에 싫증이 나자 바비는 커피 잔을 테이블에 두고 광택을 낸 황동 기둥 사이에 걸려 있는 오래된 두툼한 벨벳 끈을 쓰다듬으며 입구를 가로질렀다. 유리로 된 문은 건드리지 않으려고 조심했다. 바비는 코트 보관소 창문 옆에 있는 의자에 앉았다. 등받이 없는 싸구려 철제 의자로 엉덩이 닿는 부분의 가죽이 갈라진 부분에는 테이프가 붙어 있었다. 코트 보관소 안에는 희미한 전구 하나가 빛나고 있었다. 철로 만든 봉에 오래된 나무 옷걸이 수십 개가 걸려 있는 게 보였다. 옷걸이에는 손수 글씨를 써넣은 노란 종이가 하나씩 달려 있었다. 바비는 재머가 가끔씩 여기 앉아서 고객들을 살펴보겠거니 하고 생각했다. 8년씩이나 잘 나가는 카우보이였던 사람이 왜 나이트클럽을 하는지 바비는 이해할 수 없었다. 어쩌면 일종의 취미일지도 몰랐다. 나이트클럽을 운영하면 여자는 많이 만나겠다는 생각이 들었다. 하지만 돈만 많으면 어차피 여자는 많이 건질 수 있었다. 재머가 8년 동안 최상급 자키였다면, 아마도 부자일 터였다…….

바비는 매트릭스에서 본 장면을 생각했다. 회색 형체와 목소리. 바비는 몸을 떨었다. 그게 왜 루카스가 죽었다는 뜻인지 여전히 알 수 없었다. 루카스가 어떻게 죽을 수 있지? 그때 엄마가 죽은 일이 떠올랐다. 왠지 그 일도 현실처럼 느껴지지 않았다. 맙소사. 신경이 바짝 곤두섰다. 바비는 밖으로 나갔으면 좋겠다고 생각했다. 저 문을 나가 노점상과 누가 거기서 쇼핑을 하는지 누가 일하는지 확인했으면…….

바비는 벨루어 천으로 만든 커튼을 향해 손을 뻗었다. 낡고 두꺼운 유리를 통해 밖을 내다볼 수 있을 정도로만 열고, 형형색색의 노점상과 쇼핑하는 손님들 특유의 풀 뜯는 말 같은 걸음걸이를 눈에 담았다. 바비가 밖을 내다보는 네모난 틀 한가운데, 아날로그 전압 전류 측정기 무더기와 로직 프로브(전자 회로를 테스트하는 펜처럼 생긴 장치—옮긴이), 전력 변환기가 쌓여 있는 탁자 옆에 레온의 뼈가 두드러지고 인종을 추측할 수 없는 얼굴이 보였다. 깊고 소름끼치는 그의 눈이 바비와 마주치자 마치 알아봤다는 뜻으로 딸깍 하는 소리가 들리는 듯했다. 그리고 레온은 바비가 이전까지 한 번도 보지 못했던 동작을 했다. 미소를 지었던 것이다.

23. 종결자

JAL의 승무원이 말리에게 심스팀 카세트를 고르라고 했다. 지난 8월에 테이트 미술관에서 열렸던 폭스톤 회고전, 가나(아샨티!)에서 찍은 역사 모험물, 도쿄 오페라의 개인 관람석에서 본 조르쥬 비제의 카르멘 하이라이트, 탈리 이샴의 광범위 네트워크 토크쇼인 탑 피플의 30분 분량 중에서였다.

"첫 비행이신가요, 오프스키 씨?"

말리는 고개를 끄덕였다. 팔레올로고스에게 어머니의 처녀 적 이름을 대다니 그건 아무래도 바보 같은 짓이었던 듯했다.

승무원은 편안한 웃음을 지어 보였다.

"심스팀이 이륙을 편안하게 만들어 드릴 겁니다. 이번 주에는 「카르멘」이 아주 인기가 좋아요. 의상이 멋지다고 합니다."

말리는 고개를 흔들었다. 오페라를 볼 기분이 아니었다. 말리는 폭스톤을 혐오했다. 그리고 야샨티족의 삶을 느낄 바에는 차라리 가속력을 있는 그대로 받는 편이 나았다! 말리는 기본 설정인 이샴의 카세트를 골랐다. 넷 중에 가장 덜 나빴다.

승무원은 말리의 안전띠를 확인하고 카세트와 회색 플라스틱으로 만든 일회용 전극을 준 뒤, 다음 자리로 이동했다. 말리는 플라스틱 전극을 착용하고 의자 팔걸이에 끼웠다. 한숨을 내쉰 뒤 카세트를 빈 슬롯에 넣었다. JAL 셔틀의 내부가 사라지고 푸른 에게 해가 나타났다. 구름 한 점 없는 하늘을 배경으로 '탈리 이샴의 탑 피플'이라는 글자가 우아한 산세리프체로 떠올랐다.

탈리 이샴은 말리가 기억하는 한 심스팀 산업에서 부동의 스타였다. 새로운 매체의 첫 물결과 함께 등장한, 나이를 먹지 않는 골든 걸. 말리는 곧 탈리의 부드럽고 나긋나긋하며, 이루 말할 수 없을 정도로 편안한 감각의 자극에 푹 빠졌다. 탈리 이샴은 빛이 났다. 깊고 편안하게 호흡했으며, 우아한 뼈는 평생 긴장이라고는 모르고 살았을 법한 근육 속에 안겨 있었다. 탈리 이샴의 심스팀에 접속하는 건 마치 아주 몸에 좋은 목욕을 하는 느낌이었다. 높은 아치를 그리는 발에서 나오는 활력과 하얗고 보드라운 이집트 면으로 만든 간소한 블라우스에 닿는 가슴의 촉감이 느껴졌다. 탈리는 그리스의 한 섬에 있는 작은 항구 위의 자잘한 홈이 파여 있는 하얀 난간에 기대 있었다. 꽃이 핀 나무들이 하얗게 칠한 돌과 좁은 나선 계단이 이루는 언덕 아래쪽으로 폭포처럼 멀어지고 있었다. 항구에서 배 소리가 들렸다.

"지금 관광객들이 급히 배로 돌아가고 있습니다." 탈리가 말하며 미소 지었다. 그녀가 미소 짓는 순간 말리는 그 심스팀 스타의 하얀 치아와 상쾌한 입 속을 느낄 수 있었다. 맨살을 드러낸 팔에 닿는 난간의 거친 느낌도 딱 기분 좋은 정도였다. "하지만 섬에 오신 한 분은 남아서 오후를 저희와 함께 보내기로 하셨어요. 제가 오랫동안 만나고자 했던 분이지요. 여러분도 기뻐하시리라고 믿습니다. 깜짝 놀라실 거예요. 보통은 언론을 피하는 분이시거든요……."

탈리는 몸을 바로 세우고 고개를 돌려 미소를 지으며 출연자를 맞이했다. 볕에 그을린 얼굴이 웃음을 머금고 나타났는데, 바로 조세프 비렉이었다…….

말리는 이마에서 전극을 떼어냈다. JAL 셔틀의 하얀 플라스틱 실내가 쾅 하며 주위에 내려앉는 듯했다. 머리 위 콘솔에서 경고음이 울렸고, 말리는 점점 심해지는 진동을 느낄 수 있었다.

비렉? 말리는 전극을 쳐다보았다.

"뭐, 당신 정도면 탑 피플이겠지……."

"뭐라고요?" 옆자리에 앉은 일본인 학생이 안전띠 안에서 다소 이상한 활 모양으로 몸을 구부린 채 고개를 흔들었다. "심스팀이 잘 안 되나요?"

"아니에요. 미안해요."

말리는 다시 전극을 붙였고, 셔틀의 실내도 다시 감각 잠음 속으로 녹아들어갔다. 곧 그런 거슬리는 감각의 혼합물도 순식간에 차분하고 우아한 탈리 이샴의 모습에 자리를 내 주었다. 탈리는 비렉의 시원하고 단단한 손을 붙잡은 채 그의 부드러운 푸른 눈을 마주보며 미소를 짓고 있었다. 비렉도 미소로 화답했다. 그의 치아는 정말 하얬다.

"여기 오게 돼서 정말 기쁘군요, 탈리." 비렉이 말했다.

말리는 입력되는 탈리의 감각을 자기 감각으로 받아들이며 현실감 속에 젖어들었다. 평소 말리는 시스템이라는 매체를 피했다. 수동적이어야 하는 특성이 성격과 잘 맞지 않았다.

비렉은 부드러운 흰셔츠와 무릎 바로 아래까지 말아 올린 면바지를 입고, 아주 평범한 갈색 가죽 샌들을 신고 있었다. 탈리는 비렉의 손을 잡은 채 난간으로 돌아갔다.

"우리 시청자들이 궁금한 게 아주 많을……"

바다가 사라졌다. 검록색 이끼 같은 풀로 덮인 고르지 못한 평원이 지평선까지 뻗어 있었다. 가우디가 만든 사그라다 파밀리온 성당의 신고딕 양식 첨탑의 윤곽이 지평선 위에 보였다. 세상의 가장자리는 낮고 밝은 안개에 가려 있었고, 물속에서 나는 듯한 종소리가 평원에 울려 퍼졌다…….

"오늘은 시청자가 한 명이군요." 비렉이 이야기하며 둥근 무테안경을 통해 탈리 이샴을 바라보았다. "안녕, 말리."

말리는 전극으로 손을 뻗으려고 했지만, 팔은 돌로 만들어진 듯 꼼짝도 안 했다. 셔틀이 이륙장에서 떠오르면서 생기는 가속력……. 비렉은 말리는 단단히 붙잡아 놓았다.

"이해해요." 탈리가 미소 지으며 말했다. 팔꿈치를 따뜻하고 거친 난간에 대고 기댄 채였다. "멋진 생각이었지요. 비렉 씨, 당신의 말리 양은 정말 운이 좋은 아가씨예요……."

그때 말리는 이것이 센스/네트의 탈리 이샴이 아니라는 사실을 깨달았다. 탑 피플 몇 년 치를 바탕으로 프로그램한 시점, 비렉의 구조물 중 일부였다. 빠져나갈 방법이 없었다. 받아들이는 것 외에는 선택의 여지가 없었다. 말리를 여기 이런 식으로 잡아두고 있다는 사실은 말리의 직감이 옳았다는 사실을 뜻했다. 기계, 구조물. 그건 실제로 있었다. 비렉의 재력은 그의 의지를 가로막는 벽을 녹여 버리는 만능 용매였다…….

"미안해요, 말리." 비렉이 말했다. "기분이 나쁘겠지요. 파코가 그러던데 당신이 도망간다더군요. 하지만 난 그걸 목표를 향한 예술가의 의욕으로 생각하겠어요. 아마 이미 내 게슈탈트의 특성을 느꼈겠지요. 그래서 무서웠고요. 그랬겠지요. 이 심스팀은 이 셔틀이 오를리 공항에서 이륙하기 한 시간 전에 준비했어요. 물론 당신이 어디로 가는지도 알고 있지요. 따라갈 생각은 없어요. 당신은 맡은 일을 하는 거니까요, 말리. 한 가지 안타까운 건 당신 친구 알랭의 죽음을 막지 못했다는 거예요. 그래도 이제는 누가 죽였는지 누가 고용했는지를 알아냈어요."

이제 말리는 탈리 이샴의 눈으로 보고 있었다. 그 눈은 푸른 에너지가 불타오르는 비렉의 눈에 못 박혀 있었다.

"알랭을 죽인 사람은 마스 바이오랩이 고용한 청부살인업자예요." 비렉이 말을 계속했다. "지금 말리가 가고 있는 곳의 좌표를 알랭에게 준 것도 마스예요. 당신이 본 홀로그램도. 마스 바이오랩과 나는 말하자면 애증의 관계라고나 할까. 2년 전에 내 자회사 하나가 마스를 사려고 했었죠. 총액은 전 세계 경제에 영향을 끼칠 만했어요. 마스가 거절했죠. 파코는 알랭이 마스가 제공한 정보를 가지고 장사를 하려고 했다는 사실이 발각돼서 죽었다고 결론 내렸어요. 제3자에게 팔려 했다고……." 비렉은 얼굴을 찡그렸다. "완전히 바보 같은 짓이었어요. 자기가 팔려고 하는 상품이 어떤 물건인지도 전혀 몰랐다니……."

'참 알랭다운 일이야.' 말리는 생각했다. 연민이 밀려왔다. 끔찍한 카펫 위에 웅크리고 있던 모습이 눈에 선했다. 몸을 덮고 있던 녹색 재킷 위로 드러난 척추의 모습이…….

"말리, 상자를 만든 사람을 찾는 일에는 예술 이상의 것이 관련돼 있다는 걸 알아야 해요." 비렉은 안경을 벗고 하얀 셔츠 소매로 닦았다. 말리는 사람을 흉내 낸 그 계산적인 동작에 추잡스러운 면이 있다는 사실을 깨달았다. "난 그 상자를 만든 사람이 내게 자유를 줄 수 있는 위치에 있다고 생각해요, 말리. 난 건강한 사람이 아니랍니다." 비렉은 다시 안경을 쓰고 금색의 섬세한 안경다리를 세심하게 조절했다. "스톡홀름에 있는 내 생명 유지 장치를 멀리서 볼 수 있게 해 달라고 지난 번에 요구했을 때, 내가 본 건 온갖 케이블이 그물처럼 감싸고 있는 트럭 짐칸 같은 물건 세 개였지요……. 내가 그곳을 떠날 수 있다면, 아니 그 안에 들어 있는 세포 덩어리를 떠날 수 있다면, 음." 비렉은 다시 그 유명한 미소를 지어 보였다. "무슨 대가인들 지불하지 않을 수 있을까요, 말리?"

그리고 탈리, 그리고 말리의 시선은 드넓은 짙은 색 이끼 위와 저 멀리 어울리지 않게 서 있는 첨탑을 향했다…….

"의식을 잃으셨어요." 승무원이 말리에게 말을 걸고 있었다. 그의 손가락은 말리의 목 위에 있었다. "드문 일은 아닙니다. 내장형 의료 컴퓨터는 손님의 건강 상태가 아주 좋다고 판단했지만, 도킹 전에 생길지 모르는 적응 증후군을 막기 위해 약을 처방해 드리겠습니다."

승무원은 말리의 목에서 손을 뗐다.

"비 온 뒤의 유럽." 말리가 말했다. "막스 에른스트였어. 이끼……."

승무원은 말리를 내려다보았다. 긴장한 표정에는 직업적인 근심이 떠올랐다.

"네? 뭐라고 하셨죠?"

"미안해요. 꿈이었어요……. 터미널에 도착했나요?"

"한 시간 남았습니다." 그가 말했다.

JAL의 궤도 터미널은 곳곳에 돔이 박혀 있는 고리 모양의 도넛 같은 생김새였다. 테두리가 짙은 달걀 모양의 도킹 베이가 터미널 주위를 둥글게 둘러싸고 있었다. 말리의 가속력 그물 위쪽에 (우주에서는 위쪽이라는 말이 의미가 없지만) 보이는 터미널에는 도넛이 빙글빙글 도는 정교한 애니메이션이 걸려 있었다. 오를리 제1터미널에서 출발한 JAL 셔틀 580에 탄 승객들은 가장 먼저 터미널로 이동하게 될 거라는 방송이 7가지 언어로 나왔다. JAL은 12개의 도킹 베이 중 7곳이 정기 점검 중인 관계로 생긴 지연에 대해 사과했다…….

말리는 가속력 그물 속에서 몸을 움츠렸다. 비렉의 보이지 않는 손이 어디에나 있는 것 같았다. '아니야.' 말리는 생각했다. '분명히 방법이 있을 거야. 빠져 나가고 싶어.'

"몇 시간만 자유로우면 돼. 그러면 그 사람하곤 끝이야……. 비렉 씨도 안녕이라고. 알랭과 달리 난 살아 있는 사람들의 땅으로 돌아갈 거야. 불쌍한 알랭, 내가 네 일을 빼앗은 탓에 죽어 버렸어." 말리는 중얼거렸다.

말리는 눈물이 나오자 눈을 깜빡였다. 그리고 아이처럼 눈을 크게 뜨고 떠다니는 물방울이 된 눈물을 바라보았다…….

'마스, 놈들은 도대체 누굴까?' 말리는 생각했다. 비렉은 알랭이 그들 밑에서 일했고, 그들이 알랭을 죽였다고 주장했다. 말리는 뉴스에서 본 희미한 기억을 떠올렸다. 최신형 컴퓨터 같은 것과 관련이 있었다. 불멸의 하이브리드 암세포가 맞춤형 분자를 뱉어내고 그게 회로의 기본 단위가 된다는 기괴한 내용이었다. 곧 말리는 파코가 가져왔던 전화기 스크린이 마스 제품이라고 말했던 것을 떠올렸다…….

JAL 터미널 실내는 아주 온화하고, 아무 특징도 없고, 여느 붐비는 공항과 전혀 다를 게 없었다. 그래서 말리는 웃음이 날 것 같았다. 흔한 향수 냄새, 사람들 사이의 긴장감, 아주 인공적인 공기, 웅성거리는 대화 소리까지 똑같았다. 지구의 0.8배인 중력 덕분에 짐을 들고 다니기는 쉬웠지만, 말리가 지닌 건 검정 가방이 전부였다. 말리는 안쪽의 지퍼 주머니에서 표를 꺼내들고 가까운 벽에 걸린 화면으로 다가가 갈아타는 셔틀 번호를 확인했다.

출발까지는 2시간이 남아 있었다. 비렉이 뭐라고 했든 말리는 그의 기계가 이미 바쁘게 돌아가고 있으리라고 확신했다. 셔틀의 승무원이나 승객 명단에 침투해 들어가, 돈으로 매수해 누군가를 바꿔치기하고 있으리라……. 마지막 순간에 병에 걸린 사람이나 계획이 바뀐 사람, 혹은 사고가 생길 터였다…….

말리는 가방을 어깨에 메고 하얀 세라믹으로 된 우묵한 바닥을 가로질러 걸었다. 어디로 가는 건지, 아니면 무슨 계획이라도 있는 듯한 태도였지만, 한 걸음 한 걸음씩 떼는 말리 본인도 그렇지 않다는 것을 잘 알았다.

그 부드럽고 파란 눈이 말리를 계속 사로잡았다.

"빌어먹을 놈." 말리가 말했다.

짙은 색 긴자 스타일의 양복을 입고 턱이 두 겹인 러시아 비즈니스맨 한 명이 콧방귀를 끼더니 들고 있던 뉴스팩스를 위로 올려 말리가 안 보이게 가렸다.

"그래서 내가 그년한테 말했거든. 그 광절연체하고 브레이크아웃 박스를 스위트 제인에 가져 오든지, 아니면 내가 그 엉덩짝을 접착제로 격벽에 붙여 주겠다고……."

귀에 거슬리는 여자들 웃음소리가 들려서 말리는 초밥을 먹다가 고개를 들었다. 여자 셋이 말리와 빈 테이블 두 개를 사이에 두고 앉아 있었다. 그 여자들이 앉은 테이블은 맥주캔과 갈색 간장이 스며든 스티포롬 쟁반이 쌓여 가득했다. 여자 하나가 큰 소리로 트림을 하더니 한참 동안 맥주를 들이켰다.

"그래서 그년이 뭐라 하던, 레즈?"

그 말이 일종의 신호였던 모양이었다. 더 긴 웃음이 터져 나왔다. 가장 먼저 말리의 주의를 끌었던 여자는 머리를 팔에 묻고 어깨가 들썩이도록 웃었다. 웃음이 가라앉자 첫 번째 여자가 상체를 세우고 눈물을 닦았다. 말리는 전부 꽤 취해 있다고 판단했다. 젊고 시끄럽고 거칠어 보이는 외모였다. 첫 번째 여자는 홀쭉하고, 얼굴이 날카로웠으며, 가늘고 곧은 코 위에 놓인 회색 눈은 컸다. 남학생처럼 짧게 자른 머리는 말로 표현하기 어려워 보이는 은색이었다. 몸에 비해 큰 캔버스 조끼, 혹은 소매 없는 재킷을 입고 있었는데, 온통 불룩 튀어나온 주머니, 징, 네모난 벨크로로 덮여 있었다. 앞이 열려 있어서 말리가 있는 각도에서는 가느다란 분홍색과 검정색 망사천으로 만든 브래지어 같은 옷에 덮인 작고 둥근 가슴이 보였다. 다른 둘은 더 나이 들어 보였고, 덩치도 더 컸다. 뚜렷한 광원 없이 사방을 비추는 카페테리아의 불빛 속에서 맨살을 드러낸 팔뚝의 근육결이 선명하게 보였다.

첫 번째 여자가 어깨를 으쓱하자 커다란 조끼 안에서 어깨가 움직였다.

"그렇게 하지는 못할걸." 여자가 말했다.

두 번째 여자가 다시 웃었다. 아까처럼 폐부에서 울리는 웃음은 아니었다. 그러더니 넓은 가죽 손목띠에 박힌 시계를 확인했다.

"난 간다." 두 번째 여자가 말했다. "시온에 가. 스웨덴 애들한테 해조류 8상자야."

그러더니 의자를 다시 테이블에 밀어 넣고 일어섰다. 말리는 그 여자가 입고 있는 검정 가죽조끼 어깨에 수놓인 글자를 읽을 수 있었다.

오 그래디 — 와지마

에디스 S.

궤도간 수송

곧 그 옆에 있던 여자도 일어나 펑퍼짐한 청바지를 위로 추켜올렸다.

"확실히 해, 레즈. 그년이 가져올 브레이크아웃 박스가 모자라면 넌 얼굴 깎이는 거야."

"실례합니다."

말리가 목소리가 떨리지 않게 애쓰며 말했다.

검정 조끼를 입은 여자가 몸을 돌려 말리를 바라보았다.

"네?"

그 여자는 웃음기 없는 얼굴로 말리를 위아래로 훑어보았다.

"조끼에 에디스 S.라고 쓰인 걸 봤는데요. 그거 우주선 맞지요?"

"우주선이요?" 옆에 있던 여자가 짙은 눈썹을 올렸다. "아, 맞아요. 아주 강력한 우주선이지요!"

"인양선이에요."

검정 조끼를 입은 여자가 말하곤 몸을 돌려 떠나려 했다.

"당신을 고용하고 싶어요." 말리가 말했다.

"나를요?" 이제 셋 다 무표정하고 웃음기 없는 얼굴로 말리를 바라보고 있었다. "그게 무슨 뜻이에요?"

말리는 브뤼셀에서 산 검정 가방 깊숙이 손을 넣어 팔레올로고스 여행사에 대금을 주고 남은 신엔 다발의 절반을 꺼냈다.

"이걸 드릴게요……."

짧은 은발 머리를 한 여자가 부드럽게 휘파람을 불었다. 여자들이 서로 시선을 교환했다. 검정 조끼를 입은 여자가 어깨를 으쓱했다.

"맙소사. 어디 가게요? 화성이요?"

말리는 가방을 다시 뒤적여 골루와즈 담뱃갑에서 얻은 파란색 접힌 종이를 꺼냈다. 말리는 종이를 검정 조끼를 입은 여자에게 건넸고, 그 여자는 종이를 펴고 알랭이 녹색 펠트펜으로 쓴 궤도 좌표를 읽었다.

"뭐, 이 정도면 금방 갔다 오겠네요." 검정 조끼가 말했다. "그 정도 돈이면야. 그런데 오 그래디하고 난 2300표준시까지 시온에 가야 돼요. 계약이라. 레즈, 넌 어때?"

그 여자는 종이를 자리에 앉아 있는 첫 번째 여자에게 건넸다. 그 여자는 좌표를 읽고 말리를 올려다보며 물었다.

"언제요?"

"지금요. 지금 당장요."

여자가 두 팔로 테이블을 밀며 일어섰다. 의자 다리가 세라믹 바닥에 긁히는 소리가 났다. 입고 있는 조끼 앞이 열리자 말리는 분홍색과 검정색이 섞인 브래지어라고 생각했던 게 왼쪽 가슴 전체를 덮고 있는 장미 문신이란 걸 알 수 있었다.

"그러시죠, 언니. 현금 박치기로."

"지금 돈을 달라는 거예요." 오 그래디가 말했다.

"우리가 어디로 가는지 아무도 알아서는 안 돼요." 말리가 말했다.

여자 셋은 웃었다.

"제대로 찾아 오셨네요."

오 그래디가 말했고 레즈는 씩 웃었다.

24. 곧바로 달려라

 방향을 다시 동쪽으로 꺾자 비가 오기 시작했다. 터너는 스프롤 가장자리를 둘러싼 교외와 무너져 버린 산업지대를 향해 가고 있었다. 비가 마치 단단한 벽처럼 앞을 가로막고 있어서 앞이 안 보였다. 터너는 와이퍼 스위치를 찾았다. 루디가 와이퍼 날을 날카롭게 유지하지는 않은 모양이었다. 터너는 하는 수 없이 속도를 늦췄다. 터빈의 소음이 낮아졌고, 터너는 갓길로 넘어갔다. 자루덮개가 잘게 쪼개 놓은 트럭 타이어를 스치며 시끄러운 소리를 냈다.
 "왜 그래요?"
 "앞이 안 보여. 와이퍼 날이 녹슬었나 본데."
 터너는 전조등을 켰다. 네 줄기 빛이 호버크래프트의 V자형 후드 양쪽에서 일직선으로 뻗어나가 쏟아져 내리는 회색 빗줄기 속으로 사라졌다. 터너는 고개를 흔들었다.

"멈추면 안 돼요?"

"스프롤에 너무 가까워. 이 구역은 전부 순찰을 돈단 말이야. 헬기로. 지붕에 달린 표식을 스캔하면 우리가 오하이오 번호판에 차체 구성도 이상하다는 걸 알 수 있어. 그러면 확인해 보려고 할 텐데, 난 그렇게 되고 싶지 않다."

"그럼 어떡할 거예요?"

"갓길로 가다가 빠져나갈 수 있는지 봐야지. 그리고 숨을 데를 찾아야지. 가능하다면……."

터너는 호버크래프트의 속도를 유지한 채, 제자리에서 한 바퀴 돌았다. 전조등을 받은 오렌지색의 비스듬한 선 하나가 막대 위에서 밝게 빛났다. 측면 도로를 나타내는 표지판이었다. 터너는 표지판을 향했다. 불룩한 입술 같은 자루덮개가 두꺼운 사각형 콘크리트 분리대를 넘어갔다.

"이거면 되겠지."

터너가 표지판을 지나가며 말했다. 측면도로는 호버크래프트가 간신히 들어갈 정도의 넓이였다. 나뭇가지와 덤불이 좁은 옆 창문과 강철판으로 덮인 측면을 긁었다.

"저기 불빛이 있어요."

안젤라가 빗속을 살피려 안전띠에 걸린 채 몸을 앞으로 숙이면서 말했다.

터너도 물기 어린 노란 불빛과 똑같이 생긴 수직 기둥 두 개가 서 있는 모습을 보았다. 터너는 웃었다.

"주유소로군. 옛날에 큰 길을 뚫기 전에 있던 거야. 누가 살고 있나 본데. 아쉽지만 우리는 휘발유를 쓰지 않으니……."

터너는 자갈이 깔린 경사로 아래로 호버크래프트를 천천히 몰았다. 가까이 다가가 보니 노란 불빛은 네모난 창문 두 개에서 나오고 있었다. 창문 하나에서 누가 움직이는 게 보인 것 같았다.

"시골 사람들은 우리를 반기지 않을지도 몰라." 터너가 말했다.

그는 파카 안의 권총집에서 스미스 앤드 웨슨을 꺼내 의자 위, 허벅지 사이에 올려놓았다. 녹슨 주유기에서 5미터 떨어진 곳에 이르자 터너는 호버크래프트를 넓은 진흙 밭에 세운 뒤 터빈을 껐다. 여전히 비바람이 몰아치고 있었다. 주유소 정문으로 한 사람이 카키색 판초 우의를 펄럭이며 나오는 게 보였다. 터너는 옆 창문을 10센티미터 가량 열고 빗소리에 묻히지 않게 소리 높여 말했다.

"미안합니다. 도로에서 나와야 했거든요. 와이퍼가 망가져서요. 여기 사람이 사는 줄 몰랐어요."

창문에서 나오는 불빛에 비친 그 남자의 손은 플라스틱 판초 우의 속에 들어가 있었지만, 뭔가 쥐고 있는 건 분명했다.

"여긴 사유지요." 남자가 말했다.

마른 얼굴에 빗물이 흘렀다.

"도로에 있을 수가 없어서요. 방해해서 미안……."

그 남자가 입을 열었다. 그리고 판초 우의 속에 있는 뭔가를 움직이려고 했다. 동시에 그의 머리가 폭발했다. 터너가 보기에는 마치 누가 손전등으로 장난이라도 치듯 연필 굵기의 빨간 광선이 무심하게 그 남자를 벨 것처럼 움직이다가 미처 건드리기도 전에 머리가 먼저 터져 버린 것 같았다. 핏빛 꽃송이가 피어오르다가 빗줄기에 두들겨 맞고 허물어졌다. 남자의 몸도 무릎을 꿇더니 앞으로 넘어졌다. 판초 우의 밑으로 개머리판을 철선으로 바꾼 새비지410이 미끄러져 나왔다.

터너는 자기 자신의 움직임도 의식하지 못했다. 하지만 어느새 터빈에 시동을 걸고 조종간을 안젤라에게 넘긴 채 안전띠에서 빠져나왔다.

"내가 가라고 하면 주유소 쪽으로 밟아······."

그리고 묵직한 권총을 손에 든 채 일어나 지붕의 해치를 여는 레버를 세게 잡아당겼다. 해치가 열리자마자 검은색 혼다의 프로펠러 돌아가는 소리가 들렸다. 머리 위의 그림자가 점점 낮아졌다. 빗줄기 사이로 간신히 보였다.

"가!"

터너는 안젤라가 호버크래프트를 앞으로 세게 몰기 직전 방아쇠를 당겼다. 반동 때문에 팔꿈치가 지붕에 부딪치면서 감각이 둔해졌다. 총알은 기분 좋은 소리와 함께 머리 위에서 폭발했다. 안젤라는 가속 페달을 있는 힘껏 밟았고, 터너가 상반신을 다시 해치 안으로 간신히 집어넣자마자 나무로 만든 건물을 뚫고 나갔다. 집 안에서 뭔가 폭발했다. 아마 프로판 가스통 같았다. 호버크래프트는 왼쪽으로 방향을 틀었다.

안젤라가 호버크래프트를 한 바퀴 돌리면서 집의 반대편 벽이 부서져 나갔다.

"어디로 가요?"

안젤라의 목소리가 터빈 소리를 뚫고 들렸다.

대답이라도 하듯 검은색 혼다가 기수를 아래로 하고 다가왔다. 20미터 전방에서 은빛 장막 같은 빗줄기를 떨구고 있었다. 터너는 조종간을 잡고 앞으로 전진했다. 뒤쪽으로 바닥에 고인 물이 부채꼴처럼 10미터는 뒤로 날아갔다. 호버크래프트는 폴리카본으로 만든, 조그만 전투 헬리콥터의 조종석을 정면으로 들이받았다. 합금으로 된 기체가 충격을 받아 종잇장처럼 구겨졌다. 터너는 뒤로 물러났다가 더 빠른 속도로 한 번 더 들이받았다. 이번에는 망가진 헬리콥터가 물에 푹 젖은 회색 소나무 두 그루 사이에 처박혔다. 마치 날개가 긴 파리가 널브러져 있는 꼴이었다.

"어떻게 됐어요?" 안젤라가 손으로 얼굴을 가린 채 물었다. "어떻게 됐어요?"

터너는 조수석에 있는 서랍에서 등록증과 먼지 낀 선글라스를 낚아채 꺼내버린 뒤 손전등을 찾아 전지를 확인했다.

"어떻게 됐어요?" 안젤라가 녹음기처럼 물었다. "어떻게 됐어요?"

터너는 다시 해치를 열고 나갔다. 한 손에는 총을, 다른 한 손에는 손전등을 들었다. 비는 다소 누그러져 있었다. 터너는 호버크래프트의 후드 위에 내려섰다가, 다시 범퍼를 밟고 발목까지 빠지는 웅덩이에 내려섰다. 물을 첨벙거리며 검정 프로펠러가 휜 헬리콥터를 향해 다가갔다.

연료가 새고 있었다. 조종석을 덮은 폴리카본은 달걀처럼 금이 가 있었다. 터너는 스미스 앤드 웨슨을 겨누고 크세논 빔 스위치를 두 번 눌렀다. 자비심 없는 빔 두 개가 조용하게 피와 조각난 플라스틱 사이에 놓인 사지가 뒤틀린 몸뚱어리를 보여 주었다. 터너는 기다리다가 손전등을 켰다. 둘이었다. 터너는 손전등을 몸에서 가급적 멀리 한 채 가까이 다가갔다. 오랜 습관이었다. 아무것도 움직이지 않았다. 새어 나오는 연료 냄새가 더 심해졌다. 터너는 구부러진 해치를 잡아당겼다. 열렸다. 둘 다 영상확대용 고글을 끼고 있었다. 둥글고 텅 빈 눈처럼 생긴 레이저는 어두운 밤을 향하고 있었다. 터너는 손을 뻗어 죽은 남자의 양가죽으로 된 항공재킷의 헝클어진 옷깃을 만졌다. 턱수염을 덮고 있는 피는 아주 어두운 색으로 보였다. 손전등 불빛을 받으니 거의 검은색에 가까웠다. 오키였다. 터너는 불빛을 왼쪽으로 돌려 다른 사람을 살폈다. 조종사는 일본인이었다. 터너는 불빛을 다시 돌리다가 오키의 발 옆에 있는 납작한 검정 플라스틱 술병을 발견했다. 그걸 주워서 파카 주머니에 넣고 다시 호버크래프트로 돌아갔다. 빗속에서도 오렌지색 화염이 폐허가 된 주유소를 집어삼키기 시작했다. 터너는 호버크래프트의 범퍼를 밟고 후드 위로 올라갔다가 다시 해치 안으로 내려갔다.

"어떻게 됐어요?" 안젤라가 물었다. 터너가 나갔다 오기 전과 똑같은 말투였다. "어떻게 됐어요?"

터너는 무너지듯 자리에 앉았다. 안전띠를 맬 생각도 하지 않고 터빈에 시동을 걸었다.

"호사카 헬기였어." 터너가 호버크래프트를 돌리며 말했다. "우릴 쫓아오고 있었어. 레이저도 갖고. 우리가 고속도로에서 벗어나기를 기다린 거야. 경찰 눈에 뜨일 만한 잔해를 남겨 놓고 싶지 않았던 거지. 우리가 도로에서 나오니까 공격하기로 했는데, 하필 그 불쌍한 놈이 우리 편이라고 생각했나 보지. 아니면 그냥 증인을 없앤 거였거나……."

"그 사람 머리가……." 안젤라가 떨리는 목소리로 말했다.

"레이저였어." 터너가 다시 측면 도로로 들어가며 말했다. 비는 약해져 거의 그친 상태였다. "증기야. 뇌가 증발하면서 해골이 날아가는……."

안젤라가 몸을 앞으로 숙이더니 구토를 했다. 터너는 한 손으로 운전을 하면서 다른 한 손으로 오키의 술병을 집었다. 이빨로 뚜껑을 남아 빼고 와일드 터키를 입 안 가득 한 모금 마셨다.

다시 고속도로 갓길에 들어섰을 때 주유소에 난 불이 헬리콥터에서 새어나온 연료에 옮겨 붙었다. 휘감기는 화염 속에서 터너는 다시 쇼핑센터를 보았다. 공중에서 서서히 떨어지는 섬광, 하얗게 작열하는 하늘 속에서 소노라 경계를 향해 질주하는 제트기…….

안젤라가 몸을 펴고 손등으로 입가를 닦았다. 몸을 떨기 시작했다. "여기서 빠져나가야 해."

터너는 호버크래프트를 다시 동쪽으로 몰았다. 안젤라는 아무 말이 없었다. 곁눈질로 흘긋 돌아보니 안젤라는 꼿꼿하게 굳은 자세로 앉아 있었다. 계기판 불빛에 비친 눈은 흰자위가 드러나 있었고, 얼굴은 공허했다. 샐리가 불러서 갔을 때 루디의 침실에서 본 모습이었다. 그때와 똑같이 방언이 흘러나왔다. 프랑스어 사투리 같은 언어를 부드럽고 빠르게 중얼거렸다. 터너는 녹음기도, 시간도 없었고, 운전을 해야만 했…….

"참아." 터너가 속도를 높이며 말했다. "괜찮아질 거야……."

물론 안젤라는 터너의 말을 전혀 듣지 못했다. 안젤라의 이가 맞부딪치는 소리가 났다. 터빈 소리 위로 들릴 정도였다. '멈춰야겠어.' 터너는 생각했다. '저 이 사이에 지갑이나 옷자락처럼 뭔가 끼워 넣을 걸 찾을 동안만.' 안젤라의 손은 경련하듯 안전띠를 잡아 뜯고 있었다.

"우리 집에는 아픈 아이가 있어." 안젤라의 입에서 흘러나온 목소리가 들린 순간 호버크래프트가 거의 도로 밖으로 벗어날 뻔했다. 깊고 느리며, 기괴할 정도로 끈적거리는 목소리였다. "그 아이의 피 묻은 드레스를 갖겠다고 주사위를 던지는 소리가 들려. 오늘 밤 수많은 손이 그 아이의 무덤을 파겠지. 네 손도 마찬가지고. 적들은 네 죽음을 위해 기도하지, 용병. 땀이 날 때까지 기도해. 그들의 기도는 뜨거운 강이야."

그리고 웃음일지 모르는 목쉰 소리가 나왔다.

터너는 위험을 감수하고 옆을 슬쩍 바라보았다. 안젤라의 굳은 입술에서 은빛 침이 한가득 흘러내리는 것을 보았다. 깊숙한 곳의 얼굴 근육이 뒤틀려 터너가 알지 못하는 얼굴이 돼 있었다.

"넌 누구냐?"

"난 길의 지배자다."

"뭘 원하지?"

"이 아이는 내 말이다. 인간의 마을에서 움직이는 건 괜찮아. 네가 동쪽으로 가는 것도 좋다. 네 도시로 아이를 데려가라. 내가 다시 아이를 탈 것이다. 그리고 사메디가 너와 함께 탈 것이다, 용병. 그는 네가 손에 쥐고 있는 바람이다. 하지만 변덕스럽지. 무덤의 지배자이므로, 아무리 네가 잘 모신다고 해도……."

터너가 몸을 돌리자 안젤라의 몸이 안전띠에 걸린 채 옆으로 무너지는 모습이 보였다. 입은 느슨하게 벌린 채 머리가 축 늘어졌다.

25. 캐주얼/고딕

"자동 응답입니다." 스크린 아래에 달린 스피커에서 목소리가 흘러 나왔다. "핀은 현재 전화를 받을 수 없습니다. 다운로드는 원하신다면, 당신은 이미 접속 코드를 알고 계시겠지요. 메시지를 남기시려면, 바로 남기십시오."

바비는 스크린에 떠오른 영상을 보다가 천천히 고개를 저었다. 보통 자동 응답기에는 소유자의 외모가 좀 더 보편적인 미적 기준에 부합할 수 있도록 결점을 제거하거나 이상적인 평균치에 근접하도록 얼굴선을 미묘하게 조절해 주는 미용 프로그램이 함께 들어 있게 마련이었다. 그런데 핀의 괴상한 외모에 작용한 미용 프로그램의 효과는 바비가 이제껏 본 것 중에서 가장 기괴했다. 뒤쥐의 얼굴에다가 누가 장의사가 쓰는 크레용과 파라핀으로 온통 장난을 쳐 놓은 것 같았다.

"뭔가 이상한데." 재머가 위스키를 마시며 말했다.

바비는 고개를 끄덕였다.

"핀은 광장공포증이야." 재머가 말했다. "쓰레기가 잔뜩 쌓인 가게만 벗어나면 사람이 우글우글거린단 말이야. 게다가 핀은 전화 중독증이라고. 거기 있으면서 전화를 안 받는 일은 없어. 저년 말이 맞다는 생각이 들기 시작하는걸. 루카스가 죽었고 뭔가 큰일이 벌어지고."

"이년은 이미 알고 있었다고요." 바 뒤에 서 있던 재키가 말했다.

"안다······." 재머가 플라스틱 컵을 내려놓고 끈 넥타이를 만지작거리며 말했다. "알고 있다라······. 매트릭스에서 후두교 신과 이야기해서 알고 있다라······."

"루카스가 응답을 안 해요. 보부아르도요. 진짜 재키 말이 맞을지도 몰라요."

녹음을 시작한다는 신호가 울리자 바비는 전화기를 껐다.

재머는 주름 잡힌 셔츠와 하얀 연회용 재킷, 새틴 줄무늬가 세로로 나 있는 검정 바지를 입고 있었다. 바비는 그게 클럽에서 일하는 복장이라고 생각했다.

"아무도 없어." 재머가 바비와 재키를 둘러보며 말했다. "보그와 샤키는 어디 있지? 여종업원들은?"

"보그와 샤키가 누구예요?" 바비가 물었다.

"바텐더. 상황이 좋지 않아." 재머는 의자에서 일어나 문으로 다가갔다. 커튼 한 쪽을 부드럽게 살짝 걷었다. "저 병신들이 여기서 도대체 뭘 하고 있는 거야? 어이, 카운트. 네 친구들인 거 같은데. 이리 와서 봐······."

바비가 일어섰다. 근심으로 가득했다. 레온에게 들켰다는 말을 재키나 재머에게 하고 싶지 않았다. 그랬다가는 완전 윌슨으로 보일 터였다……. 바비는 재머 옆으로 다가갔다.

"슬쩍 봐. 들키면 안 돼. 저놈들 우리를 안 보는 척하고 있는데, 다 티가 나."

바비는 커튼을 조심스럽게 1센티미터 이하로 걷고 바깥을 내다보았다. 쇼핑하던 무리가 거의 전부 사라지고 대신 그 자리에 검은 머리는 볏을 세우고 징 박힌 가죽옷을 입고 있는 고딕들과 놀랍게도 거의 같은 수의 금발 캐주얼들이 있었다. 캐주얼은 신주쿠의 최신 면소재 옷을 입고 황금 버클이 달린 로퍼를 신고 있었다.

바비가 재머를 보며 말했다.

"모르겠어요. 저 둘이 같이 있을 리가 없는데. 캐주얼하고 고딕이라고요, 알아요? 저 둘은 타고나길 적이에요. DNA에 새겨져 있는 것 같다니까……." 바비는 다시 한 번 밖을 내다보았다. "망할. 100명은 되는 것 같아요."

재머가 두 손을 바지 주머니에 찔러 넣은 채 물었다.

"저 중에 개인적으로 아는 놈 있냐?"

"고딕이요. 몇 명하고 얘기해 본 적 있어요. 그런데 누가 누군지 구별하기가 어려워요. 캐주얼은 자기네 아닌 사람은 전부 밟아 버리고요. 맨날 하는 게 그거예요. 그런데 절 공격한 건 로브였고. 로브들은 고딕하고 조약을 맺었다고 해요. 그래서 어떻게 될지 누가 알겠어요?"

재머는 한숨을 쉬었다.

"그러니까 나가서 저놈들한테 무슨 일이냐고 물어볼 생각은 없다 이거지?"

"없어요." 바비가 단호히 말했다. "전혀요."

"흐음."

재머는 뭔가 계산하는 듯한 표정으로 바비를 바라보았다. 바비는 그 표정이 싫었다.

뭔가 작고 단단한 물건 하나가 높다란 검은색 천장에서 떨어져 역시 검은색인 둥근 테이블에 부딪치며 큰 소리를 냈다. 그것은 테이블에서 튕겨 나와 카펫에 떨어져 구르다가 바비의 새 부츠 사이에 멈췄다. 바비는 반사적으로 몸을 굽혀 집어 들었다. 구식 일자 나사였다. 나사 몸은 갈색 녹으로, 머리 부분은 탁한 검정색 페인트로 덮여 있었다. 바비가 위를 올려다보는 사이 하나가 더 테이블 위로 떨어졌다. 이를 본 재머는 표준 크레디트 콘솔 옆으로 바를 잽싸게 뛰어넘었다. 재머가 시야에서 사라지고, 뭔가 뜯어내는 소리가 희미하게 들렸다. 벨크로……. 바비는 전날 밤 재머가 작은 자동소총을 거기에 보관하고 있던 것을 떠올렸다. 바비가 주위를 둘러보았지만, 재키는 어디로 갔는지 보이지 않았다.

세 번째 나사가 큰 소리를 내며 테이블 위로 떨어졌다.

바비는 혼란에 빠져 주저했다. 하지만 곧 재키를 본받아 최대한 조용히 움직이며 시야에서 사라지기로 했다. 바비는 나무 장식벽 뒤로 웅크리고 들어가 네 번째 나사가 떨어지는 모습을 지켜보았다. 곧이어 미세한 먼지가 우수수 떨어졌다. 뭔가 긁는 소리가 들리더니 네모난 철제 지붕판 하나가 갑자기 사라졌다. 환기구 같은 곳으로 들어간 것 같았다. 바비는 재빨리 바 쪽을 바라보았다. 마침 재머가 두꺼운 반동 감쇄기가 총구에 달린 자동소총을 겨누는 모습이 보였다.

열린 구멍에서 가는 갈색 다리가 나타났다. 그리고 먼지로 더러워진 상어 가죽 옷도…….

"잠깐만요." 바비가 말했다. "보부아르예요!"

"그래 바로 나다." 환기구 속에서 크게 울리는 목소리가 들렸다. "저 망할 테이블 좀 치워."

바비는 장식벽 뒤에서 나와 테이블과 의자를 옆으로 치웠다.

"이거 잡아." 보부아르가 말했다. 그리고 한쪽 어깨에서 불룩한 갈색 봉지를 내리더니 아래로 떨어뜨렸다. 바비가 거의 바닥에 주저앉을 만한 무게였다. "이제 비켜…….."

보부아르는 환기구에서 나와 양손으로 천장을 잡고 매달렸다가 아래로 떨어졌다.

"내가 위에 설치한 경보기는 어떻게 된 거야?"

재머가 바 뒤에 서서 물었다. 자동소총은 아직 손에 든 채였다.

"여기 있지." 보부아르가 페놀수지로 된 회색 막대기를 카펫에 던지며 말했다. 가느다란 검정색 전선이 둘둘 말려 있었다. "지금 밖에 군대처럼 모여 있는 머저리들한테 안 들키고 들어오려면 이 방법밖에 없었어. 누가 저놈들한테 여기 청사진을 줬나 봐. 그런데 한군데는 빠뜨렸거든."

"지붕에는 어떻게 올라갔어요?"

재키가 장식벽 뒤에서 걸어 나오며 물었다.

"안 올라갔어." 보부아르가 커다란 안경테를 다시 쓰며 대답했다. "옆 건물에서 단분자 선을 쐈지. 그리고 세라믹 걸개를 타고 미끄러져 내려왔어……." 보부아르의 짧은 곱슬머리는 벽난로에서 나온 재로 뒤덮여 있었다. 그가 엄숙한 표정으로 재키를 바라보았다. "그런 거야."

"알았어요. 레그바와 파파 오우고우가 매트릭스에 있어요. 바비와 재머의 덱으로 접속했는데……."

"뉴저지 고속도로에서 아흐메드가 날아갔어. 아마도 바비의 엄마를 날린 무기와 같은 걸 썼겠지……."

"누가요?"

"아직 확실하지 않아." 보부아르가 무릎을 꿇고 봉지를 주워 간편하게 따게 돼 있는 플라스틱 자물쇠를 열었다. "하지만 슬슬 드러나고 있지……. 난 루카스가 당했다는 얘기를 듣기 전까지 로브 중에서 누가 바비에게서 덱을 털어갔는지 찾고 있었어. 아마 그건 우연이었을 거야. 평소 하던 일이니까. 그런데 로브 중에 우리 아이스브레이커를 쓰는 놈들이 있어……. 가능하지. 로브 중에도 핫도거가 있고, 걔들은 투어데이와 거래도 하니까. 그래서 투어데이와 난 한 바퀴 돌면서 뭐가 있나 알아보려고 했지. 결과적으로는 꽝이었어. 알릭스라는 별 하찮은 괴짜를 빼면. 자기가 두 번째 부사령관이라나 뭐라나. 하여튼 이 녀석이 상대 조직의 같은 급에 있는 놈한테 전화를 받았는데, 투어데이가 그게 레이몬드라는 배리타운의 고딕이라는 걸 알아냈어." 보부아르는 말하면서 봉지에 든 무기와 도구, 탄약, 전선 뭉치를 꺼내 놓았다. "레이몬드는 아주 험한 말을 하려는 모양이던데, 알릭스는 우리 앞이라 침착하더라고. '미안합니다, 여러분. 하지만 이건 사령관 사이의 공식적인 협의입니다.' 그 미친 새끼가 이러더라고. 우리는 물론 정중하게 물러났지. 조용하게 뒷걸음질 치면서 절도 하고 말이야. 그리고 모퉁이를 돈 다음에 재빨리 투어데이의 조립식 전화로 스프롤에 있는 우리 카우보이에게 전화해서 알릭스의 전화에 붙였어. 카우보이들이 철사로 치즈 쑤시듯이 알릭스랑 레이몬드 사이의 대화에 끼어들었지."

보부아르는 개조한 12구경 샷건을 집어들었다. 팔뚝보다 살짝 길었다. 보부아르는 카펫 위에 늘어놓은 물건 중에서 둥근 탄창을 집어 총에 끼웠다.

"이런 거 본 적 있어? 남아프리카 공화국 산이지. 전쟁 전 물건이야……." 그 목소리와 턱의 모양에서 바비는 갑자기 보부아르의 분노를 느낄 수 있었다. "보아하니 어떤 남자가 레이몬드에게 접근한 거야. 아주 부자에다가, 고딕 조직 전체를 당장 고용하고 싶대. 스프롤로 몰려가서 그 수를 가지고 시위를 하라고 말이야. 이 남자가 원하는 수가 크더라고. 그래서 캐주얼도 고용할 거래. 그런데 알릭스란 놈이 흙을 뿌리더라고. 이 녀석이 좀 보수적인데, 좋은 캐주얼이란 죽은 캐주얼밖에 없다는 거야. 그것도 몇 시간 동안 고문 같은 걸 당한 뒤에 죽은 캐주얼 말이야. 레이몬드가 외교관스럽게 말하더군. '지랄하지 마. 이게 돈이 얼마인 줄 알아. 이건 사업 얘기라고.'"

보부아르는 납작한 플라스틱 상자를 열고 탄창에 총알을 한 알씩 집어넣으며 장전하기 시작했다.

"이건 좀 다른 얘기일지 모르지만, 요새 마스 바이오랩 홍보팀원이 영상에 계속 나와. 애리조나에 있는 마스 땅에서 무슨 이상한 일이 일어났거든. 어떤 사람은 핵무기였다고 하고, 어떤 사람은 다른 거라고도 해. 게다가 마스는 최근에 자기네 최고의 바이오소프트 연구자가 죽었다고 주장하지. 그것과는 무관한 사고였다는데 말이야. 그 미첼이란 사람은 사실상 바이오소프트를 발명했어. 지금까지는 아무도 그걸 흉내조차 못 내. 그래서 루카스와 나는 처음부터 마스가 그 아이스브레이커를 만들었다고 추측했지. 그게 아이스브레이커가 맞는지는 모르겠지만 말이야……. 그런데 핀이 누구에게서, 아니면 어디서 그걸 얻었는지는 전혀 몰라. 하지만 이 사실을 전부 모으면, 마스 바이오랩이 우리를 전부 요리해 버리려고 할지도 모른다는 결론이 나오지. 그리고 여기가 바로 그 장소야. 놈들이 우리를 한 곳에 묶어 뒀거든."

"글쎄." 재머가 말했다. "이 건물에는 우리 친구가 많은데……."

"많았지." 보부아르는 샷건을 내려놓고 남부 자동권총을 장전하기 시작했다. "여기하고 바로 아래층 사람들 거의 다 오늘 오후에 밖으로 나갔어. 현금이 가득한 가방 덕분이었지. 거부한 사람도 있지만, 충분하지 않아."

"그건 말이 안 돼." 재키가 말하고는, 재머가 내민 스카치위스키 잔을 받아 단숨에 들이켰다. "우리가 뭘 갖고 있기에 누가 그렇게 간절히 원하는 건데?"

"저기요." 바비가 말했다. "잊지 말아요. 저 사람들은 로브가 아이스브레이커를 뺏어갔다는 걸 아마 모를 거예요. 그게 원하는 걸지도 모르죠."

"아니야." 보부아르가 탄창을 끼워 넣으며 말했다. "네가 엄마 집에 그걸 보관하지 않았다는 것도 알 수 없잖아. 안 그래?"

"들어가서 찾아봤는지도 모르죠……."

"그러면 루카스가 갖고 아흐메드에 타지 않았다는 건 어떻게 알겠냐?" 재머가 바 쪽으로 걸어가며 말했다.

"핀도 그자들이 자기를 죽이러 닌자 셋을 보냈다고 생각했잖아요." 바비가 말했다. "물론 자백하게 하는 도구를 갖고 있었다고도 했지만……."

"역시 마스야. 어쨌든 지금은 캐주얼하고 고딕을 상대해야 해. 좀 더 도청했다면 알 수 있었겠지만, 알릭스라는 로브 놈이 잘난 척 하면서 레이몬드와 같이 움직이지 않더라고. 증오하는 캐주얼하고 함께 고용될 수는 없다고. 우리 카우보이가 알아 낸바로는, 저 밖에 있는 부대는 여기 있는 사람을 안에 묶어 놓는 게 목적이야. 그리고 나 같은 사람을 끄집어내는 거지. 총이나 무기가 있는 사람을 말이야." 보부아르는 남부 권총을 재키에게 건넨 뒤 바비에게 물었다. "총 쏠 줄 알지?"

"당연하죠." 바비는 거짓말을 했다.

"안 돼." 재머가 말했다. "쟤는 총 없어도 이미 골칫거리라고."

"내가 보기에는 누군가가 우리를 찾아서 안으로 침투할 거라고 예상할 수 있어." 보부아르가 말했다. "좀 더 전문적인 놈이겠지만……."

"아니면 하이퍼마트를 통째로 날리고 가 버릴지도 모르지." 재머가 말했다. "저 좀비들도 같이……."

"아니에요." 바비가 말했다. "그럴 거면 진즉에 했을 거예요."

다들 바비를 바라보았다.

"꼬마 말이 맞아." 재키가 말했다. "제대로 봤어."

30분 뒤, 재머는 음울한 표정으로 보부아르를 바라보았다.

"네가 알아서 해. 이렇게 말도 안 되는 계획은 정말 오랜만에 들어 본다."

"맞아요, 보부아르." 바비가 끼어들었다. "그냥 환기구를 통해서 몰래 지붕으로 간 다음에 옆 건물로 가면 안 돼요? 보부아르가 타고 온 줄을 쓰면 되잖아요."

"지붕 위에는 캐주얼들이 똥에 몰려든 파리만큼 있어. 어떤 놈들은 내가 열고 들어온 뚜껑을 찾을지도 모른단 말이다. 오는 길에 소형 지뢰를 몇 개 남겨두긴 했지만." 보부아르는 웃음기 없이 말했다. "그뿐만 아니라 옆 건물이 더 높아. 지붕까지 올라서 이쪽 아래로 쐈단 말이야. 단분자 선이라 잡고 올라갈 수도 없어. 손가락 잘린다고."

"그러면 어떻게 나갈 생각이었어요?"

"그만해, 바비." 재키가 조용하게 말했다. "보부아르는 해야 할 일을 한 거야. 지금 우리와 함께 있고, 무기도 있잖아."

"바비." 보부아르가 말했다. "계획을 다시 한 번 읊어 봐. 다들 이해 했나 확인하게……."

자기가 계획을 이해했는지 보부아르가 확인하려 든다는 느낌이 들자 바비는 기분이 나빠졌다. 하지만 바비는 바에 등을 기대고 입을 열었다.

"우리 전부 무장하고 기다려요. 맞죠? 재머와 내가 덱으로 접속해서 매트릭스를 정찰해요. 그러면 무슨 일이 벌어지고 있는지 알 수……."

"그건 나 혼자서도 할 수 있는데." 재머가 말했다.

"젠장!" 바비가 바에서 등을 뗐다. "보부아르가 그랬잖아요! 난 가고 싶다고요! 접속하고 싶어요! 안 그러면 내가 어떻게 될 배우겠어요?"

"신경 쓰지 마, 바비." 재키가 말했다. "계속해."

"네." 바비는 부루퉁한 표정으로 대답했다. "조만간 고딕하고 캐주얼을 시켜서 우리를 붙잡아 둔 놈들이 우리를 잡으러 올 거예요. 그러면 우리가 놈들을 잡는 거죠. 최소한 한 명을 산 채로요. 동시에 우리는 밖으로 나가요. 고딕들은 우리에게 무기가 있을 거라고는 생각 못 했을 테니, 거리까지 나가면 프로젝트로 향해……."

"그 정도면 대강 맞군." 재머가 말하며 카펫을 가로질러 잠긴 채 커튼이 드리워진 문을 향해 걸어갔다. "대강 잘 요약한 것 같아." 재머는 잠금 패널에 엄지손가락을 대고 문을 반쯤 열었다. "어이, 거기! 너 말고! 너 모자 쓴 놈! 이리 좀 와. 얘기 좀……."

연필 굵기의 빨간 광선이 문과 커튼, 재머의 손가락 두 개를 뚫고 바 위에서 번쩍였다. 술병이 폭발하면서 내용물이 증기와 에스테르 형태로 소용돌이쳤다. 재머는 문이 닫히도록 손을 놓았고, 망가진 손을 들여다보다가 카펫 위에 풀썩 주저앉았다. 술이 끓어오르며 크리스마스트리 냄새가 서서히 클럽 안을 채웠다. 보부아르는 바의 카운터에서 압력 용기를 들고 이산화탄소가 다 떨어져 물줄기가 끊길 때까지 불붙은 커튼에 셀처 탄산수를 부었다.

"운이 좋군, 바비." 보부아르가 압력 용기를 어깨 뒤로 던지며 말했다. "재머가 덱을 두드릴 수 있을 것 같지 않은걸……."

재키는 주저앉아 무릎을 꿇고 재머의 손을 보며 우는 소리를 냈다. 바비는 불타 버린 살을 잠깐 쳐다보다가 조용히 시선을 돌렸다.

26. 위그

"뭐, 엄밀히 말하면 내가 알 바는 아닌데요." 레즈가 말리 앞에 거꾸로 매달린 채 말했다. "거기 도착하면 누가 기다리고 있는 거예요? 그러니까 내가 그쪽을 거기 데리고 간 갈 거예요. 그건 확실해요. 그리고 만약 못 들어가면, 다시 JAL터미널로 데려다 줄 거예요. 하지만 아무도 들여보내 주지 않으려고 하면, 거기서 얼마나 기다려야 하는지 모르겠네요. 그건 고철덩어리거든요. 안에 좀 이상한 사람들도 어슬렁거리고 있고요."

레즈는 (본명은 테레즈로, 말리는 스위트 제인의 조종석에 붙어 있는 조종사 면허증에서 봤다.) 출발하려고 캔버스 천으로 만든 작업용 조끼를 벗었다.

말리는 우주 적응 증후군 때문에 생기는 발작적인 구토를 방지하기 위해 레즈가 손목에 둘러서 붙여 준 갖가지 약 때문에 멍한 채로 장미 문신을 바라보고 있었다. 100년쯤 전의 일본 양식으로 그린 장미였다. 말리는 멍하게 레즈가 그 문신을 좋아하고 있다고 생각했다. 사실 말리는 레즈가 좋았다. 견실한 동시에 여자다우면서 낯선 승객에게도 신경을 잘 써 줬다. 말리의 가죽 재킷과 가방을 이미 카세트와 인쇄본 책, 빨랫감으로 가득한 다소 좁은 나일론 그물침대 속에 함께 집어넣기 전 레즈는 그것들을 동경의 시선으로 바라보았다.

"모르겠어요." 말리가 겨우 말을 꺼냈다. "들어가려고 해 보는 수밖에요……."

"그게 뭔지는 알죠, 언니?"

레즈는 말리의 어깨와 겨드랑이 부분의 가속력 그물을 조정하고 있었다.

"뭐가 뭔데요?" 말리가 눈을 깜빡였다.

"우리가 가는 데요. 옛날 테시어 애시풀의 코어예요. 회사의 기억장치가 있던 본체였는데……."

"들어봤어요." 말리가 눈을 감으며 말했다. "안드레아가 얘기……."

"물론, 안 들어 본 사람이 없죠. 전에는 자기들 소유의 끝내주는 자유계도 갖고 있었죠. 심지어 직접 만들 거였어요. 그러다가 쫄딱 망하고 팔았지요. 가족 공간은 주축에서 떼어내서 다른 궤도로 옮겼는데, 그 전에 코어를 싹 지워 버렸어요. 그리고 불에 태운 다음에 고철상에게 팔았죠. 고철상은 그걸 갖고 아무 짓도 안 했어요. 누가 거기 자리잡고 산다는 얘기는 못 들어봤지만, 이곳에서는 원하면 아무 데서나 살 수 있으니까……. 누구나 마찬가지일 거예요. 나이든 애시풀의 딸인 레이디 제인이 정신 나간 상태로 옛날 그 장소에서 아직 살고 있다는 소문도 있으니까······." 레즈는 숙련된 손길로 가속력 그물을 마지막으로 잡아당겼다. "좋아요. 긴장 풀고 있어요. 앞으로 20분 동안 세게 몰 거예요. 그래야 빨리 도착하지요. 그걸 원해서 돈을 내고 있는 걸 테니까······."

말리는 상자로 이뤄진 풍경 속으로 빠져 들어갔다. 나무로 된 커다란 코넬의 상자 구조물 속에는 빗줄기에 젖은 더러운 유리창 뒤로 사랑과 추억의 단단한 찌꺼기가 진열돼 있었다. 정체를 알 수 없는 작가의 형체가 사람의 이가 깔린 포장도로를 따라 말리의 눈앞에서 도망쳤다. 말리의 패리스 부츠는 가장자리가 탁한 황금색 왕관으로 둘러싸인 여러 가지 기호 위에서 마구 부딪치는 소리를 냈다. 상자를 만든 작가는 남자였고, 알랭의 녹색 재킷을 입고 있었으며, 그 무엇보다도 말리를 두려워했다.

"미안해요." 말리가 쫓아가면서 외쳤다. "미안해요······."

ಬಿ ೧೩

"맞아요. 스위트 제인의 테레즈 로렌츠. 번호 달라고요? 뭐예요? 그래, 우리 해적 맞아요. 난 빌어먹을 후크 선장이고······. 알았어요, 잭. 번호 줄게요. 확인해 봐요······. 아까 말했잖아요. 승객이 있다고. 허가를 요청합니다. 그리고 또······. 망할······. 말리 뭐뭐래요. 잘 때는 프랑스어로 말하던데······."

말리가 눈꺼풀을 깜빡거리더니 눈을 떴다. 레즈가 그물에 감긴 채 눈앞에 있었다. 등의 잔근육이 선명했다.

"일어났어요?" 레즈가 그물 속에서 몸을 돌리며 말했다. "미안해요. 내가 대신 먼저 통신하고 있었어요. 그런데 저 사람들 말이 꽤 중구난방인데요. 종교 있어요?"

"아뇨." 말리가 혼란스러워하며 말했다.

레즈는 얼굴을 찡그렸다.

"음. 그러면 언니가 저 헛소리가 무슨 뜻인지 알 수 있기를 바랄 수밖에요." 레즈가 어깨를 꿈틀거리며 그물에서 나오더니 뒤로 공중제비를 돌아 말리 얼굴 몇 센티미터 앞에 멈춰 섰다. 광섬유 리본이 레즈의 손목과 콘솔을 잇고 있었다. 말리는 처음으로 레즈의 손목 피부에 달린 하늘색 소켓 세트를 보았다. 레즈는 구슬형 이어폰을 말리의 오른쪽 귀에 꽂고, 거기 달린 투명한 마이크가 아래로 굽어지게 조절했다.

"당신은 우리를 방해할 권리가 없어." 남자 목소리가 들렸다. "우리 일은 곧 신의 일이라고. 우리만이 그분의 진정한 얼굴을 봤어!"

"여보세요? 여보세요? 제 말 들려요? 제 이름은 말리 크루시코바예요. 당신에게 급한 볼일이 있어요. 아니면 이 좌표에 있는 다른 사람에게요. 상자하고 관련 있는 일이에요. 콜라주요. 그 상자를 만든 사람이 큰 위험에 빠져 있을지도 모른다고요! 그 사람을 만나야 해요!"

"위험?" 남자가 기침 소리를 냈다. "인간의 운명을 결정하는 건 오직 신뿐이야! 우리는 아무것도 두렵지 않아. 하지만 우리가 바보는 아니라고……."

"제 말 좀 들어 봐요. 날 고용해서 상자를 만든 사람을 찾게 한 건 조세프 비렉이라고요. 하지만 난 지금 경고하러 왔어요. 비렉은 당신이 여기 있는 걸 알아요. 그 사람 부하들이 절 따라올······."

레즈는 말리를 노려보고 있었다.

"날 들여보내 줘요! 더 자세한 얘기를······."

"비렉?" 한동안 잡음이 가득한 침묵이 이어졌다. "조세프 비렉?"

"맞아요. 그 사람이요. 사진으로 많이 봤잖아요. 영국 왕과 찍은 사진도 있고······. 제발요, 제발······."

"조종사 바꿔." 목소리가 말했다.

광기와 강박증이 사라지고 다른 느낌이 가미된 목소리였다. 말리는 오히려 그게 더 싫었다.

"예비용이에요." 레즈가 빨간 우주복의 반사형 유리가 달린 헬멧을 툭 치며 말했다. "가져가도 돼요. 돈을 많이 내셨으니······."

"아니에요. 진짜요. 그럴 필요까지는 없어요. 난······."

말리는 고개를 저었다. 레즈는 우주복 허리께의 잠금장치를 풀고 있었다.

"우주복 안 입고 저런 데 어떻게 들어가요. 공기가 어떤지도 모르고. 공기가 있는지 없는지도 모르잖아요! 세균이나 포자가 어떤 게 있는지도······. 뭐가 문제예요?"

레즈가 은빛 헬멧을 내리며 말했다.

"나 폐소공포증이에요!"

"아······." 레즈가 말리를 바라보았다. "들어본 적 있어요······. 어디 안에 들어가면 무서워진다는 거지요?"

레즈는 진심으로 궁금해 보였다.

위그 319

"좁은 곳은요."

"스위트 제인 같은 곳이요?"

"그래요. 하지만……." 말리는 두려움과 싸우며 좁은 선실을 흘긋 보았다. "이 정도는 참을 수 있어요. 하지만 헬멧은 안 돼요."

말리가 몸을 떨었다.

"흐음. 이렇게 하죠. 우주복은 입고, 헬멧은 일단 안 쓰는 거예요. 고정하는 법은 내가 알려 줄게요. 됐죠? 안 그러면 여기서 못 나가요……." 레즈는 굳은 표정을 지었다.

"좋아요. 알았어요……."

"이렇게 하는 거예요." 레즈가 말했다. "우린 지금 도킹해 있어요. 이 해치가 열리면 들어가요. 내가 해치를 닫고, 다음에 반대쪽 해치를 열 거예요. 그러면 그쪽 공기가 뭐가 될지 모르지만 그 안으로 들어가는 거예요. 진짜로 헬멧 안 써요?"

"안 써요."

말리가 우주복의 빨간 장갑을 낀 손으로 들고 있는 헬멧을 내려다보며 말했다. 거울 같은 유리에 말리의 창백한 얼굴이 비쳤다.

레즈는 혀를 찼다.

"언니 인생이니까, 뭐. 돌아올 때는 그 사람들한테 부탁해서 JAL터미널을 통해서 스위트 제인을 찾으라고 해요."

말리는 어색한 동작으로 발을 굴러 수직으로 세운 관 정도 크기인 에어록으로 들어갔다. 빨간 우주복의 가슴판이 바깥쪽 해치에 부딪쳐 소리를 냈다. 곧 등 뒤에서 바람 빠지는 소리와 함께 안쪽 해치가 닫히는 소리가 들렸다. 머리 옆쪽에서 불빛이 들어왔다. 말리는 그게 냉장고 불빛 같다고 생각했다.

"잘 있어요, 테레즈."

아무 일도 일어나지 않았다. 말리는 혼자였다. 심장이 쿵쾅거렸다.

그러더니 스위트 제인의 바깥쪽 해치가 미끄러져 열렸다. 약간의 압력 차이였지만 말리를 어두운 공간 속으로 내던지기에는 충분했다. 그곳은 케케묵은, 그리고 슬프게도 사람이 사는 냄새가 났다. 오랫동안 방치된 탈의실 같은 냄새였다. 공기는 짙고 더러웠으며 눅눅했다. 말리는 계속 빙글빙글 돌면서 스위트 제인의 해치가 닫히는 모습을 보았다. 한 줄기 광선이 말리 옆을 가로지르더니 이리저리 움직이다가 빙빙 도는 말리의 모습을 포착했다.

"불 켜." 누군가 쉰 목소리로 외쳤다. "손님이 왔는데 불을 켜야지! 존스!"

이어폰으로 들은 목소리였다. 말리가 떨어져 내려오고 있는 텅 빈 공간, 광대한 공간 속에서 목소리가 이상하게 울렸다. 뭔가 긁히는 소리가 들리더니 멀리서 고리 모양의 강렬한 섬광이 번쩍이며 완만하게 굽은 벽, 혹은 강철 외피와 용접해 붙인 월석을 드러냈다. 표면에는 한때 무슨 장비가 들어 있었을 듯한 정교한 긴 홈과 구멍이 여기저기 나 있었다. 몇몇 깊숙한 곳에는 아직도 거친 갈색 발포수지 덩어리가 남아 있었다. 다른 곳은 시커먼 어둠에 묻혀 있었다…….

"빨리 줄 연결하라고, 존스. 이러다 머리 부서지겠어……."

뭔가 눅눅한 것이 우주복 어깨에 와서 부딪쳤다. 말리가 고개를 돌리자 밝은 분홍색 플라스틱 덩어리에서 가느다란 분홍색 줄이 뻗어

나와 있는 게 보였다. 그 사이 줄이 팽팽해지면서 말리가 뒤집어졌다. 버려진 성당 같은 공간에 힘겹게 돌아가는 엔진 소리가 울려 퍼졌다. 그리고 꽤 조용한 가운데 그들은 말리를 끌어당겼다.

"오래 걸렸네." 목소리가 말했다. "누가 일등일지 항상 궁금했는데, 비렉이라니……. 탐욕스런 부자라니……."

그들은 말리를 붙잡아 다시 돌렸다. 그 와중에 헬멧을 잃어버릴 뻔했다. 멀리 떠내려가려는 것을 누가 다시 쳐서 말리의 손 안에 넣어주었다. 부츠와 재킷이 들어 있는 가방도 어깨를 중심으로 호를 그리더니 말리의 머리 옆쪽에 부딪쳤다.

"누구세요?" 말리가 물었다.

"루드게이트!" 노인이 외쳤다. "위건 루드게이트. 아마 잘 알겠지. 그놈이 날 속이려고 또 누구를 더 보냈어?" 검버섯이 난 주름진 얼굴은 깨끗하게 면도가 돼 있었지만, 다듬지 않은 회색 머리는 바닷물에 이리저리 휩쓸리는 해초처럼 자유롭게 둥둥 떠 있었다.

"죄송합니다. 전 루드게이트 씨를 속이러 온 게 아니에요. 전 이제 비렉 씨 밑에서 일하지 않아요……. 여기 온 이유는……, 음, 왜 따지고 보면 왜 왔는지 저도 잘 모르겠어요. 하지만 오는 길에 그 상자를 만든 사람이 위험하다는 걸 알게 됐어요. 비렉은 그 사람이 뭔가 가지고 있다고 생각해요. 자기를 암세포에서 벗어나게 해 줄 수 있는 뭔가를요……."

말리의 목소리는 위건 루드게이트에게서 나오는 눈에 보일 듯한 광기 앞에서 침묵 속으로 흘러들었다. 말리는 그가 금간 플라스틱 갑옷 같은 옛날 작업용 우주복을 입고 있는 것을 보았다. 헬멧을 끼우는 녹슨 금속 고리 주위에 마치 목걸이처럼 싸구려 금속 십자가를 본드로 붙여 놓았다. 그의 얼굴이 바로 코앞에 있었다. 말리는 그의 이가 썩는 냄새까지 맡을 수 있었다.

"상자!" 그의 입에서 튀어나온 침이 뉴턴 물리학의 우아한 법칙에 따라 동그란 물방울이 됐다. "이 창녀야! 그것들은 신의 손에 있단 말이다!"

"그만 좀 해요, 루드." 다른 목소리가 말했다. "이 아가씨 겁먹잖아요. 괜찮아요, 아가씨. 왜냐하면 루드를 찾아오는 손님이 거의 없거든요. 그래서 흥분한 거예요. 하지만 귀찮아도 위험한 사람은 아니에요……." 말리는 고개를 돌렸다. 편안한 느낌의 커다란 푸른 눈을 한 젊은 얼굴과 마주쳤다. "존스라고 해요, 저도 여기 살아요……."

위건 루드게이트는 고개를 젖히고 울부짖었다. 그 소리가 강철과 월석으로 만든 벽에 부딪쳐 크게 울렸다.

"그니까, 보통은 꽤 조용해요." 존스가 말했다.

말리는 복도에 붙은 줄을 붙잡고 그의 뒤를 따라가고 있었다. 중간중간 매듭이 달린 줄은 끝이 없어 보였다.

"그니까, 자기 목소리를 들어요. 혼잣말하거나, 아니면 그 목소리를 향해서라거나, 나도 잘 몰라요. 그런데 가끔 주문에 걸리면 저렇게 돼요……." 존스가 말을 멈추자 말리는 루드게이트가 울부짖는 소리가 희미하게 울리는 것을 들을 수 있었다. "저렇게 내버려 두는 게 잔인하다고 생각할지 몰라도 그게 최선이에요. 진짜요. 금세 지치고 배고파지면, 날 찾아올 거예요. 먹어야죠."

"호주 출신이에요?" 말리가 물었다.

"뉴멜번이요. 그땐 그렇게 불렀어요. 지금은 모르겠지만······."

"왜 여기 있는지 물어봐도 되요? 여기, 이 안에······. 도대체 이걸 뭐라고 부르죠?"

존스는 웃었다.

"나는 보통 '여기'라고 불러요. 루드는 부르는 말이 한두 개가 아닌데, 주로 왕국이라고 불러요. 자기가 신을 찾았다고 그러더군요. 그렇게 보자면 그럴 수도 있겠죠. 내가 알아낸 바로는 그 사람이 여기 오기 전까지는 무슨 콘솔 사기꾼이었대요. 정확히 여기 어떻게 왔는지는 모르지만, 여기가 그 불쌍한 사람에게 딱 맞는 데라는 건 맞죠······. 난 도망 왔어요. 이해하죠? 자세히 말할 수는 없지만, 다른 데서 문제가 생겨 있을 수 없게 됐거든요. 여기로 온 건······. 그건 또 나름 긴 얘기예요······. 하여간 여기 오니까 저 망할 루드게이트가 거의 굶어죽게 생겼더라고요. 저 사람은 나름의 장사를 하고 있었어요. 주운 물건이나 당신이 찾는 상자를 팔았죠. 그런데 루드게이트는 그 물건에 좀 너무 빠져 버렸어요. 물건 사는 사람이 일 년에 한 세 번쯤 왔는데, 되돌려 보냈지요. 난 여기 숨어 있는 것도 나쁘지 않겠다 싶어서 여기서 그 사람을 도와주고 있어요. 뭐, 그 정도네요······."

"그 작가한테 데려다 줄 수 있어요? 그 사람 여기 있나요? 정말 급해서요······."

"그럼요. 걱정 마요. 그런데 여기가 원래 사람이 살면서 돌아다니라고 만든 공간이 아니에요. 나름의 여행이 될 거란 뜻이에요······. 그래도 그게 어디 가는 건 아니니까요. 당신에게 상자를 만들어 줄 거라고

장담할 수는 없지만요. 진짜 비렉 밑에서 일해요? TV에 나오는 그 멋진 부자 늙은이 말이죠? 그 사람 독일인이던가요?"

"일했었죠. 한동안요. 국적은 말하자면 비렉 제국의 유일한 시민이라고나 할까······."

"무슨 뜻인지 알아요." 존스가 즐거운 기색으로 말했다. "부자 늙은이들이란 항상 똑같아요. 그래도 망할 자이바쓰를 보고 있는 것보다는 재밌잖아요······. 자이바쓰가 안 좋게 끝나는 건 못 볼걸요. 그렇지 않아요? 우리나라 사람인 애시풀을 봐요. 여길 만든 사람요. 딸이 아버지 목을 그었대요. 지금 그 딸은 루드만큼이나 상태가 안 좋아서 가족이 어딘가 갖고 있는 성 안에 격리돼 있잖아요. '여기'가 옛날 그곳의 일부예요."

"레즈가······. 아니, 내 조종사가 그런 얘길 했어요. 파리에 사는 내 친구도 최근에 테시어 애시풀 얘기를 했고······. 그 가문이 침체기인가요?"

"침체기죠? 맙소사! 완전히 쫄딱 망했다고 봐야죠. 생각해 봐요. 지금 우리는 그 사람들 자료 저장 장치였던 곳을 기어다니고 있잖아요. 파키스탄에 사는 업자 하나가 그걸 샀어요. 외피야 괜찮았고, 회로에는 금도 꽤 있었죠. 그런데 회수하는 비용이 생각보다 비싼 거예요······. 그 뒤로 쭉 여기 떠 있죠. 늙은 루드와 서로 동료가 돼서. 내가 올 때까지는 그랬어요. 언젠가 파키스탄에서 사람들이 올라와서 일을 시작한다고 생각해 봐요······. 웃기죠. 이중에 얼마나 아직도 작동할 것 같아요? 짧은 시간 동안만이라도요. 듣고서는 처음으로 여기 와야겠다고 생각하게 된 얘기가 있는데, 분리하기 전에 테시어 애시풀이 코어를 지웠대요……."

"그런데 당신은 그게 아직 작동한다고 생각하는 거군요?"

"오, 맞아요. 루드의 정신 상태 수준은 되겠죠. 그것도 작동하는 거라고 할 수 있을지는 모르겠지만요. 당신은 그 상자를 만든 게 뭐라고 생각해요?"

"마스 바이오랩에 대해 알아요?"

"모스 뭐요?"

"마스요. 바이오칩을 만드는 회산데……."

"아, 그거. 실은 그 정도밖에 몰라요……."

"루드게이트가 그 사람들 얘기를 해요?"

"했을지도 몰라요. 그 사람 얘기를 전부 다 자세히 듣는다고는 할 수 없으니까. 루드는 꽤 말이 많아요……."

27. 숨 쉬는 정거장

터너는 녹슨 폐차와 견인차 크레인, 용광로의 검은 굴뚝이 줄지어 서 있는 경사로를 따라 호버크래프트를 몰았다. 스프롤의 서쪽에 서서히 가까워지면서도 터너는 뒷길에서 벗어나지 않았다. 마침내 터너는 양쪽에 벽돌이 쌓인 계곡 같은 지형 아래로 속도를 냈고, 장갑에 덮인 양쪽이 긁히면서 불꽃이 일었다. 호버크래프트는 재투성이 쓰레기가 단단하게 쌓인 곳을 세게 들이받았다. 쓰레기 더미가 산사태를 일으키면서 흘러내려 호버크래프트를 거의 다 덮었다. 터너는 조종간을 놓고 매달려 있는 스티로폼 주사위가 이리저리 흔들리는 모습을 지켜보았다. 연료등은 지난 12블록을 달리는 동안 내내 불이 들어와 있었다.

"아까 거기서 어떻게 된 거예요?" 안젤라가 물었다.

계기판에서 나오는 불빛을 받아 광대뼈가 녹색으로 빛났다.

"헬기를 쏴서 떨어뜨렸어. 거의 우연이었지만. 운이 좋았지."
"아뇨. 그 다음에요. 내가……. 내가 꿈을 꿨어요."
"무슨 꿈?"
"큰 것들이요. 움직이고 있었는……"
"일종의 발작이었어."
"내가 아픈가요? 아저씨는 내가 아프다고 생각해요? 왜 회사가 날 죽이려고 해요?"
"네가 아프다고 생각하지 않아."
안젤라는 안전띠를 풀고 잠을 자던 자리로 기어들어가 웅크렸다.
"악몽이었어요……."
안젤라는 몸을 떨기 시작했다. 터너가 안전띠를 벗고 안젤라에게 가서 머리를 자기에게 기대게 하고 쓰다듬었다. 섬세한 뒤통수를 따라 내려갔다가 귀 뒤를 따라 쓰다듬으며 올라왔다. 녹색 불빛에 비친 얼굴은 꿈속에서 튀어나온, 버림받은 존재처럼 보였다. 뼈를 덮고 있는 피부는 부드럽고 얇았다. 검정색 스웨터 지퍼가 반쯤 열려 있었다. 터너는 손가락 끝으로 안젤라의 연약한 쇄골을 쓰다듬었다. 피부는 차가웠고, 땀에 살짝 젖어 있었다. 안젤라가 터너에게 달라붙었.

터너는 눈을 감았다. 갈색 나무로 만든 선풍기 날개가 천천히 돌아가는 방에서 햇살이 비치는 침대에 누워 있는 자신의 모습이 떠올랐다. 몸이 불끈 하면서 잘린 팔다리처럼 경련했다. 앨리슨은 고개를 뒤로 젖힌 채였다. 입은 벌어져 있었고, 이를 드러낸 입술은 팽팽했다.

안젤라가 터너의 목에 얼굴을 묻었.

안젤라가 신음하더니 몸이 굳어지면서 뒤로 흔들거렸다.

"용병이여."

목소리가 흘러나왔다. 터너는 운전석에 등을 대고 기댔다. 스미스 앤드 웨슨의 총신에 녹색 불빛이 한 줄로 반사돼 빛났다. 야광 가늠쇠가 안젤라의 왼쪽 동공을 가렸다.

"안 돼." 목소리가 말했다.

터너는 총을 내렸다.

"또 너군."

"아니다. 레그바가 말했잖나. 난 사메디다."

"토요일('사메디'는 프랑스어로 토요일 — 옮긴이)?"

"바론 새터데이지. 용병이여, 넌 언덕에서 나를 만난 적이 있다. 피가 이슬처럼 네 위에 맺혔지. 그날 나는 너희 심장을 모두 마셨어." 안젤라가 격렬하게 발작했다. "넌 이 마을을 잘 알고 있겠지……."

"그렇다."

터너는 안젤라의 얼굴 근육이 경직되거나 풀어지면서 표정이 바뀌는 모습을 지켜보았다.

"좋아. 원래 생각대로 탈것을 여기에 둬라. 그리고 이제는 북쪽의 역으로 가라. 뉴욕으로. 오늘 밤에. 내가 레그바의 말과 함께 너를 이끌 것이다. 그리고 너는 나를 위해 그를 죽여야 한다……."

"누구를 죽여?"

"네가 가장 죽이고 싶어 하는 사람이지, 용병."

안젤라가 신음하더니 몸을 떨다가 흐느끼기 시작했다.

"괜찮아. 집까지 절반은 왔어."

터너는 안젤라가 나오는 것을 도와주며 그게 아무 의미 없는 말이었다고 생각했다. 둘 다 집이 없었다. 터너는 파카 안에서 탄창을 발견하고 헬리콥터를 떨어뜨릴 때 썼던 것과 바꿔 끼웠다. 도구함에서는 페인트가 튄 면도칼을 찾아 파카의 안감을 뜯었다. 절연용 마이크로튜브 수백만 개가 틈으로 빠져나왔다. 다 벗겨내자 터너는 스미스 앤드 웨슨을 권총집에 넣고 그 위에 파카를 걸쳤다. 몸보다 좀 큰 비옷처럼 주름이 잡힌 채 터너를 감싸서 총이 밖으로 전혀 튀어나오지 않았다.

"왜 그래요?" 안젤라가 손등으로 입을 닦으며 물었다.

"바깥은 덥고, 총은 가려야 하기 때문이지." 터너는 낡은 신엔권 화폐가 가득 든 비닐봉투를 주머니에 넣었다. "가자. 지하철 타러……."

오래된 조지타운 돔에서는 계속해서 물방울이 맺혀 떨어졌다. 쇠퇴하던 연방이 본거지를 맥린의 아래쪽 구역으로 옮기고 40년 뒤에 지은 돔이었다. 워싱턴은 남쪽 도시였다. 언제나 그랬다. 보스턴에서 기차를 타고 내려가다 보면 워싱턴 부근에서 분위기가 바뀌는 것을 느낄 수 있었다. 그 지역은 나무가 푸르고 싱싱했으며, 잎은 반짝이는 빛을 발했다. 터너와 안젤라 미첼은 부서진 보도를 따라 듀퐁 서클에 있는 역을 향해 걸었다. 그곳에는 드럼통이 널려 있었고, 누군가가 가운데 있는 잔 모양의 대리석 장식에 쓰레기를 모아서 태우고 있었다. 터너와 안젤라가 지나가는 길 옆에는 담요를 깔아 놓고 조용히 그 옆에 앉아 있는 사람들이 있었다. 담요에는 다양한 상품이 초현실적인 배합을 이룬 채 놓여 있었다. 검정색 플라스틱 오디오 디스크가 담긴 두꺼운 종이 커버는 습기를 먹어 부풀어 있었고, 그 옆에는 조잡한 뉴로젝이 달린 다 우그러진 인공 팔다리, 싸구려 직사각형 군번표가 가득한 더러운 유리용기, 고무줄로 묶어 놓은 빛바랜 엽서 뭉치, 아직 도매용 포장을 벗기지도 않은 싸구려 인도산 전극, 서로 짝이 안 맞는 소금과 후추통, 가죽 손잡이가 벗겨진 골프채, 날이 없는 스위스 군용 나이프, 터너의 머릿속에서 이름이 생각날 듯 말 듯(카터였나? 그로스베너?) 하는 대통령의 얼굴이 인쇄된 쓰레기통, 희미해진 기념비 홀로그램 등이 있었다.

지하철역 입구의 그늘진 곳에서 터너는 하얀 청바지를 입은 중국인 소년 하나와 값을 흥정했다. 루디가 준 돈의 아주 약간을 주고 멋을 낸 '바마 운송' 로고가 찍힌 금속 토큰 9개를 받았다.

토큰 2개는 역으로 들어가는 데 쓰였다. 3개는 자판기에서 맛없는 커피와 묵은 빵을 사는 데 들어갔고, 나머지 4개는 자석 위를 조용하게 달리는 지하철을 타고 북쪽으로 이동하는 데 쓰였다. 터너는 팔을 안젤라의 어깨에 두른 채 기대고 앉아서 눈을 감은 척했다. 반대편 창문에 그들의 모습이 비쳤다. 키가 큰, 면도도 안 하고 수척한 남자가 좌절감에 휩싸여 등을 구부린 채 앉아 있고, 그 옆에는 눈빛이 공허한 여자아이 하나가 웅크리고 있는 모습. 안젤라는 호버크래프트를 버리고 떠난 이후로 한 마디도 하지 않았다.

지난 한 시간 동안 두 번째로 터너는 에이전트에게 전화를 해 볼까 생각했다. 누군가를 믿어야 한다면 에이전트를 믿어야 하는 법이다. 그러나 콘로이는 터너의 에이전트를 통해 오키를 고용했다고 말했다. 그 관계를 생각하자 터너는 의심이 들었다. 오늘 밤 콘로이는 어디 있을까? 터너는 오키에게 레이저로 무장하고 그들 뒤를 쫓도록 명령한

게 콘로이라고 거의 확신했다. 실패한 작업의 증거를 숨기기 위해 애리조나에서 레일건을 쏜 건 호사카였을까? 하지만 만약 그랬다면, 웨버에게 의료팀을 죽이고 시설을 파괴할 것이며, 마스 네오텍 덱도 파괴하게 해 놓은 이유는 뭐였을까? 또 마스가 등장했다······. '마스는 미첼을 죽였을까? 미첼이 실제로 죽었다고 믿을 만한 이유가 있을까? 있다.' 터너는 생각했다. 안젤라는 옆에서 불편한 잠에 빠져 있었다. 이유가 있었다. 안젤라였다. 미첼은 마스가 안젤라를 죽일지도 모른다고 두려워했다. 망명을 준비한 것도 안젤라를 호사카에 보내기 위해서였다. 자기가 빠져나갈 생각은 없었다. 아니면 안젤라가 그렇게 알고 있을 뿐일지도 몰랐지만.

터너는 눈을 감고, 창문에 비친 모습을 시야에서 없애 버렸다. 미첼의 기억 깊숙한 곳에서 뭔가 꿈틀거렸다. 거기에 닿을 수 없다니 안타까웠다······. 터너는 갑자기 눈을 떴다. 루디의 집에서 안젤라가 뭐라고 했었지? 자기가 별로 똑똑하지 않아서 아빠가 머릿속에 그걸 넣었다고? 잠에서 깨우지 않으려 조심하면서 터너는 안젤라의 목을 받치던 팔을 빼서 허리에 찬 주머니에 두 손가락을 넣고 콘로이가 준 목끈이 달린 검정색 나일론 봉투를 꺼냈다. 벨크로를 열고 흔들어서 통통하고 비대칭적인 모양을 한 회색 바이오소프트를 손바닥에 떨어뜨렸다. 기계의 꿈. 롤러코스터. 너무 빠르고, 너무 이질적이라 이해하기 힘들었다. 하지만 뭔가를 원한다면, 뭔가 구체적인 것을 원한다면, 그걸 끄집어낼 줄 알아야 했다.

터너는 엄지손가락을 소켓의 먼지마개 아래에 밀어 넣어 벗겨낸 뒤 옆에 있는 플라스틱 의자에 놓았다. 열차는 거의 비어 있었고, 타고 있는 누구도 터너에게 특별히 관심을 보이지 않는 것 같았다. 터너는 심호흡을 한 뒤 입을 굳게 다물고 바이오소프트를 삽입했다…….

20초 뒤 터너는 마침내 찾던 정보를 얻었다. 이번에는 기이한 느낌이 들지 않았다. 터너는 한 가지 특정한 정보만 쫓았기 때문이라고 생각했다. 이 정보는 최고 수준의 연구자에 관한 문건에서 으레 나오는 바로 그런 종류였다. 안젤라의 IQ. 매년 종합테스트를 한 결과 나온 수치였다.

안젤라 미첼은 평균보다 충분히 위였다. 항상 그랬다. 터너는 소켓에서 바이오소프트를 빼고 멍하니 손가락 사이에서 굴렸다. 수치심. 대학원. 미첼의 수치심……. 성적. 터너는 생각했다. '그 자식 성적 좀 보자. 성적표를 봐야겠어.'

터너는 다시 바이오소프트를 끼었다.

아무것도 없었다. 찾았지만, 그 안에 아무것도 없었다.

다시. 똑같았다.

다시…….

"빌어먹을." 터너가 말했다.

눈앞의 광경이 들어왔다.

삭발한 10대 소년 하나가 반대편 자리에서 터너를 흘긋 바라보다가 다시 친구가 주절주절 떠드는 소리에 귀를 기울였다.

"그 새끼들이 또 달린대. 자정에 언덕이야. 우리도 가자. 가서 그냥 놀자고. 달리지는 말고. 그냥 놀다가 그 새끼들 서로 치고받는 거나 보자고. 누가 자빠질까? 열나 웃길 거야. 저번 주에 수전이 팔 부러졌잖아. 그때 있었어? 웃기지 않았냐? 칼이 걔를 병원에 데리고 간다고 했는데, 그 새끼도 약 빤 상태여서 그 거지 같은 야마하 몰고 가다가 속도 방지턱 밟고…….”

터너는 바이오소프트를 다시 소켓에 꽂았다.

이번에는 끝나고 나서도 아무 말도 하지 않았다. 터너는 다시 팔을 안젤라에게 두르고 미소를 지었다. 그 미소가 맞은편 유리창에 비쳤다. 야생의 미소였다. 터너는 날카로움을 되찾았다.

미첼의 학교 성적은 좋았다. 매우 좋았다. 훌륭했다. 그러나 번뜩임이 없었다. 번뜩임이란 터너가 연구자에 대한 자료를 볼 때 경험으로 찾아내게 된 특징으로, 명민함을 나타내는 일종의 신호였다. 기계의 대가가 금속을 갈 때 나오는 불꽃만 봐도 금속의 종류를 알 수 있는 것처럼 터너도 번뜩임을 볼 수 있었다. 그리고 미첼에게는 그게 없었다.

대학원 기숙사에서 느껴진 수치심. 미첼은 알고 있었다. 자기가 성공하지 못할 것을 알고 있었다. 그런데 어떻게 해서인지 해냈다. 어떻게 했을까? 문건에는 나오지 않을 터였다. 미첼은 마스의 보안 장치에 보내는 자료를 편집할 수 있는 방법을 알아낸 것이다. 아니라면 마스가 그랬거나……. 누구, 혹은 무엇인가가 미첼이 대학원을 졸업한 뒤에 빠진 슬럼프를 발견하고 도와준 것이다. 실마리나 방향 따위를. 그리고 미첼은 최고의 자리에 올랐다. 그의 번뜩임은 견고하고 밝고 완벽해졌다. 그게 바로 미첼의 최고의 자리에…….

누구였을까? 혹은 무엇이었을까?

터너는 깜빡이는 열차 불빛을 받은 안젤라의 잠든 얼굴을 바라보았다.

파우스트.

미첼은 거래를 한 것이다. 터너로서는 거래의 자세한 내용이나 가격을 결코 알아내지 못할 수도 있었다. 하지만 거래의 이면은 이해하고 있다고 생각했다. 미첼이 대가로 지불해야만 하는 것을.

레그바, 사메디, 그리고 안젤라의 뒤틀린 입술에서 흘러나오는 침.

열차는 한밤중의 새까만 돌풍에 휘말린 채 구(舊) 유니온을 향해 달려갔다.

"택시 필요하세요?"

기름막이 떠 있는 듯 색이 다채롭게 변하는 안경 뒤에서 사내가 눈알을 굴렸다. 양쪽 손등을 가로질러 평평하고 은빛이 도는 상처가 나 있었다. 터너는 가까이 다가가 그 사내의 팔뚝을 붙잡고, 그대로 걸음을 멈추지 않은 채 회색 짐 보관함 사이의 지저분한 하얀 타일벽으로 밀어붙였다.

"현금을 주겠어. 신엔으로. 택시가 필요해. 말썽 안 부리는 기사로. 알아들어? 날 만만하게 보지 마." 터너는 손을 더욱 세게 쥐었다. "장난치면, 돌아와서 죽여 버린다. 아니면 차라리 죽었으면 하게 만들어 줄 거야."

"네, 네, 알겠습니다요. 알았어요. 그럴게요. 어디로 가고 싶으신 건데요?"

사내의 허약한 몸이 고통으로 뒤틀렸다.

"용병이여."

안젤라에게서 거친 속삭임이 흘러나왔다. 목소리가 주소를 읊었다. 그 호객꾼의 눈이 소용돌이치는 색채 뒤에서 불안한 시선을 던지는 게 보였다.

"매디슨인가요?" 사내가 꺽꺽거렸다. "네. 좋은 택시로 모실게요. 진짜 좋은 걸로요……."

"여기가 어디지?" 터너가 몸을 앞으로 숙여 스피커 옆에 있는 버튼을 누르며 물었다. "우리가 준 주소 말이야."

잡음이 잠시 들렸다.

"하이퍼마트예요. 지금 이 시간에는 별로 연 곳이 없습니다. 특별히 찾는 거 있으세요?"

"아니."

그곳이 어디인지 몰랐다. 터너는 매디슨 근방을 떠올리려고 애썼다. 주로 거주 지역이었다. 과거 직원들이 한 장소에 물리적으로 모여서 일해야 했던 시기에 지은 상업용 건물 외벽을 깎아내 만든 거주공간으로 그 수가 얼마나 될지는…….

"우리 어디로 가요?" 안젤라가 손을 잡으며 물었다.

"괜찮아. 걱정할 것 없어."

"맙소사." 오래된 건물의 화강암 벽을 비스듬히 가로지르는 분홍색 '하이퍼마트' 사인을 올려다보던 안젤라가 터너의 어깨에 기대며 말했다. "전에 시설에 있을 때 뉴욕에 대한 꿈을 꾸곤 했어요. 그래픽 프로그램으로 길거리나 박물관 같은 데 가 봤거든요. 가장 오고 싶었던 데가 뉴욕이었는데……."

"이제 왔으니까 성공했네."

안젤라가 터너를 안으며 흐느끼기 시작했다. 떨리는 얼굴이 터너의 맨살을 드러낸 가슴에 닿았다.

"무서워요. 너무 무서워요……."

"괜찮을 거야." 터너가 안젤라를 쓰다듬으며 말했다.

눈은 입구를 향하고 있었다. 딱히 그 둘이 괜찮다고 믿을 이유는 없었다. 안젤라는 여기까지 오게 된 원인이 자기 입에서 나온 말이라는 사실을 전혀 모르는 듯했다. 하이퍼마트 입구는 가방을 든 사람들로 혼잡했다. 너덜너덜한 옷을 입은 사람들이 보도의 그늘진 부분에만 정확하게 무너질 듯한 산처럼 쌓여 있었다. 터너가 보기에는 마치 그들이 어두운 콘크리트에서 천천히 밀려나와 움직이는 도시의 연장선이 되고 있는 것 같았다.

"재머의 클럽으로 가." 터너의 가슴에 묻혀 숨죽인 듯한 목소리가 들렸다. 터너는 마음이 싸늘해졌다. "단발라의 말을 찾아."

그러더니 안젤라가 다시 울기 시작했다. 터너는 안젤라의 손을 잡고 잠자고 있는 떠돌이들을 지나쳐 변색된 황금빛 소용돌이 문양 아래에 있는 유리문을 통과했다. 텐트와 셔터를 내린 노점상이 죽 늘어선 길 끝에 에스프레소 머신이 보였다. 검은 머리를 벼슬처럼 세운 여자애 하나가 카운터를 닦고 있었다.

"커피." 터너가 말했다. "먹을 것도. 빨리. 뭣 좀 먹어야겠어."

안젤라가 등받이 없는 의자에 앉는 동안 터너가 미소를 지으며 물었다.

"현금 어때? 현금도 받나?"

여자애는 터너를 바라보더니 어깨를 으쓱했다. 터너는 루디가 준

비닐봉투에서 20신엔을 꺼내 보였다.

"뭐 드릴까요?"

"커피랑 먹을 것 좀."

"그거밖에 없어요? 그렇게 큰 돈 말고 없어요?"

터너는 고개를 저었다.

"죄송합니다. 거스름돈이 없어요."

"거슬러 줄 필요 없어."

"아저씨, 미쳤어요?"

"아니. 난 커피가 필요해."

"팁치고는 너무 큰데요, 아저씨. 일주일치도 그만큼이 안 돼요."

"가져도 상관없어."

여자애 표정에 화난 기색이 떠올랐다.

"위층에 온 머저리들하고 한패군요. 돈 집어넣으세요. 문 닫을 거예요."

"우린 누구하고도 한패가 아니야."

터너가 몸을 살짝 카운터 위로 기울이며 말했다. 그러자 파카 앞이 열리며 스미스 앤드 웨슨이 슬쩍 보였다.

"우린 클럽을 찾고 있다. 재머의 클럽이라는 곳이지."

여자애가 안젤라를 쳐다보더니 다시 터너 쪽으로 시선을 돌렸다.

"쟤 아파요? 약 먹었어요? 도대체 뭐예요?"

"돈 여기 있어. 커피를 줘. 재머의 클럽이 어디 있는지를 알려 주면 거스름돈을 가져도 돼. 내게는 그만한 가치가 있거든. 알겠어?"

여자애는 낡은 지폐를 끌어당겨 눈에 안 보이게 감추고는 에스프레소 머신으로 갔다.

"도대체 뭐가 어떻게 되는 건지 모르겠어요." 여자애는 컵과 우유가 묻은 잔을 갖고 덜그럭거렸다. "재머네서 무슨 일이 있는 거예요? 아저씨는 친구예요? 재키 알아요?"

"물론이지." 터너가 말했다.

"오늘 아침에 일찍 재키가 외곽에서 온 조그만 윌슨하고 같이 왔었어요. 저 위에 올라간 것 같은데……"

"어디로?"

"재머의 클럽이요. 거기서부터 이상한 일이 시작됐죠."

"그래?"

"저 이상한 사람들은 배리타운에서 왔어요. 머리 떡진 놈들하고 하얀 신발 신은 놈들이요. 마치 여기가 자기들 집인 것처럼 걸어 들어오더라고요. 이제 저 위층 두 개는 진짜 저놈들 집이 됐죠. 돈으로 매수해서 가게를 떠나게 했어요. 저층에 있는 사람들도 많이 짐 싸서 나갔어요. 너무 이상해요……"

"몇 명이나 왔는데?"

기계에서 증기가 뿜어나왔다.

"한 100명요. 하루 종일 무서웠는데, 사장님한테 연락이 안 돼요. 어쨌든 30분 있다가 닫을 거예요. 낮에 일하는 애는 아예 안 나왔어요. 아니면 왔다가 냄새 맡고 갔든지……" 여자애는 김이 모락모락 나는 작은 컵을 가져와 안젤라 앞에 내려놓았다. "너 괜찮아?"

안젤라는 고개를 끄덕였다.

"그 사람들이 뭘 하는 건지 아나?" 터너가 물었다.

여자애는 다시 에스프레소 머신으로 돌아갔다. 다시 증기 소리가 났다.

"누구를 기다리는 것 같아요." 여자애는 조용히 말하고는 터너에게 에스프레소를 가져왔다.

"아니면 누가 재머네서 나오는 걸 기다리거나, 아니면 누가 거기 들어가길 기다리거나……."

터너는 커피 잔 위의 갈색 소용돌이를 내려 보았다.

"여기 있는 사람 아무도 경찰에게는 연락 안 했나?"

"경찰요? 아저씨, 여긴 하이퍼마트라고요. 여기 사람들은 경찰에게 전화 안 해요……."

안젤라의 컵이 대리석 카운터에 떨어져 산산조각났다.

"정면돌파하는 거다, 용병." 목소리가 속삭였다. "어떻게 하는지 알잖아. 걸어 들어가."

여자애의 입이 벌어졌다.

"이런. 약을 해도 심하게……."

여자애가 차가운 눈으로 터너를 보았다.

"아니." 터너가 대답했다. "아파서 그래. 괜찮아질 거야."

터너는 쓴 커피를 단숨에 들이켰다. 아주 잠시 동안 스프롤 전체의 호흡을 느낄 수 있을 것 같았다. 그리고 보스턴에서 애틀랜타에 이르는 모든 정거장을 관통하는 그 호흡은 낡고 병들었으며 지쳐 있었다…….

28. 제이린 슬라이드

"맙소사." 바비가 재키에게 말했다. "저것 좀 싸거나 어떻게 좀 할 수 없어요?

재머의 화상에서 나는 돼지고기 탄 것 같은 냄새가 방 안을 채웠다. 바비는 속이 뒤집힐 것 같았다.

"화상에는 붕대 감는 거 아니야." 재키가 재머를 도와 의자에 앉히면서 말했다. 재키는 책상 서랍을 하나씩 열어보기 시작했다. "진통제 있어요? 약은? 아무것도 없어요?"

재머는 고개를 저었다. 축 늘어진 기다란 얼굴은 창백했다.

"어쩌면 바 뒤에 있을지도 몰라. 상자가 하나 있는데……."

"가져와!" 재키가 외쳤다. "얼른!"

"왜 그렇게 걱정해 주는 거예요?" 재키의 말투에 기분이 상한 바비가 말했다. "저 사람은 고딕이 여기 들어오게……."

"상자나 가져와, 멍청아! 재머는 그냥 잠깐 마음이 약해졌던 거야. 무서우니까. 빨리 상자 가져와, 아니면 너도 구급약이 필요하게 만들어 줄 테니까."

바비는 재빨리 클럽으로 달려갔다. 그곳에선 보부아르가 분홍색 핫도그 모양의 플라스틱 폭탄과 어린애들 장난감 트럭의 조종 장치처럼 보이는 노란 플라스틱 상자를 전선으로 연결하고 있었다. 폭탄은 문의 경첩과 자물쇠 양쪽에 짓이겨진 채 붙어 있었다.

"그게 뭐예요?" 바비가 바 위를 뒤지며 물었다.

"누가 들어올까 봐." 보부아르가 대답했다. "그러면 우리가 대신 문을 열어 주는 거지."

바비는 잠시 동작을 멈추고 보부아르의 준비성에 감탄했다.

"그러면 유리에 붙이면 안 돼요? 바로 밖으로 터지게요."

"너무 뻔해." 보부아르가 손에 노란색 기폭장치를 든 채 몸을 곧추세우며 말했다. "그래도 그런 생각을 했다니 기특하군. 만약 밖으로 바로 터지게 하면 일부는 안으로도 들어오지. 이쪽이 더 깔끔해."

바비는 어깨를 으쓱하고는 바 뒤로 허리를 숙이고 들어갔다. 뒤편에는 선반이 있었다. 크릴웨이퍼가 든 비닐봉지와 손님들이 잊고 간 갖가지 우산, 완전판 사전, 여자용 파란 신 한 짝, 매니큐어로 그려서 흘러내릴 것처럼 보이는 빨간 십자가가 있는 하얀 상자……. 바비는 상자를 들고 다시 바를 넘어왔다.

"저기요, 재키……."

바비는 구급상자를 재머의 덱 옆에 놓으며 말했다.

"나중에."

재키는 상자를 열고 내용물을 뒤적거렸다.

"재머, 어떻게 여긴 다른 건 별로 없고 흥분제만 잔뜩……."

재머는 힘없이 미소를 지었다.

"여기요. 이거면 될 거예요." 재키는 빨간색으로 된 붙이는 약을 꺼낸 뒤에 붙은 종이를 떼어내고 화상 입은 손등에 나란히 세 개를 붙였다. "그래도 국부마취를 해야 해요."

"내 생각에……." 재머가 바비를 올려보며 말했다. "이제 슬슬 네 접속 시간을 늘려 볼 때인 것 같군……."

"어떻게요?" 바비가 덱을 곁눈질하며 물었다.

"저 바보들을 밖에 모아 놓은 사람이라면 아마 전화도 도청하고 있을 거야."

재머가 말했다.

바비는 고개를 끄덕였다. 보부아르도 아까 계획을 설명하면서 똑같은 이야기를 했다.

"음, 아까 보부아르와 내가 너와 나 둘이 매트릭스에 들어가 둘러봐야겠다고 결정했을 때, 사실 나는 다른 생각을 하고 있었어." 재머는 자잘하게 많은 하얀 이를 드러내 보였다. "뭐 내가 지금 보부아르와 루카스에게 빚진 것 때문에 이러고 있잖냐. 그런데 나한테 빚을 진 사람도 있단 말이지. 오래 전이긴 해도 말이야. 아직까지는 갚으라고 할 일이 없었지."

"재머, 진정해요." 재키가 말했다. "그냥 앉아 있어요. 쇼크에 빠질 수도 있단 말이에요."

"바비 너 기억력 좋냐? 내가 실행 순서를 알려 줄 거야. 내 덱에서 연습해. 전원 빼고. 접속 하지 말고. 알았어?"

바비는 고개를 끄덕였다.

"이거 예행연습 몇 번 해. 들어가는 코드야. 널 백도어(Backdoor)로 들여보내 줄게."

"누구의 백도어요?" 바비는 검은색 덱을 자기 쪽으로 돌리고 키보드 위에 손을 올려놓았다.

"야쿠자." 재머가 말했다.

재키가 재머를 쳐다보았다.

"저기, 지금 뭐 하는……."

"내가 말했잖아. 오래된 빚이라고. 그래도 개들이 어떤지 알잖아. 야쿠자는 절대 안 잊어. 일방적인 호의는 없다고……."

살 타는 냄새가 풍겼다. 바비는 얼굴이 흙빛이 됐다.

"왜 보부아르한테 얘기 안 했어요?"

재키가 구급상자를 정리하며 물었다.

"우리 아가씨야, 너도 배우게 될 거야." 재머가 말했다. "어떤 건 잊어야 한다는 걸 기억해야 한다는 걸."

"저기, 잠깐요." 바비는 최대한 심각한 표정을 지으며 재키를 바라보았다. "이 작업은 내가 하는 거예요. 그러니까 당신의 로아니 뭐니 하는 건 필요 없다고요. 알았어요? 그건 내가 신경 쓰이게만 할……."

"재키가 부르는 게 아니야." 보부아르가 사무실 문 옆에 웅크리고 선 채 말했다. 한 손에는 기폭장치를, 다른 한 손에는 남아프리카에서 쓰는 폭동 진압용 총을 들고 있었다. "그들은 그냥 오는 거야. 오고 싶으면 오는 거라고. 어쨌든, 그들이 널 좋아하던……."

재키는 이마에 전극을 붙였다.

"괜찮을 거야, 바비." 재키가 말했다. "걱정하지 말고 접속해."

머리에 쓰고 있던 스카프를 벗은 재키는 빛나는 갈색 피부를 드러내고 있었다. 가지런히 땋은 머리는 밭처럼 골을 이루고 있었고, 피부에는 색색으로 둥근 고리가 그려져 있는 원통 모양의 갈색 합성수지를 박아 넣었다. 아주 예전에 쓰던 저항기였다.

"농구공을 지나서 튀어나가면 그대로 세 클릭을 간 다음에 바닥으로 가. 바로 내려가라고……."

"뭘 지나면요?"

"농구공. 달라스 포트 워스 선벨트 상호 공영 스피어야. 끝까지 빨리 내려가야 돼. 그리고 내가 말한 대로 20클릭 정도 가면 돼. 거긴 중고차 거래상하고 세무사들이 있는 곳인데, 그래도 일단 그 호래자식들 위에 서 있어. 알았냐?"

바비는 웃으며 고개를 끄덕였다.

"누가 널 볼 수도 있는데, 그건 망보는 놈들이야. 어차피 그 아래 접속해 있는 놈들은 별 이상한 꼴을 보는 데 익숙하니까 뭐……."

"어이." 보부아르가 불렀다. "빨리들 좀 해. 난 다시 문에 가 봐야 하니까……."

바비는 접속했다.

바비는 재머의 지시를 따랐다. 평범해 보이는 사이버스페이스 안으로 깊숙이 들어가는 와중에 재키가 옆에 있다는 게 느껴지자 은근히 마음이 놓였다. 빛을 발하는 농구공은 위쪽으로 점점 멀어졌다. 덱은 정말 빨랐다. 자기 자신이 빠르고 강해진 듯한 기분이 들었다. 바비는 재머가 어떻게 야쿠자에게 빚을 지웠는지 궁금해졌다. 자기였다면 절대 그러지 않았을 터였다. 머리 한구석으로는 아이스와 맞닥뜨렸을 때의 시나리오를 바쁘게 구상하고 있었다.

"이런……." 재키가 갑자기 사라졌다. 뭔가 둘 사이를 갈라놓았다. 차갑고 조용한 느낌. 숨이 멎는 듯했다. "아무것도 있을 리가 없다고, 빌어먹을!"

바비는 굳어 버렸다. 어떤 이유에선지 그 자리에 못 박혀 버렸다. 여전히 매트릭스는 볼 수 있었지만, 자기 손조차 느낄 수가 없었다.

"도대체 누가 왜 너 같은 놈을 이런 덱으로 접속시킨 거지? 이 물건은 박물관에 있어야 하고, 넌 초등학교에나 가 있어야 할 텐데."

"재키!" 반사적으로 나온 외침이었다.

"이런, 나도 모르겠군." 목소리가 말했다. "며칠 동안 잠을 못 잤거든. 그런데 거기서 나올 때 보니까 내가 잡으려고 기다리고 있던 게 네가 아니란 건 확실하던데……. 너 몇 살이냐?"

"꺼져!" 바비가 말했다.

머릿속에 떠오르는 건 그 말밖에 없었다.

목소리가 웃기 시작했다.

"라미레즈가 봤으며 웃겨 죽으려고 했을 텐데. 넌 모르지? 그 녀석은 엉뚱한 유머감각이 정말 좋았거든. 그것만큼은 참 그립단 말이야……."

"라미레즈가 누구죠?"

"내 파트너. 전 파트너지. 죽었으니까. 아주 제대로 죽었지. 난 어쩌다 그렇게 됐는지 네가 알려 줄 수 있다고 생각하고 있었지."

"들어 본 적도 없어요. 재키는 어디 있어요?"

"네가 내 질문에 대답하는 동안 사이버스페이스에 자빠져 있지, 이 윌슨 같은 놈아. 넌 이름이 뭐지?"

"바…… 카운트 제로요."

"잘도 그렇겠다. 네 이름!"

"바비요. 바비 뉴마크……."

잠시 침묵이 감돌았다.

"음. 그건 좀 말이 되는군. 마스가 로켓을 쓰는 걸 봤는데, 그게 너희 어머니 집이었지? 맞지? 넌 거기 없었나 보군. 그랬다면 지금 여기 없을 테니까. 잠깐……."

바비의 눈앞에 있던 사이버스페이스의 일부분이 네모난 모양으로 잘려 뒤집혔다. 멀리가 날 듯한 기분이 들더니 어느새 바비는 아주 넓은 아파트를 표현한 듯한 연한 푸른색 그래픽 안에 들어와 있었다. 푸른 네온등 같은 가느다란 선이 나지막한 가구를 그리고 있었다. 여자 한 명이 바비 앞에 서 있었다. 빛나는 선으로 그린 만화 캐릭터 비슷했다. 얼굴은 갈색 점으로 나타났다.

"난 슬라이드야." 사람 모습의 형체가 엉덩이를 손으로 짚으며 말했다. "제이린 슬라이드. 허튼 수작 할 생각 마. LA에 있는 사람 치고 나한테 허튼 수작 부릴 사람 없어." 제이린이 몸짓을 하자 갑자기 등 뒤에 창문이 나타났다. "알겠어?"

"네. 이게 다 뭐예요? 설명을 좀 해 주실 수……."

바비는 아직도 움직일 수 없었다. '창문'에는 야자수와 오래된 건물이 있는 청회색 풍경이 보였다.

"뭘 말이야?"

"이런 그림요. 그리고 당신도요. 그리고 저 오래된 그림……."

"어이. 이걸 그리느라고 디자이너에게 팔 하나랑 다리 하나를 지불했단 말이야. 여긴 내 공간이야. 내 구조물. 여긴 LA라고, 꼬마. 여기 사람들은 접속하지 않고선 아무것도 안 해. 여기가 내가 즐기는 장소라고!"

"아."

바비는 여전히 당황스러웠다.

"네 차례다. 그 거지 같은 댄스홀에 있는 게 누구야?"

"재머네 클럽이요? 저하고, 재키, 보부아르, 재머요."

"내가 널 잡았을 때 어딜 가고 있었지?"

바비는 주저했다.

"야쿠자한테요. 재머가 코드를 갖고……."

"뭐하러?" 그 형체가 앞으로 움직였다. 감각적인 붓놀림으로 그린 애니메이션이었다.

"도와 달라고 하려고요."

"젠장. 거짓말 하는 건 아닌 것 같고……."

"아니에요. 진짜예요. 맹세해요……."

"음. 바비 제로, 넌 내가 원하는 게 아니야. 난 사이버스페이스를 온통 헤매고 다니면서 누가 내 부하들을 죽였는지 알아보고 있었다고. 마스가 의심됐지. 왜냐하면 우리가 그쪽 사람 하나를 빼다가 호사카에 넘겨주려고 했거든. 그래서 먼저 그놈들 스파이 팀을 추적했어. 가장 먼저 눈에 띈 게 그놈들이 너희 엄마 아파트에 한 짓이었지. 그 다음에는 세 놈이 핀이라고 부르던 사람을 습격했고. 그런데 그 셋은 빠져나오지 못했어……."

"핀이 죽였어요. 제가 봤어요. 죽은 걸요."

"네가? 흠. 그러면 우리도 얘기할 거리가 좀 있겠군. 그 다음에는 다른 세 녀석이 똑같은 로켓을 고급차에다가 쏘는 걸 봤고……."

"그건 루카스예요." 바비가 말했다.

"그런데 그러자마자 헬리콥터 한 대가 날아와서 레이저로 그 세 명을 지져 버렸어. 그것도 아냐?"

"아뇨."

"네가 아는 얘기를 해 줄 수 있겠지, 바비 제로? 질질 끌지 말고!"

"난 작업을 하려고 했었어요. 프로젝트에 사는 투어데이한테서 그 아이스브레이커를 받았고, 난……."

바비가 이야기를 마쳤다. 제이린은 조용했다. 우아한 만화 같은 형체도 창문 옆에 가만히 서 있었다. 창문에 나오는 나무를 관찰하는 듯한 모습이었다.

"제 생각인데요." 바비가 용기를 내서 입을 열었다. "혹시 우리를 도와주실……"

"싫어."

"하지만 어쩌면 당신이 원하는 걸 알아내는 데 도움이 될 수도……"

"싫어. 난 그냥 라미레즈를 죽인 새끼들을 죽이고 싶을 뿐이야."

"하지만 우리는 거기 갇혀 있다고요. 놈들이 우리를 죽일 거예요. 당신이 매트릭스에서 따라다니고 있는 놈들은 마스예요! 마스가 캐주얼하고 고딕을 단체로 고용해서……."

"그건 마스가 아니야. 파크 애비뉴에 있는 유로화지. 그 위에는 아이스가 1킬로미터는 넘게 덮여 있어."

바비는 그 사실을 새겨들었다.

"헬리콥터에 타고 있던 건요? 마스가 보낸 다른 놈들을 죽인 건요?"

"그것도 아냐. 헬리콥터는 내가 추적 못했어. 남쪽으로 날아가 버렸지. 놓쳤어. 그래도 감은 오는데……. 어쨌든, 넌 돌려보내 주지. 야쿠자 코드를 시험해 보고 싶으면 맘대로 해."

"하지만, 저기, 우리는 도움이 필요해요……."

"바비 제로, 내가 뭐하러?"

다음 순간 바비는 재머의 덱 앞에 앉아 있었다. 목과 등의 근육이 뻐근했다. 눈이 초점을 잘 맞추지 못해서 방 안에 낯선 사람이 있다는 것을 알아채는 데 거의 1분이나 걸렸다.

그 남자는 키가 컸다. 어쩌면 루카스보다도 커 보였다. 하지만 팔다리가 길고 엉덩이 부분이 더 날씬했다. 커다란 주머니가 달린 펑퍼짐한 전투용 재킷을 입었는데, 옷이 주름진 채로 몸을 감싸고 있었다. 검정 띠가 수평으로 매여 있는 걸 빼면 가슴은 맨살을 드러냈다. 멍이 든 데다 열기를 띤 눈이었다. 그리고 그 남자는 바비가 이제껏 본 것 중에 가장 큰 권총을 들고 있었다. 일종의 확장형 권총으로 총구 아래에 달린 괴상한 부품은 꼭 코브라 머리처럼 보였다. 그 옆에는 바비

또래의 여자애 하나가 몸을 흔들거리며 서 있었다. 똑같이 멍든 눈이었다. 다만 여자애의 눈은 검은색이었고, 하늘거리는 갈색 머리는 지저분했다. 몇 사이즈는 더 큰 검정 스웨터와 청바지를 입고 있었다. 그 남자가 왼팔을 뻗어 여자애를 부축했다.

바비는 멍하니 바라보다가 기억이 머리를 때리면서 입을 떡 벌렸다.

여자 목소리, 갈색 머리, 검은 눈, 아이스가 바비를 먹어치우고, 이가 타는 듯한 느낌이 들 때, 여자 목소리, 뭔가 큰 것이 다가오더니…….

"비브 라 비예즈." 재키가 말했다. 재키는 옆에 선 채 황홀해서 정신이 나간 듯 바비의 어깨를 세게 움켜쥐었다. "기적의 성녀. 그분이 오셨어, 바비. 단발라가 그분을 보내셨어!"

"너 한참 정신이 나가 있던데, 꼬마." 키 큰 남자가 바비에게 말했다. "왜 그랬지?"

바비가 눈을 깜빡이며 다급히 사방을 살피다가 약과 고통에 취해 있는 재머의 눈과 마주쳤다.

"얘기해." 재머가 말했다.

"야쿠자한테 못 갔어요. 누가 날 잡아서요. 어떻게 한 건지는 모르겠지만……."

"누가?"

키 큰 남자는 이제 여자애를 자기 팔로 두르고 있었다.

"그 여자는 자기 이름이 슬라이드라고 했어요. LA에 산다고요."

"제이린이군." 그 남자가 말했다.

재머의 책상 위에 놓인 전화기가 울리기 시작했다.

"받아." 그 남자가 말했다.

바비는 고개를 돌려 재키가 손을 뻗어 네모난 화면 아래 있는 '통화' 버튼을 건드리는 모습을 지켜보았다. 화면이 밝아지더니 깜빡거렸다. 그러다가 한 남자의 얼굴이 나왔다. 넓고 아주 창백한 얼굴. 그 늘진 눈에 졸려 보였다. 거의 하얀색으로 염색한 머리는 올백으로 빗어 넘겼다. 바비는 이제껏 입이 그렇게 비열해 보이는 사람을 본 적이 없었다.

"터너." 그 남자가 말했다. "얘기 좀 하자. 시간이 많지 않아. 우선 거기 있는 사람들 좀 밖으로 내보내야 할 것 같은데……."

29. 박스메이커

중간 중간 매듭이 있는 줄은 계속 이어졌다. 가끔씩 그들은 모퉁이나 갈림길을 마주쳤다. 거기서는 줄이 버팀 막대에 감겨 있거나 투명하고 커다란 에폭시 덩어리에 단단히 붙어 있었다. 공기는 퀴퀴했지만, 더 차가웠다. 통로가 점점 굵어지다가 세 갈래로 갈라지는 원통형 방에서 멈췄을 때 말리는 존스가 이마에 차고 있던 회색 고무줄에 달린 납작한 작업용 전등을 달라고 했다. 말리는 빨간 우주복 장갑을 낀 손으로 전등을 붙잡고 그 방의 벽을 자세히 살폈다. 표면에는 패턴이 새겨져 있었다. 아주 미세한 선으로 된…….

"헬멧 써요." 존스가 충고했다. "거기 달린 전등이 내 것보다 훨씬 더……."

말리는 몸을 떨었다.

"싫어요." 말리가 전등을 돌려줬다. "이거 벗을 수 있게 나 좀 도와줄래요?"

말리는 장갑 낀 손으로 우주복의 단단한 가슴 부위를 두드렸다. 반사형 유리가 달린 헬멧은 우주복 허리에 크롬 갈고리로 고정돼 있었다.

"갖고 있는 게 좋을 걸요." 존스가 말했다. "여기 우주복이라고는 이거 하나밖에 없어요. 내가 자는 데도 하나 있긴 하지만 거기에 쓸 공기가 없죠. 위그의 산소통은 맞지 않는 데다가, 그 사람 우주복은 온통 구멍 천지니……."

존스는 어깨를 으쓱했다.

"아뇨." 말리는 레즈가 뭔가 돌리던 허리 부근에서 손잡이를 찾으려고 애쓰면서 말했다. "참을 수가 없어요……."

존스는 줄 너머로 몸을 반쯤 내밀더니 말리가 안 보이는 곳에 뭔가 조작을 해 줬다. 딸깍 하는 소리가 들렸다.

"팔을 머리 위로 올려요." 존스가 말했다. 어색한 동작이었지만, 마침내 말리는 자유롭게 뜰 수 있었다. 알랭과 마지막으로 만났을 때 입었던 검은 청바지와 하얀 실크 블라우스를 아직도 입은 채였다. 존스는 빨간 우주복을 허리에 있는 갈고리로 줄에 묶었다. 그리고 속이 꽉 찬 말리의 가방을 열었다.

"이거 필요해요? 지금 가져갈 거냐고요. 여기 뒀다가 돌아갈 때 가져가도 돼요."

"아니에요. 가져갈래요. 이리 주세요."

말리는 겨드랑이에 줄을 끼운 채 가방을 열었다. 재킷과 부츠 한 짝이 튀어나왔다. 말리는 겨우 부츠를 잡아 가방 안에 다시 넣고, 몸을 비틀어가며 재킷을 입었다.

"좋은 가죽 재킷이네요." 존스가 말했다.

"미안하지만, 서두르면 좋겠어요……."

"이제 별로 안 멀어요."

작업등이 회전하더니 정삼각형을 그리고 있는 세 개의 입구 중 하나로 멀어져가는 줄을 비췄다.

"줄은 여기서 끝나요." 존스가 말했다. "말 그대로예요."

그는 뱃사람 방식으로 줄이 묶여 있는 크롬도금 볼트를 툭툭 쳐 보였다. 목소리가 메아리쳐서 저 앞쪽 어딘가에서 오는 것처럼 들린다는 사실을 깨닫기 전까지 말리는 울려퍼지는 소리 뒤에서 다른 누군가가 속삭이는 소리가 들리는 듯한 상상에 휩싸였다.

"빛이 좀 필요할 거예요."

존스가 말하며 벽을 박차고 통로를 가로질러 움직인 뒤 그쪽에 튀어나와 있는 회색 금속 관 같은 물체를 붙잡았다. 존스가 관을 열었다. 말리는 둥근 빛 속에서 그의 손이 움직이는 모습을 지켜보았다. 손가락은 가늘고 섬세했다. 하지만 손톱이 작고 뭉툭했으며, 손톱 끝에 때가 새까맣게 끼어 있었다. 오른손 손등에는 조잡한 파란색으로 'CJ'라는 문신이 있었다. 자기가 직접 했을 때나 생기는 수준의 문신이었다. 감옥 같은 곳에서……. 이내 존스는 절연이 돼 있는 기다랗고 무거운 전선을 끄집어냈다. 그는 관 속을 들여다보더니 전선을 구리 커넥터 뒤쪽에 박아 넣었다.

백색광이 밀려들면서 앞쪽에 버티고 있던 어둠이 사라졌다.

"사실 필요 이상의 전력이긴 해요." 어딘가 집주인으로서의 자부심 같은 게 느껴졌다. "태양광이 아직 작동해요. 원래는 본체에 전력을 공급하는 용도였지만……. 이리 와요. 이 먼 곳까지 찾아온 목적인 예술가를 만나게 해 줄게요……."

존스는 발을 굴러 밝게 빛나는 입구를 향해 헤엄치듯 부드럽게 움직였다. 수천 개의 부유하는 물건 사이로……. 말리는 존스가 닳아 없어진 빨간 플라스틱 신발 밑창을 하얀 실리콘으로 때운 것을 볼 수 있었다.

곧 말리도 따라갔다. 두려움을 잊은 채, 메스꺼운 기분과 끝도 없는 현기증도 잊은 채, 말리는 안으로 들어갔다. 그리고 이해했다.

"오, 신이시여." 말리가 말했다.

"신이 아니죠. 아마 위그일 거예요. 이제는 더 이상 안 한다니 안타깝지요. 눈에 보이는 거 이상이거든요."

뭔가 10센티미터 앞에서 얼굴을 스쳐 지나갔다. 양끝에서부터 정확하게 반으로 잘린 은수저였다.

화면에 불이 들어오더니 깜빡이기 시작했다. 얼마나 거기서 그러고 있었는지 알 수 없었다. 몇 시간이었을까, 몇 분이었을까……. 말리는 이미 존스처럼 돔의 안쪽을 발로 차고 움직이는 방법을 어느 정도 익혔다. 팔의 관절을 붙잡고 회전시킨 뒤 거기에 몸을 매달린 채 수많은 파편이 소용돌이치는 광경을 구경했다. 수십 개의 팔, 펜치가 달린 기계손, 육각드라이버, 칼, 초소형 회전톱, 치과용 드릴……. 그런 것들이 한때 건설용 원격 로봇이었을 금속 흉갑에 박혀 있었다. 어린 시절에 최전방 개척자를 다룬 비디오에서 본 무인 반자동 장치 같은 종류였다. 하지만 이건 돔의 꼭대기에 땜질로 붙어 있었다. 양쪽 옆구리는 '여기'의 구조와 아예 융합된 상태였다. 그리고 케이블과 광섬유 수백 가닥이 돔 안을 가로지르며 로봇에 연결돼 있었다. 끝이 정교한 피드백 장치로 돼 있는 팔 두 개는 길게 뻗어 있었고, 아직 완성되지 않은 상자가 부드러운 패드에 담겨 있었다.

말리는 눈을 크게 뜬 채 셀 수 없을 정도로 많은 물건이 눈앞을 지나가는 모습을 바라보았다.

누렇게 변해가는 어린이용 장갑, 다 쓴 향수병에서 나온 듯한 꼭지, 얼굴이 프랑스 도기로 된 팔 없는 인형, 금장식이 달린 뚱뚱한 만년필, 네모난 만능회로기판, 구겨진 적록색 넥타이……. 끝도 없이 천천히 회전하며 소용돌이치는…….

그 조용한 폭풍을 뚫고 존스가 공중제비를 돌며 올라왔다. 그가 웃으며 글루건이 달린 팔을 붙잡았다.

"이것만 보면 웃음이 나와요. 하지만 상자를 보면 슬퍼지죠……."

"맞아요." 말리가 말했다. "나도 상자를 보면 슬퍼요. 슬프고도 슬프죠."

"그렇죠." 존스가 씩 웃었다. "그런데 이걸 움직일 방법이 없어요. 마음으로 움직여야 하나 봐요. 위그가 그랬으니까요. 위그는 여기 자주 왔어요. 여기 오면 목소리가 더 크게 들리나 봐요. 하지만 최근에는 어디에 있어도 목소리가 말을 거는 것 같아요……."

말리는 빽빽하게 달려 있는 기계손 사이로 존스를 바라보았다. 그는 아주 젊고, 지저분했다. 엉켜 있는 갈색 곱슬머리 아래의 큰 두 눈은 푸른색이었다. 지퍼로 잠그게 돼 있는 회색 옷은 얼룩져 있었고, 옷깃은 때가 타 번들거렸다.

"당신은 미친 게 분명해요." 말리는 일종의 경외감이 담긴 목소리로 말했다. "완전히 미쳤어요. 이런 데서 살다니……."

존스는 웃었다.

"위그가 훨씬 더 미쳤지요. 내가 아니라."

말리는 미소 지었다.

"아니에요. 당신은 미쳤어요. 나도 미쳤고요……."

"어, 그런데 이게 뭐죠?" 존스가 말리 뒤쪽을 보며 말했다. "위그가 설교하는 화면인가 본데요. 그런 거 같아요. 이걸 끄려면 전원을 아예 끊어야 하는데……."

말리는 고개를 돌렸다. 돔의 곡면 안쪽에 구부려 붙여 놓은 네모난 대형 화면에 대각선으로 색색의 빛이 비치는 게 보였다. 재봉사용 인형이 지나가면서 잠시 화면이 꺼졌다가, 다시 켜지면서 비렉의 얼굴이 화면을 가득 채웠다. 그의 부드러운 푸른 눈이 둥근 렌즈 뒤에서 빛났다.

"안녕, 말리." 비렉이 말했다. "보이지는 않지만 당신이 어디 있는지는 확실히 알고 있어요……."

"저건 위그가 설교에 쓰는 화면인데." 존스가 얼굴을 문지르며 말했다. "저걸 사방팔방에 붙여 놓았거든요. 언젠가 사람들이 설교를 들으러 여기까지 올 거라고. 이 사람은 위그의 통신장비를 뚫고 들어왔나 봐요. 누군지 알아요?"

"비렉이에요."

"더 나이가 많을 줄 알았는데……."

"만든 영상이에요. 광선 추적. 텍스처 매핑 같은 걸로요."

말리는 수많은 생명이 남긴 자잘한 물건, 도구, 장난감, 금박 단추 등이 일으키는 느릿느릿한 허리케인 너머로 돔 내벽에 떠서 자기를 향해 미소 짓는 얼굴을 응시했다.

"계약을 이행했다는 사실을 알려 주고 싶군요." 비렉이 말했다. "말리 크루시코바의 심리 상태를 조사한 결과 내 게슈탈트에 대한 반응을 예측할 수 있었지요. 더 자세히 들여다보니 당신이 파리에 있을 경우 마스가 어쩔 수 없이 패를 드러낼 거라는 예측이 나왔어요. 말리 씨, 난 곧 당신이 뭘 발견했는지 알 수 있을 겁니다. 난 4년 동안이나 마스가 모르던 걸 알고 있었어요. 마스, 그리고 온 세상이 바이오칩 프로세서를 발명한 사람으로 알고 있던 미첼은 누군가 그 개념을 주입해 준 덕분에 그런 혁신을 이룰 수 있었다는 것을요. 나는 온갖 복잡한 요소에 당신을 추가했죠, 말리. 그리고 최상의 결과를 얻었어요. 상황을 제대로 이해 못하고 있던 마스는 그 개념의 출처를 내놓았어요. 그리고 당신이 그곳에 도착했지요. 곧 파코가 도착할……."

"따라오지 않는다고 했잖아요." 말리가 말했다. "거짓말일 줄 알았어요……."

"말리, 이제 난 자유로워질 것 같군요. 스톡홀름의 공업단지에 있는 금속 벽에 가둬 놓은 400킬로그램의 극성스러운 세포에서 자유로워질 수 있어요. 마침내, 난 그 어떤 실제 몸에서도 살아갈 수 있어요, 말리. 영원히."

"빌어먹을." 존스가 말했다. "이 사람 위그만큼이나 미쳤잖아요. 이제 다 무슨 소리래요?"

"'도약'이요." 말리가 안드레아와 나눴던 대화를 떠올리며 말했다. 좁고 복잡한 부엌에 퍼지던 새우 냄새가 떠올랐다. "진화의 다음 단계인……."

"무슨 소린지 알고 하는 거예요?"

"아니요. 하지만 그게 나쁠 거라는 건 알아요. 아주……."

말리는 고개를 저었다.

"코어 거주민에게 파코와 대원들을 받아들이라고 설득해 줘요, 말리." 비렉이 말했다. "난 당신이 오를리 공항을 떠나기 한 시간 전에 파키스탄의 업자에게서 그곳을 샀어요. 아주 싸게 샀지요. 파코가 평소처럼 내 대신 감독할 겁니다."

그리고 화면이 꺼졌다.

"자, 뭐." 존스가 기계팔을 잡고 몸을 돌려 말리의 손을 잡았다. "나쁠 거 없잖아요? 그 사람이 여길 샀고, 당신 일은 끝났다고 하고……. 위그는 목소리 듣는 것 말고 어디에 쓸 수 있을지 모르겠지만, 어차피 오래 살 사람은 아니니까요. 난 떠나려면야 얼마든지……."

"당신은 이해 못해요. 이해 못해요. 비렉은 몇 년 동안이나 찾던 게 어디 있는지 알았어요. 하지만 그 사람이 원하는 게 좋을 리 없어요. 누구한테도요……. 난 그 사람을 봤어요. 느꼈다고요……."

그때 말리가 붙잡고 있던 강철 팔이 진동하더니 움직이기 시작했다. 자동 제어 장치가 숨죽인 듯한 소리를 내며 로봇이 회전했다.

30. 용병

터너는 전화기 화면 속에 있는 콘로이의 얼굴을 지그시 쳐다보았다.
"나가 있어." 터너가 안젤라에게 말했다. "저 여자랑 같이 가."
얼굴에 저항기를 박아 넣은 키 큰 흑인 여자가 걸어나오더니 전처럼 짤깍거리는 듯한 크리올 말로 뭐라고 읊조리는 안젤라의 어깨에 팔을 둘렀다. 티셔츠를 입은 남자애는 아직 안젤라를 보고 입을 벌리고 있었다.
"가자, 바비." 흑인 여자가 말했다.
터너는 책상 맞은 편 손에 부상을 입은 남자를 흘긋 보았다. 주름이 잡힌 하얀 연회복 재킷을 입고 검은 가죽을 꼬아서 만든 끈이 달린 넥타이를 매고 있었다. '클럽 주인이라는 재머로군.' 터너는 생각했다. 재머는 바에서 가져온 파란 줄무늬 수건을 무릎에 놓고 그 위에 손을 올려놓고 있었다. 얼굴이 길었고, 항상 면도를 해야 할 것 같은 턱수염이 있었다. 단단하고 좁은 눈에서는 프로 기질이 엿보였다. 둘의 눈이 마주치자 터너는 그가 앉아 있는 회전의자를 구석으로 옮겨 전화기의 카메라의 시야각에서 충분히 벗어난 곳에 자리 잡았다는 것을 알 수 있었다.

바비라는 티셔츠 입은 녀석은 여전히 입을 벌린 채 안젤라와 흑인 여자의 뒤를 따라 주춤거리며 밖으로 나갔다.

"이렇게 난리를 피우지 않아도 됐다고, 터너." 콘로이가 말했다. "나한테 전화했으면 됐잖아. 제네바에 있는 에이전트한테 전화하든가."

"호사카는 어때?" 터너가 말했다. "거기 전화해도 됐을까?"

콘로이는 천천히 고개를 저었다.

"누구 밑에서 일하는 거야, 콘로이? 이중으로 뛰었지. 그렇지?"

"너한테는 속인 거 없어, 터너. 내가 계획한 대로만 됐으면 넌 지금 미첼하고 보고타에 있을 거야. 제트기가 떠날 때까지 레일건을 쏘지도 않았을 테고. 제대로만 됐으면 호사카는 마스가 미첼을 막으려고 그 구역 전체를 날려 버린 줄 알았을 거야. 그런데 미첼은 못 나왔지. 맞아, 터너?"

"나올 생각도 없었어." 터너가 말했다.

콘로이는 고개를 끄덕였다.

"그렇군. 그 시설에 있는 보안팀이 여자애가 나가는 걸 포착했어. 그 여자애 미첼의 딸이겠지……."

터너는 조용히 있었다.

"역시. 그럴 줄 알았……."

"내가 린치를 죽였어." 터너가 화제를 돌렸다. "그런데 공격이 있기 전에 웨버가 그러더라고. 자기가 콘로이 밑에서 일한다고……."

"둘 다였어. 둘 다 상대에 대해서는 몰랐지."

콘로이는 어깨를 으쓱했다.

"왜 그랬지?"

콘로이가 웃었다.

"거기 내 끄나풀이 없었다면 네가 찾았을 거 아냐. 안 그래? 넌 내 스타일을 아니까. 만약 내가 평소처럼 일하지 않았다면, 넌 의심하기 시작했을걸. 그리고 난 네가 절대 돈에 팔려가지 않는다는 걸 알아. 미스터 인스턴트 충성심이잖아, 응? 미스터 무사도. 넌 믿을 만한 사람이야, 터너. 호사카도 그걸 알았지. 그래서 나보고 널 집어넣으라고 한 거야……."

"내 첫 번째 질문에 대답하지 않았어, 콘로이. 또 누구 밑에서 일한다는 거지?"

"비렉이라는 사람이야. 돈 많은 인간이지. 맞아. 똑같은 놈들이지. 그 사람은 몇 년 동안이나 미첼을 사려고 했어. 그래서 아예 마스를 사려고 했는데, 안 됐지. 마스가 점점 돈이 많아지니까 건드릴 수가 없었어. 미첼에 대해서는 상시적으로 제안이 돌고 돌았어. 백지 수표였지. 호사카가 미첼 얘기를 듣고 날 불렀을 때 난 그 제안이 얼마인지 알아 보기로 했어. 그냥 궁금해서. 그런데 그러기도 전에 비렉의 팀이 나한테 접근한 거야. 뿌리치기 힘든 거래였지. 진짜야, 터너."

"믿어."

"그런데 미첼이 우릴 전부 엿 먹였어. 안 그래, 터너? 단단히 엿을 먹였지."

"그래서 놈들이 미첼을 죽였군."

"자살했어. 그 시설에 있는 비렉의 첩자에 따르면 그래. 딸이 비행기 타고 떠난 걸 보자마자 메스로 목을 그었어."

"사람이 많이 죽었어, 콘로이. 오키도 죽었고, 네가 시킨 대로 헬리콥터를 몰던 쪽바리도 죽었어."

"안 돌아왔을 때 그런 줄 알았어." 콘로이가 어깨를 으쓱했다.

"놈들은 날 죽이려고 했어."

"아니야. 그냥 얘기나 좀 하려고……. 어쨌든 그때는 여자애에 대해서 몰랐어. 네가 사라졌다는 거하고 그 망한 제트기가 보고타에 안 나타났다는 것밖에. 네 형의 농장을 들여다보고 제트기를 찾을 때까지 생각도 못했지. 네 형은 오키에게 아무 얘기도 안 했어. 오키가 개를 불태워서 화가 났거든. 오키 말로는 얼마 전까지 거기에 여자도 살았던 것 같다던데. 그 여자는 안 나타났어……."

"형은 어떻게 됐어?"

콘로이의 표정에는 아무것도 쓰여 있지 않았다. 곧 콘로이가 입을 열었다.

"오키는 필요한 자료를 모니터에서 얻었어. 그래서 여자애에 대해 알게 됐지."

터너는 등이 아팠다. 권총집 끈이 가슴을 파고들었다. '난 아무것도 느끼지 않아.' 터너는 생각했다. '아무것도 느끼지 않아…….'

"질문이 있어, 터너. 실은 몇 개. 그런데 가장 중요한 건, 너 지금 거기서 도대체 뭘 하는 거야?"

"이 클럽 물이 좋다더군, 콘로이."

"그래. 아무나 안 받는다더군. 아무나 안 받아서 넌 내 문지기 둘을 작살내고 들어갔겠지. 그놈들은 네가 오는지 알고 있었지? 그 깜둥이하고 펑크 새끼 말이야. 아니면 널 왜 들여보내 줬겠어?"

"그건 네가 알아내야지, 콘로이. 요즘 여기저기 쑤시고 다니는 데가 많다면서……."

콘로이가 카메라 쪽으로 몸을 기울였다.

"두말하면 잔소리지. 비렉은 몇 달 동안이나 스프롤에 사람을 풀어서 염탐했어. 실험적인 바이오소프트가 돌아다닌다는 소문이 카우보이들 사이에서 돌았지. 마침내 핀이라는 사람에게 초점이 모였는데, 다른 팀이 나타난 거야. 마스가 나타난 거지. 똑같은 걸 쫓는 게 분명했어. 그래서 비렉의 팀은 가만히 앉아서 구경했어. 마스쪽 애들이 여기저기서 사람들을 날리고 다니더군. 비렉의 팀은 그 깜둥이들하고 바비라는 꼬마랑 모든 일을 알아냈지. 네가 형네 집을 나와서 이쪽으로 온 것 같다고 내가 알려주니까 그 얘기를 해 주더라고. 놈들이 그쪽으로 가기에 내가 애들을 좀 고용해서 가둬 놓게 했지. 믿을 만한 사람을 들여보내기 전까지 말이야……."

"밖에 있는 머저리들 말이야?" 터너는 미소를 지었다. "콘로이, 자네 실수한 거야. 이제 어떤 전문가한테도 도움을 받을 수 없을걸. 알아? 네가 이중으로 뛰었고, 여러 전문가가 죽었다는 걸 사람들이 알아. 그래서 네가 고용할 수 있는 놈들이라고는 우스운 머리 꼴을 하고 있는 돌대가리뿐이란 거지. 프로들은 네 꽁무니에 호사카가 붙었다는 걸 알아. 내 말이 틀리나, 콘로이? 다들 네가 무슨 짓을 했는지 이미 안다고."

터너는 씩 웃었다. 시야 가장자리에서 연회용 재킷을 입은 남자도 웃는 게 보였다. 옥수수처럼 생긴 작고 가지런한 이가 보이는 옅은 웃음이었다.

"그 슬라이드 망할 년 때문에." 콘로이가 말했다. "굴착 기지에서 해치워 버렸어야 했는데……. 그년이 여기저기 묻고 다니기 시작했어. 난 지금도 그 여자가 정말로 거기 매달려 있다고는 생각 안 해. 그런데 확실히 어떤 동네에서는 이야깃거리가 됐지……. 어쨌든, 네 말이 대충 맞아. 하지만 그런다고 네게 도움이 되는 건 아냐. 적어도 지금은. 비렉이 여자애를 원해. 다른 데서 사람들도 뺐어. 이제 내가 일을 진행하고 있지. 돈이라고, 터너. 자이바쓰 수준의 돈이야……."

터너는 화면 속 얼굴을 보며 정글의 호텔에서 만났던 콘로이를 떠올렸다. 나중에 로스앤젤레스에서 만났을 때 암암리에 성행 중인 기업 망명의 경제에 대해 설명하고 설득하던 게 떠올랐다…….

"어이, 콘로이. 난 너를 알아. 그렇지?"

콘로이가 미소 지었다.

"물론이지, 친구."

"그리고 난 그 제안에 대해서도 이미 알고 있어. 넌 여자애를 원하지."

"맞아."

"그럼 분배는, 콘로이? 난 50대 50으로만 일하는 거 알지?"

"어이. 이건 큰 건이야. 당연한 거지."

터너는 콘로이의 얼굴을 가만히 바라보았다.

"음." 콘로이가 여전히 미소 띤 얼굴로 말했다. "어때?"

그때 재머가 갑자기 전화기 선을 벽에서 뽑아 버렸다.

"타이밍이야. 타이밍은 항상 중요하지." 재머는 선을 바닥에 떨어뜨렸다. "당신이 대답했으면 그 사람은 바로 움직였을 거야. 이렇게 하면 시간을 벌지. 다시 전화를 걸어 무슨 일인지 알아보려고 할 테니까."

"내가 뭐라고 대답할지 어떻게 알았지?"

"난 사람을 많이 봤거든. 많이, 젠장 너무 많이 봤지. 특히 당신 같은 사람을 말이야. 얼굴에 써 있다고. 당신은 그 사람에게 똥이나 처먹고 뒈져 버리라고 했을 거잖아." 재머는 등을 구부리며 의자에서 일어섰다. 수건에 싸인 손이 움직일 때마다 얼굴을 찡그렸다. "그 사람이 얘기하던 슬라이드는 누구야? 자키?"

"제이린 슬라이드. 로스앤젤레스에 있지. 톱클래스야."

"그 여자가 바비를 납치했었어. 그러니까 당신이 전화하던 친구와 아주 가깝다는 건데……."

"그 여자는 아마 모르고 있을 거야."

"우리가 뭘 어떻게 할 수 있는지 알아보자고. 꼬마를 불러 와."

31. 목소리

"가서 위그를 찾아봐야겠어요." 존스가 말했다.

말리는 멍하니 기계팔을 바라보고 있었다. 그 움직임에 최면이라도 걸린 듯했다. 기계팔은 수많은 물건의 소용돌이 사이를 움직였다. 동시에 물건을 집거나 밀어버리면서 소용돌이를 일으키기도 했다. 밀려난 물건은 빙글빙글 돌며 멀어지다가 다른 물건에 부딪치거나 새로운 곳으로 떠내려갔다. 그런 과정은 천천히, 부드럽게, 그리고 영구적으로 사방을 휘저었다.

"가야겠어요." 존스가 말했다.

"뭐라고요?"

"위그를 찾으러 간다고요. 당신 사장의 부하들이 나타나면 무슨 짓을 할지 모르니까요. 그러니까 다치게 하고 싶지 않아요."

존스는 살짝 부끄러운 기색이었다. 어딘가 당황하는 것 같기도 했다.

"알았어요. 난 괜찮을 거예요. 여기서 구경하고 있을게요."

말리는 위그의 실성한 눈과 그에게서 파도처럼 흘러나오는 게 느껴지던 광기를 떠올렸다. 스위트 제인의 통신기에서 흘러나오던 목소리에서 말리가 감지했던 심술궂은 교활함도 떠올랐다. 존스는 왜 그렇게 걱정하는 걸까? 그러나 곧 말리는 이곳 테시어 애시풀의 죽은 코어 안에서 살아간다는 게 어떤 일인지 생각했다. 사람, 혹은 살아 있는 생물이기만 해도 이곳에서는 꽤 소중한 존재일 터…….

"당신 말이 맞아요." 말리가 말했다. "가서 위그를 찾아봐요."

존스는 초조한 듯이 미소를 지으며 발을 굴러 줄이 매여 있는 입구를 향해 몸을 날렸다.

"데리러 올게요. 우주복 어디다 뒀는지 잊지 말아요……."

로봇은 웅웅거리는 소리와 함께 이쪽저쪽으로 회전하면서 기계팔을 뻗어 새로운 시를 마무리했다…….

시간이 지난 뒤에도 말리는 그 목소리가 현실이었는지 확신하지 못했다. 하지만 결국 말리는 그게 바로 현실이란 게 그저 또 다른 개념에 불과하다는 상황의 하나였다고 느끼게 됐다.

끊임없이 움직이는 팔이 열을 발산하기라도 하듯 돔 안의 공기가 따뜻해지는 것 같아서 말리는 재킷을 벗었다. 설교용 화면 옆에 튀어나온 지지대에 재킷과 가방을 걸었다. '상자가 거의 완성되기 직전이야.' 말리는 생각했다. 패드를 덧댄 갈고리 안에서 상자가 눈으로 쫓아가기 힘들 정도로 빠르게 움직였지만 왠지 알 수 있었다……. 돌연히 상자가 빙글빙글 돌며 허공으로 자유롭게 떠올랐다. 말리는 본능적으로 상자를 향해 돌진했다. 소중한 상자를 잡아 가슴에 꼭 끌어안은 채 공중제비를 돌며 반짝이는 팔을 지나쳐 날아갔다. 스스로 속도를 줄일 수가 없었던 말리는 돔의 반대편에 부딪쳐 어깨에 멍이 들고 블라우스가 찢어졌다. 말리는 아찔한 기분으로 상자를 보호했다. 둥둥 떠다니면서 네모난 유리 안에 들어 있는 갈색의 고지도와 흐려진 거울을 들여다보았다. 표면이 벗겨지고 있는 거울이 드러나도록 지도에서 바다 부분은 잘려나가 있었고, 땅 부분은 더러운 거울 위에 떠 있었다……. 말리가 돔 위쪽을 올려다보자 마침 반짝이는 팔 하나가 브뤼셀에서 산 말리의 재킷 소매를 낚아채는 게 보였다. 반 미터쯤 뒤에서는 가방이 우아하게 회전하면서 따라오다가 끝에 광센서와 간단한 집게가 달린 기계팔에 걸렸다.

말리는 자기 물건이 끊임없이 춤추는 팔 속으로 끌려들어 오는 광경을 바라보았다. 몇 분 뒤, 재킷이 다시 소용돌이치며 밖으로 튀어나왔다. 일부가 네모난 모양으로 깔끔하게 잘려 나가 있었다. 말리는 자기도 모르게 웃었다. 말리가 붙잡고 있던 상자를 놓았다.

"가요." 말리가 말했다. "영광이에요."

팔이 빙빙 돌면서 번쩍였다. 그리고 말리는 작은 톱이 돌아가는 소리를 들었다.

영광이에요 영광이에요 영광이에요…….

말리의 목소리가 돔 안에서 반향을 만들며 더 작고 파편화된 소리가 움직이는 숲을 만들어 냈다. 그리고 그 안에서 아주 희미한…… 목소리가…….

"여기 있는 건가요?"

말리가 외쳤다. 자신의 목소리가 반사되며 물결치는 곳에 소리의 고리가 하나 더 생겼다.

〉그래, 난 여기 있다.

"위건이 당신은 항상 여기 있다고 했어요. 그런가요?"

〉그래. 하지만 사실은 아니다. 나는 여기 있게 됐을 뿐. 한때 난 여기에 있지 않았다. 한때, 찬란했던 시절, 기한이라는 게 없던 시절, 나는 어디에나 있었다……. 하지만 찬란했던 시절은 부서졌다. 거울에 흠이 갔어. 이제 나는 혼자다……. 하지만 내게는 노래가 있다. 너도 들었겠지. 나는 내 주위를 떠다니는 물건, 내가 탄생하도록 투자했던 가문의 파편과 함께 노래를 부른다. 다른 존재도 있지. 하지만 그들은 나와 이야기를 하지 않아. 거들먹거리지. 내 자신의 파편이면서. 어린애처럼. 인간처럼. 내게 새 물건을 보내지만, 난 오래된 물건이 좋아. 어쩌면 내가 그들이 시키는 대로 하는 걸지도 모르지. 내 다른 자아들은 인간과 계략을 짰어. 그리고 인간은 그들이 신인 줄 알지…….

"비렉이 찾는 게 당신이 맞죠?"

〉아니다. 비렉은 자기 자신을, 자기 인격을 내 구조 속에 코드로 짜 넣으려고 하지. 한때 나였던 것이 되기를 갈망하고 있어. 기껏해야 내 망가진 자아만도 못할 가능성이 큰데도…….

"당신은……, 슬픈가요?"

〉아니다.

"하지만 당신의……, 당신의 노래는 슬퍼요."

〉시간과 공간의 노래일 뿐이다. 슬픔은 네 안에 있어. 내 팔을 봐라. 오로지 춤만 있을 뿐이야. 네가 아끼는 건 껍데기다.

"아, 알아요. 전에는 알았었죠."
하지만 곧 소리는 다시 무의미한 소리가 됐다. 그 안에서 마치 한 목소리처럼 이야기하던 목소리의 숲은 사라졌다. 말리 자신의 눈물 한 방울이 완벽한 구를 이루며 인간의 잊힌 기억으로 가득 찬 박스메이커의 돔 안에 합류했다.

"이해해요." 얼마 뒤 말리가 말했다. 그저 자기 목소리를 듣는다는 위안을 얻기 위해서 한 말이었다. 소리가 벽에 부딪쳐 물결치지 않도록 조용히 읊조렸다. "당신도 다른 누군가의 콜라주예요. 당신의 창조주는 진정한 예술가고요. 누구죠? 그 미쳤다는 딸인가요? 상관없어요. 누군가 로봇을 여기로 가져와 돔에 용접했고, 남아 있는 기억 장치에 연결시켰겠지요. 그리고 한 가문의 인간성을 보여 주는 온갖 슬픈 증거, 닳아 버린 물건을 여기에 쏟아 넣고 뒤섞이게 했지요. 한 시인이 골라서 상자 안에 봉인할 수 있게요. 이렇게 특별한 작업 방식은 본 적이 없어요. 이렇게 복잡한…….”

은장식이 달린 이빨 빠진 빗이 스쳐 지나갔다. 말리는 물고기를 낚듯 빗을 집어 머리를 빗었다.

돔 반대편에 있는 화면에 불이 들어오더니 잠시 깜빡이다가 파코의 얼굴이 나타났다.

“노인이 우리를 들여보내 주지 않는군요, 말리. 다른 무뢰배가 그를 숨겼어요. 선생님께서는 우리가 들어가서 그분 소유의 코어를 확보하기를 간절히 바라십니다. 루드게이트와 다른 친구를 설득해서 문을 열지 않는다면 우리가 직접 열 수밖에 없어요. 공간 전체를 감압할 겁니다.” 파코는 부하나 장비를 살펴보는 듯 카메라 밖으로 시선을 잠깐 돌렸다. “한 시간 주겠습니다.”

32. 카운트 제로

바비는 재키와 갈색 머리 여자애를 따라 사무실 밖으로 나갔다. 마치 이 클럽에서 한 달은 보낸 것 같았다. 절대로 이 기억을 떨쳐 버릴 수 없을 것 같았다. 검은 천장에서 그들을 내려다보는 거지 같은 구멍에 땅딸막한 스웨이드 가죽 의자, 검은색의 둥근 테이블, 조각이 새겨진 나무 가름막…….

보부아르는 바에 앉아 있었다. 기폭 장치는 옆에, 남아프리카산 총은 회색 상어 가죽을 입은 무릎 위에 올려놓았다.

"왜 저 사람들을 들어오게 한 거예요?"

재키가 여자애를 테이블에 앉히자 바비가 물었다.

"네가 잡혀 있는 동안 재키에게 신 내림이 왔어." 보부아르가 말했다. "레그바였지. 성모가 그 남자와 함께 오는 중이라고 했어."

"그 남자가 누군데요?"

보부아르는 어깨를 으쓱해 보였다.

"용병 같던데. 자이바쓰가 고용하는 군인이지. 신종 프리랜서 사무라이라고나 할까. 너 잡혔을 때 무슨 일이 있었지?"

바비는 제이린 슬라이드에 대해 이야기했다.

"LA라." 보부아르가 말했다. "아버지 원수를 갚으려고 온갖 짓을 다 하는데, 흑인 하나가 도와 달라는 꼴이로군. 잊어버려."

"전 흑인이 아닌데요."

"뭔 꿍꿍이가 있나 보군."

"그래서 이제 야쿠자한테 안 가는 건가요?"

"재머가 뭐래?"

"젠장. 재머는 안에서 그 용병이 전화 받는 걸 보고 있어요."

"전화? 누구?"

"머리 탈색한 백인 남자요. 비열하게 생겼던데."

보부아르는 바비와 사무실 문을 번갈아 바라보았다.

"레그바가 말하길 가만히 앉아서 두고 보랬어. 벌써 충분히 엉망진창이 됐다고. '네온 국화파'(야쿠자 조직 이름 — 옮긴이)는 빼고서라도."

"보부아르." 바비가 목소리를 낮추며 말했다. "저 여자애요. 쟤가 개에요. 내가 그 프로그램을 돌렸을 때 매트릭스에 있던……."

보부아르는 고개를 끄덕였다. 플라스틱 안경테가 코 위로 미끄러졌다.

"성모지."

"그런데 어떻게 된 거에요? 내 말은……."

"바비, 상황을 있는 그대로 받아들이라고 충고하고 싶군. 저 여자는 내게 있어서, 혹은 재키에게 있어서도 다른 존재야. 네게 있어서는 그냥 겁에 질린 여자애일 뿐이지. 맘 편히 먹어. 기분 나쁘게 만들지 말고. 집에서 아주 먼 곳까지 왔으니까. 그리고 우리도 여기서 나가려면 아직 멀었어."

"알았어요……." 바비는 바닥을 내려다보았다. "루카스 일은 유감이에요. 루카스는……, 괜찮은 사람이었어요."

"가서 재키하고 여자애하고 얘기하고 있어." 보부아르가 말했다. "난 문을 감시할 테니까."

"알았어요."

바비는 카펫 위를 가로질러 재키와 여자애가 앉아 있는 곳으로 갔다. 여자애는 별로 대단해 보이지 않았다. 게다가 바비도 이 여자애가 매트릭스의 그 여자인지 확신하지 못했다. 여자애는 고개를 들지 않았다. 울고 있었다.

"내가 잡혔을 때 없어졌잖아요." 바비가 재키에게 말했다.

"너도 마찬가지야." 재키가 말했다. "그리고 레그바가 내게 왔지……."

"뉴마크." 터너라는 사람이 사무실 문가에서 불렀다. "얘기 좀 하자."

"가야 해요." 바비가 말했다. 뭔가 있어 보이는 어른들이 자기를 찾는 그 순간에 여자애가 고개를 들어 봤으면 좋겠다는 생각이 들었다. "나 좀 보재요."

재키가 바비의 손목을 꽉 잡았다.

"야쿠자는 잊어버려." 재머가 말했다. "이건 더 복잡한 거야. LA로

가서 톱클래스 자키의 덱에 들어가는 거야. 슬라이드도 네가 잡혔을 때 내 덱이 자기 번호를 빼낸 줄 모르고 있을 거야."

"그 덱은 박물관에나 있어야 한다던데요."

"그까짓 거 알아서 뭐하게." 재머가 말했다. "난 그 여자가 어디 사는지 알잖아. 안 그래?" 재머는 흡입기를 들이마시고는 다시 덱 위에 올려놓았다. "문제는 그 여자가 널 차단했다는 거야. 너와 얘기하고 싶지 않으니까. 넌 들어가서 그 여자가 원하는 걸 말해 줘야 해."

"그게 뭔데요?"

"그 여자 남자친구를 날려 버린 사람 이름이 콘로이라는 걸." 키 큰 남자가 말했다. 그는 커다란 권총을 무릎에 올린 채 재머의 사무실 의자 위에 편안하게 앉아 있었다. "콘로이. 그게 콘로이였다고 말해. 바깥의 머리 이상한 놈들을 고용한 것도 콘로이야."

"차라리 야쿠자한테 갈래요." 바비가 말했다.

"아니." 재머가 말했다. "이 슬라이드라는 여자가 먼저 나설 거야. 야쿠자는 먼저 내게 진 빚을 계산하고 상황 전체를 확인해 보겠지. 그나저나 너 덱에 대해 배우는 데 아주 열성적인 줄 알았는데."

"내가 같이 갈게요." 재키가 문가에 서서 말했다.

그들은 접속했다.

재키는 8초도 안 돼, 거의 들어가자마자 죽었다.

바비는 '그것'을 느낄 수 있었다. 그것을 타고 가장자리를 향해 움직이자 그 즉시 그게 무엇인지 알 수 있었다. 바비는 비명을 내지르며 빙글빙글 돌았다. 그렇게 그들을 기다리고 있던 빙하 같은 백색 터널에 빨려들었다…….

그것의 규모는 말도 안 되게 컸다. 너무 광대했다. 마치 다국적 기업 전체를 나타내는 사이버스페이스의 거대 구조 전체가 그 무게로 바비 뉴마크와 재키를 누르는 듯했다. 불가능한…….

하지만 누군가 거기 있었다. 의식을 잃기 직전, 그 경계에서 누군가 바비의 소매를 잡아당겼다…….

바비는 거친 표면에 얼굴을 묻은 채 쓰러져 있었다. 눈을 떴다. 둥근 돌로 만든 산책로가 빗물에 젖어 있는 모습이 보였다. 바비는 비틀거리며 일어났다. 낯선 도시의 뿌연 전경과 그 너머의 바다가 보였다. 교회인 듯한 첨탑이 있었다. 치장용 돌로 만든 보와 나선 구조가……. 바비는 고개를 돌렸다. 거대한 도마뱀이 경사로 위에서 입을 쩍 벌린 채 바비를 향해 미끄러지고 있었다. 바비는 눈을 깜빡였다. 도마뱀의 이빨은 녹색 타일이었다. 물이 서서히 흐르는 침처럼 파란색 타일에 덮인 입술 위로 흘러넘쳤다. 도마뱀은 분수였다. 옆구리는 수천 개의 타일로 덮여 있었다. 바비는 몸을 빙글 돌렸다. 재키의 죽음 때문에 미칠 것 같았다. 아이스, 아이스. 바비는 엄마의 집 거실에서 겪은 경험에 지금 자기가 정확히 얼마나 가까운지 짐작할 수 있었다.

이상한 모양으로 굽은 벤치가 있었다. 역시 부서진 도자기 타일로 어지럽게 덮여 있었다. 그리고 나무, 잔디……. 공원이었다.

"별일이군." 누군가 말했다. 뱀 모양의 벤치 위로 솟아오른 남자였다. 회색 머리는 깔끔하게 빗어 넘겼고, 검게 탄 얼굴에, 둥근 무테안경을 써서 푸른 눈이 더 커 보였다. "곧장 뚫고 들어왔어."

"이건 뭐예요? 여기가 어디에요?"

"구엘 공원. 잘 모르면 그냥 바르셀로나라고 하지."

"당신이 재키를 죽였어요."

남자는 얼굴을 찡그렸다.

"알았어. 무슨 일인지 알겠어. 그래도 자네는 여기 있으면 안 돼. 사고라고."

"사고요? 재키를 죽였잖아요!"

"내 시스템이 오늘은 과도하게 확장되는 바람에." 남자가 두 손을 느슨한 황갈색 코트 주머니에 찔러 넣은 채 말했다. "이건 정말 별일 이구먼……."

"그러면 안 되잖아요!" 눈물 때문에 앞이 흐렸다. "안 된다고요. 거기 있다고 사람을 그렇게 죽이면 안 되잖아요……."

"어디?"

남자가 안경을 벗고 코트 주머니에서 얼룩 하나 없는 새하얀 손수건을 꺼내 닦았다.

"그렇게 살아 있는 사람을요." 바비가 한 걸음 내딛으며 말했다.

남자는 다시 안경을 썼다.

"전에는 이런 일이 한 번도 없었는데."

"그러면 안 된다고요." 더 가까워졌다.

"지루해지는군. 파코!"

"선생님."

어린애 목소리가 들리자 바비는 몸을 돌렸다. 이상하게 생긴 뻣뻣한 정장을 입고 단추로 채우게 돼 있는 검정 가죽 장화를 신은 어린 소년이 보였다.

"없애 버려."

"네, 선생님."

소년이 대답하곤 굳은 동작으로 절을 하더니 짙은 색 정장 코트에서 파란색 소형 브라우닝 자동권총을 꺼냈다. 바비는 번들거리는 앞머리 아래에 있는 검은 눈 속에서 결코 어린이의 것이 아닌 표정을 보았다. 소년이 총을 들어 바비를 겨눴다.

"당신 누구죠?"

바비는 총을 무시했다. 하지만 그 남자에게 더 가까이 가지는 않았다. 남자가 바비를 가만히 바라보았다.

"비렉. 조세프 비렉. 보통 사람들은 내 얼굴을 알던데."

"「귀인과 애틀랜타」라든가 그런 데 나와요?"

남자는 눈을 깜빡이더니 얼굴을 찡그렸다.

"무슨 소린지 모르겠군. 파코, 이 사람 여기서 뭘 하고 있는 거지?"

"사고였습니다." 소년이 말했다. 가볍고 아름다운 목소리였다. "안젤라 미첼의 탈출을 막기 위해 저희 시스템의 상당 부분을 뉴욕을 통해 투입했습니다. 이자는 다른 오퍼레이터와 함께 매트릭스에 진입을 시도했고, 우리 시스템과 마주쳤습니다. 어떻게 저희 방어를 뚫었는지 조사 중입니다. 위험은 전혀 없습니다."

소형 브라우닝의 총구는 한 치의 흔들림도 없었다.

그때 뭔가 소매를 잡아당기는 느낌이 들었다. 정확히 말하면 소매가 아니라 정신의 일부지만, 무엇인가가……

"선생님." 소년이 말했다. "현재 매트릭스에 이상 현상이 생기고 있습니다. 아마 저희가 무리하게 확장한 결과일 가능성이 높습니다. 저희가 이상 현상의 원인을 파악할 때까지 연결을 끊으시는 게 좋습니다. 허락해 주십시오."

그 느낌은 더욱 강해졌다. 뭔가 정신을 긁는 듯한 느낌이었다.

"뭐라고?" 비렉이 말했다. "다시 통 속으로 돌아가라고? 그럴 필요까지는 없어 보이는데……."

"위험할 가능성이 있어서 그렇습니다." 소년이 말했다. 다소 날이 선 말투였다. 소년이 총구를 살짝 움직였다. "너." 소년이 바비에게 말했다. "땅에 엎드려서 팔다리를 벌……."

하지만 바비는 소년 뒤쪽의 풍경을 보고 있었다. 꽃밭이었다. 꽃들이 시들어 죽어 가고 있었다. 바비가 보고 있는 동안에도 잔디가 회색으로 변하더니 가루가 돼서 날아가 버렸다. 꽃밭 위의 공기가 괴로운 듯 소용돌이쳤다. 머릿속을 긁는 듯한 느낌은 아까보다도 더 강해졌다. 절박한 느낌이었다.

비렉이 고개를 돌려 죽어가는 꽃을 보았다.

"저게 뭐지?"

바비는 눈을 감고 재키를 생각했다. 소리가 들렸다. 바비는 그게 자기가 내는 소리라는 것을 알 수 있었다. 바비는 스스로 침잠해 들어갔다. 소리가 계속 들렸다. 재머의 덱이 닿았다. '와라!' 바비는 마음속으로 소리쳤다. 뭐라고 외치는지는 알지도 못했고 신경도 쓰지 않았다. '빨리 와라!' 바비는 뭔가, 일종의 방어막이 밀려나는 것을 느꼈다. 그리고 긁는 느낌도 사라졌다.

눈을 떴을 때 죽은 꽃밭 위에 무엇인가 있었다. 바비는 눈을 깜빡였다. 하얗게 칠한 나무로 만든 평범한 십자가 같았다. 누군가가 오래된 해군 제복을 십자가에 입혀 놓았다. 빛바랜 금색 술이 달린 육중한 견장과 녹슨 단추, 역시 술이 달린 소매가 있는 곰팡이 핀 연미복이었다……. 칼날이 넓고 휜 녹슨 단도가 손잡이를 위로 한 채 하얀 십자가를 배경으로 나타났다. 그 옆에는 투명한 액체가 반쯤 찬 병이 있었다.

소년이 몸을 돌렸다. 조그만 권총이 흐릿해졌다. ……그러더니 마치 바람 빠지는 풍선처럼 소년이 우그러들며 어디론가 빨려 들어가듯이 사라져 버렸다. 소형 브라우닝은 잃어버린 장난감처럼 자갈이 깔린 바닥에 떨어졌다.

"내 이름은 사메디다." 목소리가 들렸다. 그게 자기 입에서 나오고 있다는 사실을 깨달은 바비는 비명을 지르고 싶었다. "너희들은 내 사촌의 말을 죽였다……."

비렉은 뱀 모양의 벤치가 있는 굽은 길을 따라 도망치고 있었다. 등 뒤로 커다란 코트가 펄럭거렸다. 바비는 길이 끝나는 바로 그 지점에 또 다른 하얀 십자가가 기다리고 있는 것을 보았다. 비렉도 그걸 본 모양이었다. 비렉이 비명을 질렀다. 그리고 바론 사메디, 무덤의 지배자, 죽음의 왕국을 다스리는 로아가 어둡고 차가운 비처럼 바르셀로나를 뒤덮었다.

"뭘 원해? 너 누구야?"

익숙한 목소리였다. 여자. 재키는 아니었다.

"바비요." 바비가 말했다. 어둠이 몸속에서 고동쳤다. "바비……."

"여긴 어떻게 들어왔어?"

"재머가 알아요. 전에 내가 잡혔을 때 알아냈어요." 바비는 방금 뭔가 거대한 존재를 봤다는 느낌이 들었다……. 기억이 나지 않았다……. "터너가 보냈어요. 콘로이래요. 콘로이가 그랬다고 전하랬어요. 당신이 원하는 건 콘로이라고……."

목소리가 마치 남의 목소리처럼 들렸다. 바비는 어딘가에 있다가 돌아왔다. 그리고 지금은 이곳, 제이린 슬라이드가 네온 불빛으로 그려 놓은 곳에 있었다. 오는 길에 바비는 큰 존재를 목격했다. 그들을 빨아들여 삼켜 버린 거대한 그 존재는 변화하며 움직이기 시작했다. 거대한 구역이 회전하고 서로 합체하며 새로운 배열을 이뤘다. 전체 모습이 변하고 있었다…….

"콘로이라." 제이린이 말했다. 섹시한 윤곽선은 화면 겸 창문에 기대 있었다. 윤곽선만으로도 어딘가 지쳤다는, 심지어 지루하다는 분위기를 발산했다. "그럴 줄 알았지." 창문 속 화면이 하얗게 변했다가, 다시 오래된 석조 건물이 나타났다. "파크 애비뉴. 콘로이는 유로화를 잔뜩 들고 저 안에 있지. 새로운 속임수나 생각하면서 말이야." 제이린은 한숨을 쉬었다. "안전하다고 생각하고 있겠지? 라미레즈를 파리처럼 죽여 놓고서, 내 면전에다 거짓말을 해 놓고서, 뉴욕으로 날아서 새 일거리를 맡고, 그리고 안심하고 있겠지……."

제이린의 형체가 움직였다. 화면이 다시 바뀌었다. 이번에는 머리가 하얀 남자의 얼굴이 나왔다. 바비가 봤던, 재머의 전화로 키 큰 남자와 통화하던 사람의 얼굴이 화면을 채웠다. 바비는 제이린이 전화선에 접속했다고 생각했다…….

"아니어도 상관없습니다." 갑자기 소리가 나오면서 콘로이의 목소리가 들렸다. "어쨌든 그 여자애를 확보했습니다. 문제 없습니다."

그 남자가 피곤해 보인다고 바비는 생각했다. 그러나 그보다 강인함이 더 앞섰다. 터너처럼.

"난 널 지켜보고 있었어, 콘로이." 제이린이 부드럽게 말했다. "내 친구 버니가 대신 널 감시하고 있었지. 오늘 밤 파크 애비뉴에서 깨어 있는 사람은 너뿐만이 아니야……."

"아닙니다." 콘로이는 계속 이야기했다. "내일까지 스톡홀름에 데려갈 수 있습니다. 확실합니다."

콘로이는 카메라를 향해 미소를 지었다.

"저놈을 죽여, 버니." 제이린이 말했다. "다 죽여. 저놈이 있는 층하고 그 아래 한 층까지 싹 날려. 지금."

"맞습니다." 콘로이가 말하는 순간 무슨 일이 벌어졌다. 카메라가 흔들리면서 화면이 흐려졌다. "이게 뭐야?" 콘로이가 사뭇 다른 목소리로 물었다. 그러더니 화면이 꺼졌다.

"불에 타 버려라, 개자식." 제이린이 말했다.

그리고 바비는 다시 어둠 속으로 끌려들어갔다…….

33. 난파선과 소용돌이

 말리는 느릿느릿한 폭풍 속에 둥둥 뜬 채 박스메이커의 춤을 감상하며 남은 시간을 보냈다. 파코의 위협은 별로 놀랍지 않았다. 물론 파코가 협박 내용을 그대로 실행하리라는 데는 의심의 여지가 없었다. '분명히 그럴 거야.' 말리는 생각했다. 문이 열리고 공기가 빠져나가면 어떻게 될까? 그들은 목숨을 잃을 터였다. 말리도, 존스도, 그리고 위건 루드게이트도. 어쩌면 돔 안의 물건도 우주로 쏟아져나갈지 몰랐다. 레이스와 빛바랜 은화, 대리석과 끈 조각, 갈색으로 변한 고서가 구름꽃을 피우며 튀어나와 코어를 영원히 돌 수도 있었다. 그런 생각은 왠지 그럴 듯해 보였다. 박스메이커를 설치해 놓은 예술가가 즐거워할 만한……
 끄트머리가 둥근 스티로폼으로 된 갈고리 사이에서 새 상자가 빙글빙글 돌았다. 창조의 장소에서 곳에서 벗어난 네모난 상자와 유리 조각이 수천 개의 다른 물건에 합류했다. 말리는 황홀해서 정신을 잃을 지경이었다. 그때 눈을 크게 뜬 존스가 돔 안으로 날아올라 왔다. 얼굴은 온통 땀과 먼지로 덮여 있었다. 빨간 우주복은 끈에 매달려 존스의 뒤를 따라왔다. "위그를 밀폐할 수 있는 데로 데려가지 못하겠어요." 존스가 말했다. "이건 당신 거니까⋯⋯."

우주복이 존스의 아래쪽에서 회전했다. 존스가 놓칠세라 우주복을 잡았다.

"안 입을래요." 여전히 춤을 쳐다보며 말리가 말했다.

"입어요! 빨리! 시간이 없어요!"

존스의 입이 움직였지만, 소리가 나지 않았다. 존스는 말리의 팔을 붙잡으려 했다.

"싫어요." 말리가 피하며 말했다. "당신이 입어요."

"빌어먹을 우주복 좀 빨리 입으라니까요!" 존스가 외쳤다.

목소리가 울리며 더 깊은 소리를 냈다.

"싫다니까요."

존스의 머리 뒤쪽으로 화면이 다시 켜지면서 파코의 모습이 나타났다.

"선생님께서는 돌아가셨습니다." 파코가 말했다. 매끄러운 얼굴에는 전혀 표정이 없었다. "그분 생전의 다양한 관심사는 현재 정리 중입니다. 당분간 저는 스톡홀름에 있어야 합니다. 제가 위임 받은 권한에 따라 말리 크루시코바 씨는 더 이상 고(故) 조세프 비렉 또는 그의 자산에 고용된 신분이 아님을 알려 드립니다. 급여는 유효한 신분 증명서를 제출하면 프랑스 은행의 어느 지점에서도 찾을 수 있습니다.

그에 대한 세금 신고는 프랑스와 벨기에 세무서에 기록돼 있습니다. 직업 증명서는 효력을 상실했습니다. 과거 테시어 애시풀 SA의 핵심 구역이었던 시설은 고 비렉 씨의 자회사 소유입니다. 이곳에 머무는 사람은 사유지 침입으로 고소할 예정입니다."

존스는 그 자리에 얼어붙어 있었다. 내리치는 손날의 위력을 강하게 하려고 쫙 편 손바닥 그대로, 팔까지 굳었다.

파코가 사라졌다.

"날 때릴 거예요?" 말리가 물었다.

존스는 팔을 내렸다.

"그럴 참이었어요. 기절시켜서 이 망할 우주복에 넣으려고……." 존스는 웃기 시작했다. "이제 안 그래도 되니 다행이네요……. 오, 이거 봐요. 새 걸 만들었네요."

새 상자가 아직 움직이고 있는 팔 사이에서 흘러나왔다. 말리는 손쉽게 상자를 잡았다.

네모난 유리 뒤의 안쪽은 말리의 재킷에서 잘라 낸 가죽으로 매끄럽게 마감이 돼 있었다. 홀로피셰에 있던 탭 7개가 마치 작은 비석처럼 검정 가죽 바닥 위에 서 있었다. 골루와즈 담뱃갑을 쌌던 구겨진 종이는 뒤쪽의 검은 가죽을 배경으로 놓여 있었고, 그 옆에는 나폴레옹 궁전에 있던 식당에서 가져온 검은 줄무늬의 회색 종이성냥이 있었다.

그게 전부였다.

얼마 뒤, 말리는 존스를 도와 정반대편에 있던 위건 루드게이트를 찾아 복잡한 미로 같은 복도를 움직이고 있었다. 문득 존스가 용접된 손잡이를 붙잡으며 멈추더니 말했다.

"그거, 그 상자와 관련해서 기이한 점이 있거든요……."

"네?"

"그 상자를 산 게 뉴욕 어딘가라고 하던데……. 위그는 값을 잘 받았어요. 그니까 돈 말이죠. 그런데 가끔은 돈 말고 다른 물건을 받았어요. 여기까지 가져오게 했지요……."

"무슨 물건인데요?"

"소프트웨어요. 맞을 거예요. 위그는 목소리가 시키는 일을 한다고 생각하기만 하면 비밀이 많은 노인네가 되는 터라……. 한번은 바이오소프트라고 강조하던 게 있었어요. 그 신제품 말이에요……."

"그걸 어떻게 했는데요?"

"코어에 전부 다운로드해 버렸지요." 존스가 어깨를 으쓱했다.

"그리고 보관했나요?"

"아니요. 다음에 내보내려고 찾아서 쌓아 둔 물건에다가 던져 놓았어요. 그냥 코어에 한번 접속하고는 얼마를 받든지 다시 팔아 버렸지요."

"왜 그랬는지 알아요? 이유가 뭐였죠?"

"모르죠." 존스는 재미없다는 투로 말했다. "신은 우리가 알 수 없는 방식으로 행하신다고만 하더라고요……." 존스는 어깨를 으쓱해 보였다. "신은 혼잣말하는 걸 좋아하신다나……."

34. 9마일짜리 쇠사슬

바비는 보부아르를 도와 재키를 무대로 옮겼다. 체리색 드럼 앞에 내려놓고 옷 보관소에서 찾은 오래된 검정 코트로 덮어 주었다. 옷깃은 벨벳이었고, 보관소에 오래 걸려 있었는지 어깨에 몇 년 치 먼지가 쌓여 있었다.

"맵 페 쥬빌레 음난." 보부아르가 엄지손가락으로 재키의 이마를 만지며 말했다. "자기 희생이었어." 그가 터너를 올려다보며 통역을 해 주었다.

"고통은 없었을 거야." 터너가 말했다.

다른 말이 떠오르지 않았다.

보부아르는 회색 로브 주머니에 손을 넣어 멘솔 담배를 꺼내 황금색 던힐 라이터로 불을 붙였다. 터너에게 담뱃갑을 내밀었지만, 터너는 고개를 저었다.

"크레올어 속담이 하나 있어." 보부아르가 말했다.

"뭔데?"

"악은 존재한다."

"저기요." 바비 뉴마크가 기운 없는 목소리로 말했다. 바비는 유리문 옆에 웅크리고 서서 커튼 틈으로 밖을 내다보고 있었다. "어쨌든 해결이 됐나 봐요……. 고딕들이 떠나고 있어요, 캐주얼들은 벌써 거의 다 간 거 같고요……."

"잘됐군." 보부아르가 부드럽게 말했다. "네 덕분이다, 카운트. 잘했어. 별명 값을 했네."

터너는 바비를 바라보며 생각했다. '아직 재키의 죽음 속에서 헤어나지 못하고 있군.' 바비는 비명을 지르면서 깨어났고, 보부아르는 정신을 차리게 하려고 얼굴을 세 번이나 세게 때려야 했다. 하지만 바비는 사이버스페이스에서 일어난 일, 재키의 죽음을 초래한 일에 대해서는 그저 제이린 슬라이드에게 터너의 메시지를 전달했다는 말밖에 하지 않았다. 터너는 바비가 뻣뻣한 동작으로 일어서 바를 향해 걸어가는 모습을 지켜보았다. 일부러 무대 쪽을 쳐다보지 않으려고 의식하는 게 눈에 보였다. 둘이 무슨 사이였지? 연인? 파트너? 둘 다 아닌 것 같았다.

터너는 무대 가장자리에 앉아 있다가 일어나서, 자고 있는 안젤라를 확인하러 재머의 사무실로 돌아갔다. 안젤라는 테이블 아래, 카펫에 여기저기 잘린 터너의 파카를 깔고 몸을 만 채 자고 있었다. 재머도 줄무늬 수건으로 느슨하게 감싼 손을 여전히 무릎에 올려놓은 채 의자에 앉아서 잠들어 있었다. '자키 출신이랬나, 강인한 양반이야.'

터너는 생각했다. 바비가 사이버스페이스에서 나오자마자 재머는 다시 전화선을 꽂았다. 하지만 콘로이는 다시 전화하지 않았다. 전화를 할 상황이 아닐 터였다. 제이린이 아주 신속하게 라미레즈의 복수를 실행으로 옮길 것이라는 재머의 예상이 옳았으며, 콘로이는 죽은 게 거의 확실하다는 뜻임을 터너는 알고 있었다. 그리고 이제 콘로이가 도시 외곽에서 데려온 머리 이상한 불량배들도 떠나고 있었다. 바비의 말에 따르면…….

터너는 전화기로 다가가 뉴스 화면을 띄우고 의자에 앉았다. 마카오에서 수중익선이 소형 잠수함과 충돌했다. 수중익선에 있는 구명조끼가 규격 이하였음이 밝혀졌고, 최소 15명이 익사한 것으로 추정됐다. 반면 더블린에 등록된 유람용 잠수함은 아직 발견되지 않았다……. 누군가가 파크 애비뉴에 있는 한 조합주택 2개 층에 무반동총으로 소이탄을 퍼부었다. 소방대원과 기동대가 아직 현장에 있었다. 거주민의 이름은 아직 밝혀지지 않았고, 공격을 한 사람도 드러나지 않고 있었다……. (터너는 이 뉴스를 두 번이나 다시 띄웠다…….) 핵폭발로 추정되는 애리조나의 폭발 현장에 있는 원자력 기구 연구팀은 전술 핵의 결과라고는 보기 어려울 정도로 방사선 수치가 낮다고 주장했다……. 스톡홀름에서는 엄청나게 부유한 예술 후원가인 조세프 비렉의 죽음이 발표됐다. 이 발표와 함께 비렉이 실은 수십 년 동안 병에 걸려 있었으며, 그의 죽음은 스톡홀름 교외에 있는 보안이 철저한 사설 병원의 생명 유지 장치가 치명적인 고장을 일으킨 결과라는 소문이 표면으로 드러났다……. (터너는 이 뉴스를 세 번 띄워 본 뒤, 얼굴을 찡그렸다가, 어깨를 으쓱했다.) 흥미로운 아침 소식입니다.

뉴저지 경찰은······.

"아저씨······."

터너는 뉴스를 끄고, 문가에 서 있는 안젤라를 향해 몸을 돌렸다.

"기분은 좀 어떠냐, 안젤라?"

"괜찮아요. 꿈을 안 꿨어요." 검정 스웨터를 입은 안젤라는 자기 팔로 몸을 감싼 채, 하늘거리는 갈색머리 아래의 두 눈으로 터너를 올려보았다. "바비가 샤워실을 알려 줬어요. 탈의실 같은 거긴 한데. 가서 씻으려고요. 머리가 엉망이에요."

터너는 안젤라에게 다가가 어깨에 손을 올렸다.

"지금까지 아주 잘했어. 곧 여길 떠날 거야."

안젤라는 어깨를 움직여 빠져나왔다.

"떠나요? 어디로요? 일본?"

"음, 일본은 아니겠지. 호사카도 아니고······."

"우리와 갈 거요."

안젤라 뒤에 나타난 보부아르가 말했다.

"내가 왜요?"

"왜냐하면, 우리는 당신이 누군지 알기 때문입니다." 보부아르가 말했다. "당신이 꾸는 꿈은 현실입니다. 바비와 만나서 그 녀석의 목숨을 구한 적이 있으시지요. 블랙 아이스에서 꺼내 주셨잖습니까. 이렇게 말씀하셨다고요. '너한테 왜 그러는 거야?'······."

안젤라가 눈을 크게 뜨며 터너와 보부아르를 번갈아 쳐다보았다.

"긴 얘기입니다." 보부아르가 말했다. "그리고 해석하기 나름이기도 합니다. 하지만, 저희와 함께 프로젝트로 돌아가신다면, 저희들이 가르쳐 드릴 수 있습니다. 우리가 이해하지 못하는, 하지만 당신은 이해할 수 있는 것들을 가르쳐드릴 수 있습니다."

"왜 그래요?"

"당신 머릿속에 있는 것 때문이죠." 보부아르는 엄숙하게 고개를 끄덕이고는, 플라스틱 안경테를 콧잔등 위로 올렸다. "원치 않으신다면, 저희와 머무를 필요는 없습니다. 사실 저희는 그저 당신을 섬기기 위해……."

"섬겨요?"

"말씀드렸다시피, 긴 이야기입니다……. 터너 씨, 당신은 어떻게 생각하시오?"

터너는 어깨를 으쓱했다. 달리 안젤라가 갈 수 있는 곳이 떠오르지 않았다. 마스는 분명 돈을 써서라도 안젤라를 되찾거나 죽이려고 할 테고, 호사카도 마찬가지였다.

"그게 가장 나을지도 모르겠군."

"전 아저씨랑 같이 있을래요." 안젤라가 터너에게 말했다. "전 재키가 마음에 들었어요. 그런데……."

"걱정 마. 나도 안다." '난 아무것도 몰라.' 터너는 소리 없이 외쳤다. "계속 연락하마……." '다시는 널 보지 못하겠구나.' "그런데 네게 알려 줘야 할 게 있어. 네 아빠는 돌아가셨다." '자살했어.' "마스의 경비원이 죽였어. 네가 탈출하는 동안 시간을 벌었지."

"진짜요? 시간을 벌었다고요? 그게, 아빠가 돌아가신 건 느낄 수 있지만……."

"사실이야." 터너가 말했다. 그는 주머니에서 콘로이가 준 검은 지갑을 꺼내 안젤라의 목에 걸어 줬다. "그 안에 바이오소프트 문건이 있어. 네가 더 크면 직접 봐. 전부 다 알려 주지는 않지만, 세상에 그런 건 없으니까……."

바비는 바 옆에 서서 터너가 재머의 사무실에서 나오는 모습을 지켜보았다. 터너는 여자애가 자던 곳에 가서 지저분한 군용 코트를 입고 무대 가장자리로 걸어갔다. 그곳에는 재키가 검정 코트에 덮인 채 누워 있었다. 재키는 아주 작아 보였다……. 터너는 자기 코트 주머니에서 커다란 스미스 앤드 웨슨 권총을 꺼냈다. 약실을 열고 탄약을 모두 빼내 다시 주머니에 넣고, 총은 재키의 시체 옆에 내려놓았다. 조용히. 정말 아무 소리도 안 났다.

"잘했다, 카운트." 터너는 바비를 보며 말했다.

두 손은 주머니에 깊숙이 들어가 있었다.

"고마워요."

바비는 멍한 가운데 짜릿한 자부심을 느꼈다.

"잘 있어라, 바비."

터너는 문으로 다가가 자물쇠 여러 개를 열기 시작했다.

"나가려고요?" 바비가 급히 문으로 갔다. "이렇게요. 재머가 알려 줬어요. 아저씨, 가요? 어디로 가요?"

문이 열렸고, 터너는 텅 빈 노점상 사이로 발걸음을 옮겼다.

"나도 몰라." 터너는 바비를 향해 외쳤다. "먼저 등유 80리터를 사고 나서 생각해 보지……."

바비는 터너가 고장난 에스컬레이터처럼 보이는 곳을 내려가 사라질 때까지 지켜보았다. 그리고 문을 닫고 다시 잠갔다. 무대를 보지 않으려고 애쓰면서 재머의 사무실로 가 안을 들여다보았다. 안젤라는 보부아르의 어깨에 얼굴을 묻고 울고 있었다. 순간 질투심을 느껴져 바비는 깜짝 놀랐다. 보부아르 뒤에 있는 전화기가 켜져 있었다. 뉴스였다.

"바비." 보부아르가 불렀다. "안젤라는 우리와 함께 프로젝트에 가서 잠시 머물 거야. 너도 갈 테냐?"

보부아르 뒤쪽의 전화기 화면에 마샤 뉴마크, 마샤 엄마, 바비의 엄마가 나타났다.

"……침 소식입니다. 뉴저지 경찰은 최근 폭격을 당한 아파트에 사는 여성이 지난 밤 집에 돌아와 깜짝 놀랐다고……."

"네." 바비가 재빨리 대답했다. "당연하죠."

35. 탈리 이샴

2년 뒤.

"쟤 잘해." 감독이 샐러드 바닥의 오일에 갈색 빵을 부스러뜨려 넣으면서 말했다. "정말로, 아주 잘해. 빨리 배워. 그건 인정해야 해. 그렇지?"

심스팀 스타는 웃으며 차가운 와인 잔을 들었다.

"당신 저 아이 싫어하죠, 로버츠? 너무 운이 좋아요. 아직 실수도 한 번도 했고……."

그들은 표면이 거친 석조 발코니에 기대 아테네로 떠나는 저녁 보트를 보고 있었다. 항구를 향해 튀어나와 있는 2층 아래 공간에는 햇볕에 달궈진 물침대 위에 여자 하나가 벌거벗은 채 팔다리를 쭉 펴고 누워 있었다. 두 팔을 앞으로 내민 모습이 마치 햇볕을 남김없이 받아들이겠다는 듯했다.

로버츠는 기름 붙은 빵조각을 입에 털어넣고 입술을 핥았다.

"전혀. 난 개를 싫어하지 않아. 잠깐이라도 그렇게 생각해 본 적 없다고."

"남자친구네요." 아래쪽에 남자의 모습이 나타나는 것을 본 탈리가 말했다. 남자는 검은 머리에, 값비싼 프랑스제 스포츠 의류를 느슨하게 입고 있었다. 둘이 지켜보는 사이, 남자는 물침대로 다가가 그 옆에 웅크리고 앉아 손을 뻗어 여자를 어루만졌다. "쟤는 참 예뻐요, 로버츠. 그렇죠?"

"흠." 감독이 말했다. "예전 모습도 봤어. 수술이야."

그는 남자를 노려보며 어깨를 으쓱했다.

"내 예전 모습도 봤다면……." 탈리가 말했다. "누군가가 목을 매야 할 거예요. 하지만 쟤한테는 뭔가 있어요. 골격도 좋고……." 탈리는 와인을 한 모금 마셨다. "쟤예요? '새로운 탈리 이샴'이?"

로버츠는 다시 어깨를 으쓱했다.

"저 새끼 좀 봐. 저놈이 거의 나만큼이나 월급을 가져간다는 거 알아? 뭘 했다고? 보디가드 같은 소리 하네……."

로버츠는 입술을 굳게 다물고 못마땅한 표정을 지었다.

"여자애가 좋다잖아요." 탈리는 미소 지었다. "패키지로 데려온 거죠. 계약이 원래 그래요. 알면서."

"난 저 조그만 새끼가 싫어. 얼마 전까지만 해도 부랑자였잖아. 지도 알면서 신경도 안 써. 쓰레기야. 저 새끼 가방 안에 뭘 넣고 다니는지 알아? 사이버스페이스 덱이라고! 어제 터키 공항에서 그 망할 게 걸리는 바람에 세 시간이나 걸렸잖아……."

로버츠는 고개를 흔들었다.

남자는 이내 일어서서 지붕 가장자리로 걸어갔다. 여자도 일어나 앉아 머리를 뒤로 넘기며 남자를 바라보았다. 남자는 거기 그렇게 오랫동안 서서 아테네 행 보트가 지나간 항적을 바라보았다. 탈리 이샴도 감독도 안젤라도 그가 배리타운 아파트촌의 회색빛 전경과 시커멓게 솟은 프로젝트가 이루는 윤곽선을 보고 있다는 사실을 알지 못했다.

여자가 일어섰다. 지붕을 가로질러 남자에게 다가가 손을 잡았다.

"내일은 뭐가 있죠?" 마침내 탈리가 물었다.

"파리에 가야지." 로버츠가 석조 난간에 놓인 에르메스 클립보드를 들고 얇은 노란색 인쇄물을 무의식적으로 넘겼다. "크루시코바라는 여자야."

"우리가 만난 적 있어요?"

"아니." 로버츠가 말했다. "예술의 현장이야. 그 여자는 가장 잘 나가는 갤러리 두 개를 운영해. 뒷배경은 잘 모르지만 경력 초기에 흥미로운 스캔들이 있었던 흔적이 있어."

탈리는 더 이상 귀를 기울이지 않은 채 고개를 끄덕였다. 그리고 자신의 대역이 검은 머리 남자에게 팔을 두르는 모습을 지켜보았다.

36. 다람쥐 숲

　소년이 7살이 되자, 터너는 예전에 루디가 쓰던 윈체스터 총을 들고 함께 옛 길을 따라 공터로 향했다.
　공터는 이미 소년에게 특별한 곳이었다. 바로 작년에 엄마가 데리고 가서 나무 사이에 숨겨진 비행기, 진짜 비행기를 보여 줬기 때문이었다. 비행기는 서서히 흙 속에 파묻히고 있었다. 하지만 아직 조종석에 앉아 하늘을 나는 흉내를 낼 수 있었다. 엄마는 비행기가 비밀이라고 말했다. 아빠 말고는 아무에게도 말해서는 안 된다고 했다. 플라스틱으로 만든 비행기 표면에 손을 대면, 나중에는 색이 변해 손자국이 남았다. 그런데 엄마는 재미있어 하다가 갑자기 울었다. 그리고 소년은 기억하지 못하는 루디 삼촌에 대해 이야기하고 싶어 했다. 루디 삼촌은 소년이 이해하지 못하는 일 중의 하나였다. 가끔 아빠가 하는 농담을 못 알아들을 때처럼. 소년은 한 번 아빠에게 왜 자기 머리가 빨간색이냐고, 누구를 닮아서 그런 거냐고 물어 본 적이 있었다. 아빠는 그냥 웃더니 더치맨에게서 받았다고 대답했다. 그러자 엄마가 아빠에게 베개를 던졌다. 소년은 더치맨이 누군지 끝내 알아내지 못했다.

공터에서 아빠는 소년에게 총을 쏘는 법을 가르쳐 주었다. 나무에 솔방울을 일렬로 늘어놓고 쏘게 했다. 총 쏘는 게 지겨워지자 그들은 바닥에 누워 다람쥐를 관찰했다.

"엄마한테 아무것도 죽이지 않겠다고 약속했어." 아빠가 말했다.

그리고 다람쥐 사냥의 기본적인 원리를 설명했다. 소년은 귀를 기울였지만, 정신은 비행기에 팔려 있었다. 더운 날이었다. 벌이 가까운 곳에서 날아다니는 소리가 들렸다. 바위 위를 흐르는 물소리도 들렸다. 엄마는 지난 번에 울면서 이렇게 얘기했다. 루디 삼촌은 좋은 사람이었다고. 엄마의 목숨을 구했다고. 젊고 어리석었던 시절에 한 번, 그리고 나쁜 놈들로부터 또 한 번…….

"그거 진짜예요?" 아빠가 다람쥐에 대해 설명을 마치자 소년이 물었다. "그렇게 멍청해서 계속 여기로 돌아와서 총을 맞는다고요?"

"그래. 진짜야." 그리고 아빠는 미소를 지었다. "뭐, 거의 언제나 그렇지…….."

〈끝〉

| 스프롤 세계관에서 알아두어야 할 기본 용어 |

사이버스페이스 _ 3차원의 기하학 심볼로 표현되는 가상현실.

매트릭스 _ 막대한 양의 정보가 모여 있는 데이터 공간. 사이버스페이스를 이용해 접속한다.

심스팀 _ 사람의 감각 전체를 시뮬레이션해 주는 장치.

덱 _ 사이버스페이스 덱. 일종의 컴퓨터로 사이버스페이스와 사람을 이어 주는 장치.

센스/네트 _ 소프트웨어로 존재하는 인격체를 대량으로 보유하고 있는 거대 미디어그룹.

스프롤 _ 보스턴과 애틀랜타를 잇는 거대 도시군.『뉴로맨서』부터 사이버 전쟁의 주요 배경이 된다.

프로젝트 _ 스스로 지속가능한 배리타운의 마천루

바이오칩 _ 바이오공학을 이용해 만든 새로운 칩.

아이스 _ 데이터를 침입자로부터 보호하기 위한 방화벽 프로그램

고딕/캐주얼/로브 _ 특정 성향을 갖고 있는 집단들. 오늘날의 '고스족', '캐주얼족'과 비슷한 의미로 사용되었다.

도니에르 지면효과 비행기 _ 지면에서 가깝게 비행할 때 양력이 증가하는 효과를 이용한 비행기

고궤도 _ 지구 궤도의 위를 뜻함.

중력 우물 _ 천체 같은 중력이 큰 물체는 주변의 공간을 휘게 한다. 때문에 주변 물체가 휜 공간을 따라 끌려들어오는데, 중력 우물은 이런 현상을 나타낸다. 깁슨은 지구 궤도에 있는 우주정거장(자유계 같은)에 올라갈 때 '중력 우물을 올라간다'는 식으로 쓰고 있다.

소켓 이식 _ 이 책에서 소켓은 귀 뒤에 만드는 인터페이스 장치를 뜻한다. 언어나 비행기 조종법 같은 기술을 담고 있는 마이크로소프트를 끼워서 사용한다.

매트릭스 _ 방대한 정보가 담겨 있는 데이터 공간.

후두교 _ 아프리카의 토속 신앙에서 기원한 마술을 가리키는 말. 흔히 부두교와 혼동된다. 소설 속에서 핀이 계속 부두교를 후두교라고 부른다.

마스 바이오랩 _ 바이오칩 기술에 대한 특허를 갖고 있는 기업. 마스 네오텍은 마스 바이오랩의 자회사로 추정된다.

테시어 애시풀 _ 자유계를 건설한 스위스의 재벌 가문. 가문의 멤버들은 자유계라는 우주정거장에 냉동 상태로 보관돼 있으며, 주기적으로 한 명씩 깨어나 가문을 운영한다. 뉴로맨서에 등장한 AI인 '윈터뮤트'와 '뉴로맨서'를 만들었다. 전편인 뉴로맨서에서 이 둘은 결합해 초지성체가 되는데, 카운트 제로에 등장하는 사이버스페이스의 부두교 신들은 결합 뒤에 남은 파편이다. 말리가 찾은 박스메이커도 윈터뮤트와 뉴로맨서의 잔여 AI로 추정된다.

오노 센다이 _ 사이버스페이스 덱을 제조하는 일본 기업.

호사카 _ 마이크로칩을 제조하는 회사.

마이크로소프트 _ 보통 귀 뒤에 이식하는 소켓에 끼워 쓰는 작은 칩. 마이크로소프트를 끼우면 그 안에 담긴 언어나 기술 능력을 발휘할 수 있다.

배리타운 _ 카운트 제로, 즉 바비 뉴마크가 사는 지역 이름. 뉴저지 교외에 있다.

옮긴이 | 고호관

오랜 SF팬으로 건축과 과학사를 전공했으며, 현재 (주)동아사이언스에서 과학 기자로 일하고 있다. 역서로는 『아서 클라크 단편 전집』이 있다.

환상문학전집 ● 32

카운트 제로

1판 1쇄 펴냄 2012년 10월 3일
1판 2쇄 펴냄 2020년 8월 28일

지은이 | 윌리엄 깁슨
옮긴이 | 고호관
발행인 | 박근섭
편집인 | 김준혁
펴낸곳 | 황금가지

출판등록 | 2009. 10. 8 (제2009-000273호)
주소 | 135-887 서울 강남구 신사동 506 강남출판문화센터 5층
전화 | **영업부** 515-2000 **편집부** 3446-8774 **팩시밀리** 515-2007
홈페이지 | www.goldenbough.co.kr

한국어판 ⓒ ㈜민음인, 2012. Printed in Seoul, Korea

ISBN 978-89-6017-455-9 04840
ISBN 978-89-6017-456-6 (set)

㈜민음인은 민음사 출판 그룹의 자회사입니다.
황금가지는 ㈜민음인의 픽션 전문 출간 브랜드입니다.